O CAMINHO
DE VOLTA

Rose Tremain

O CAMINHO
DE VOLTA

Tradução
Léa Viveiros de Castro

Título original
THE ROAD HOME

Copyright © Rose Tremain, 2007

Rose Tremain assegurou seu direito
de ser identificada como autora desta obra
em concordância com os artigos 77 e 78
do Copyright, Designs and Patents Act 1988.

Direitos para a língua portuguesa reservados
com exclusividade para o Brasil à
EDITORA ROCCO LTDA.
Av. Presidente Wilson, 231 – 8º andar
20030-021 – Rio de Janeiro – RJ
Tel.: (21) 3525-2000 – Fax: (21) 3525-2001
rocco@rocco.com.br/www.rocco.com.br

Printed in Brazil/Impresso no Brasil

preparação de originais
VILMA HOMERO

CIP-Brasil. Catalogação na fonte.
Sindicato Nacional dos Editores de Livros, RJ.

T725c	Tremain, Rose
	O caminho de volta /Rose Tremain; tradução de Léa Viveiros de Castro. – Rio de Janeiro: Rocco, 2010.
	Tradução de: The road home
	ISBN 978-85-325-2556-7
	1. Londres (Inglaterra) – Usos e costumes – Ficção. 2. Ficção inglesa. I. Castro, Léa Viveiros de. II. Título.
10-1291	CDD-823
	CDU-821.111-3

Sumário

1 - Cigarros importantes 11
2 - O cartão-postal de Diana 29
3 - "Um homem pode viajar para longe,
    mas seu coração talvez custe a alcançá-lo" 45
4 - Azul elétrico 62
5 - Dois metros e meio de tampo
    de aço inoxidável 82
6 - A origem humilde de Elgar 102
7 - A tatuagem de lagarto 122
8 - A necessidade de chocar 135
9 - Por que um homem não pode escolher
    a felicidade? 151
10 - Pura anarquia aqui dentro... 164
11 - Transbordando para trás 183
12 - Uma visita ao museu de barcos 199
13 - Aquele tom 219
14 - Toque, toque.... 237
15 - Nove, noite 252
16 - Saem todos menos Hamlet 266
17 - Dama Grã-Fina do mundo vegetal 284
18 - Tinha quase um cheiro 301
19 - A sala de vidro colorido 317

20 - Empréstimos para sonhos 338
21 - Vendo retratos 355
22 - O último acampamento 372
23 - Comida comunista 389
24 - Rua Podrorsky, número 43 406
25 - Agradecimentos 421

"Como podemos viver, sem nossas vidas?"
John Steinbeck: *As vinhas da ira*

Para Brenda e David Reid,
com muito amor

I
Cigarros importantes

No ônibus, Lev escolheu um assento no fundo e ficou encolhido, encostado na janela, fitando a terra que estava deixando: os campos de girassóis queimados pelo vento seco, as fazendas de criação de porcos, as pedreiras e rios e o alho silvestre que crescia, verde, na beira da estrada.

Lev usava uma jaqueta de couro, jeans e um boné também de couro, enterrado sobre os olhos. O rosto bonito tinha um tom cinzento por causa do fumo e, nas mãos, ele segurava com força um velho lenço de algodão vermelho e um maço de cigarros russos. Em breve, faria quarenta e três anos.

Após algumas milhas, quando o sol apareceu, Lev tirou um cigarro e o enfiou entre os lábios. A mulher sentada a seu lado, gorda e contida, com sinais semelhantes a respingos de lama no rosto, disse depressa:

– Sinto muito, mas não é permitido fumar neste ônibus.

Lev sabia disso, soubera com antecedência, tinha tentado se preparar mentalmente para a longa agonia. Mas mesmo um cigarro apagado era uma companhia – algo em que se apoiar, algo que continha uma promessa –, e a única coisa que se dignou a fazer foi balançar a cabeça, só para mostrar à mulher que tinha ouvido o que ela dissera, que não ia causar nenhum problema; porque eles teriam que passar cinquenta horas ou mais ali sentados, lado a lado, com suas dores e sonhos, como um casal de esposos. Ouviriam os roncos e suspiros um do outro, sentiriam o cheiro da comida e da bebida que cada um tinha trazido, notariam o grau de medo ou a coragem um do outro, fariam pequenas tentativas de conversa. E então, mais tarde, quando afinal chegassem em Londres, era provável que se separassem praticamente sem uma palavra ou um olhar, sairiam caminhando numa manhã chuvosa, sozinhos, e iniciando uma nova vida. Lev pensou como tudo isso era estranho, mas necessário, e já lhe mostrava coisas do mundo para o qual estava se dirigindo, um mundo em que ele se mataria de trabalhar – caso conseguisse encontrar um serviço. Ele se manteria afastado das outras pessoas, encontraria cantos e sombras onde sentar e fumar, demonstraria que não precisava se integrar, que seu coração permanecia em seu país.

Havia dois motoristas no ônibus. Estes homens iam revezar-se dirigindo e dormindo. Havia um banheiro a bordo, então o ônibus só pararia para abastecer. Nos postos de gasolina, os passageiros poderiam saltar, caminhar um pouco, ver as flores silvestres na beira da estrada, papéis sujos no meio dos arbustos, sol ou chuva no caminho. Poderiam esticar os braços, colocar óculos escuros para se proteger da luz que vinha da natureza, descobrir um trevo, fumaça e observar os carros passando. Depois, seriam levados de volta para o ônibus, para retomar seus lugares anteriores, preparar-se para os próximos 160 quilômetros, para o fedor da próxima zona industrial ou para o brilho súbito de um lago, para a chuva, o pôr do sol e a chegada da noite nos pântanos silenciosos. Haveria momentos em que a viagem pareceria não ter fim.

Dormir sentado não era algo que Lev tivesse prática em fazer. Os velhos pareciam ser capazes disso, mas aos quarenta e dois anos ele ainda não era velho. No verão, o pai de Lev, Stefan, às vezes adormecia sentado numa cadeira dura, no intervalo do almoço na serraria de Baryn, com o sol quente batendo nos pedaços de salsicha embrulhados em papel em seus joelhos e na garrafa térmica de chá. Tanto Stefan quanto Lev conseguiam dormir deitados num monte de feno ou sobre o tapete de musgo de uma floresta. Frequentemente, Lev dormia num tapete de retalhos ao lado da cama da filha, quando ela se achava doente ou com medo. E quando sua esposa, Marina, estava morrendo, ele tinha passado cinco noites deitado no chão, num espaço não maior do que seu braço esticado, entre a cama de hospital onde Marina estava deitada e uma cortina estampada de margaridas cor-de-rosa e roxas.

O sono ia e vinha de um jeito estranho, formando imagens esquisitas no cérebro de Lev, que nunca haviam desaparecido completamente.

Já quase de noite, depois de duas paradas para gasolina, a mulher com sinais no rosto desembrulhou um ovo cozido. Ela o descascou silenciosamente. O cheiro do ovo fez Lev lembrar-se das fontes sulfurosas de Jor, aonde ele tinha levado Marina, na eventualidade de que a natureza pudesse curar o que o homem tinha dado por perdido. Marina mergulhara o corpo, obedientemente, na água espumosa, ficara ali deitada, vendo uma cegonha voltar a seu ninho.

– Se ao menos nós fôssemos cegonhas – ela dissera.
– Por que você diz isso? – Lev havia perguntado.
– Porque você nunca vê uma cegonha morrendo. É como se elas não morressem.

Se ao menos nós fôssemos cegonhas.

Sobre o joelho da mulher estava estendido um guardanapo limpo de algodão, que suas mãos brancas alisaram, e ela desembrulhou pão de centeio e um pouquinho de sal.

– Meu nome é Lev – apresentou-se.
– Meu nome é Lydia – disse a mulher. Eles trocaram um aperto de mãos, a mão de Lev segurando o lenço amassado, a de Lydia suja de sal e cheirando a ovo. Lev então perguntou:
– O que você planeja fazer na Inglaterra?
– Tenho entrevistas marcadas em Londres para trabalhar como tradutora – contou Lydia.
– Parece promissor.
– Espero que sim. Eu era professora de inglês na Escola 237, em Yarbl, então minha linguagem é bem coloquial.

Lev olhou para Lydia. Não era difícil imaginá-la parada na frente de uma turma, escrevendo palavras num quadro-negro.

– Eu me pergunto por que você está deixando o nosso país se tinha um bom emprego na Escola 237, em Yarbl – quis saber.

– Bem – falou Lydia –, fiquei muito cansada da vista da minha janela. Todo dia, inverno e verão, eu olhava para o pátio da escola e para a cerca alta, e o prédio de apartamentos do outro lado, e comecei a imaginar se ia morrer vendo essas coisas, e não queria isso. Se é que você me entende.

Lev tirou o boné de couro e passou os dedos pelos cabelos grisalhos e grossos. Viu Lydia virar-se para ele e fitá-lo nos olhos, com seriedade.

– Sim, entendo – falou.

Então, houve um silêncio enquanto Lydia comia o seu ovo cozido. Ela mastigava em silêncio. Quando terminou o ovo, Lev comentou:

– Meu inglês não é muito ruim. Fiz algumas aulas em Baryn, mas o professor disse que a minha pronúncia não era muito boa. Posso dizer algumas palavras para você ver se as estou pronunciando corretamente?

– Sim, é claro – respondeu Lydia.

– Ótimo. Desculpe. Eu sou legal. Quanto por favor? Obrigado. Pode você ajudar.

– Posso *ajudá-lo* – corrigiu Lydia.

– Posso ajudá-lo – repetiu Lev.

– Continue – pediu Lydia.

– Cegonha – falou Lev. – Ninho de cegonha. Chuva. Estou perdido. Gostaria de um intérprete. Bi e bi.

– Bi e bi? – disse Lydia. – Não, não. Você quer dizer *to be or not to be*.

– Não – disse Lev. – Bi e bi. Hotel familiar, bem barato.

– Ah, sim, sei. B & B.

Lev viu que escurecia do lado de fora da janela e pensou que, em sua aldeia, escurecia sempre do mesmo jeito, a escuridão vinha da mesma direção, por cima das mesmas árvores, fosse cedo ou tarde, verão, inverno ou primavera, durante toda a sua vida. Essa escuridão – típica daquele lugar, Auror – era como, no coração de Lev, a escuridão sempre viria.

Então, contou a Lydia que vinha de Auror, que tinha trabalhado na serraria de Baryn até ela fechar, dois anos antes, e que desde então não havia encontrado trabalho, e sua família – sua mãe, sua filha de cinco anos e ele – tinha vivido do dinheiro que a mãe ganhava vendendo bijuterias feitas de lata.

– Ah – disse Lydia. – Isso é muito criativo, fazer bijuterias de lata.

– Claro – disse Lev. – Mas não rende o suficiente.

Ele tinha um frasco de vodca enfiado na bota. Tirou-o e tomou um bom gole. Lydia continuou comendo seu pão de centeio. Lev enxugou a boca no lenço vermelho e viu seu rosto refletido na janela do ônibus. Desviou os olhos. Desde a morte de Marina, ele não gostava de ver sua imagem refletida, porque o que sempre via nela era sua culpa por ainda estar vivo.

– Por que a serraria de Baryn fechou? – perguntou Lydia.

– As árvores acabaram – respondeu Lev.

– Que pena – comentou Lydia. – Que outro trabalho você sabe fazer?

Lev tornou a beber. Alguém tinha lhe dito que na Inglaterra a vodca era muito cara. Os imigrantes produziam seu próprio álcool de batatas e água da bica, e quando Lev pensava nesses imigrantes diligentes, imaginava-os sentados próximos a um fogareiro de carvão, numa casa de teto alto, conversando e rindo, com a chuva caindo do lado de fora da janela, ônibus vermelhos passando e uma televisão ligada num canto da sala. Suspirou:

– Posso fazer qualquer trabalho. Minha filha Maya precisa de roupas, sapatos, livros, brinquedos, tudo. A Inglaterra é a minha esperança.

Perto das dez horas, cobertores vermelhos foram distribuídos para os passageiros, alguns dos quais já dormiam. Lydia jogou fora os restos da sua refeição, cobriu-se com o cobertor e acendeu a luzinha forte sob o compartimento de bagagem acima de seu assento e começou a ler um livro velho, impresso na Inglaterra. Lev viu que o título era *O poder e a glória*. Sua vontade de fumar vinha aumentando sem parar desde que ele tomara a vodca, e agora era insuportável. Sentia a vontade em seus pulmões e em seu sangue, suas mãos ficaram inquietas e ele teve um tremor nas pernas. Quanto tempo faltaria até a parada seguinte? Podiam ser quatro ou cinco horas. Todo mundo no ônibus já estaria dormindo, menos ele e um dos dois motoristas. Só eles manteriam uma vigília solitária, cansativa, o corpo do motorista alerta aos humores e sustos da estrada escura; ele ansiando pelo consolo da nicotina ou do esquecimento – sem conseguir nenhum dos dois.

Invejou Lydia, imersa em seu livro inglês. Lev sabia que tinha que se distrair com alguma coisa. Trouxera consigo um livro de fábulas: histórias improváveis que um dia tinha amado sobre mulheres que se transformavam em pássaros durante a noite, e um bando de javalis que matava e assava seus caçadores. Mas Lev estava agitado demais para ler coisas tão fantásticas. Em desespero, tirou da carteira uma nota novinha em folha de 20 libras, acendeu sua lâmpada de leitura e começou a examinar a nota. De um lado, a antiquada Rainha E II R com seu diadema, o rosto cinzento num fundo roxo, e, do outro, um homem, algum personagem do passado, de bigode caído, e um anjo – cujo brilho incidia sobre ele em linhas verticais – soprava uma trombeta acima. "Os ingleses veneram sua história", Lev aprendera em sua aula de inglês, "principalmente porque nunca foram sujeitos a uma Ocupação. Só de vez em quando é que eles veem que algumas de suas ações passadas não foram boas."

O período de vida do homem da nota tinha sido 1857-1934. Ele parecia um banqueiro, mas o que teria feito para estar numa nota de 20 libras no século vinte e um? Lev contemplou seu queixo determinado, apertou os olhos para ver o nome escrito sob o colarinho alto, mas não conseguiu lê-lo. Pensou que aquela era uma pessoa que jamais tinha conhecido outros sistemas de vida que não o capitalismo. Que teria ouvido os nomes de Stalin e Hitler, mas não teria sentido medo – não teria tido motivos para ter medo de nada, a não ser uma pequena perda de capital que os americanos chamavam de *Crash*, quando homens em Nova York tinham pulado de janelas e telhados. Ele deve ter morrido em segurança, na própria cama, antes de Londres ser destruída por bombas, antes de a Europa ser arrasada. No final de seus dias, o brilho do anjo provavelmente iluminara sua testa e suas roupas antiquadas, porque o mundo todo sabia: os ingleses eram *sortudos*. Bem, pensou Lev, estou indo para o país deles agora e vou fazer com que dividam comigo essa sorte infernal. Deixei Auror e foi muito duro deixar minha terra natal, mas minha hora está chegando.

Lev foi despertado do seu devaneio pelo barulho do livro de Lydia caindo no chão do ônibus, e ao olhar para ela viu que tinha adormecido. Estudou-lhe o rosto com seu martírio de sinais. Calculou que devia ter uns trinta e nove anos. Ela parecia dormir sem problemas. Ele a imaginou sentada em alguma cabine com fones de ouvido colados no cabelo sem graça, animada e atenta a uma torrente interminável de tradução simultânea. *Você pode por favor me ajudar. Não. Eu posso ajudar você.*

Com o passar da noite, Lev resolveu tentar recordar certos cigarros importantes do passado. Ele tinha uma imaginação vibrante. Na serraria de Baryn, era conhecido, depreciativamente, como um "sonhador". "A vida não é para sonhar, Lev", seu patrão havia avisado. "Sonhar leva à subversão." Mas Lev sabia que sua natureza era frágil, facilmente perturbada, facilmente alegrada ou entristecida pelas menores e mais estranhas coisas, e que essa limitação afligira sua infância e sua adolescência e, talvez, impedira que ele progredisse como homem. Especialmente depois que Marina morrera. Porque a morte dela estava sempre com ele, como uma sombra no raio X do seu espírito. Outros homens talvez pudessem ter afastado essa sombra – com bebida, com mulheres jovens ou com a novidade de ganhar dinheiro –, mas Lev nem tinha tentado. Ele sabia que esquecer Marina era algo que ainda não era capaz de fazer.

À sua volta, no ônibus, os passageiros dormiam. Alguns estavam inclinados na direção do corredor, os braços pendurados numa atitude de abandono. O ar estava cheio de suspiros. Lev puxou mais a aba do boné sobre o rosto e resolveu recordar o que sempre foi chamado por ele e por sua mãe de "o milagre dos bicos-de-papagaio", porque era uma história que conduzia a um final feliz, a uma fumaça tão imaculada quanto o amor.

Ina era uma mulher que nunca se permitia gostar de nada, porque, como ela costumava dizer, "De que adianta, se a vida leva tudo embora?" Mas havia umas poucas coisas que lhe davam alegria e uma delas eram os bicos-de-papagaio. Com folhas vermelhas e formato de abeto, parecendo mais um artefato feito pelo homem do que uma planta, os bicos-de-papagaio despertavam em Ina uma admiração sóbria, por sua rara estranheza, por sua aparente permanência num mundo de coisas que estavam sempre desaparecendo e morrendo.

Um domingo de manhã, alguns anos atrás, perto do aniversário dos sessenta e cinco anos de Ina, Lev havia levantado muito cedo e percorrido trinta e oito quilômetros de bicicleta até Yarbl, onde se vendiam flores e plantas numa feira ao ar livre, atrás da estação de trem. Era um dia quase outonal, e caía uma luz suave sobre as pessoas silenciosas que armavam suas barracas. Lev fumou e observou do bar da estação, onde tomou café e vodca. Depois saiu e começou a procurar por bicos-de-papagaio.

A maioria das coisas vendidas na feira de Yarbl era comestível: repolhos, sementes de girassol, brotos de batata, ramos de groselha, caniços de uvas-do-monte. Mas as pessoas cada vez mais demonstraram seu gosto semiesquecido por coisas decorativas, inúteis, e a venda de flores aumentava a cada ano.

Os bicos-de-papagaio eram sempre visíveis de longe. Lev caminhou devagar, atento a algo vermelho. O sol batia nos seus sapatos pretos arranhados. Seu coração estava estranhamente leve. Sua mãe ia completar sessenta e cinco anos e ele lhe faria uma surpresa, plantando uma tina de bicos-de-papagaio na sua varanda. À noite ela se sentaria, faria tricô e os admiraria, os vizinhos chegariam e a cumprimentariam – pelas flores e pela atenção do filho.

Mas não havia bicos-de-papagaio na feira. Lev andou de um lado para outro, olhando desanimado para cenouras, cebolas, sacos plásticos cheios de esterco de porco e cinzas.

Nada de bicos-de-papagaio. A grande catástrofe que isso representava começou a se anunciar para Lev. Então, ele recomeçou, percorrendo novamente as fileiras de barracas, parando de vez em quando para insistir com os donos delas, reconhecendo que sua insistência era ofensiva, sugerindo que eles eram desonestos, que estavam escondendo as plantas, esperando por compradores que oferecessem dólares americanos ou peças de automóvel ou drogas.

– Eu *preciso* de bicos-de-papagaio – ouviu-se dizendo, como um homem morto de sede ou um filho único petulante.

– Desculpe, companheiro – os vendedores diziam. – Só no Natal.

A única coisa que pôde fazer foi pedalar de volta para Auror. Atrás da bicicleta, ele arrastava um trailer de madeira feito em casa (com sobras roubadas do depósito de madeira de Baryn) e as rodas do trailer iam rangendo, zombeteiras, pelo caminho. O vazio dos sessenta e cinco anos de Ina bocejava diante de Lev como uma mina abandonada.

Lev mexeu-se silenciosamente no assento, tentando não perturbar o sono de Lydia. Ele encostou a cabeça no vidro frio da janela. Então recordou a imagem que o havia acolhido, como uma visão, em alguma aldeia perdida ao longo da estrada: uma velha vestida de preto, sentada numa cadeira na frente da casa, com um bebê dormindo num carrinho de plástico ao seu lado. E aos pés dela, um monte de coisas para vender: um gramofone, algumas balanças e pesos, um xale bordado, um par de foles de couro. E um carrinho de mão cheio de bicos-de-papagaio, as folhas recém-tingidas de vermelho.

Lev balançara na bicicleta, achando que estava sonhando. Apoiou um pé na estrada de terra.

– São bicos-de-papagaio, vovó?

– É esse o nome? Eu as chamo de bandeiras vermelhas.

Comprou todos. O trailer ficou pesado e ele gastou todo o seu dinheiro. Lev os escondeu debaixo de sacos até escurecer, plantou-os na tina de Ina sob as estrelas e ficou parado ao lado, vendo o dia amanhecer. Quando o sol incidiu sobre eles, o vermelho de suas folhas intensificou-se de forma surpreendente, como quando os cactos do deserto florescem depois da chuva. Foi então que Lev acendeu um cigarro. Sentou nos degraus da varanda de Ina, fumou e contemplou os bicos-de-papagaio, e o cigarro foi como uma brasa radiante em seu interior. Fumou até o último centímetro e então o apagou, mas ainda o manteve apertado na mão suja de lama.

Lev dormiu, afinal.

Acordou quando o ônibus parou para abastecer em algum lugar na Áustria, ele calculou, porque o posto era grande e iluminado, e numa área aberta de um lado havia um conjunto de caminhões estacionados, com nomes alemães escritos, iluminados por uma luz cor de laranja. *Freuhof. Bosch. Grunewald. Königstransporte...*

Lydia estava acordada e, juntos, ela e Lev saltaram do ônibus e respiraram o ar frio da noite. Lydia pôs um casaco em volta dos ombros. Lev procurou a alvorada no céu, mas não viu sinal dela. Acendeu um cigarro. Suas mãos tremiam quando o levou à boca.

– Vai estar frio na Inglaterra – comentou Lydia. – Você está preparado?

Lev pensou em sua casa imaginária, com a chuva caindo e a televisão piscando, e os ônibus vermelhos passando na rua.

– Não sei – ele respondeu.

– Quando o inverno chegar – disse Lydia – vamos nos surpreender.

– Os nossos invernos também são frios – disse Lev.

– Sim, mas não por tanto tempo. Na Inglaterra, me disseram, alguns invernos nunca vão embora completamente.

– Você quer dizer que não há verão?

– Há verão. Mas você não o sente em seu sangue.

Outros passageiros do ônibus vagavam pelo posto de gasolina. Alguns iam aos banheiros. Outros só estavam por ali, como Lev e Lydia, tremendo um pouco, observadores que não sabiam bem o que estavam olhando, recém-chegados que ainda não tinham chegado, todo mundo em trânsito e sem saber que hora seus relógios deveriam estar marcando. Atrás da área onde os caminhões estavam estacionados, havia uma escuridão profunda, impenetrável, de árvores.

Lev teve um desejo súbito de mandar um cartão-postal daquele lugar para sua filha Maya, de descrever para ela o limbo daquela noite: o céu metálico, as árvores imóveis, o clarão do posto, as pessoas como pessoas numa galeria de arte, desamparadas diante dos objetos expostos. Mas Maya era jovem demais para entender essas coisas. Quando a manhã chegasse, ela daria a mão a Ina e caminharia até a escola. No almoço, comeria salsicha fria e pão de semente de papoula. Quando chegasse em casa, Ina lhe daria leite de cabra com canela num copo amarelo, e bolos de passas, e geleia de pétalas de rosa. Ela faria seu dever de casa na mesa da cozinha, depois sairia para a rua principal de Auror para procurar os amigos, e brincariam com as cabras e galinhas na terra.

– Já estou com saudades da minha filha – Lev disse a Lydia.

Quando o ônibus cruzou a fronteira entre a Alemanha e a Holanda, Lev havia se rendido a tudo: a seu pequeno espaço ao lado da janela; ao zumbido eterno do ar-condicionado; à silenciosa presença de Lydia, que lhe ofereceu ovos e frutas secas e pedaços de chocolate; ao cheiro e às vozes dos outros passageiros; ao cheiro químico do banheiro; à sensação de se mover lentamente por grandes distâncias, seguindo sempre adiante.

Vendo passar as planícies e as papoulas cintilantes, os canais e moinhos, aldeias e animais pastando na Holanda, Lev sentiu tanta paz que foi como se o ônibus tivesse se tornado a sua vida e ele nunca mais fosse precisar sair da inércia daquela vida-ônibus. Começou a desejar que a Europa fosse maior, para poder se demorar sobre este cenário por muitos dias ainda, até que algo nele se alterasse, até que ele se cansasse dos ovos cozidos e da visão de gado em pastagens verdes, e redescobrisse a vontade de chegar a seu destino.

Sabia que aquela apatia crescente era perigosa. Começou a desejar que seu melhor amigo, Rudi, estivesse com ele. Rudi nunca se rendia a nada, e não teria se rendido ao ópio das milhas percorridas. Rudi travava uma batalha feroz com a vida em todas as horas do dia. "A vida é apenas um *sistema*", Rudi costumava dizer a Lev. "Tudo o que importa é quebrar o sistema." Quando dormia, Rudi encolhia-se, com os punhos fechados diante do peito, como um lutador de boxe. Quando acordava, dava um salto e chutava as cobertas. Seu cabelo escuro e indomável brilhava com uma luz invencível. Ele gostava de vodca, cinema e futebol. Sonhava em ter o que chamava de um "carro sério". No ônibus, Rudi teria cantado canções, e dançado danças folclóricas no corredor, e trocado mantimentos com outros passageiros. Ele teria *resistido*.

Como Lev, Rudi fumava sem parar. Uma vez, depois que a serraria fechou, os dois tinham feito juntos uma viagem cheia de fumaça para a distante cidade de Glic, no frio profundo e roxo do inverno, quando o sol brilhava baixo no meio dos troncos das árvores e o gelo cintilava como uma camada de diamante sobre os trilhos da estrada de ferro. Os bolsos de Rudi estavam cheios de dinheiro *ilegal* e na sua mala havia onze garrafas de vodca, embrulhadas em palha.

Rumores de um carro americano, um Chevrolet Phoenix, para vender em Glic tinham chegado até Rudi em Auror. Ele descreveu amorosamente o carro como sendo um "Tchevi". Disse que o carro era azul com acabamentos em branco e cromo, que só tinha trezentos e oitenta mil quilômetros rodados e que ele ia viajar até Glic para vê-lo, e se conseguisse fazer o dono baixar o preço, ia comprá-lo e dirigi-lo de volta para casa. O fato de Rudi nunca ter dirigido um carro antes não o deixava nem um pouco preocupado. "Por que eu me preocuparia com isso?", ele comentou com Lev. "Dirigi um guindaste todos os dias da minha vida na serraria. Dirigir é dirigir. E com carros americanos você nem precisa se preocupar em passar marchas. Você põe a alavanca na posição 'D-for-drive' e vai embora."

O trem estava quente, com um cano de aquecimento passando bem debaixo dos bancos. Lev e Rudi tinham um vagão todo para eles. Empilharam seus chapéus e casacos de pele de carneiro no compartimento de bagagem, abriram a mala de vodca e ligaram um rádio pequeno e barulhento, como um rato. O bafo quente de vodca do vagão era lindo e selvagem. Logo, começaram a se sentir temerários como dois mercenários. Quando o cobrador apareceu, eles o beijaram nas duas faces.

Em Glic, saltaram no meio de uma nevasca, mas seu sangue ainda estava quente e acharam a neve em seus rostos agradável como a carícia de uma rapariga, e foram tropeçando e rindo pelas ruas. A essa altura, a noite já estava caindo e Rudi anunciou: "Não vou procurar o Tchevi no escuro. Quero vê-lo brilhando." Então, pararam na primeira hospedaria barata que encontraram e saciaram a fome com tigelas de *goulash* e croquetes, e foram dormir num quartinho estreito que cheirava a naftalina e cera, e não se mexeram até de manhã.

O sol estava alto num céu azul claro quando Lev e Rudi se dirigiram ao prédio do dono do Tchevi. A neve ao redor estava alta e limpa. E lá estava ele, estacionado sozinho na rua modesta, debaixo de uma solitária tília, com seu tamanho extraordinário, um velho Chevrolet Phoenix azul-celeste com asas brancas e brilhantes acabamentos em cromo. Rudi caiu de joelhos. "É a minha garota", disse. "É a minha boneca."

O carro tinha suas imperfeições. Na porta do motorista, uma dobradiça estava enferrujada. A borracha dos limpadores de parabrisa havia se estragado em sucessivos invernos frios. Todos os quatro pneus estavam gastos. O rádio não funcionava.

Lev viu Rudi hesitar. Ele ficou rodeando o carro, passando a mão pela carroceria, tirando neve do capô, examinando os limpadores, chutando os pneus, abrindo e fechando a porta emperrada. Depois, ergueu os olhos e disse: "Eu fico com ele." Depois, começou a regatear, mas o dono compreendeu o quanto Rudi desejava o carro e só fez um abatimento insignificante. O Tchevi custou a Rudi todo o dinheiro que ele tinha, mais o chapéu e o casaco de pele de carneiro e cinco das oito garrafas de vodca que haviam sobrado na mala. O dono era um professor de matemática.

* * *

– Em que você está pensando? – alguém perguntou. Era Lydia, interrompendo subitamente sua nova tarefa, que era tricotar.

Lev olhou para ela. Pensou que já fazia muito tempo que ninguém lhe perguntava isso. Ou, talvez, nunca ninguém tivesse perguntado, porque Marina parecia sempre saber o que estava em sua mente e tentava adaptar-se ao que achava lá.

– Bem – respondeu Lev –, estava pensando no meu amigo Rudi e na vez em que fui com ele a Glic comprar um carro americano.

– Ah – disse Lydia. – Então, ele é rico, seu amigo Rudi?

– Não – respondeu Lev. – Nunca por muito tempo. Mas ele gosta de negociar.

– Negociar é ruim – falou Lydia, com um muxoxo. – Nunca vamos progredir enquanto houver mercado negro. Mas me conte do carro. Ele conseguiu comprar?

– Sim – disse Lev. – Conseguiu. O que você está tricotando?

– Um suéter – disse Lydia. – Para o inverno inglês. Os ingleses chamam de *jumper*.

– *Jumper*?

– Sim. Mais uma palavra para você. Conte-me sobre Rudi e o carro.

Lev pegou seu frasco de vodca e bebeu. Em seguida contou a Lydia que, depois de Rudi comprar o Tchevi, ele deu umas duas voltas pelas ruas vazias do bairro para praticar, com o professor de matemática olhando da porta, com um chapéu de astracã e uma expressão divertida no rosto.

Então Lev e Rudi partiram de volta para casa, com o sol brilhando sobre o mundo gelado e silencioso. Rudi ligou o aquecimento do carro no máximo e disse que aquilo era o mais perto que ele chegaria do paraíso. O motor do carro tinha um ronco baixo, como o de um barco, e Rudi disse que aquele era o som da América, musical e forte. No porta-luvas, Lev encontrou três barras de chocolate suíço, já esbranquiçadas de velhice, e eles as dividiram entre um cigarro e outro, que acendiam com o radiante isqueiro do carro. "Agora tenho uma nova vocação em Auror, chofer de táxi", Rudi disse.

De tarde, ainda muito longe da aldeia, pararam num posto de gasolina, que consistia de uma única bomba enferrujada num vale silencioso, e um cachorro molhado montando guarda. Rudi tocou a buzina e um velho saiu mancando de uma cabana de madeira, onde havia sacos de carvão para vender. Ele olhou com medo para o Tchevi, como se o carro fosse um tanque do exército ou um OVNI, e o cachorro molhado se levantou e começou a latir. Rudi saltou, apenas de calças, botas e camisa quadriculada, e, quando bateu a porta do motorista atrás dele, o resto da dobradiça quebrou e a porta caiu na neve.

Rudi praguejou. Ele e o atendente do posto ficaram olhando para a dobradiça quebrada, para a qual não havia conserto imediato, e até o cachorro fez um silêncio espantado. Rudi então ergueu a porta e tentou colocá-la de volta, mas embora ela encaixasse direito, não ficava presa e teve que ser amarrada ao assento com um pedaço de corda esfiapada.

– Aquele maldito professor! Ele sabia que isso ia acontecer. Ele me enganou direitinho – falou.

Rudi ficou sapateando na neve, enquanto o tanque era reabastecido de gasolina, porque estava começando a congelar de novo e ele não tinha casaco, e a queda da porta tinha estourado a sua bolha de felicidade. Lev saltou e examinou as dobradiças quebradas.

– São só as dobradiças, Rudi. Podemos consertá-las em casa – disse.

– Eu sei – retrucou Rudi –, mas a porra da porta vai ficar no carro nos próximos cento e sessenta quilômetros? É o que me pergunto.

Com o tanque cheio da gasolina que Lev tinha pagado, eles prosseguiram para oeste, na direção do pôr do sol, e o céu primeiro ficou laranja, depois vermelho, depois roxo, e sombras lilás manchavam os campos cobertos de neve.

– Às vezes este país é lindo – comentou Lev.

– Ele estava lindo hoje de manhã, mas em breve voltaremos à escuridão – Rudi suspirou.

Quando a escuridão chegou, formou-se gelo sobre o para-brisa, mas os limpadores estragados só conseguiam esmigalhá-lo para a frente e para trás, bem devagar, gemendo a cada movimento, e logo se tornou impossível enxergar o caminho. Rudi desviou o carro para o lado da estrada e ele e Lev ficaram olhando para os desenhos que o gelo fizera e para a luz fraca e amarela que os faróis lançavam nos galhos das árvores. Lev viu que as mãos de Rudi tremiam.

– E agora? – Rudi preocupou-se.

Lev tirou o cachecol de lã que usava e o enrolou no pescoço de Rudi. Depois saltou, abriu a mala e pegou uma das três garrafas de vodca que tinham sobrado e mandou Rudi desligar o carro. Quando o motor parou, os limpadores deram mais uma volta inútil, depois descansaram, como duas pessoas velhas e exaustas caídas ao lado de um rinque de patinação. Lev abriu a garrafa, tomou um longo gole, depois começou a despejar lentamente o álcool no para-brisa e o viu formar córregos no gelo. Enquanto o gelo derretia lentamente, Lev pôde ver o rosto largo de Rudi, muito perto do para-brisa, como o rosto de uma criança, olhando maravilhado. E depois disso eles viajaram pela noite, parando de vez em quando para despejar mais vodca e vendo a agulha iluminada do marcador de gasolina caindo, caindo.

Lydia parou de tricotar. Ela segurou o *jumper* diante do peito, para ver quanto mais teria que tricotar antes de chegar à costura do ombro.

– Agora estou interessada nessa viagem. Vocês conseguiram chegar em casa? – ela perguntou.

– Sim – respondeu Lev. – Quando amanheceu, estávamos lá. Estávamos muito cansados. Aliás, *exaustos*. E o tanque ficara quase vazio. Aquele carro bebe tanto que vai arruinar Rudi.

Lydia sorriu e sacudiu a cabeça.

– E a porta? – ela perguntou. – Vocês a consertaram?

– Claro – disse Lev. – Soldamos novas dobradiças tiradas de um carrinho de bebê. Só que agora a porta do motorista abre com violência.

– Com violência? Mas Rudi ainda dirige o Tchevi como táxi com essa porta violenta?
– Sim. No verão, ele abre todas as janelas e você pode andar com o vento nos cabelos.
– Ah, eu não gostaria disso – comentou Lydia. – Passo muito tempo tentando proteger meu cabelo do vento.

A noite tornava a cair quando o ônibus chegou a Cabo de Holanda e esperou numa longa fila para entrar na balsa. Não haviam sido providenciadas acomodações para os passageiros do ônibus; eles foram aconselhados a procurar bancos ou espreguiçadeiras para dormir e a evitar comprar bebida no bar da balsa, que cobrava preços muito altos. "Quando a balsa chegar à Inglaterra", disse um dos motoristas do ônibus, "estaremos a apenas duas horas de Londres, então tratem de dormir se puderem."

Dentro da balsa, Lev foi até o deque superior e olhou para o porto, com seus guindastes e contêineres, seus enormes galpões, e escritórios, e estacionamentos e seu cais, brilhante de óleo. Caía uma chuva quase invisível. Ouviam-se os gritos das gaivotas, como que para uma ilha há muito perdida, e Lev pensou como seria duro viver perto do mar e ouvir esse som melancólico todos os dias de sua vida.

O mar estava calmo e a balsa partiu silenciosamente, seus grandes motores aparentemente abafados pela escuridão. Lev debruçou-se na grade, fumando e vendo o porto holandês se afastar, e quando a terra desapareceu e o céu e o mar se dissolveram na escuridão, ele recordou os sonhos que tinha tido, quando Marina estava morrendo, de estar à deriva num oceano que não tinha limites e nunca quebrava numa praia.

O cheiro salgado do mar deixou seu cigarro amargo, então ele o apagou no chão do deque, depois deitou-se num banco para dormir. Puxou o boné por cima dos olhos e, para se acalmar, imaginou a noite caindo em Auror, como sempre caía sobre as montanhas cobertas de pinheiros, e o conjunto de chaminés, e a torre de madeira da escola. E ali, na noite amena, estava Maya debaixo de seu edredom de penas de ganso, com um dos braços estirado para o lado, como se estivesse mostrando a um visitante invisível o pequeno quarto que dividia com a avó: as duas camas, o tapete de retalhos, a cômoda pintada de verde e amarelo, a estufa e a janela quadrada, aberta para o ar frio e o orvalho da noite, e o grito das corujas...

Era uma imagem agradável, mas Lev não conseguiu estabilizá-la em sua mente. O conhecimento de que, quando a serraria de Baryn fechou, Auror e mais meia dúzia de aldeias iguais a ela foram condenadas ficava apagando o quarto e a menina adormecida, e até a imagem de Ina, arrastando os pés no escuro antes de se ajoelhar para rezar.

– Rezar não adianta nada – Rudi dissera quando a última árvore foi serrada e despachada, e todas as máquinas se calaram. – Agora está na hora de raciocinar, Lev. Só os mais criativos vão sobreviver.

2
O cartão-postal de Diana

O ônibus parou em Victoria às nove da manhã e os passageiros cansados saltaram do ônibus para a claridade inespera da de um dia ensolarado. Olharam à volta para a claridade refletida nos prédios, para o conjunto brilhante de carrinhos de bagagem, para as sombras escuras que seus corpos lançavam na calçada londrina e tentaram se acostumar com a claridade.

– Sonhei com chuva – Lev disse para Lydia.

Estava muito quente. O suéter semipronto de Lydia fora guardado na mala. O casaco de inverno pesava em seu braço.

– Adeus, Lev. – Ela despediu-se, estendendo a mão.

Lev inclinou-se para a frente, deu dois beijos no rosto de Lydia e disse:

– Você pode me ajudar. Eu posso ajudá-la. – E eles riram e se afastaram, como Lev sabia que iam fazer, cada um para um futuro distinto na cidade desconhecida.

Mas Lev virou-se para olhar para Lydia, enquanto ela se apressava na direção de uma fila de táxis pretos. Quando ela abriu a porta do táxi, olhou para trás e acenou, e Lev viu que havia tristeza em seu aceno – ou até mesmo uma súbita e inesperada censura. Em resposta, ele tocou a aba do boné, num gesto que sabia ser militar demais ou antiquado demais, ou as duas coisas, e então o táxi de Lydia partiu e ele a viu olhando com determinação para a frente, como uma ginasta tentando equilibrar-se numa trave.

Então, Lev pegou sua bagagem e saiu em busca de um banheiro. Sabia que estava fedendo. Podia sentir um cheiro estranho de alga marinha por baixo da camisa quadriculada e pensou: "Bem, isto é apropriado, eu estou encalhado aqui, agora, sob este sol inesperado, nesta ilha..." Ele podia ouvir aviões roncando no alto e pensou, "metade do continente veio para cá, mas ninguém imaginou que aqui fosse assim, com este calor subindo e o céu azul sem nuvens".

Seguiu as placas até os banheiros da estação, e então se viu impedido de entrar por uma borboleta. Largou a mala e ficou vendo o que as outras pessoas faziam. Elas enfiavam dinheiro numa fenda e a borboleta girava, mas o único dinheiro que Lev possuía era um maço de notas de vinte libras – cada uma calculada por Rudi para durar uma semana, até ele encontrar trabalho.

– Por favor, o senhor pode me ajudar? – pediu a um senhor idoso e elegante que se aproximava da borboleta. Mas o homem enfiou sua moeda, empurrou a borboleta com o ventre e manteve a cabeça erguida quando passou, como se nem o tivesse enxergado. Lev ficou olhando para ele. Será que dissera as palavras de forma incorreta? O homem continuou andando com seu passo confiante.

Lev esperou. Rudi, ele sabia, teria saltado sobre a barreira, sem um segundo de hesitação, sem se importar com as possíveis consequências, mas Lev sentiu que saltar estava além de suas forças. Suas pernas não tinham a agilidade das de Rudi. Rudi fazia as próprias leis e elas eram diferentes das dele e, provavelmente, seria sempre assim.

Ali parado, o desejo de Lev de se lavar foi crescendo a cada momento. Sentia agulhadas na pele, como feridas. O suor começou a brotar em seu crânio e a escorrer pelo pescoço. Sentiu-se nauseado. Tirou um cigarro do maço quase vazio e o acendeu, e os homens que entravam e saíam do banheiro olharam zangados para ele, e aqueles olhares atraíram finalmente sua atenção para um aviso de *Proibido fumar*, preso nos ladrilhos, a poucos metros de onde ele estava. Deu uma última tragada no cigarro e o apagou com o pé, percebendo que seus sapatos pretos estavam manchados de lama, e pensou: "Esta é a lama do meu país, a lama de toda a Europa, e eu preciso encontrar um pano para limpá-la..."

Algum tempo depois, um rapaz de macacão, com a barba por fazer e carregando uma sacola de lona de ferramentas, aproximou-se da borboleta do banheiro e Lev decidiu que esse homem –

porque ele era jovem e porque o macacão e a sacola de ferramentas o marcavam como membro do antes honrado proletariado – talvez não fingisse que não o tinha visto, então disse o mais cuidadosamente possível:
– Pode me ajudar, por favor?
O rapaz tinha cabelos compridos e despenteados, e a pele de seu rosto estava branca de pó de gesso.
– Claro – respondeu. – Qual é o problema?
Lev mostrou a borboleta, erguendo uma nota de 20 libras. O rapaz sorriu. Então, procurou no bolso do macacão, encontrou uma moeda, entregou-a a Lev e arrancou a nota da mão dele. Lev ficou olhando, desarvorado.
– Não – ele disse. – Não, por favor...
Mas o rapaz passou pela borboleta e se dirigiu para a porta do banheiro. Lev ficou boquiaberto. Não conseguiu pensar numa só palavra em inglês e praguejou em sua própria língua. Então, viu o rapaz voltando com um sorriso que formou linhas escuras na poeira branca em seu rosto. Ele devolveu a nota de 20 libras para Lev.
– Só estava brincando – falou. – Só estava brincando, companheiro.

Lev entrou numa cabine e tirou a roupa. Pegou uma velha toalha listrada na mala e a enrolou na cintura. Sentiu o enjoo passar. Foi até uma das pias e abriu a torneira de água quente. De uma cadeira ao lado da porta, o velho atendente hindu olhava para ele fixamente, com seus olhos sérios debaixo do turbante cuidadosamente enrolado.
Lev lavou o rosto e as mãos, fez a barba de quatro dias que cobria o seu rosto. Depois, tomando cuidado para a tolha não cair, ensaboou as axilas e as virilhas, o estômago e atrás dos joelhos. O hindu não se moveu, ficou apenas olhando para Lev, como se estivesse assistindo a um velho filme que conhecia de cor, que ainda o fascinava mas não o comovia mais. A sensação da água quente e do sabão no corpo de Lev foi tão calmante que ele teve vontade de chorar. Refletido nos espelhos do banheiro, ele viu

homens olhando para ele, mas ninguém disse nada, e Lev esfregou o corpo até ficar vermelho e o cheiro de alga passar. Vestiu cuecas limpas, depois lavou os pés e pisou na toalha para secá-los. Tirou da mala uma camisa e um par de meias limpas. Passou um pente no cabelo grosso e grisalho. Seus olhos pareciam cansados, seu rosto recém-barbeado, abatido sob a luz fria do banheiro, mas ele se sentia humano de novo: sentia-se preparado.

Lev guardou tudo na mala e se encaminhou para a porta. O hindu continuava imóvel em sua cadeira dura de plástico, mas aí Lev viu que perto dele havia um pires e que ele continha algumas moedas – poucas, porque as pessoas aqui, aparentemente, estavam apressadas demais para se preocupar em dar gorjeta a um velho de olhos sofredores –, e Lev ficou incomodado por não ter nenhuma moeda para pôr no pires. Depois de todo o sabão que ele havia usado e da quantidade de água que tinha derramado no chão, devia alguma consideração ao atendente. Ele parou e procurou nos bolsos, e achou um isqueiro barato que comprara na parada de ônibus em Yarbl. Ele já ia pôr o isqueiro no pires quando pensou: "Não, este hindu tem um emprego e uma cadeira para sentar, e eu não tenho nada, o que torna cada coisa que possuo preciosa demais para dar a ele." O raciocínio de Lev em relação à gorjeta que estava se recusando a dar ficou mais sofisticado quando disse a si mesmo que o hindu parecia tão indiferente a tudo o que ocorria à sua volta que, com certeza, ficaria indiferente a um reles isqueiro de plástico. Então, saiu e passou pela borboleta, dirigindo-se para a luz do sol e a rua, e imaginou que o hindu nem se dignaria a virar a cabeça para lançar-lhe um olhar de censura.

Lev parou no lugar em que os ônibus entravam e saíam. Muito tempo atrás – parecia muito tempo para ele –, quando reservara um assento no ônibus Trans-Euro, a moça da agência de viagem lhe dissera: "Chegando a Londres, talvez você seja abordado por pessoas com ofertas de emprego. Se isso acontecer, não assine nenhum contrato. Pergunte qual o trabalho que estão oferecendo, quanto vão pagar e onde vão hospedá-lo. Aí, se as condições parecerem corretas, você pode aceitar."

Na mente de Lev, essas "pessoas" se pareciam com os policiais de cidades como Yarbl e Glic, tipos fortes com braços musculosos e aparência saudável, e revólveres pendurados em lugares estratégicos do corpo. Agora Lev começava a torcer para que elas aparecessem, para tirar dele toda a responsabilidade pelas próximas horas e dias da sua vida. Não ligava muito para o tipo de "trabalho", desde que tivesse um salário, uma rotina e uma cama para dormir. Estava tão cansado que teve vontade de se deitar ali mesmo, sob o sol quente, e simplesmente esperar até que alguém aparecesse, mas então pensou que não sabia quanto tempo durava um dia, um dia de verão na Inglaterra, e que logo a noite chegaria, e ele não queria estar na rua quando escurecesse.

Pessoas chegavam e partiam em ônibus, táxis e carros, mas ninguém se aproximou de Lev. Ele começou a andar, seguindo o sol, de repente com muita fome, mas sem nenhum plano, nem mesmo um plano para conseguir comida. Passou por uma cafeteria e o cheiro gostoso de café foi tentador, mas embora hesitasse na calçada do lado de fora, não teve coragem de entrar, com medo de não ter dinheiro suficiente para a comida e o café que desejava. Mais uma vez, ele pensou no quanto Rudi teria debochado dessa patética timidez, e teria entrado e encontrado as palavras certas e o dinheiro certo para conseguir o que queria.

A rua onde Lev estava era larga e barulhenta, com ônibus vermelhos passando perto do meio-fio, e o fedor do tráfego poluindo o ar. Não havia vento. Num edifício alto, ele viu bandeiras que pendiam dos paus e uma mulher de cabelo comprido e vestido vaporoso parada na beira da calçada, imóvel e silenciosa, como a figura de um quadro. Os aviões continuavam passando no alto, enfeitando o ar com guirlandas de vapor.

Lev virou à esquerda, saiu da avenida apinhada, entrou numa rua onde havia árvores e parou à sombra de uma delas, largou a mala, que já estava pesando, e acendeu um cigarro. Lembrou-se de que quando começara a fumar, tantos anos antes, descobrira que fumar disfarça a fome. E dissera isso para o pai, Stefan, e o pai respondera: "É claro que sim. Você só soube disso agora? É muito melhor morrer da fumaça do que morrer de fome."

Lev se encostou na árvore. Era um pequeno plátano. O desenho que sua sombra formava no chão era delicado e preciso, como se a natureza estivesse desenhando papel de parede. Stefan tinha "morrido da fumaça", ou dos anos e anos de serragem na serraria de Baryn, aos quarenta e nove anos, antes de Maya nascer, muito antes de Marina cair doente ou dos boatos de fechamento começarem a circular em Baryn. E tudo o que ele tinha dito no fim, com sua voz frágil, como a voz desafinada de um adolescente, fora: "Essa morte é horrível, Lev. Não morra assim, se puder evitar."

Lev engasgou de repente. Jogou fora o cigarro e bebeu o restinho de vodca que tinha no frasco. Depois sentou-se na grade de ferro que rodeava a árvore e fechou os olhos. A sensação da árvore em suas costas era reconfortante como uma cadeira familiar, sua cabeça tombou de lado e ele dormiu. Uma das mãos estava pousada na mala. O frasco de vodca estava em seu colo. Acima dele, um pardal ia e vinha da árvore.

Lev acordou quando alguém tocou em seu ombro. Olhou com ar vago para o rosto emoldurado por um capacete de motociclista e uma barriga avantajada. Havia sonhado com uma plantação de batatas, que estava perdido na plantação, no meio de seus intermináveis canteiros.

– Acorde, senhor. Polícia.

O hálito do policial era azedo, como se ele também tivesse viajado dias e dias, sem descanso. Lev tentou enfiar a mão no casaco para tirar o passaporte, mas uma mão grande o agarrou pelo pulso, com força.

– Pare! Nada de truques, obrigado. Levante-se!

Deu um puxão em Lev, depois o prendeu de encontro à árvore, dando um cutucão em seu tornozelo com a bota para obrigá-lo a afastar as pernas.

O frasco de vodca caiu no chão. No quadril do policial, o rádio começou a fazer ruídos súbitos, violentos, como a tosse de um moribundo.

Lev deixou que a mão livre do policial percorresse seu corpo: braços, torso, quadris, virilhas, pernas, tornozelos. Ficou o mais imóvel possível e não protestou. Uma parte longínqua do seu cérebro imaginou se ele ia ser preso e mandado de volta para casa, e então pensou naquelas milhas intermináveis que teria que percorrer e na vergonha de sua chegada a Auror sem nada para mostrar pelo trabalho e dor que tinha causado.

O rádio tornou a tossir e Lev sentiu o aperto de ferro em seu braço diminuir. O policial encarou-o, parado tão perto dele que sua barriga gorda roçou a fivela do cinto de Lev.

– Refugiado, certo?

Ele pronunciou a palavra como se ela o deixasse com nojo, como se o fizesse ter vontade de vomitar um pouco da comida que azedara o seu hálito. E Lev reconheceu a palavra. Na agência de viagem em Yarbl, a moça prestativa tinha dito: "Lembrem-se, vocês são migrantes legais, econômicos, não refugiados, como os britânicos chamam aqueles que foram banidos. Nosso país agora faz parte da União Europeia. Vocês têm o direito de trabalhar na Inglaterra. Não devem permitir que os intimidem."

– Eu sou legal – disse Lev.

– Posso ver seu passaporte, senhor?

Os braços de Lev ainda estavam para cima, contra a árvore. Vagarosamente, ele os baixou, enfiou a mão no bolso e tirou o passaporte, e o policial o tomou. Lev viu-o olhar do retrato do passaporte para o rosto de Lev e de novo para o retrato.

"Todos os militares são uns filhos da mãe ignorantes", Rudi tinha dito uma vez. "Só gente burra quer andar por aí com algemas e rádios."

– Tudo bem – disse o policial. – Acabou de chegar então, certo?

– Sim.

– Posso ver sua bagagem?

O policial se agachou, o cinto rangendo, as dobras da barriga se amontoando. Ele abriu o fecho da mala de loja ordinária de Lev e retirou o conteúdo: as roupas que Lev tinha trocado no banheiro da estação, seu saco de roupa suja, camisetas e suéteres limpos, um par de sapatos novos, maços de cigarro russo, um despertador, dois pares de calças, retratos de Marina e Maya, um cinto de carregar dinheiro, um dicionário de inglês e seu livro de fábulas, duas garrafas de vodca...

Lev esperou pacientemente. Seu estômago roncava de fome e sentia o intestino constipado de todos os ovos cozidos que Lydia o havia feito comer. Contemplou a fragilidade de seus pertences, espalhados na calçada.

Finalmente, o policial guardou tudo de volta na mala e se levantou.

– O senhor tem um endereço em Londres? Um lugar para ficar? Hotel? Apartamento?

– Bi-e-bi – respondeu Lev.

– O senhor tem um B & B? Onde?

Lev sacudiu os ombros.

– Onde é o seu B & B, senhor?

– Não sei – disse Lev. – Eu acho um.

Uma voz urgente saiu do rádio. O policial (cuja patente Lev não conseguiu avaliar) encostou-o do lado da cabeça e a voz soltou uma torrente incompreensível de palavras em seu ouvido. Agora Lev podia ver a motocicleta do policial, cheia de decalques fosforescentes, estacionada de quina no meio-fio. Pensou no quanto Rudi ficaria interessado pelo modelo e pela cilindrada da motocicleta, mas que ele, Lev, não tinha nenhum interesse por ela. Esperou silenciosamente e ouviu pela primeira vez o pássaro agitando as folhas acima da sua cabeça. Estava quente, mesmo na sombra da árvore. Lev não fazia ideia se ainda era de manhã.

O policial afastou-se, falando no rádio. De vez em quando, olhava para Lev, como o dono de um cachorro sem guia, para ter certeza de que ele não havia se afastado. Então, voltou.

– Certo – disse.

Pegou a mala de Lev e o frasco vazio de vodca e atirou-os para ele, junto com o passaporte. Aquilo fez Lev recordar um valentão da escola chamado Dmitri, e Lev se lembrou de que Dmitri tinha morrido num caminhão que virara na feira de Yarbl, e que quando ele e Rudi souberam de sua morte, haviam rido e sapateado, gritando de alegria.

– Andando – disse o policial. – Nada de dormir nas ruas. Isso é conduta antissocial e passível de multa pesada. Portanto, dê um jeito em si mesmo. Limpe esses malditos sapatos. Corte o cabelo, e talvez você tenha uma chance.

Lev permaneceu onde estava. Devagar, guardou o passaporte no bolso do casaco e viu o policial montar pesadamente na motocicleta e manobrá-la na rua. Chutou a alavanca, o motor rugiu e ele foi embora sem olhar para Lev, como se Lev não ocupasse mais nenhum espaço em seu pensamento.

Lev olhou para o relógio, que marcava 12:23, mas ele não sabia se era a hora na Inglaterra ou apenas em Auror, onde as crianças da pequena escola de Maya estariam sentadas num banco, comendo o almoço, que consistiria de leite de cabra e pão com pepino em conserva. Às vezes, no verão, isso era acompanhado de morangos silvestres das colinas perto da aldeia.

Chegando ao rio, Lev pousou a mala e tirou uma nota de vinte libras da carteira. Comprou dois cachorros-quentes e uma lata de Coca-Cola numa barraca e recebeu de volta uma profusão de troco. Sentiu-se orgulhoso da transação.

Apoiou-se na mureta e contemplou Londres. A comida estava gostosa e quente, o refrigerante parecia comprimir os seus dentes. Embora o céu estivesse azul, o rio continuava verde-acinzentado e Lev imaginou se isso sempre aconteceria com rios de cidade – se eles seriam incapazes de refletir o céu por causa de todos os séculos de lama escura no fundo. Navegando em ambas as direções, havia barcos de turismo, com gente alegre sentada no deque superior, tirando retratos ao sol.

A atenção de Lev foi despertada por aquelas pessoas. Invejou-lhes a naturalidade e seus shorts de verão e o modo como as vozes dos guias de turismo ecoavam por cima das ondas, nomeando os prédios em três ou quatro línguas diferentes, para que aqueles que estavam nos barcos nunca se sentissem confusos ou perdidos. Lev notou também que a viagem deles era finita – umas poucas milhas rio acima, passando pela gigantesca roda branca que girava vagarosamente em seu frágil eixo, depois de volta para o ponto de partida – à medida que sua própria viagem na Inglaterra mal havia começado, era infinita, sem fim ou destino conhecido, e sua cabeça, a cada momento que transcorria, doía de perplexidade e preocupação.

Atrás de Lev, pessoas fazendo jogging não paravam de passar. O ruído de seus tênis, sua respiração rápida eram como uma censura para Lev, que estava ali parado sem se mover, molhando os dentes de Coca-Cola, sem nenhum plano, enquanto estes corredores tinham propósito, força e um objetivo tenaz de melhorar.

Lev terminou a Coca-Cola e acendeu um cigarro. Tinha certeza de que também precisava melhorar. Já fazia um bom tempo que ele andava pensativo, melancólico e mal-humorado. Até com Maya. Passava dias sentado na varanda de Ina sem se mexer, ou deitado numa velha rede cinzenta, fumando e fitando o céu. Muitas vezes se recusara a brincar com a filha ou a ajudá-la com sua leitura, deixando tudo para Ina. Aquilo era injusto, ele sabia. Ina mantinha a família viva com suas bijuterias. Também cozinhava e limpava a casa, cuidava da horta e alimentava os animais – enquanto Lev ficava deitado olhando as nuvens. Era mais do que injusto; era lamentável. Mas, finalmente, ele conseguira dizer à mãe que ia se emendar. Aprendendo inglês e, depois, emigrando para a Inglaterra, ele ia salvá-las.

Dentro de dois anos, seria um homem do mundo. Ia ter um relógio caro. Ia pôr Ina e Maya num barco de turismo e mostrar-lhes os prédios famosos. Elas não iam precisar de um guia de turismo porque ele, Lev, saberia os nomes de tudo em Londres, de cor...

Censurando a si mesmo por sua preguiça, por sua negligência para com Ina, Lev caminhou na direção de uma barraca na beira do rio que vendia suvenires e cartões-postais. A barraca era sombreada por uma ponte alta e Lev de repente sentiu frio ao sair do sol. Ele fitou as bandeiras, brinquedos, maquetes, canecas e toalhas de linho, imaginando o que comprar para a mãe. O dono da barraca observava-o preguiçosamente do seu canto. Lev sabia que Ina gostaria das toalhas – o linho era grosso e parecia durável –, mas o preço delas era 5,99 libras, então ele se afastou.

Vagarosamente, girou o suporte de cartões-postais, e cenas da vida londrina foram passando em sua frente. Então, viu o que sabia que ia ter que comprar: era um cartão no formato da cabeça da princesa Diana. Ela ostentava o seu famoso e comovente sorriso, em seu cabelo louro havia uma tiara de brilhantes, e o azul dos seus olhos era surpreendente e triste.

Comprar o cartão de Diana deixou Lev exausto. Ao se arrastar de volta para o sol, ele se sentia esgotado, fraco, sem energia. Tinha que achar uma cama em algum lugar e se deitar.

Tomou uma decisão que sabia ser ousada, mas sentia-se incapaz de fazer outra coisa: fez sinal para um táxi. Ficou quase surpreso quando o táxi parou para ele. O motorista era pequeno e velho, com cabelos brancos e ralos. Esperou pacientemente que Lev dissesse alguma coisa.

– Bi-e-bi, por favor – falou Lev.

– Ahn? – indagou o motorista.

– Por favor – insistiu Lev. – Estou muito cansado. Pode levar para Bi-e-bi?

O motorista coçou a cabeça, deslocando as poucas mechas de cabelo que lhe restavam.

– Não sei de nenhum por aqui. Os únicos confiáveis que eu conheço ficam em Earls Court. Tudo bem para o senhor?

– Perdão? – retrucou Lev.

– Earls Court – o motorista repetiu, alto. – Nos arredores de Earls Court Road. Tudo bem?

– Certo – disse Lev. – Leva-me, por favor.

Entrou no táxi e recostou-se no assento amplo e confortável. Podia ver o motorista olhando para ele pelo espelho retrovisor: olhando enquanto dirigia. Do lado de fora da janela do táxi, Londres fervilhava, uma cidade-espetáculo, sem nenhuma lembrança da guerra. De vez em quando, Lev achava que havia reconhecido algum dos prédios que vira num dos slides mostrados em sua aula de inglês em Yarbl, mas não tinha certeza. Tudo o que sentia era o impacto do dia inglês, o tempo acelerado pelo tráfego, as pessoas apressadas e o sol aparecendo e desaparecendo atrás de telhados e torres.

* * *

A proprietária do Champions Bed and Breakfast Hotel apresentou-se a Lev como Sulima. Tinha cerca de cinquenta anos. Usava um sári, sua pele era cor de azeitona, seus lábios eram brilhantes e vermelhos, e sua voz soou a Lev doce, amável e lenta.

Lev a seguiu por um corredor limpo, acarpetado, até o Apartamento 7 e ela o convidou a entrar.

– Meu último quarto – disse Sulima. – O senhor tem sorte. Todos os quartos têm chuveiro e utensílios de café. Lá está a nossa TV. Este quarto é um pouco escuro porque dá para os prédios, mas o senhor vai ver que é silencioso. Vai dormir muito bem.

Lev assentiu. Olhou para a cama estreita com sua cabeceira de madeira e seus dois travesseiros limpos.

Sulima sorriu para ele.

– Quantas noites o senhor vai ficar? – ela perguntou.

Lev compreendeu a pergunta, mas não soube o que responder. Pôs a mala no chão.

– Uma noite? – quis saber Sulima. – Duas noites?

– Quanto custa? – perguntou Lev.

– Vinte libras pelo quarto. Vinte e duas com café da manhã.

Vinte libras. Vinte e duas libras...

Lev suspirou, amaldiçoando Rudi por ter calculado tão mal o dinheiro.

– Uma noite – falou.

– O senhor gostaria de tomar café de manhã?

Lev hesitou. Ele imaginou como seria o café e se teria estômago para comê-lo. O cachorro-quente ainda queimava dentro dele, como se sua barriga estivesse cheia de um gás pegajoso.

– Não sei – respondeu.

Sulima acendeu as luzes, colocando o controle remoto da TV na mesinha de cabeceira, e Lev viu que ela se movia de um jeito elegante e discreto. Ela alisou a cama.

– Bem, o senhor me avisa sobre o café da manhã. Basta ligar para a Recepção. O senhor quer uma chamada para despertar?

– Como? – perguntou Lev.

– Chamada para despertar?
Lev sacudiu os ombros. Não fazia ideia do que Sulima estava dizendo, mas, pelo seu sorriso, ela pareceu entender o que ele estava sentindo, que não tinha condições de responder a mais nenhuma pergunta, que o corpo dele estava entrando em colapso. Entregou a chave a Lev e saiu silenciosamente.

Agora que finalmente tinha uma cama, Lev sentou-se nela e conseguiu adiar um pouco mais o doce momento de fechar os olhos. Tirou o casaco, espalhou o dinheiro que tinha sobrado no bolso e tentou contá-lo, mas sua mente parecia recusar-se a fazer qualquer tipo de soma. Ficou sentado, olhando para aquelas moedas desconhecidas, até que seus olhos pousaram de repente num pedacinho de papel que ele tinha tirado do bolso junto com o dinheiro. Não o reconheceu. Apanhou-o, desdobrou-o e viu algumas palavras escritas em sua própria língua.

"Caro Lev, gostei da viagem. Desejo-lhe sorte. Se algum dia precisar de uma tradutora, aqui está o número do telefone da casa dos amigos com quem vou ficar no norte de Londres. Eu o ajudarei se puder. Sinceramente, Lydia."

Lev ficou olhando para o bilhete. Imaginou quando Lydia tinha resolvido escrevê-lo – e colocá-lo no bolso do seu casaco de couro! Sorriu com carinho. Era o tipo de coisa secreta que uma amante faria. Entretanto, suspeitava que nada disso havia passado pela cabeça de Lydia. Ela era simplesmente uma pessoa afetuosa, um pouco solitária talvez, mas movida por bondade, não por sexo, e com sensibilidade suficiente para saber que, provavelmente, Lev jamais ligaria para aquele número, jamais arriscaria a pequena porcentagem de compromisso que um telefonema desses poderia acarretar. No entanto, não jogou fora o pedacinho de papel. Ele o guardou na carteira e, ao fazer isso, pensou com ternura no tricô de Lydia e em suas mãos brancas e sardentas, nos ovos cozidos que ela comia com tanto cuidado, de modo que nenhum pedacinho, nenhum pedacinho da casca, caísse na sua saia ou no chão do ônibus.

Lev caminhou lentamente até a janela do quarto e olhou para fora. O sol estava oculto pelas costas de um edifício alto e a poucos metros da janela havia um telhado sujo, no qual um pombo passeava.

– Pombos – Stefan havia dito certa vez – carregam a alma do campo para a cidade: as almas das árvores e os espíritos do bosque. As almas dos mortos das florestas.

– Quem são os mortos da floresta? – Lev havia perguntado ao pai.

– Aqueles que sofreram – Stefan tinha respondido. – O passado do nosso país não tem *nenhum* sentido para você?

Lev havia se levantado e saído. Detestava quando Stefan o criticava, como fazia frequentemente, e a conversa do velho sobre "espíritos do bosque" sempre o enfurecia e embaraçava. Ele sabia que Stefan pendurava "panos para os espíritos" nas árvores atrás de Auror: ele os tinha visto lá, oferendas patéticas para os mortos. Lev os havia mostrado a Rudi.

– Veja só aquilo. Meu pai e sua geração! Estou de saco cheio deles. Estão com as cabeças viradas – dissera.

– É verdade – Rudi respondera, olhando para os pedaços de pano. – A história os apanhou numa idade muito impressionável.

Lev ficou olhando para o pombo, para suas pernas cor de vinho, sua cabecinha nervosa. Stefan era um dos "mortos da floresta" agora, enterrado num terreno atrás de Auror onde pinheiros e freixos estavam se renovando. Mas Lev raramente o visitava. Ele sabia que Ina ia lá e às vezes levava Maya junto com ela. No verão, elas voltavam para casa com um monte de margaridas e Maya dizia a Lev: "Nós vimos aquele lugar onde vovô está dormindo." Lev tivera a intenção de ir lá antes de partir para a Inglaterra, para dar adeus ao pai, mas no fim desistira. Tinha sido fácil desistir. Tinha sido fácil considerar que seria um ritual sem sentido, meramente sentimental. Entretanto, ao ver o pombo no telhado, foi em Stefan que Lev pensou imediatamente, e na mesma hora pôde vê-lo, claro como a luz do sol, sentado em sua cadeira dura, em Baryn, com seu naco de salame comido pela metade, cortando o pão com suas mãos manchadas, limpando o bigode com o lenço. Sabia que Stefan era um dos motivos para estar em

Londres, que precisara lutar contra a resistência à mudança que herdara do pai, e pensou: eu devia estar grato pela serraria ter fechado, senão estaria exatamente onde ele estava, imortal numa cadeira. Estaria escravizado a um depósito de madeira até morrer, ao mesmo almoço todos os dias, e à neve caindo todos os anos, caindo e derretendo nos mesmos lugares remotos e atrasados.

Finalmente, a cama recebeu seus ossos. Já era de tarde. Lev jazia imóvel, meio coberto pelo lençol e pelo cobertor, num sono pesado demais para sonhar.

Só saiu do seu torpor uma única vez, para cambalear até o banheiro e urinar a Coca-Cola num vaso limpo que cheirava a bala puxa-puxa, e notar que o céu estava escurecendo sobre Londres e que algumas luzes estavam acesas no bloco de apartamentos em frente. Abriu a torneira da pia, bebeu água e ouviu barulho de risos no corredor.

A cama era muito confortável e ele tentou não pensar no preço que estava pagando por ela, mas unicamente na sorte que tinha em estar deitado ali, com a cidade se preparando para a noite à sua volta e a mulher chamada Sulima sentada no hall, calma e contida, montando guarda.

Ele acendeu o abajur e, por alguns momentos, caiu no padrão habitual de preocupação – que tinha em Auror – sobre quanto tempo a eletricidade se manteria até que algum engenheiro arrogante na usina de Yarbl apertasse um botão para desviá-la para outro lugar. Maya uma vez perguntou-lhe: "Por que as luzes sempre apagam, papai?" Mas Lev não se lembrava do que tinha respondido. Algo sobre haver pouca luz para todos? Algo sobre a necessidade de dividir? Quem sabe? Mas ele se lembrava que, uma noite, bêbado na escuridão enfumaçada e familiar da casa de Rudi, havia dito: "Os cortes de luz são propositais. Tem eletricidade à vontade. Eles gostam é de estragar nossas noites."

A esposa de Rudi, Lora, em roupa de dormir, havia entrado na sala onde eles bebiam. Carregava um toco de vela acesa num pires rachado, que colocou no meio das garrafas de vodca vazias e tornou a sair, sem uma palavra, e Rudi disse: "Lora é uma ótima mulher. Um dia, ela vai achar um bom marido." E então eles ficaram ali, rindo, um de cada lado da vela, rindo até a barriga doer, gargalhadas bêbadas, silenciosas, inexplicáveis, que parecia que não terminariam nunca.

Lev tornou a fechar os olhos. A luz por trás de suas pálpebras era cor de chocolate e ele sabia que o sono seria assim, aveludado e escuro, e que duraria até de manhã.

3
"Um homem pode viajar para longe,
mas seu coração talvez custe a alcançá-lo"

Olá, mamãe, olá, Maya. Aqui está a Princesa Diana para vocês. Eu estou bem. O tempo está muito quente. Vou arranjar um emprego hoje. Beijos, Lev/papai.

Lev se encontrava sentado na sala de jantar bem-arrumada de Sulima, tomando chá e escrevendo seu cartão. Estava sozinho. O chá era reconfortante e forte, e ele se lembrou que Rudi – quando jovem, havia passado dois meses na prisão – lhe dissera que, no Instituto de Correção de Yarbl, o chá era a principal moeda de troca entre os presos, e ele pensou que na juventude deles – dele e de Rudi – o mundo ainda abrigava pequenos nichos de inocência, como bolsas de ar num navio que está afundando. Na janela aberta, as cortinas balançavam com a brisa quente. Na parede acima dele, perto do desenho berrante de um tigre, os ponteiros do relógio de parede avançavam silenciosamente. Passava das dez e trinta e cinco.

Lev tinha tomado banho e lavado o cabelo. Seu corpo estava limpo e pesado, como se na superfície fosse jovem, mas sua energia fosse a de um velho. Imaginou esse velho andando pelas ruas quentes de Londres, arrastando sua mala pesada, tentando falar com estranhos, fingindo que era forte e disposto, preparado para qualquer trabalho, uma pessoa com muitas habilidades...

Sulima apareceu no arco que dava para o corredor.

– Quer mais chá? – ela perguntou amavelmente.

Sulima usava um sári diferente hoje, cor de opala, a cor do rio verde-acinzentado. Entre o corpete do sári e a saia, a pele do seu abdômen era lisa e dourada. Ela olhou para Lev e seu cartão de Diana, e então sentou-se à sua frente.

– Tento ajudar as pessoas que vêm de fora. Eu fui ajudada quando cheguei aqui. Deram-me um emprego de camareira num hotel chamado The Avenues. Trabalho pesado. Eu só fazia limpar. E tudo era muito rígido: sanefa de cortina espanada, beirada do papel higiênico dobrada para baixo. Sabe como é?

Lev não fazia ideia do que fosse uma sanefa, nem por que o papel higiênico tinha que ser dobrado, mas assentiu assim mesmo. Sulima tirou o prato dele. A salsicha estava comida pela metade, mas ele não tinha tocado nos ovos com bacon. Lev puxou um maço de cigarros, tirou o último e o acendeu. Sulima passou-lhe um cinzeiro de vidro.

– Você tem mulher e filhos? – ela perguntou.

Lev deu uma tragada no cigarro, virou a cabeça para soprar a fumaça.

– Minha mulher morreu – ele disse.

Sulima tapou a boca com a mão, e Lev viu nesse gesto a reação de uma mulher bem mais jovem, de uma criança talvez, que havia sido educada para mostrar arrependimento sempre que dissesse algo inapropriado ou errado. Para ajudá-la a sair de seu desconforto, ele apontou para a pintura do tigre e disse:

– Minha filha, Maya. Tem cinco anos. Adora animais.

– Sim? – falou Sulima.

– Sim. Ela às vezes me diz: "Papai, este porco está triste, este ganso está cansado."

– É mesmo?

– Este tigre. Talvez ela dissesse, "Ele está zangado."

Sulima ficou olhando para Lev. Ela piscou os olhos nervosamente e suas mãos macias começaram a ajeitar o cabelo. Na rua, lá fora, Lev podia ouvir o tráfego intenso e vagaroso.

– Por Maya – disse –, eu preciso achar trabalho.

Sulima limpou a garganta.

– O Avenues Hotel não existe mais. Infelizmente, senão eu poderia mandá-lo lá. É uma academia de ginástica agora. Todo mundo pedalando para cuidar do coração. Mas para arranjar trabalho você deve tentar a Earls Court Road. Tem todo tipo de loja de comida. Sempre estão precisando de gente.

– Mesmo? – interessou-se Lev.
– Acho que é o primeiro lugar que você deve tentar.
– Court Road?
– Earls Court Road. Você sai daqui, vira à esquerda, depois à direita, depois à esquerda. Sinto muito por sua esposa.

Então, aqui estava ele, carregando a mala, na rua suja e cheia de claridade. O que ele mais queria comprar era um par de óculos escuros. As palavras da professora de inglês de Yarbl lhe vieram à cabeça enquanto caminhava: "Quando pedir emprego, tente ser educado. Nosso povo é orgulhoso. Não rastejamos, mas também não somos grosseiros. Então diga, por exemplo, 'Desculpe incomodá-lo. Mas tem alguma coisa para mim? Eu sou legal.'"

Teria alguma coisa para mim? Era difícil lembrar essas palavras, quanto mais dizer. E Lev estava achando difícil, cada vez que entrava numa loja ou parava diante de um balcão de *fast-food*, dizer alguma coisa. Numa loja de jornais e revistas, um lugar antigo e mal iluminado, ele sentiu uma tristeza tão grande que mal podia respirar. Então não disse nada, a não ser para pedir cigarros russos, e a garota gorda atrás do balcão pôs o dedo no nariz e olhou-o como se ele fosse louco.

– *Russos?*
– Sim. Russos ou turcos.
– Não. Você não vai encontrar. Não por aqui.

Numa loja de pizza, de temperatura amena, com ventiladores de teto girando devagar no meio de luzes brilhantes, Lev esperou perto da porta até que um jovem garçom se aproximasse.

– Fumante ou não fumante?
Fumante ou não fumante.
– Tem alguma coisa para mim? – Lev conseguiu dizer a frase difícil corretamente, desta vez. – Eu sou legal.
– Perdão? – indagou o garçom.
– Não, desculpe. Estou procurando trabalho. Desculpe incomodá-lo.
– Ah, certo – falou o rapaz. – Certo. Bem, espere.

Lev viu o garçom se afastar e desaparecer atrás de uma porta que dizia *Acesso exclusivo para funcionários*. O lugar estava quase vazio e outros garçons, de camisas brancas e gravatas-borboleta vermelhas, estavam parados, sem fazer nada, olhando para Lev. O barulho dos ventiladores de teto lembrou a Lev o velho rinque de patinação de Baryn, onde Marina costumava patinar, apoiando-se nas costas das cadeiras, e onde o ar gelado cheirava a desinfetante.

Quando o jovem garçom voltou, falou:

– Desculpe. Ahn... o gerente deu uma saída.

– *Deu uma saída?* – repetiu Lev.

– Sim. Saiu. Mas não há vaga no momento. Nenhum trabalho. Sinto muito.

– OK – disse Lev.

A mala estava começando a incomodá-lo. Não só pelo peso, mas sua visão, contendo tudo o que tinha trazido de sua antiga vida. Imaginou que, de algum modo, seu conteúdo era visível a todos e que seus pertences humildes iam ser ridicularizados. Tinha uma outra preocupação. Cada vez que largava a mala, as garrafas de vodca batiam umas nas outras, o que era embaraçoso, como se ele fosse um contrabandista inepto, dizendo a todo mundo o que tinha para vender. Desejou ter perguntado a Sulima se podia deixar a mala no Champions B & B. Mas agora estava empacado, como se ela fizesse parte do seu corpo.

Aproximou-se de uma caçamba no meio-fio e notou que, no meio de pranchas de madeira, colchões manchados e pilhas de entulho, havia sido jogada uma quantidade de metal enferrujado. Lev parou, pôs a mala no chão e ficou olhando para os restos de metal, imaginando o que aquilo significaria para Ina e como o metal poderia ser afinado com martelo até poder ser cortado e moldado com pequenas tesouras, como se fosse unha. "Ferrugem é bonito", Ina costumava dizer. "Ferrugem faz o trabalho por mim. Ferrugem torna tudo delicado com o tempo."

Lev se apoiou na caçamba. Ansiedade a respeito de Ina era algo que sempre sentira, desde criança. Era como se, de alguma forma – de um jeito que ele não conseguia descrever com precisão –, sua mãe parecesse um fantasma. Como se, na corrida da vida, ela fosse uma concorrente que ninguém via e que entrava em último lugar, sempre em último, com preocupação no olhar. Lev não queria que fosse assim, mas *era* assim. Durante anos, Ina passara os dias fazendo bijuterias para outras mulheres, mulheres que não precisavam que se tivesse pena delas, mulheres de sorrisos confiantes e botas elegantes, mulheres que fumavam, riam e desafiavam o mundo. Ina nunca tinha desafiado o mundo. Ela se sentava na sombra de uma cabana de madeira, iluminada por um lampião de querosene que sussurrava como uma coisa viva, e sua mesa de trabalho era coberta de aparas de metal e metros de fio de cobre. Suas mãos tinham queimaduras causadas pelo maçarico e pelos ferros de soldar, e com o passar do tempo sua vista estava ficando ruim. Lev sabia que ninguém queria pensar no dia em que sua vista faltasse.

"Mas ela vai ver a Princesa Diana", Lev disse a si mesmo. Podia imaginar Ina erguendo o cartão em sua mesa de trabalho e deixando a luz branca do lampião iluminar a pele rosada e o sorriso hesitante. Depois, recostando-se na cadeira, ela fitaria essas coisas perdidas e o desenho delicado da tiara de brilhantes. E Maya entraria na cabana de vez em quando, e também olharia para Diana. De vez em quando – não sempre – as duas virariam o cartão e leriam as palavras que ele havia escrito: *Vou arranjar um emprego hoje*.

Lev pegou a mala e ouviu as garrafas baterem umas nas outras. Xingou a si mesmo por sonhar acordado. Sonhar acordado não tinha importância durante a hora de almoço na serraria de Baryn, mas não se podia sonhar acordado e sobreviver em cidades como Glic ou Jor, muito menos em Londres. "As cidades são uns malditos circos", Rudi dissera uma vez, "e pessoas como você e eu são os ursos bailarinos. Então, dance, camarada, dance, ou sinta o peso do chicote."

O calor estava aumentando. Podia-se senti-lo vindo da calçada, cintilando sobre os carros. Lev orgulhava-se de ser forte – um homem forte, de pernas musculosas –, mas agora ele estava começando a mancar. O suor lhe escorria pela testa. As outras pessoas na rua começaram a lhe parecer grotescas, gordas, debochadas e doentes. Ele tinha imaginado, ingenuamente, que a maioria das pessoas em Londres era parecida com Alec Guinness em *A ponte sobre o Rio Kwai*, magras e zombeteiras, de olhos espantados; ou como Margaret Thatcher, andando apressadas, com um objetivo em mente, como um azulão. Mas, agora, ali, elas pareciam indolentes e feias, de cabeças raspadas ou de cabelo tingido, e muitas delas, como bebês ansiosos, tomavam latas de Coca-Cola enquanto andavam. Lev achou que algo catastrófico tinha lhes acontecido – algo que ninguém mencionava mas que estava em seus rostos e no modo largado, desajeitado, com que se moviam.

Lev entrou num lugar fresco, brilhantemente iluminado, chamado Ahmed's Kebabs. Um árabe limpava o chão de ladrilhos com alvejante. Atrás do balcão, um cone cinzento de carne girava numa grelha perpendicular. Um armário refrigerado havia sido abastecido com alface cortado, tomates picados e pães de diferentes tipos. Uma grande geladeira com a frente de vidro estava cheia de latas de bebidas geladas.

Lev largou a mala, e o árabe se virou e olhou para ele enquanto torcia o esfregão.

– Com licença – disse Lev. – Tem alguma coisa para mim?

O árabe pegou o balde e o esfregão e levou para trás do balcão. Então, virou-se e examinou Lev. Seus olhos eram preocupados e selvagens, e seu cabelo era brilhante e despenteado, como o de Rudi.

– Sente-se – disse.

Em frente ao balcão, havia três banquinhos de metal e plástico, então Lev acomodou-se num deles e descansou os braços no tampo frio. O árabe pôs um prato de papel sobre o balcão. Tirou do armário refrigerado um pão árabe e o encheu com um pouco de alface. Depois, foi até o cone de carne e cortou habilmente algumas fatias, colocou-as no pão e pôs tudo no prato de papel em frente a Lev, que ficou olhando para aquilo. A carne tinha cheiro de cabrito.

O árabe estava agora na geladeira de bebidas. Tirou uma lata verde, puxou o anel e colocou-a ao lado do prato com pão e carne.

— Beba — disse.
Lev agradeceu ao homem e, lentamente, puxou a lata para si. Com a outra mão, enxugou o suor da testa. Então, ergueu a lata e bebeu, e o árabe ficou olhando fixamente para ele. A água era gasosa e pareceu arranhar a língua de Lev, mas estava bem gelada, então continuou bebendo, e enquanto bebia lembrou-se de Marina pedindo uma água que fosse fria e não tivesse gosto, depois chorando de raiva e dizendo que a água do hospital era tépida e tinha gosto de cano.
— Eu sou Ahmed — falou o árabe. — Por favor, coma. Por conta da casa.
— Perdão? — disse Lev.
— Você perguntou se tenho alguma coisa para você. Bem, estou lhe dando comida e água. De onde você é? De algum lugar na Europa Oriental, ahn? Então, coma. O meu *kebab* é muito bom. E para você é de graça.
De graça.
Lev conhecia muito bem a expressão. Sua professora de inglês havia explicado que o Ocidente descrevia a si mesmo como sendo o "Mundo Livre" e as palavras o haviam fascinado por muitos meses. Mas como alguém devia imaginar essa liberdade? Nos sonhos de Lev, muitas vezes ela se tornava uma estrada preta, que conduzia diretamente a um horizonte plano, onde pássaros voavam e volteavam num céu branco, mas havia algo austero e implacável nessa paisagem, então ele tinha dito a Rudi: "Não sei o que isso significa realmente", e Rudi respondera: "Você não *sabe*, Lev, porque nunca pôs nenhum veículo na maldita estrada! Liberdade é velocidade. Liberdade é potência do motor. Liberdade são quatro rodas debaixo do seu traseiro."
Lev tornou a agradecer a Ahmed pela comida e pela água. Tentou comer o *kebab*, mas desistiu depois da primeira mordida. Queria fumar, mas seus dois últimos maços de cigarro estavam no fundo da mala e ele teve vergonha de procurá-los.
— Então — falou Ahmed —, você quer trabalhar? Que trabalho você quer?
— Qualquer trabalho — respondeu Lev.

– Bem – começou Ahmed –, você tem sorte. Veio ao lugar certo, porque eu sou muçulmano.
– Sim?
– O Corão ensina que atos de bondade e generosidade serão recompensados no paraíso. Eu lhe dei comida e pela generosidade vou ser recompensado. Mas agora vou mais além. Vou lhe dar trabalho.
Lev esperou. Não tinha certeza se tinha entendido direito. Ahmed perguntou seu nome e a cidade de onde vinha e Lev respondeu. Ahmed sorriu.
– Um homem pode viajar para longe, mas seu coração talvez custe a alcançá-lo – disse.
– Como? – indagou Lev.
– Não preste atenção. Gosto de inventar provérbios. – O sorriso de Ahmed se transformou numa careta, depois numa gargalhada, e a gargalhada ecoou nas superfícies ladrilhadas e vazias, Lev pensou, de repente, "ele está brincando comigo e a comida e a água não vão ser de graça". Então, Ahmed desapareceu por uma cortina de plástico, muito parecida com a que Ina pendurava na porta no verão, toda colorida, mas desbotada do sol e do tempo, e Lev se viu sozinho. Foi até a mala e, com as mãos tremendo, procurou até encontrar os cigarros, abriu um maço e acendeu um, usando o isqueiro de plástico que quase tinha dado ao atendente hindu no banheiro da estação. Tragou longamente, adorando aquela primeira tragada, sentindo a fumaça acalmá-lo. Então, voltou para o banco de plástico e esperou. Ficou sentado sem se mexer, fumando com concentração. A carne de cabrito continuava a girar no espeto automático. Numa superfície espelhada perto dela, Lev podia ver a rua atrás de si, o tráfego lento e pessoas barrigudas caminhando desleixadas.
Pareceu ter passado muito tempo até Ahmed voltar. Ele pôs sobre o balcão uma caixa de papelão contendo uma pilha de folhetos em preto e branco, em que o nome *Ahmed's Kebabs* estava escrito em letras floreadas. Ahmed bateu com o punho orgulhosamente na pilha.

– Seu trabalho – disse. – Entregar folhetos. OK?
– Sim?
– Sim. Por toda a vizinhança. Em todas as residências. Casas elegantes. Casas simples. Apartamentos. B & Bs. Cada porta. Não deixe de checar os porões. Muita gente que come *kebabs* mora em porões. Não se preocupe com hotéis. Por folheto que entregar, eu pago 2 pences. Dez casas, 20p. Cem casas, 2 libras. Talvez você seja um homem sem fé, Lev, mas hoje Alá sorriu para você, ahn?

Havia a questão da mala. Como continha tudo o que Lev possuía, ele não queria separar-se dela, mas sabia que não podia andar de casa em casa carregando-a. Pensou em colocá-la nas costas, enfiando os braços pelas duas alças, mas viu que isso ia cansá-lo, então disse a si mesmo calmamente para confiar em Ahmed, deixar a mala com ele e não pensar mais nisso, porque as coisas que continha eram sem valor, exceto para ele.

Antes de começar, Lev se obrigou a comer alguns pedaços do sanduíche de cabrito. Alguma coisa teria que sustentá-lo nas horas seguintes, quando o calor do meio-dia chegasse e ele estivesse perdido naquele calor, perdido no labirinto de ruas cinzentas. Mas, mesmo assim, estava animado. Naquele emprego, não seria obrigado a falar com outras pessoas nem a entender o que elas lhe dissessem. Estaria novamente sozinho com seus devaneios habituais.

Ahmed colocou metade dos folhetos numa sacola plástica e entregou-a a Lev, que não conseguiu calcular quantos folhetos havia na sacola, mas sentiu-a pesada e percebeu que o plástico ia machucar sua mão. Desejou estar com a mochila de lona que costumava usar na escola tantos anos antes, quando a escola de Auror ainda possuía seu sino de ferro e águias podiam ser vistas nas montanhas acima. Ele se viu imaginando que fim tinha levado o sino e o que tinha acontecido com as águias, mas sabia que não era hora de pensar nessas coisas e que esses pensamentos precisavam ser banidos. "A maioria das coisas desaparece", Lev ouviu Rudi dizer. "Apenas certifique-se de que elas desapareçam no seu próprio bolso."

Saiu para o sol. Passou por uma barraca de flores cheia de rosas, lírios e centáureas, e seu cheiro, no coração da cidade, surpreendeu Lev, como se ele tivesse imaginado que as flores só soltavam perfume quando o ar estava silencioso.

Sabia que devia começar a entregar os folhetos imediatamente, então saiu da movimentada Earls Court Road e se viu numa rua de casas altas, em nada diferentes das que ele tinha imaginado habitadas por imigrantes que fabricavam vodca de batata. Mas havia uma espécie de sólida nobreza nessas casas, que ele não havia antecipado. Algumas eram elegantes, com grades recém-pintadas em volta e grossas colunas brancas ou creme, que brilhavam no dia quente; outras pareciam abandonadas, quase em ruínas, com rachaduras nos parapeitos das janelas e sacos de lixo jogados nos degraus da frente. Lev viu que essa convivência entre coisas restauradas e dilapidadas estava em toda a parte e encontrou consolo nisso, como se, finalmente, tivesse achado alguma evidência do estrago da guerra em Londres que ninguém havia sido capaz de apagar.

Pegou um punhado dos folhetos de Ahmed e enfiou na caixa do correio da primeira casa. Debaixo de *Ahmed's Kebabs* estavam escritas as palavras *A melhor carne halal; os melhores preços em sua região; coma ou leve para casa; serviço atencioso sempre*, mas Lev só entendeu algumas dessas palavras. "Melhor", ele sabia que era um conceito importante, raramente se aludia a ele em seu país, a não ser pessoas como Rudi, que gostavam de se enfeitar com maravilhas, de tal forma que até suas botas tinham que ser dignas de admiração e sua loção de barbear tinha poderes de sedução sobre homens e mulheres. "Serviço atencioso", Lev viu como uma contradição, lembrando-se dos poucos restaurantes que tinha visitado em seu país, no tempo em que Marina estava viva e ele queria mostrar a ela o quanto a valorizava, oferecendo-lhe um bom jantar. Os garçons e garçonetes se comportavam como guardas de campos de trabalhos forçados, atirando pratos de carne cheia de nervos, servindo vinho de garrafas sujas, tirando os pratos antes de eles terem acabado de comer...

– Por que vocês nunca sorriem? – Marina certa vez havia perguntado a um garçom mal-humorado, usando um avental sujo.

O rapaz — porque ele ainda era um rapaz e não um homem — tinha olhado para ela, atônito.

— Sorrir para os fregueses não custa nada — Marina lhe dissera amavelmente, mas o rapaz desviara os olhos.

— A senhora está enganada — ele respondeu. — Sorrir nos custaria a nossa dignidade.

Depois, ele havia voltado apressadamente para a cozinha, batendo os sapatos pesados no chão, carregando os pratos e os copos, e a garrafa vazia numa bandeja inclinada. Marina segurara a mão de Lev e dissera:

— Agora, estou com pena do rapaz. Antes, eu estava furiosa, agora estou com pena e estava mais feliz com a fúria!

Marina.

Era importante não começar a pensar nela agora. Era essencial para a sobrevivência de Lev não se perder em devaneios sobre ela. Desceu alguns degraus até um porão e encontrou, quase escondido sob a calçada, um jardinzinho plantado com loureiros, alfazemas e hortênsias, inclinando-se na direção da luz. Um gato estava deitado no parapeito baixo da janela do apartamento do subsolo, e mal abriu o olho quando Lev pegou alguns folhetos e os enfiou por baixo da porta pintada de amarelo. Ao lado da porta amarela havia uma campainha, com dois nomes acima: Kowalski e Shepard. Lev ficou ali parado por alguns instantes, olhando para aqueles nomes e para a porta amarela, depois para o jardim, que tinha poucas coisas, mas era tão bonito naquele jeito simples que ele sentiu uma súbita inveja daquelas pessoas, Kowalski e Shepard. Ele as imaginou voltando de empregos bem remunerados, regando as plantas, dando comida para o gato, pedindo *kebabs* do Ahmed, comprando vinho ou vodca, sentando-se juntos à mesa, comendo, rindo e fumando, depois caminhando ao cair da noite de mãos dadas até o quarto. E pensou: minha vida nunca vai ser como a deles. Nunca.

Lev seguiu adiante. O peso dos folhetos na sacola foi ficando mais leve à medida que ele completava as três primeiras ruas e se aproximava de uma pracinha tranquila, onde crianças brincavam num gramado, seguras atrás de grades, e onde o ar tinha cheiro de alfena. Ele estava num frenesi de entregas agora: ir até os degraus da frente, pegar os folhetos, enfiá-los na caixa do correio, descer os degraus, tornar a descer até o subsolo, examinar a quantidade de nomes, selecionar o número certo de folhetos, enfiá-los por baixo da porta, subir de volta para a rua ensolarada, passar para a casa seguinte... Suas pernas doíam um pouco, o boné de couro estava bem enterrado na cabeça para se proteger da claridade, mas Lev não estava infeliz com sua tarefa. Em pouco tempo, calculou que já tinha ganhado 1 libra.

Descansou um pouco, encostado no portão que dava para o jardim, vendo as crianças nos balanços e suas mães, vestidas com jeans e camisetas apertadas, sentadas na grama, sob a sombra de uma amoreira. Acendeu um cigarro e achou o gosto bom, e o cheiro de alfena parecia ser tragado junto com a fumaça para seus pulmões, e havia algo nessa combinação que fez com que Lev se sentisse alerta e destemido. Achou que, quando a noite chegasse, ele voltaria para cá e dormiria debaixo da amoreira, e observaria a vida nas casas ao redor, e, assim, teria uma visão nova de Londres – uma visão secreta. O fato de ter escolhido um lugar para dormir o alegrou, um lugar livre, um lugar secreto, um lugar de onde ele poderia observar...

Mas então Lev viu que as jovens mães haviam se virado e o fitavam, e cochichavam entre si. Ele olhou para baixo, mantendo o cigarro protegido com a palma da mão. Uma das mulheres se levantou e começou a caminhar em sua direção. Olhou-a por baixo da aba do boné. Ela era clara e bonita, de braços sardentos, e chegou bem perto dele, de modo que Lev pôde sentir o cheiro do protetor solar da mulher.

– Este é um jardim particular – ela disse.

– Sim? – falou Lev.

– Sim. É um jardim só para moradores. Então, você pode... ir embora, por favor?

Lev olhou na direção do grupo de amigas, viu que elas tinham chamado os filhos dos balanços e que mantinham os braços em volta deles. Entendeu que achavam que ele era algum criminoso

do tipo que era agredido e alijado no Instituto de Correção de Yarbl, e do qual a sociedade não gostava de falar.
— A senhora está pensando... — ele começou, e então parou. Viu-se sem palavras, mas sentiu que, mesmo que soubesse as palavras, não conseguiria dizê-las sobre si mesmo. A moça sardenta ficou ali parada, enfrentando-o, com as mãos nas cadeiras. Lev quis lhe dizer que tinha uma filha da idade daquelas crianças que estavam no jardim, que Maya, àquelas horas, devia estar voltando da escola com sua mochila e seus sapatos velhos...
— OK? — insistiu a moça. — Você está indo embora. Certo?
Lev sacudiu a cabeça, tentando mostrar que ela o tinha julgado mal, que era um homem bom, um pai amoroso, mas o movimento de cabeça assustou-a e ela gritou para as amigas:
— Ele não vai. Alguém chame a polícia.
— Não — pediu Lev. — Polícia não...
— Então, vá embora.
— Sou novo — falou Lev. — Só estou procurando o caminho por muitas ruas.
A mulher suspirou, enquanto uma de suas amigas se juntava a ela.
— Doido — disse. — Um estrangeiro doido. Provavelmente inofensivo.
— OK — disse a amiga, aproximando-se de Lev. — Dê o fora, certo? *Comprendo?*

No fim da tarde, depois de entregar todos os folhetos, Lev começou a sentir fome e sede. Pensou com saudade nos ovos cozidos de Lydia.
Viu que estava perdido. Desejou ter deixado uma trilha de folhetos para guiá-lo de volta ao lugar de onde havia saído. Olhou em volta, para a esquerda e para a direita, para a esquerda e para a direita. Então, prosseguiu, tentando lembrar-se do caminho que tinha feito.
Quando finalmente chegou à loja de *kebab* de Ahmed, ela estava cheia de árabes, comendo carne no pão e tomando café em

copos de papel. O cheiro de carne de cabrito pareceu tão doce e perfumado a Lev que ele foi até o balcão e depositou a sacola vazia.
— Folhetos terminaram — disse.
Ahmed estava de costas. Ele fatiava carne do cone e o suor brilhava em seus braços.
— O que eu espero, meu amigo — Ahmed disse após uma pausa —, é que você tenha colocado cada folheto numa caixa de correio. Já tive funcionários que jogaram meus folhetos no lixo e depois vieram me cobrar. Embora eu seja um muçulmano muito bondoso, isso me deixa fulo.
Em volta dele, os árabes começaram a rir. Estariam rindo de "fulo"? Lev recordou sua professora de inglês dizendo: "Numa língua estrangeira, o sentido às vezes chega um tempo depois de as palavras terem sido ditas."
Ahmed começou a encher três pães com carne e salada. Colocou-os no balcão para seus amigos árabes e então foi até a máquina de café. Tudo o que Lev podia entender era que o humor de Ahmed havia mudado desde aquela manhã. Ele o viu servir café, receber dinheiro e colocá-lo na sofisticada caixa registradora, que não fazia ruído de sino, como as do país de Lev, mas só um zumbido baixo de apreciação quando abria sua gaveta para receber o dinheiro. Lev ficou olhando. Viu a mão grande de Ahmed pousada sobre ela e, após um momento de hesitação, a mão retirou uma nota verde e fechou a gaveta. Ahmed caminhou até onde estava Lev e pôs a nota sobre o balcão.
— Aí está — disse. — Cinco libras. Duzentos folhetos. Estou sendo generoso. OK? Estou confiando em você porque sou um homem generoso. Quer um café?
— Obrigado — disse Lev. — Muito obrigado.

Com fome, sem ter onde morar, essas coisas teriam que ser suportadas por algum tempo, Lev disse a si mesmo. Milhares, talvez milhões, de pessoas no mundo passassem fome sem ter um lugar decente para dormir. Isso não queria dizer, necessariamente, que morriam, perdiam a esperança ou enlouqueciam.

Mas por ser seu primeiro dia de trabalho em Londres, Lev pôde ver que seria impossível sobreviver distribuindo folhetos para Ahmed. Numa barraca de frutas, ele tinha comprado duas bananas; numa padaria, um pãozinho macio; no correio, um selo para o cartão da Princesa Diana; e, de uma loja que vendia jornais, um pacote de fumo, alguns papéis de cigarro e uma garrafa de água – e suas 5 libras acabaram.

Arrastou a mala para a rua onde Kowalski e Shepard moravam e, quando a noite chegou, desceu até o porão deles e se sentou no lugar abaixo da rua, atrás dos loureiros e das hortênsias. Achou umas caixas de papelão achatadas no cantinho de seu esconderijo, arrumou-as e sentou-se por cima, comeu as bananas e o pão, e ficou vendo a noite cair à sua volta.

Esperava que Kowalski e Shepard voltassem para casa. Podia imaginar suas vozes, que seriam joviais, e a luz de suas janelas, que seria suave e agradável. Pensou que, se eles saíssem para regar as plantas e o vissem, poderia explicar que escolhera o porão deles por causa das plantas e da porta amarela, e poderia convencê-los a deixá-lo ficar ali – só por aquela noite.

Entretanto, uma parte dele se sentia idiota, ali esperando. Acima dele, na rua, podia ouvir gente rindo e portas de carro batendo e o barulho dos saltos altos das mulheres na calçada. Começou a se acalmar, pensando que, quando Marina era viva, ele também tinha tido uma vida normal – mesmo que fosse mais pobre do que aquelas vidas a seu redor, em Londres. Lembrou-se de que, no trigésimo aniversário de Marina, tinha encontrado no mercado de Baryn um par de sapatos vermelhos com saltos de seis centímetros e abertura na frente, e Marina os tinha calçado e tinha vestido uma saia preta e um xale emprestado de Lora, e eles tinham comido ganso assado, e bebido cerveja e vodca, e dançado um tango na varanda de Rudi – Rudi e Lora, Marina e Lev –, cheios de alegria e desejo. Mesmo agora, Lev podia sentir o peso das costas de Marina em seu braço, podia ver o movimento sensual de seus pés nos sapatos vermelhos, e ouvir sua gargalhada flutuando nas colinas atrás de Auror. Que noite. Rudi também nunca a esqueceu, e às vezes dizia a Lev: "Aquela noite do aniversário de Marina. Alguma coisa aconteceu conosco, Lev. Nós fomos além da mortalidade."

Além da mortalidade. Agora, Lev só sentia o peso de seu corpo exausto, sentado nas caixas de papelão, e o peso enorme e inimaginável da cidade acima dele. Tentou pensar em coisas positivas: no cartão de Diana iniciando sua viagem ao encontro de Ina e Maya; na gentileza de mulheres como Lydia e Sulima; no dinheiro que ele ia ganhar, se conseguisse aguentar firme, sem perder a coragem...

Ninguém desceu a escada do apartamento do subsolo. O gato desaparecera. A luz da rua coloria de laranja as flores azuis das hortênsias. Lev puxou a mala para perto de si, tirou um suéter tricotado por sua mãe, dobrou-o e deitou a cabeça sobre ele. Acendeu um cigarro e fumou em silêncio, vendo a fumaça subir e tocar as folhas escuras dos loureiros antes de desaparecer no ar. Então, antes de terminar o cigarro, Lev viu que estava caindo... caindo no sono. Teve tempo de apagar o cigarro e, então, rendeu-se à longa queda.

Sua mente adormecida produziu uma lembrança. Estava indo da serraria em Baryn para sua casa em Auror, de bicicleta. Atrás, presos com uma corda, estavam os pedaços de madeira que ele tinha apanhado no depósito e com os quais planejava construir um trailer para puxar com a bicicleta. Esse trailer (para o qual já traçara um desenho simples) seria a coisa mais útil que ele já tinha feito. Seria o objeto que lhe permitiria o transporte de inúmeros outros objetos, e a necessidade de levá-los apareceria inevitavelmente com o tempo. "Porque é isso que faz a vida", Rudi tinha dito. "Ela produz buracos na frente dos seus olhos que você tem que encher de *coisas.*"

Os pedaços de madeira estavam posicionados atrás das costas de Lev. O capataz da serraria de Baryn fizera vista grossa quando Lev os juntara – ou quase isso. Ele só tinha dito a Lev: "Você sabe que será preciso pagar uma pequena multa. Nada sério. Basta alguns ovos. Ou uma pulseira de metal para a minha esposa."

A estrada para Auror era estreita e íngreme. Era fim de tarde do início do verão, e Lev suava enquanto pedalava, a corda machucava seus ombros e ele rezou para que os pneus da bicicleta não estourassem sob o peso do homem e da madeira.

No único trecho plano da estrada, ladeado de valas profundas, ele viu um trator vindo em sua direção. O trator puxava um carrinho carregado de feno, e Lev notou os fardos balançando com o avanço do trator. Disse a si mesmo que devia desmontar e sair da estrada para deixar o trator passar, mas desmontar com a madeira amarrada ia ser difícil, então resolveu continuar, em linha reta, porque, naquele trecho da estrada, havia espaço para uma bicicleta e um carrinho, e o motorista do trator ia vê-lo e diminuiria a marcha.

Mas o trator não diminuiu a marcha. Lá veio ele, com o motor rugindo e as rodas altas. Ele passou por Lev, mas no fundo do carrinho, um dos fardos estava um pouco mais para fora do que os outros e este fardo bateu na madeira presa às costas de Lev, e ele caiu de lado, dentro da vala.

Por um momento, ficou tudo escuro. Então, Lev viu a luz voltando e olhou para o céu, que estava cheio de inocentes nuvens cor-de-rosa, típicas de uma tarde de verão. Tentou tirar alguma força dessa visão, mas a dor nas costas e nos braços era tanta que podia sentir a madeira pressionando seus ossos, e achou que estava sendo crucificado. Mas por que ele estava sendo crucificado? Por não amar o pai? Por não abrir caminho à força na vida como Rudi? Por se deitar numa rede quando era tomado pela tristeza? Ele não sabia. Só sabia que precisava tentar se levantar, livrar-se de sua cruz de madeira, retomar a viagem.

4
Azul elétrico

Quando Lev acordou, uma claridade clara como leite havia tomado a área do subsolo e caía uma chuva fina. Ele ficou deitado, imóvel, olhando a chuva, revigorado pelo sono, e pensando que nunca tinha visto uma chuva como aquela, tão delicada que mal parecia cair, mas que ia deixando aos poucos seu brilho nas folhas de louro, nas hortênsias e na pedra cinzenta do jardim.

Presa à parede do apartamento de Kowalski e Shepard havia uma torneira, com um ralo embaixo e uma mangueira enrolada sobre o cano. Lev saiu de seu esconderijo, foi até a torneira e ficou escutando. Uns poucos carros passaram na rua, mas ele sabia que ainda era cedo; não vinha nenhum som de dentro do apartamento e não havia sinal do gato. O mais recatadamente possível, Lev urinou no ralo; em seguida, abriu a torneira e lavou as mãos, jogou água no rosto. Depois voltou ao esconderijo e se deitou de novo, com a cabeça sobre o suéter de Ina, que, como se lembrava, era chamado de *jumper* pelos ingleses, e ele não podia imaginar de onde tinha vindo aquela palavra. Acendeu um cigarro.

Ficou deitado, fumando e prestando atenção na porta amarela. Não temia o momento em que seria descoberto, só estava curioso para ver Kowalski e Shepard. Imaginou se lhes pediria para ficar lá em troca de cuidar das plantas, mas ouviu a risada debochada de Rudi, dizendo: "Ah, claro, Lev. Eles vão ficar encantados em ter a porra de um estranho usando sua parede como sanitário e perturbando seu buraco de carvão com sua forma humana – tudo em troca de passar dois minutos regando as plantas. De fato, acho que eles vão pensar que é realmente seu dia de sorte!"

Após algum tempo, a chuva parou e o sol começou a brilhar nas folhas molhadas. A rua estava mais barulhenta do que antes, e Lev sentiu o coração da cidade bater mais forte à medida que as pessoas se movimentavam para mais um dia de trabalho. Agora, tinha certeza de que, quem quer que fossem, Kowalski e Shepard não estavam lá; tinham deixado tudo arrumado, com a mangueira enrolada e a maçaneta da porta brilhando, mas estavam em algum outro lugar.

Ahmed estava levantando a grade na frente da loja quando Lev apareceu com sua mala.

– Ótimo – comentou Ahmed, com um de seus sorrisos cheios de dentes. – O homem dos folhetos. Preparado para um novo dia?

Lev lhe perguntou se tinha um banheiro que pudesse usar e Ahmed o fez passar pela cortina até um corredor escuro, cheio de engradados de Coca-Cola e pratos de papel. Ao lado do corredor, havia um banheiro ladrilhado com uma pia e um espelho de plástico. O banheiro não tinha janelas e o chão, recentemente lavado com desinfetante, tinha sido coberto de folhas de jornal para secar. Uma das páginas, perto da pia, mostrava a foto de uma mulher nua da cintura para cima.

Lev fez a barba e lavou o corpo. A presença da mulher seminua o perturbou. Desde a morte de Marina, não suportava pensar em sexo. Dissera a Rudi uma noite: "Eu podia virar um monge agora. Não faria diferença." E Rudi respondera: "Claro. Eu entendo, camarada. Mas isso vai passar, porque tudo passa. Um dia, você vai sentir-se vivo de novo."

Esse dia ainda parecia muito distante. Lev olhou para a foto. Como uma fotografia daquelas podia estar num jornal de circulação nacional? A modelo tinha seios ridículos, do tamanho de abóboras, lábios grossos e úmidos, e usava apenas uma tanga coberta de lantejoulas. Desejou que a moça estivesse morta. Desejou que a pessoa que a tinha fotografado estivesse morta. Desejou que o ato sexual tivesse saído de moda, como colecionar selos, como colar retratos de líderes comunistas na parede...

"O homem do século vinte e um é um cachorro", pensou, "um cachorro mau, obsceno, com dentes arreganhados, um pênis vermelho e duro, e saliva caindo de sua boca gulosa..."

Esfregou os pés na foto para rasgá-la. Tirou a toalha da mala e enxugou o corpo. Fitou seu rosto no espelho de plástico e tentou ver nele algum traço que pudesse admirar, mas na luz feia daquele banheiro seu rosto estava amarelo e espectral, nem parecia humano. Não havia luz em seus olhos.

E, então, foi tomado – como acontecia de vez em quando – da tristeza pela morte de Marina. Ela só tinha vivido trinta e seis anos. *Trinta e seis anos*. Era uma linda mulher com voz risonha. Ia todas as manhãs para o trabalho na Secretaria de Obras Públicas de Baryn usando uma blusa branca limpa. De noite, vestia um avental listrado e cantava enquanto preparava o jantar. Embalava a filha em sua caminha, paciente como uma madona. Dançava tango numa noite de verão usando sapatos vermelhos. Levava meses fazendo um tapete de retalhos. Fazia amor como uma cigana louca, com seu cabelo escuro caindo sobre o rosto de Lev. Ela era perfeita e tinha partido...

Lev sabia que aquele não era um bom lugar para começar a chorar. Tentou agir como Rudi teria agido, praguejando ou batendo com os pés para impedir que as lágrimas caíssem, mas elas já o estavam sufocando, tinham que cair. Lev apertou a toalha úmida de encontro ao rosto e rezou para que a tristeza passasse como uma breve tempestade, como um pesadelo do qual fosse possível despertar. Mas ela não ia passar, então ele ficou ali, em pé, chorando, e após algum tempo – não sabia quanto – ouviu Ahmed batendo à porta.

– Lev – Ahmed chamou baixinho. – O que aconteceu com meu entregador de folhetos?

– Nada – Lev gaguejou.

Houve um momento de silêncio e então Ahmed disse:

– Quando um homem chora, nunca é por nada... e isso não é um dos meus provérbios. Isso é a verdade.

No meio de sua tristeza, Lev também se achou tolo.

– Sinto muito – ele disse. – Sinto muito.

– OK – disse Ahmed. – Vou fazer um café para você. Não se apresse. Quando estiver pronto, venha tomar café. Certo?

Lev ouviu Ahmed se afastar. O oferecimento do café o comoveu e ele pensou: o homem do século vinte e um é igual a um cachorro, mas às vezes é um cachorro fiel, que se lembra do truque de demonstrar afeição.

Mais um dia. Disse a Ahmed que ia trabalhar mais um dia entregando folhetos, mas que depois disso teria que achar um emprego que pagasse melhor.
– Entendo. Meu pagamento é uma droga. Eu sei. Tenho um negócio muito pequeno com um aluguel muito caro. Mas que emprego você vai encontrar? – perguntou Ahmed.
– Não sei – respondeu Lev.
– Você vai à Central de Empregos, e, amigo, vou lhe dizer uma coisa, eles não vão ajudá-lo.
– Eles não vão me ajudar?
– Não. Catch-22. Sabe o que isso significa?
– Não.
– Beco sem saída, é o que significa. Gíria americana para uma roubada.
– Como?
– Para conseguir um emprego, você precisa estar recebendo auxílio da Previdência há um ano. Para receber auxílio, você tem que ter trabalhado um ano neste país. Engraçado, não? Está vendo? Beco sem saída.

Lev se atrapalhou enrolando um cigarro com o tabaco novo que havia comprado. Suas mãos ainda tremiam por causa do acesso de lágrimas. Conhecia a palavra "Previdência" de suas aulas de inglês, mas sabia que ela continha uma complexidade que nunca foi capaz de compreender. Tentou recordar o que a professora dissera enquanto via Ahmed arrancar os restos de carne do espeto, jogá-los no lixo e começar a limpar a gordura do mecanismo. Lev terminou de enrolar o cigarro, acendeu-o, e o gosto do tabaco da Virgínia era diferente, como o hálito açucarado de um estranho.

Momentos depois, Ahmed limpou as mãos num pano de prato sujo e se virou para Lev.

– O café está bom? – perguntou.
– Sim. Obrigado, Ahmed. Você é amável.
– Sou um bom muçulmano, só isso. No paraíso, pelo menos algumas virgens serão minhas. – Ahmed riu.

Lev imaginou se, na cabeça dele, essas "virgens" tinham seios iguais a abóboras e lábios oleosos. Então, Ahmed vasculhou uma prateleira atulhada, debaixo do balcão, tirou um jornal amassado e colocou-o na frente de Lev.

– *Evening Standard* – falou, mostrando com o dedo as duas palavras pretas –, jornal de Londres. Procure aí, Lev. Procure com cuidado. Ache as páginas de EMPREGOS. Também traz centenas de quartos para alugar. Hoje, você distribui meus folhetos. Amanhã, você acha um emprego neste jornal. Um emprego e um quarto, OK? Aí você vai ficar muito bem.

Quando o dia terminou e Ahmed pagou-lhe mais 5 libras, Lev não conseguiu pensar em outro lugar para ir, a não ser voltar para o seu esconderijo no quintal de Kowalski e Shepard. Desta vez, seu jantar foi um pão preto e um pacote de salame. Só sobraram 2 libras e 24 cents das 5 que tinha ganhado. Mal ousou pensar no preço das coisas. Para matar a sede, bebeu água da bica da parede.

A noite chegou e o apartamento continuou escuro. Lev sentou-se em seu buraco abaixo da calçada, fumou, tirou uma lanterna da mala e começou a estudar as colunas de empregos do jornal:

Precisa-se carreteiro Croydon; ger obra esp serv eletr ou mec; carpinteiros e reparadores de telhado Sydenham; LUL guarda de trânsito pos perm; ferramentas próprias Corgi reg...

Seu cérebro ficou cansado. Deitou-se. Manteve a lanterna acesa, iluminou as hortênsias e seu azul elétrico o fez lembrar de uma ocasião em que fora pescar à noite com Rudi, e eles haviam feito uma das descobertas mais estranhas de suas vidas.

Tinham ido no Tchevi até o lago Essel, que era frio e calmo, e ficava a muitas milhas de Auror, cercado por abetos e pinheiros. E onde, Rudi tinha sido informado, podia se imobilizar os peixes com luz elétrica e tirá-los da água com as mãos. "É porque", Rudi explicara a Lev, "o lago é tão isolado. Aqueles malditos peixes nunca viram luz elétrica antes, então eles vêm dar uma olhada e aí... é tarde demais, irmão! Eles morrem porque são curiosos."

Foi difícil achar o lago Essel. O Tchevi guinchava e gemia enquanto Rudi descia uma trilha após outra. Os galhos das árvores batiam no teto do carro, e as rodas derrapavam na lama arenosa e nas agulhas dos pinheiros. Às vezes, Rudi e Lev conseguiam ver o lago ao longe, com a lua brilhando sobre ele, mas aí a trilha mudava de rumo e não havia onde fazer o retorno, então o Tchevi precisava voltar de marcha a ré, com o motor gritando. Lev disse a Rudi que estava sentindo cheiro de queimado.

– Queimado? – Rudi falou, com desprezo. – Isso não é queimado. É protesto! É um belo motor dizendo que não gosta de ser tratado como uma picape. É como um cavalo de corrida empinando quando você lhe pede para puxar uma carroça. Você só precisa dominá-lo.

Quando finalmente encontraram o lago, Rudi estacionou o Tchevi bem na beirada, numa curva de areia, para que eles pudessem iluminar a água com o farol.

Os peixes nunca viram luzes tão grandes – disse Rudi. – Cada filho da mãe neste lago vai nadar para cá. O banco de trás e a mala do carro estavam cheios de baldes de plástico, e o plano era enchê-los de peixes vivos, depois ir até Yarbl e vendê-los na feira de sábado de manhã. Peixes vivos sempre vendiam melhor que os mortos e havia boatos de que os daqui eram carpas – consideradas uma iguaria na região. Rudi disse:

– Mesmo que não sejam carpas, vamos dizer que são. A menos que sejam enguias. Então, acho que vamos ter que chamá-las de enguias.

Lev e Rudi saltaram e contemplaram o luar batendo na água e ouviram os sons da noite e das pequenas ondas quebrando naquela faixa de praia. Então, fizeram uma fogueira e se sentaram ao lado, bebendo vodca, fumando e cozinhando os bolinhos feitos por Ina numa pequena panela preta, pendurada num galho curvo. Era noite de verão e as mariposas vieram voando para o fogo, e a lua desapareceu atrás dos abetos enquanto Lev e Rudi comiam os bolinhos, que estavam farinhentos e deliciosos. Com as barrigas cheias, a vodca e os cigarros acalmando suas mentes, era tentador ficarem ali sentados, conversando sobre o mundo, sem se preocupar com as carpas. Só a ideia do dinheiro que poderiam ganhar em Yarbl é que fez com que eles voltassem sua atenção para a missão noturna.

Encheram os baldes com água do lago e os enfileiraram na areia. Depois ligaram os faróis do carro. Tiraram os sapatos, enrolaram as calças e entraram na água gelada até os joelhos, de cabeça baixa, esperando as carpas nadarem para a luz.

– É bom que a lua tenha sumido – Rudi cochichou –, senão eles poderiam ficar confusos. Peixes não são nada inteligentes.

Nada aconteceu por algum tempo. Então, começaram a ver clarões estranhos de luz azul sob a água. Eles iam e vinham, e Lev e Rudi ficaram olhando aquilo.

– Que diabo é isso? – Rudi espantou-se. – Este lago está cheio de alienígenas? É por isso que ninguém vem aqui?

Mas Lev logo viu o que era: eram os peixes. Onde a luz incidia, seus corpos refletiam um brilho azul.

– Que merda! – praguejou Rudi. – Por que azul?

– Talvez sejam peixes russos – respondeu Lev. – Carpas russas gays.

"Azul" era a palavra que os russos usavam para se referir a homens gays. Rudi riu, mas eles acharam que havia algo de perturbador naquele azul. E os peixes eram pequenos – não pareciam carpas; pareciam criaturas exóticas que pertenciam a um aquário, e embora alguns nadassem bem perto das pernas de Rudi e Lev, nenhum dos dois quis apanhá-los.

Depois de passar alguns minutos olhando, Rudi foi para a margem e desligou os faróis do Tchevi para ver o que ia acontecer, e o que ocorreu foi que, no escuro, os peixes azuis continuaram iluminados, como chamas de gás, iluminando a água à sua volta, e Lev nunca tinha visto nada tão estranho e surpreendente quanto aquilo. Enfiou a mão na água e tentou agarrar um deles, mas o peixe pulou, traçando um arco brilhante no ar, como uma estrela cadente, e então dez ou vinte peixes também começaram a pular, formando uma fonte de luz em torno deles, que aos poucos foi desaparecendo, o azul começou a desbotar até que a única coisa que permaneceu visível para Lev e Rudi foi a superfície escura do lago.

Eles se sentaram ao lado dos restos da fogueira, secando os pés e imaginando se teriam tido alguma espécie de visão ou devaneio. Após algum tempo Rudi disse:

– Foi real, aquela cor. Deve haver algo errado aqui. Radiação de algum lugar. Aposto como esses peixes estão contaminados.

– Bem – começou Lev –, de qualquer jeito, são pequenos demais para vender, não são?

– Nada é pequeno demais para vender – falou Rudi, e Lev concordou. – Na feira de Yarbl, você podia vender grampos de cabelo, cones de pinhas. – Então, ficaram sentados ali, olhando para os baldes enfileirados, e pensando em todos os nomes que podiam dar àqueles peixinhos, como "sardinhas de água doce" ou "timalo azul do Essel". Mas então se lembraram dos bolinhos que tinham comido, cozidos na água contaminada do lago, e imaginaram se já estariam condenados à doença ou à morte. Então esvaziaram os baldes em silêncio, empilharam-nos de volta no carro e foram para casa.

Desde então, Lev às vezes ficava com medo de estar morrendo lentamente, sem perceber, por ter comido bolinhos cozidos na beira do lago Essel, ou mesmo por ter tocado, acidentalmente, o corpo de um peixe. Agora, no quintal de Kowalski, ao ver um azul semelhante nas pétalas das hortênsias, sua preocupação voltou: a preocupação peculiar e a bela lembrança, misturadas, enfrentando uma à outra, como dois lutadores de luta livre, nenhum querendo ceder.

A noite estava fria – bem mais fria do que a anterior – e Lev teve que tirar todas as roupas de dentro da mala e se cobrir com elas, mas mesmo assim teve dificuldade para dormir.

"Quando não conseguir dormir, filho, faça um plano", era algo que seu pai costumava dizer. "Aí você não terá desperdiçado essas horas." Então, Lev tomou uma decisão. A decisão o surpreendeu, mas ele sabia que era sensata: amanhã, ele ligaria para Lydia. Ela havia se oferecido para ajudá-lo e agora ele precisava de ajuda, então ia aceitar. Era simples assim. Iria até onde ela estivesse, na casa de amigos. Juntos, leriam todos os anúncios de jornal e Lydia decifraria tudo para ele. Ela saberia o que era um carreteiro. Ligaria para os números impressos nas páginas de EMPREGOS para marcar entrevistas e, à noite, ele já teria encontrado trabalho.

Embora, na aula de inglês de Lev, os estudantes que iam viajar para a Inglaterra tivessem sido aconselhados a comprar um telefone celular "assim que vocês tiverem dinheiro para isso", eles também tinham aprendido a usar um telefone público. Haviam decorado as instruções, como se fossem um poema:

Tire o fone do gancho.
Enfie a moeda.
Disque o número.
Fale.

Ainda era de manhã cedo. Lev ouviu uma voz de homem atender e começou a suar na testa.
– Desculpe – ele disse. – Posso falar com Lydia?
– Quem está falando? – respondeu a voz em inglês.
– Meu nome é Lev.
– Olev?
– Sim. Lev. Posso falar com Lydia?
Ouviu o homem chamando o nome dela e então Lydia atendeu.
– Lev? – ela disse. – É você do ônibus?
O som de seu próprio idioma fez Lev sentir vontade de rir de alegria. Ele pediu desculpas a Lydia por incomodá-la, ela disse que não era nenhum incômodo, que era um prazer, e ele explicou sobre o jornal e as descrições de emprego que não conseguia entender.

– Ah – Lydia falou imediatamente –, você precisa de um tradutor. Por que não vem a Muswell Hill esta noite e podemos recordar nossa viagem juntos?

Lev perguntou onde era Muswell Hill e Lydia explicou que era uma boa região, onde as casas e os prédios tinham jardins em volta e onde se ouvia raposas ladrando à noite, e essas raposas comiam lixo doméstico e criavam famílias em tocas cavadas sob os muros dos jardins.

– Ah – disse Lev. – Então, sou igual a uma raposa. Tenho dormido numa toca abaixo da calçada.

Aquilo aborreceu Lydia. Ela disse a Lev que ia buscar um mapa de metrô e ensinar-lhe como chegar a Highgate, que era a parada mais próxima de Muswell Hill. Falou que quando ele chegasse à estação e saísse para a luz do dia ela o estaria esperando, e eles voltariam juntos para o apartamento dos amigos dela, que se chamavam Larissa e Tom, e Lev poderia jantar com eles.

Lev passou quase o dia inteiro cochilando em sua toca de raposa; o sol veio e foi, ele enrolou cigarros e ouviu os sons da rua. Um carteiro desceu até o subsolo e enfiou a correspondência na caixa de correio de Kowalski, mas foi embora depressa, sem avistar Lev. Quando sentiu fome, comeu as últimas crostas do pão e as duas últimas fatias de salame.

No metrô lotado, Lev sentou-se, imóvel, agarrado à mala. Percorreu o vagão com os olhos para observar os outros passageiros, e pensou que, em seu país, as pessoas se pareciam umas com as outras e eram do mesmo tamanho, mas aqui na Inglaterra parecia haver uma reunião de nações, e, nessa reunião, carne humana de todas as cores estava sendo bem alimentada demais, de modo que moças africanas, que, uma geração antes, teriam sido magras e imponentes, estavam obesas, com barrigas de grávidas esticando as roupas apertadas, rostos grandes e redondos e mãos inchadas e feias, com anéis de prata enterrados nos dedos gordos. E havia um bocado de comida sendo consumida ali mesmo, no metrô. Uma das moças africanas chupava um pirulito. Crianças enchiam as bocas de biscoitos, enfiando a comida para dentro, como bebês, com suas mãos gorduchas. Dois homens brancos, enormes, sentados com os joelhos bem separados, como se para mostrar o volume insolente de suas partes íntimas, comiam hambúrgueres com cebolas em caixas de papelão, e o cheiro das cebolas era de podre, e Lev tapou o rosto com a mão. Quando os homens saltaram do trem, deixaram as caixas de papelão fedendo lá mesmo, na prateleira estreita entre os bancos. Lev ficou enjoado. Todo mundo sabia que a América era um país de gordos, mas a notícia do declínio da Inglaterra em direção à obesidade não tinha chegado a Auror. Lá, na imaginação das pessoas, os ingleses ainda eram pessoas magras e pálidas, que apertavam os cintos.

Na Estação Embankment, quando Lev mudou para a Linha Norte, passou por um saxofonista que tocava num dos longos corredores abafados. Notou que era alguém magro como ele, e imaginou se em troca de algumas moedas teria vindo de muito longe e se dormiria ali, na estação do metrô, sobre um casaco velho, e se passava o tempo vendo os barcos de turista pelo rio. Lev imaginou também quanto dinheiro ele faria. Porque ali todo mundo era apressado, e embora algumas pessoas começassem, inconscientemente, a andar no ritmo da música de jazz, não paravam para jogar nenhum trocado. Mas o cara continuava tocando assim mesmo. Era melhor do que mendigar, pensou Lev. Era uma forma de passar o tempo.

A viagem até Highgate levou tanto tempo que deu a Lev a impressão de que Muswell Hill ficava em outra cidade. A mala começou a pesar em seus joelhos. Estava louco para tornar a ver a luz do dia. Estava louco por um cigarro. A exaustão nos olhos de seus companheiros de viagem começou a passar para ele. Lev se lembrou que, em Yarbl e Glic, sentira o mesmo cansaço, o cansaço que vinha das multidões, da respiração dos outros, da luz dura da cidade, de estar sendo visto por tantos olhos. Percebeu que, desde o fechamento da serraria de Baryn, não tinha visto quase ninguém, só Maya e Ina, e, ocasionalmente, Rudi e Lora, e que esta vida invisível o deixara despreparado para a cidade e desacostumado de seu escrutínio.

* * *

Lydia esperava por ele, como tinha prometido, do lado de fora da estação. Ela usava um vestido de verão, num tecido estampado de flores vermelhas e seus braços estavam nus e pálidos. Ela usava óculos escuros por causa da claridade. Quando viu Lev, sorriu, e estendeu os braços quando ele se aproximou, como se Lev fosse um amigo da vida inteira.

Ela disse que o apartamento de Tom e Larissa não era longe e enquanto caminhavam pelas ruas íngremes, onde as pedras do calçamento eram irregulares, onde pequenos jardins exibiam uma vegetação abundante e onde o cheiro de alfena e rosas perfumava o ar, ela contou-lhe que Larissa era do mesmo país que eles, professora de ioga, e Tom era um psicoterapeuta inglês que ganhava um bom dinheiro e era generoso com tudo o que possuía.

– Como você está vendo – falou –, Muswell Hill é um paraíso.

O apartamento ficava no térreo de uma casa alta e tinha um porão, que era o consultório de Tom, com entrada separada, uma sala de espera e um toalete, onde os pacientes podiam se preparar ou se recobrar. Dava para um jardim abandonado, onde macieiras se juntavam para formar uma grande sombra e alguns vasos de barro rachados tinham sido plantados com gerânios. A sala principal era comprida e clara, com piso de madeira, tapetes afegãos e sofá de couro gastos, um piano e uma mesa redonda para a refeição da noite. Lev contemplou a sala e achou que as cores e as proporções faziam dela a sala mais bonita que ele já vira. Ele largou a mala e ficou parado na porta, admirando-a.

– Sei o que você está pensando, Lev – Lydia disse.

Larissa veio da cozinha e apertou a mão de Lev. Ela era uma mulher morena, graciosa, com a abundante cabeleira presa no alto da cabeça e olhos grandes, como os de uma artista de cinema grega cujo nome Lev não conseguiu lembrar. Lev beijou-lhe a mão num gesto antiquado e espontâneo, depois se sentiu tolo e sem jeito quando ela retirou a mão, mas viu que ela não tinha ficado irritada, apenas tinha achado graça.

– Seja bem-vindo – disse. – Lydia me contou tudo sobre a viagem de vocês e sobre como ela pareceu curta por causa de todas as conversas que tiveram.
– Mesmo? – falou Lev.
– Sim. Tom e eu temos a impressão de saber tudo sobre você. Mas entre, sente-se. Lydia já lhe contou sobre o trabalho dela?
– Não – respondeu Lev.
– Ah, conte a ele, Lydia! – pediu Larissa.

E Lev viu Lydia enrubescer e começar a alisar as flores vermelhas do vestido, como se estivesse se preparando para entrar numa grande *soirée*.

– Bem – falou –, tive sorte, Lev, porque Larissa e Tom conhecem Pyotor Greszler, o famoso maestro do nosso país, que veio para ensaiar com a Orquestra Filarmônica de Londres, e o trabalho já estava me aguardando quando cheguei.

"Pyotor é muito velho e seu inglês é muito ruim; sou sua tradutora, servindo de ligação entre ele e a orquestra. Transmito aos músicos tudo o que Pyotor diz e falo a ele tudo o que os músicos dizem. Fico lá o dia inteiro, dando instruções e ouvindo música. Jamais poderia imaginar um emprego tão maravilhoso."

Lydia deu um beijo no rosto de Larissa, que sorriu.

– Estamos tão contentes por você, Lydia. Não poderíamos estar mais contentes. – Então virou-se para Lev e disse: – Pyotor me telefonou um dia depois de Lydia ter começado a trabalhar e disse que estava encantado com ela. Falou que era uma tradutora muito sensível à música e que estava contente em tê-la na sala de ensaios. Isso não é fantástico?

– O único problema é que eu não tenho tempo, por causa das horas que passo com o maestro Greszler, de procurar um lugar para morar, e Tom e Larissa têm sido tão gentis, deixando-me ficar até quando eu precisar. Acho que a sorte sorriu para mim e eu realmente não sei o que fiz para merecer isso – disse Lydia.

Lev fitou o rosto de Lydia, que ostentava um sorriso radiante, e pensou que, às vezes, a vida revela maravilhas ocultas, como estoques de bicos-de-papagaio.

Lev já ia dar parabéns a Lydia quando Tom apareceu na sala. Ele pareceu confuso por um momento, como se não esperasse encontrar um estranho ali, mas Larissa interrompeu:
— Tom, querido, este é o Lev, amigo de Lydia. Está lembrando?
Tom olhou para Lev e Lev viu que, de certa forma, ele era a concretização do que tinha imaginado que seria um inglês: alto e magro, de olhos azuis, cabelos sem nenhuma cor, quase cinzentos, e roupas discretas. Tom apertou-lhe a mão e disse:
— Seja bem-vindo a Londres. — O que pareceu estranho a Lev, como se sua chegada tivesse sido um erro e que esse fosse o verdadeiro começo de sua nova vida, aqui no "paraíso" de Muswell Hill.
— Senhor — falou Lev. — Obrigado.
— Bem — disse Larissa, alegremente —, vamos tomar um drinque, Tom.
— Claro — concordou Tom. — Vinho? Vodca? O que vocês querem?
— Lev gosta de vodca — Lydia respondeu depressa.
— Larissa?
— Sim, vodca. Mas abra também um vinho branco. Estou preparando um peixe.
— OK — disse Tom —, vinho e vodca saindo.
Quando Tom deixou a sala e foi para a cozinha, Lev perguntou a Larissa se podia ir ao banheiro. Sua barriga tinha começado a doer. Era como se seu intestino tivesse ficado adormecido por quatro dias e agora tivesse inconvenientemente acordado.
Larissa levou-o até um banheirinho claro, onde conchas haviam sido arrumadas em fila ao longo do parapeito da janela, onde toalhas brancas e macias estavam penduradas num cabide de madeira, e a corda de acender a luz era de seda trançada. Do lado de fora da janela do banheiro, Lev podia sentir a frescura do jardim.
Olhou seu rosto no espelho do armário e viu que tinha manchas de fuligem ou terra no rosto, que seu cabelo estava empoeirado e sua camisa manchada. Sentou-se no vaso e aliviou-se o mais silenciosamente possível. A ideia de estar cagando no apartamento de um psicoterapeuta inglês o fez sentir um certo medo. Quando terminou, ele abriu a torneira de água quente na pia, ensaboou

o rosto e as mãos, tirou a camisa suja, que fedia a suor e aos *kebabs* de Ahmed, lavou as axilas e se enxugou numa das toalhas brancas e macias. Olhou com inveja para a banheira. Encontrou uma camisa limpa – a última – na mala, e vestiu-a. Era uma camisa de xadrez marrom e branco que ele tinha conseguido no mercado de Yarbl, em troca de uma prancha de madeira e alguns pregos. Sentiu-se revigorado.

Quando saiu do banheiro, sentiu o cheiro do peixe cozinhando. Ao sentar-se num dos sofás de couro, um copo de vodca foi colocado em sua mão. Perguntou se podia fumar e Tom respondeu:

– É claro, é claro. – E lhe trouxe um cinzeiro. Lev começou a parafernália de enrolar um cigarro e viu Lydia sorrindo protetoramente enquanto ele espalhava o fumo no papel.

O jantar surpreendeu Lev: uma sopa de tomate e pimenta, servida com pão quente, depois o peixe cozido com erva-doce, batatas e uma salada de pepino. Cada garfada o surpreendia ainda mais com seu sabor delicioso. Viu-se olhando para Larissa, para seu rosto e depois para suas mãos, imaginando que conhecimento ela possuía para fazer uma comida tão saborosa. Comeu o mais lentamente possível, com garfadas cada vez menores. Quando terminou, teve vontade de começar de novo, com a sopa vermelha. Achou que ficaria feliz em repetir essa mesma refeição pelo resto de sua vida.

À medida que a noite avançava, a escuridão começou a invadir a sala e Larissa acendeu velas na mesa. Lev olhou pelas janelas e viu que o céu por trás das macieiras tinha se tornado de um verde luminoso. *O paraíso de Muswell Hill*.

Ele pareceu ainda mais maravilhoso para Lev por causa da ótima comida e porque, finalmente, podia falar o próprio idioma. Mas o paraíso não ia durar muito. Mais tarde, quando terminasse de ler os anúncios de emprego no jornal com a ajuda de Lydia, estaria de novo na rua. Sabia que estava a muitas milhas de distância do jardim de Kowalski, então onde ia dormir? Será que pediria a indicação de outro B & B? Gastaria mais vinte libras numa cama limpa e num chuveiro?

Disse a si mesmo que pensaria nisso mais tarde. Se fosse necessário, poderia dormir sob as macieiras. Talvez as raposas viessem e cheirassem seu corpo adormecido. Tomou vinho branco e o sentiu subir à cabeça enquanto Lydia continuava a falar animadamente sobre seu emprego, sobre o gênio de Pyotor Greszler e sobre o amor que tinha pela música. Tom e Larissa propunham brindes ao futuro e as taças de vinho era reabastecidas de novo, e Tom ia buscar outra garrafa. Então Lydia disse:

– Chega para mim. Estou sendo egoísta. Agora, temos que ajudar Lev a encontrar um bom emprego. É a nossa missão.

– Sim, concordo – falou Larissa. – Que trabalho você quer fazer, Lev?

Lev disse que só estava qualificado para um tipo de trabalho, que era de funcionário de uma serraria. E então começou a falar das árvores de Baryn, que haviam sido todas cortadas e que nunca foram replantadas, de modo que, no fim, a serraria não teve mais o que serrar e todas as máquinas tinham parado, e estavam enferrujando com o passar dos anos.

– Isso é tão típico do nosso país, não é, Larissa? – comentou Lydia. – Ninguém pensa no futuro, nunca pensou, e agora o futuro está aqui, e as pessoas estão partindo.

– Bem – disse Larissa –, eu parti há muitos anos. – E contou que, em 1992, Tom havia ido a uma conferência internacional de terapeutas em Glic e ela tinha ido com uma amiga da sua turma de ioga a um bar, onde conhecera Tom, que bebia sozinho. Tinha se apaixonado por ele no espaço de uma noite.

Enquanto ela contava sua história, Tom tomava seu vinho e sorria. À luz das velas, seus olhos azuis brilhavam como os de uma criança. E Lev pensou, "minha vida nunca vai ser como a deles. Vai ser monótona e desprovida de amor". Mas ele não queria que as pessoas vissem que as invejava, então fingiu um grande interesse pela história de Larissa, de seu encontro com Tom no bar e do namoro deles, de como eles ensinavam o idioma um ao outro na cama. E o assunto de sua necessidade de emprego foi esquecido, como se ninguém quisesse estragar a noite com algo tão infeliz – nem mesmo Lydia. Lev pensou: "Bem, não importa, a comida e o vinho estão ótimos, e a luz da sala é dourada; vou dormir debaixo das macieiras e de manhãzinha Lydia e eu poderemos ler as ofertas de emprego no jornal."

Depois do jantar, eles se sentaram nos sofás de couro, tomando café, Lev fumou e eles conversaram sobre ioga. Larissa disse:

– O praticante de ioga vive num estado que nós chamamos de "passividade alerta". Isto é, estamos bem acordados, não dormindo, como tantas pessoas neste país que emocionalmente e espiritualmente estão adormecidas. Entretanto, não estamos sempre em busca disso ou daquilo, você entende? Estamos vivos e esperando, e quando você espera desta forma as ideias criativas e as soluções para os problemas vêm naturalmente.

Lev gostou disso. Gostaria que, no caso dele, isto fosse verdade. Mas sentiu-se obrigado a dizer:

– Não acho que haja muita gente no estado de espírito que você descreve, Larissa. Vou mencionar o meu amigo Rudi, por exemplo, que, sem dúvida, está "sempre em busca disso ou daquilo", em cada momento de sua vida!

Todo mundo riu.

– Ah, conte a Tom e Larissa a história do Tchevi, Lev – Lydia pediu. – Então Lev iniciou a longa saga de sua viagem com Rudi para comprar o carro, a porta caindo no meio da neve e ele jogando vodca no para-brisa para derreter o gelo. Enquanto falava, começou a enfeitar tudo com novos detalhes, como se fosse um ator improvisando sobre um tema, e sentiu o poder da história, seus desastres e seus momentos de humor, e o modo como ela levava a um final feliz. Quando terminou, viu que Tom e Larissa tinham ficado tão presos a sua história que, depois disso, nenhuma conversa pareceu suficientemente interessante e se fez silêncio na sala. Isso foi muito gratificante para Lev e ele pensou que, ao longo dos seus quarenta e dois anos de vida, os momentos de importância quase sempre tinham pertencido a outra pessoa. Mas aqueles últimos minutos haviam pertencido só a ele.

Logo depois, um relógio de igreja em algum lugar nas ladeiras de Muswell Hill bateu meia-noite, e Larissa se levantou e começou a juntar as taças de vinho e as xícaras de café.

Lev apagou o cigarro.
— Tenho que ir — disse. — Obrigado pelo belo jantar.
Viu Lydia olhar ansiosamente para Larissa, que percebeu o olhar e se virou para Tom.
— O que eu sugiro — disse — é que Lev durma no sofá. Você não concorda, Tom? Está muito tarde para ele achar um lugar para dormir.
— Sim — Tom respondeu animadamente. — Boa ideia.
— Ah, sim! — Lydia exclamou, juntando as mãos. — Ia sugerir isso, mas não tive coragem. Acho que dormir no sofá é uma boa solução. Então, pela manhã, posso traduzir umas coisas para Lev.

A cabeça de Lev estava deitada em travesseiros limpos e seu corpo estava coberto com um lençol branco e uma manta xadrez. Ele havia deixado a janela aberta e as cortinas afastadas, para poder adormecer olhando para a noite. Ouviu aviões passando.
Por volta das três horas, acordou com um grupo de rapazes bêbados, falando alto na rua. Tentou entender o que estavam gritando.
— Puta!
— É, puta!
— Filha da puta!
— É, sua filha da puta sem vergonha!
Vagarosamente, eles se afastaram, chutando uma lata pela rua. Lev ouviu o som de alguém vomitando. *O paraíso de Muswell Hill.*
Lev estava completamente acordado. Estendeu a mão para os papéis de cigarro. Imaginava se Lydia ouvira a barulhada quando a porta da sala abriu e a viu ali parada, de camisola.
— Lydia? O que foi?
— Desculpe — disse Lydia. — Não consegui dormir. Sinto-me tão mal.
Lev sentou-se e acendeu uma luz. A camisola de Lydia era de cetim cor-de-rosa e seus chinelos eram brancos e peludos. Seu rosto brilhava.
— Desculpe, Lev, não ter dado atenção a você.

– Como assim? – indagou Lev.
– Devíamos ter falado mais sobre seu emprego e tentado fazer planos para você. Quando ouvi aquelas pessoas gritando e xingando na rua, me lembrei de como as ruas podem ser horríveis, que você passou todo esse tempo na rua e nós não tentamos ajudá-lo na noite passada.
– Vocês me ajudaram – disse Lev. – Vocês me deram uma comida maravilhosa...
– Eu me refiro ao futuro – retrucou Lydia. – Quero que você tenha um futuro.

Lydia atravessou a sala e sentou-se no chão ao lado do sofá. A rua estava silenciosa novamente e Lev pôde ouvir um pássaro noturno cantando baixinho num dos jardins escuros. Lev começou a enrolar um cigarro. Lydia pôs a mão em seu braço.

– Gostaria de tentar... – disse. – Gostaria de ajudá-lo e de ficar perto de você, Lev – murmurou.

Lev ficou contente por ter um cigarro. Acendeu-o silenciosamente e deu uma tragada.

O rosto de Lydia estava muito perto do dele.

– Sei que talvez você não queira – falou Lydia. – Sei que ainda está de luto por sua esposa. Respeito isso. Mas, estava pensando, eu tenho um bom emprego agora. Podia ajudá-lo.

– É muita gentileza sua – disse Lev. – Muita gentileza. E estou contente que você esteja trabalhando com o maestro Greszler. Mas essa é a sua nova vida, Lydia, e amanhã eu preciso seguir o seu exemplo e encontrar a minha.

– Não estou falando de dinheiro. – Lydia mostrou-se encabulada. – Estou falando em nos ajudarmos um pouco. Fazer companhia um ao outro...

– Sim – falou Lev. – Claro. Vou aceitar sua ajuda para procurar emprego nos anúncios de jornal.

Lydia baixou os olhos.

– No ônibus – disse –, me acostumei a estar com você. Lado a lado. É ridículo, eu sei. Mas fingi para mim mesma que estávamos viajando juntos. E quando me despedi de você...

– Lydia – Lev falou delicadamente –, nós não estávamos viajando juntos.
– Eu sei, eu sei. É muita burrice da minha parte.
– Não, não é burrice, mas...
Lydia segurou o pulso de Lev. E segurou com força.
– Posso tocar seu cabelo, Lev? – murmurou. – Você tem um cabelo lindo. Tão cheio e macio. Posso tocar nele?
Lev olhou para o rosto brilhante de Lydia, com seus sinais marrons. Algo nela o havia comovido desde o início – o modo como ela comera seus ovos cozidos, a tranquilidade da sua voz –, mas a ideia de ser tocado por ela o aterrorizava.
– Escute... – começou.
– Só o seu cabelo – insistiu Lydia. – Mais nada.
– Meu cabelo está sujo – disse Lev.
– Não me importo.
– Escute... – ele repetiu. Mas Lydia estendeu o braço e pôs a mão na cabeça de Lev, logo acima da orelha. Lev não se mexeu. A mão de Lydia não se mexeu. O cigarro continuou a arder. Lev pensou que, durante a noite, ele se sentira quase feliz naquela sala, mas agora esta felicidade parecia superficial e comprometida. Xingou a si mesmo por ter telefonado para Lydia.
– Lev – Lydia falou numa vozinha infantil –, você sabe que é um homem muito bonito. Seria muito triste se resolvesse ficar sozinho para sempre. Você não se lembra da sensação de um beijo? Lembra?
– Sim – retrucou Lev. – Eu me lembro. Mas agora nós dois precisamos dormir.
O mais delicadamente possível, Lev tirou a mão de Lydia da sua cabeça e a colocou no colo dela, enquanto a via baixar os olhos, fitando para as próprias mãos como se elas fossem um presente inesperado que ele tivesse posto ali.
– Já está quase amanhecendo – comentou Lev. – Está ouvindo os pássaros cantando?
– Bem – respondeu Lydia –, não estou particularmente interessada em pássaros.

5
Dois metros e meio de tampo de aço inoxidável

Com a ajuda de Lydia, Lev conseguiu um emprego de ajudante de cozinha num restaurante em Clerkenwell. Pagavam 5,30 libras por hora.

O chef-proprietário do restaurante GK Ashe era Gregory (GK) Ashe. O gerente do restaurante, Damian, que entrevistou Lev às três horas da tarde, falou:

– GK Ashe vai ser um sucesso nesta cidade. Está me ouvindo, Olev?

– Claro – disse Lev.

Damian era um homem pálido, de meia-idade, com a cabeça raspada. Estava elegantemente vestido com um terno caro e uma camisa cor de limonada. Tinha o tipo de sorriso que desaparecia assim que tocava seus lábios. Damian examinou Lev atentamente, passando os olhos por seu corpo, avaliando-o com olhos castanhos e alertas. Então, concluiu:

– Você é magro. Isso é bom. O Sr. Ashe gosta que os funcionários sejam magros. Porque é um sinal de que são ágeis. E todo mundo nesta cozinha tem que ser ágil. Ágil, rápido e incansável. Entende o que estou dizendo?

– Incansável? – repetiu Lev. – O que é isso?

– Que nunca se cansa. Que nunca mostra que está cansado, mesmo que esteja. Porque os turnos são longos e você tem que aguentar. Ninguém boceja por aqui. OK? Você abafa o bocejo. Se for apanhado bocejando, pode levar um banho-maria em cima.

– Banho-maria? – repetiu Lev.

– E você nunca, *nunca* deve comer a comida, certo? Se o Sr. Ashe o vir colocando até mesmo um pedacinho de limão na boca, você já era. Então, não faça isso. Há uma refeição para os funcionários às cinco da tarde. É leve, porque não queremos encher os funcionários de proteína, mas você vai sobreviver. E quando o serviço é excepcionalmente bom, o Sr. Ashe pode se sentir magnânimo à uma da manhã e preparar *crostini* para todo o mundo. E então abrimos algumas cervejas. Aí é como se fôssemos uma família. Você vai ver.

Damian deu aquele seu sorriso rápido e Lev comentou:

– Família é bom.

– É sim – disse Damian. – Com certeza. Espero que você tenha uma família em casa, tem? É isso que vocês fazem... eu já vi... mandam todo o dinheiro para casa, em alguma aldeia, certo?

– Para minha mãe e minha filha.

– Mesmo? Bem, você é um cara bondoso, estou vendo. Sua esposa está aqui na Inglaterra com você?

– Não – respondeu Lev. – Minha esposa... ela morreu.

– Certo – disse Damian. – Certo. OK. Sinto muito. Agora venha ver as pias. Aqui estão elas. Duas pias e dois metros e meio de tampo de aço inoxidável. Área de limpeza ultramoderna. Suportes para travessas e pratos. Lavadoras de louça multifuncionais. Limpadores a jato. Torneira com temperatura controlada para enxaguar. OK, Olev? Você poderia lavar louça para um regimento com este equipamento.

Lev ficou parado em frente às pias e contemplou a parede forrada de aço inoxidável atrás delas e os panos de prato limpos pendurados em fila em ganchos de metal. Desejou que Rudi estivesse ali para ver tudo aquilo e se maravilhar. Ouviu-o dizer: "Puxa, Lev! Dê uma olhada nessa merda toda!"

Lev ia começar no dia seguinte, apresentando-se para o trabalho às quatro.

– Não se esqueça, Olev – Damian o acompanhou até a porta –, de que a cozinha de um restaurante funciona exatamente como uma orquestra. Todo mundo tem que prestar atenção e manter o ritmo. Só há um maestro e este é o chefe de cozinha. Então, mantenha-se alerta. Não descanse. Não tire folgas. Não pare de tocar seu instrumento e o mantenha no ritmo. Aí você se dará bem. Vejo-o amanhã.

Lev saiu para o sol, enrolou e acendeu um cigarro. Do outro lado da rua, alguns fregueses ainda ocupavam a mesa de um pub, e suas gargalhadas pareciam as de uma criança, altas e espontâneas. Lev sentou-se perto deles e uma das mulheres, fumante, cumprimentou-o coquetemente:

– Oi, docinho!

Os homens se viraram a fim de olhar para Lev, mas só por um instante, porque seus drinques eram o que importava e nenhum estranho os faria desviar a atenção.

Lev pediu uma cerveja. Merecia aquela pequena comemoração. Ele agora fazia parte da economia britânica. Não precisava voltar a distribuir folhetos para Ahmed. Podia mandar outro cartão-postal para Ina, contando a ela que tinha um emprego, que pagava 5,30 libras a hora, o que era mais do que ele podia ganhar em Baryn por dia.

Mas então lembrou-se que aquele dinheiro trazia um problema. O quarto que Lydia encontrara para ele em Tufnell Park custaria 90 libras por semana. Somado a isso, havia as passagens de ônibus e metrô, mais a comida e os cigarros. Quanto sobraria para Ina? Sobraria alguma coisa? Lev olhou para a moça que o chamara de "docinho". Como ela conseguia viver, engordar e beber numa tarde de quarta-feira? Como podia pagar tudo aquilo? A mulher lhe causou repulsa: a barriga saliente, a pele oleosa do rosto brilhando ao sol de Londres. Preferiu ficar sozinho, tomando sua cerveja. Abriu o mapa do metrô e começou a planejar sua viagem até Tufnell Park.

Era uma rua de casinhas acanhadas, chamada Belisha Road. Sorveiras lançavam uma grande sombra de um dos lados. A calçada era rachada, esburacada e suja.

O número 12 ficava do lado sombreado e uma cerca viva alta, muito larga por falta de poda, deixava a entrada escura. Atrás da cerca havia latas de lixo transbordantes e uma bicicleta, presa por uma corrente às grades da janela.

Lev tocou a campainha do alto, marcada C. *Slane*. Esperou. Depositou a mala no degrau a seu lado. Na rua, podia ouvir um cachorro latindo, ver uma criança berrando e se debatendo num carrinho. As frutinhas das sorveiras começavam a ficar douradas.

Quando a porta abriu, Lev viu um homem pequeno, parecendo um duende, com olhos claros e nervosos, e eczema no nariz. Usava uma velha camiseta branca e jeans desbotados, largos demais para ele.

– Sr. Slane? – indagou Lev.

– Sim. Christy Slane. Entre, entre. Eu o estava esperando. Sua amiga, Lydia, telefonou a respeito do quarto.

No corredor escuro, amontoavam-se diversos pares de tênis, sob uma fileiras de ganchos, onde anoraques, cachecóis, mochilas, casacos e jaquetas de couro estavam pendurados.

– Esse lixo todo não é meu – disse Christy Slane. – Pertence aos moradores de baixo. Eles não querem o fedor dos sapatos dentro do apartamento, então os deixam do lado de fora para eu tropeçar. Eles não têm nenhuma consideração e, é claro, nenhuma imaginação.

Lev subiu a escada atrás de Christy Slane. Viu que a porta do apartamento de Christy era pintada de branco e colado a ela havia o desenho infantil de uma casa.

– Minha filha, Frankie, desenhou isso – falou Christy. – Ela não mora mais aqui. É por isso que tenho um quarto para alugar. Eu devia tirar o desenho da porta, mas não consigo.

Christy fechou a porta branca e Lev viu que o apartamento também era pintado de branco brilhante, e cheirava a tinta fresca e a algo mais, que Lev identificou esperançosamente como fumaça de cigarro. Olhou em volta para as portas que saíam do pequeno hall onde estavam. Deu uma olhada para uma sala de estar com um aquecedor a gás, duas cadeiras de vime, uma mesa de jantar e uma TV. Um lustre de papel amassado pendia do teto. As janelas não tinham cortinas.

– O mínimo necessário de móveis agora – disse Christy. – Minha esposa levou a parte dela e depois *metade da minha*. Assim são as mulheres inglesas. Mas não levou nada do que eu dei a ela. Nem as coisas que dei para a minha filha. Então, você vai ter que dividir o quarto com uma casa de bonecas e uma pequena loja de plástico que eu trouxe de Orlando, Flórida, e um ou dois bichinhos de pelúcia. Espero que não se importe. Se ficar enjoado deles, pode me ajudar a levá-los para o sótão.

Christy abriu a porta do quarto da filha, e Lev viu o beliche e uma escadinha que levava de uma cama para a outra, e roupa de cama estampada de girafas. Sobre o parapeito da janela, havia uma fileira de bichos de pelúcia. O chão era atapetado de verde. Nele, havia uma casinha de boneca de madeira com uma chaminé vermelha e flores pintadas na porta. Ao lado do beliche, havia um tapete colorido, que o fez lembrar do tapete de retalhos do quarto de Maya.

– Está bom para você? – perguntou Christy. – Ele foi limpo e arejado. As camas parecem pequenas mas são de tamanho padrão. Coloco sua roupa suja na lavadora uma vez por semana, tudo incluído nas 90 libras. Você vai ficar confortável aqui, não vai? Não é muito diferente do meu próprio quarto. Quando eu era menino em Dublin, tinha animais estampados no travesseiro. Mas se eles o incomodarem, podemos comprar outras roupas de cama, baratas, na Holloway Road. OK?

Lev entrou no quarto e pôs a mala no chão. Não tinha entendido tudo o que Christy Slane dissera, apenas que aquele fora o quarto de sua filha e que ela agora não morava mais ali. Examinou os pertences da menina e depois olhou pela janela, para um plátano cujos galhos quase tocavam no vidro. Em seguida olhou para Christy, parado na porta, com os braços estendidos ao longo do corpo, como se não quisesse entrar no quarto, as mãos penduradas dos lados de um jeito desamparado, e ficou paralisado por um instante, reconhecendo algo de si mesmo no outro homem, uma vontade de se render, de não lutar, um desejo perigoso de dar tudo por terminado.

– O quarto é muito bom – disse. – Vou ficar com ele.

– Certo – disse Christy. – Ótimo. Bem, pelo menos Ângela deixou as cortinas. E este lado da casa é silencioso. Exceto quando fazem churrasco no jardim, se você pode chamar aquilo de jardim, do jeito que eles o tratam, e eles têm um cachorrinho que às vezes gane à noite, quando o deixam do lado de fora, mas, fora isso, é silencioso. Agora vou mostrar-lhe as instalações.

O banheiro também era pintado de branco e estava brilhantemente iluminado. A banheira, a pia e o vaso pareciam novos. Lev viu um sorriso amargo aparecer no rosto de Christy.

– A *pièce de résistance*. Ângela o teria dividido se soubesse desmontar os canos, mas felizmente não sabia.

– Um banheiro muito bom – comentou Lev.

– Sim, fico contente que tenha notado. Eu mesmo o fiz. Esse é o meu ofício: encanador. Mas agora sou autônomo... se esta for a palavra para mais ou menos desempregado. Não consegui conservar o emprego depois que Ângela partiu. Pelo menos, temos um bom ambiente para cagar. Vou buscar uma toalha para você.

Christy saiu e Lev o ouviu abrindo um armário em outro cômodo. Olhou para a loja de plástico em miniatura ao lado da miniatura de casa. Uma placa na porta da loja dizia: *Oi! Minha loja está aberta.*

Christy voltou e entregou a Lev uma toalha verde.

– Bem – disse –, qual é seu primeiro nome?

– Meu nome?

– Eu sou Christy. Sou irlandês, caso não tenha notado. Fui batizado como "Christian", mas isso era demais para carregar, opressivo demais, entende? Mas "Christy" está bom. Chame-me assim.

– Sim – concordou Lev. – Eu sou Lev.

– Certo – disse Christy. – Agora, vou fazer um chá, Lev, e podemos resolver a parte financeira. O trato é um mês de aluguel adiantado, ou, se não tiver o dinheiro neste momento, posso passar para duas semanas.

– Prefiro duas semanas – falou Lev.

– Tudo bem. Posso me conformar com isso, cara.

Lev começou a contar as notas: quase todo o dinheiro que possuía. Mais uma vez, pensou na afirmação de Rudi de que ele poderia viver com vinte libras por semana. "Eu *conheço* o mundo", Rudi costumava dizer. "Não assisto apenas ao noticiário, eu o *interpreto*. Meus julgamentos estão baseados em horas de *leituras complementares*." Lev também sabia que Rudi negociaria as noventa libras e, muito provavelmente, conseguiria que Christy fizesse algum abatimento, mas ele, Lev, era incapaz de fazer isso. Sentiu-se afortunado por ter achado Christy Slane, por ter conseguido um quarto de criança. Não tinha vergonha, nem feria seu orgulho deitar a cabeça numa fronha estampada de girafas.

– Tenho pena dos homens – Christy disse enquanto tomavam chá.
– Na minha opinião, as mulheres nos dominaram neste século.
– Sim? – falou Lev.
– Admito que estava bebendo demais e que não é agradável compartilhar a vida comigo quando estou nesse estado. A bebida desperta o pior em mim. Todo homem, e toda mulher, tem seu lado ruim, isso faz parte da natureza humana. Mas a maior parte do tempo, esse lado ruim fica escondido. A maior parte do tempo você não vê um monte de merda.

Lev assentiu. Tanto ele quanto Christy estavam fumando e as pontas de cigarro se acumulavam no cinzeiro.

– Então, tenho uma certa simpatia por Ângela – Christy continuou. – Posso ver o lado dela. Mas aí ela fica tão desagradável, sabe? Diz que sou uma porcaria. E diz isso na frente de Frankie, minha filha. Aí Frankie passa a não falar mais comigo, a não deixar mais que eu lhe dê um beijo de boa-noite. Entro lá, em seu quarto, e ela vira a cara. Pego um dos brinquedos dela e digo "Olha, Frankie, Sammy o Palhaço, quer que você diga boa-noite para seu pai..." E isso era patético, porque ela não ligava. Cobria a cabeça com o lençol, como se eu fosse machucá-la. Nunca encostei nela. Juro por Deus. Foi Ângela quem a fez agir assim.

Lev assentiu. Viu que Christy não ligava se ele entendia ou não o que dizia. Talvez, pensou, seja mais fácil para ele falar sabendo que eu não entendo. Porque, agora que começou a contar a história de sua vida recente, não parece querer parar. Mas Lev não se importou. Aos poucos, começava a entender que a solidão do irlandês era quase tão grande quanto a sua. Eram mais ou menos da mesma idade. Ambos desejavam voltar a um tempo anterior à perda das pessoas que amavam.

– Que confusão – Christy suspirou. – Será que um dia vai se resolver? Acho que não. Acho que Ângela me deixou com a corda no pescoço. Vou à escola de Frankie, na hora do recreio, e a vejo brincar no pátio, vejo-a correndo e pulando corda. Mas não tenho permissão para me aproximar dela. As professoras têm instruções: eu não devo tentar fazer contato com ela. Sou considerado uma espécie de "risco inaceitável" porque um dia quebrei uns copos e pratos. Então, agora, tenho que ir ao tribunal para recuperar meus direitos, meus direitos de pai, meus direitos de ser humano. E se perder? Estou tentando ficar longe da bebida. Você pode me ajudar, Lev. Você é um homem disciplinado, dá para ver. Gostaria que me ajudasse. Não me deixe ir ao pub. E se eu abrir uma garrafa de cerveja em casa, tente tirá-la da minha mão, certo? Simplesmente despeje-a na pia.

– Sim – concordou Lev. – Vou tentar. Mas tenho que trabalhar muitas horas no GK Ashe.

– Claro que sim. Tinha me esquecido. Achei que íamos ficar aqui sentados a vida inteira tomando chá! Gosto dessa tranquilidade. Uma xícara de chá. Um cigarro. Silêncio. Gosto disso.

– Sim – falou Lev. – Também gosto.

– Então, conte-me sobre sua filha.

Lev tirou a carteira e achou a foto de Maya que carregava. Passou-a para Christy. Lembrava-se claramente da textura macia do vestido de lã que Maya usara naquele dia. Viu Christy olhar com ternura para a fotografia.

– Meninas – disse. – Tão bonitas. Não são? Tão doces e queridas. Carinhosas e tudo o mais. E, então, *bang*, se viram contra você. Dizem que odeiam você. Partem seu coração.

Devolveu a foto e Lev a guardou de volta na carteira. No silêncio que se seguiu, Lev tentou contar a Christy sobre a morte de Marina, para que o tema fosse ventilado e não ficasse à espreita, para apanhá-lo desprevenido, num momento em que fosse muito difícil falar sobre isso. Quando Christy perguntou-lhe *por que* Marina morreu, Lev tentou explicar que casos de leucemia eram comuns em Auror e Baryn, mas ninguém sabia por quê. Algumas pessoas diziam que era a contaminação da água, outras que o câncer resultava de comer pouca carne vermelha, ou pelo excesso de geleia de pétalas de rosa.

Sua teoria era de que a morte de Marina tinha a ver com a torre de energia, cuja sombra caía sobre a casa no fim da tarde. Tentou dizer a Christy que essa sombra tinha uma frieza, um desânimo peculiar, e que quando ele a via no jardim – sobre o cercado de cabras, o galinheiro e a horta que Marina cuidava com tanto carinho – sentia uma raiva e um pressentimento. Estava contente com o fato de a eletricidade ter chegado a Auror, mas o ódio e o medo da sombra da torre nunca o tinham deixado.

Christy ficou olhando para Lev, com o rosto apoiado nas mãos, que eram esqueléticas e tinham marcas de queimadura. Passado algum tempo, falou:

– Por que era da sombra que você tinha medo e não da própria torre?

Lev pensou a respeito. Ele tentou dizer que a sombra os *tocava*. Ela estendia uma espécie de placa sobre eles. A torre ficava a uma certa distância, na colina atrás de Auror, mas sua sombra caía diretamente sobre eles e não havia nada que pudessem fazer a respeito.

Christy retirou as xícaras. A tarde estava no fim e os sons da noite em Belisha Road começaram a se acumular a seu redor. Destacava-se a música alta, ressonante, que vinha do apartamento de baixo.

– *Moradores do East End* – anunciou Christy. – É melhor prestar atenção, cara. Você vai aprender mais sobre o mundo louco em que vive.

Christy esquentou uma torta de carne e eles a comeram com ervilhas em lata, sentados nas cadeiras de vime, vendo TV. Depois de comer, Lev adormeceu ao som de uma discussão furiosa e interminável em algum lugar na TV chamado Albert Square. Caiu num sono profundo e, quando acordou, a TV estava desligada, a sala quase escura e não havia sinal de Christian Slane.

Lev andou sozinho pelo apartamento. A cozinha estava arrumada, os pratos do jantar lavados e guardados. Entrou no quarto de Christy e viu uma cama de casal, desarrumada, e uma mesinha de cabeceira cheia de livros, cartas e comprimidos. Fora a cama e a mesinha, o quarto estava vazio. Na janela, um cobertor tinha sido pendurado para fazer as vezes de cortina.

Lev voltou para a sala. Olhou cobiçosamente para o telefone. Tentou resistir ao desejo que sentia, mas não conseguiu, então – sem fazer ideia de quanto custaria um telefonema para seu país – tirou algumas moedas do bolso e depositou-as ao lado do telefone. Depois tirou-o do gancho e discou o número de Rudi. Quando ouviu a voz grossa, familiar, do amigo, sentiu um calor no peito.

– Ei! – Rudi berrou. – Estou com saudades! Todo mundo está com saudades suas. O que está acontecendo por aí? Você já está preparado para voltar?

Lev riu. Contou a Rudi que tinha arranjado emprego numa cozinha, que estava morando num quarto de criança, que as pessoas em Londres eram mais gordas do que ele tinha imaginado.

– Gordas? – disse Rudi. – E daí? Não culpe as pessoas por serem gordas, Lev. Se tivéssemos mais comida por aqui, eu ficaria feliz em ser gordo. Desfilaria por aqui exibindo minha barriga gorda. E se Lora ficasse com a bunda grande, não me importaria. Enfiaria a cara nela e a beijaria.

– Bem, OK – disse Lev –, mas eu não tinha imaginado que as pessoas fossem assim. Pensava que elas se parecessem com Alec Guinness em *A ponte sobre o rio Kwai*.

– Esse filme foi feito durante a Guerra Fria, Lev. Foi feito *antes* da porra da Guerra Fria. Você está muito atrasado em tudo.

– Você também – disse Lev. – Você calculou que eu poderia viver com vinte libras por semana. Só o quarto custa noventa.

– Noventa libras? Você está sendo roubado, amigo.

– Não – retrucou Lev. – Vi uns trinta *Quartos para Alugar* no jornal. Esse era o mais barato.

Rudi ficou calado. Lev deixou o silêncio durar alguns instantes, depois perguntou por Maya e pela mãe.

– Elas estão bem, Lev. Estão ótimas. Só que uma cabra sumiu. Ina acha que algum sem-vergonha a roubou do cercado. Ela acha que vão roubar todas, uma por uma, agora que você não está lá – Rudi respondeu.

Foi a vez de Lev ficar sem saber o que dizer. O que lhe veio à mente foi a delicadeza com que as cabras trotavam em seu curral.

– Diga a Ina para levá-las para dentro de casa à noite.

– E colocá-las onde? – indagou Rudi.

– Em qualquer lugar. Na cozinha.

– Elas vão cagar o chão todo, e aquele sem-vergonha vai arrombar a casa para roubá-las. É isso que você quer?

– Diga a Ina para pôr uma tranca na porta.

– Claro, vou dizer a ela. Mas, sabe, Lev, ela está sempre dizendo: "Rudi, por que o meu filho foi embora? Diga-me, por que o Lev foi embora?"

– Ela sabe por que fui embora. Vocês todos sabem, então não me torture com isso, Rudi. No fim da semana, vai chegar meu primeiro dinheiro. Então, Ina vai ficar contente.

– OK. OK. Vou dizer isso a ela também: contente no fim da semana.

Lev mudou de assunto. Perguntou sobre o serviço de táxi.

– Bem, nada mudou desde que você partiu. Como você sabe, as pessoas não querem mais ir de bicicleta aos lugares, agora que sabem que o Tchevi está disponível. Querem viajar com estilo nos meus bancos de couro. Mas notei uma coisa: estão gastando o estofado! Esfregam as bundas nele. Acho que gostam da sensação de esfregar as bundas no couro, mas isso não está fazendo nenhum bem ao carro – respondeu Rudi.

– Se é só o estofamento que está ficando gasto – comentou Lev –, você pode viver com isso.

– Bem, posso viver com isso, mas isso me deixa louco.

– É melhor do que quebrar uma peça do motor.

– Muito bem dito, amigo. Você está brilhante hoje, estou vendo. Mas talvez agora você possa mandar umas peças de Londres para mim.

– Sim – disse Lev. – Assim que me aprumar. Quando conseguir me acostumar...
– Você se sente só? – perguntou Rudi.
– Sim – respondeu Lev.

Houve outro silêncio, durante o qual Lev imaginou Rudi no hall de sua casa, onde, sobre uma cômoda de mogno, ele guardava o registro do táxi e um velho relógio de cuco que cuspia um passarinho quebrado para anunciar as horas do dia e da noite.

– Vi seu cartão de Diana – Rudi comentou, após alguns momentos. – Ina me mostrou e eu fiquei de pau duro. Pensei, Princesa Diana, mostre-me o seu lindo sorriso e depois venha sentar-se no meu colo.

Lev riu. Ouviu a própria gargalhada como algo distante e surpreendente. Depois, a gargalhada familiar de Rudi juntou-se à dele e Lev lembrou-se da viagem de carro regada a vodca para Glic, de dançar o tango sob as estrelas e dos peixes azul-néon do lago Essel.

– Esqueça Diana – falou Lev. – Tenho um encontro amanhã com dois metros e meio de tampo de aço inoxidável.

GK Ashe não era como Lev tinha imaginado; era um homem magro, não muito alto, com uma cabeleira negra que enfiava para dentro de um chapéu de algodão e olhos muito azuis. Lev calculou que tivesse uns trinta e cinco anos.

Ele entrou na cozinha pouco antes das quatro e encontrou Lev pronto ao lado das pias, usando o avental listrado.

– OK – falou, apertando a mão de Lev. – Sou GK Ashe. Estou contente em tê-lo conosco, Olev.

– Também estou contente, senhor – respondeu Lev.

– Não me chame de "senhor". Chame-me de "Chef".

– Chef...

– Damian lhe disse que dirijo uma organização eficiente?

– Organização eficiente?

– A diferença entre uma cozinha onde as pessoas são preguiçosas e negligentes e outra onde todo mundo se esforça ao máximo

é a diferença entre uma empresa bem-sucedida e uma empresa fracassada. E a palavra "fracasso" me aborrece muito. Não quero nem ouvir falar nisso, certo? Todo mundo aqui tem que dar duro, OK?
— Dar duro, chef?
GK Ashe foi até as pias.
— Agora — disse —, esta é a estação de trabalho. Trate-a como se fosse uma sala de cirurgia. Quero que tudo, cada colher, cada lata, cada peneira, cada vasilha, cada socador, faca, grelha, descascador de batata, esteja perfeitamente limpo. Quando terminar de esfregar uma assadeira, quero poder tomar um coquetel nela, OK?
— Coquetel, chef?
— Sim. A limpeza em algumas cozinhas é lamentável. Setenta por cento dos casos de intoxicação alimentar neste país começam na cozinha dos restaurantes. Mas não na minha. Não na minha. Então cuide disto, sim? — GK pôs a mão no ombro de Lev. — Seu apelido vai ser "enfermeiro" — disse. — É assim que chamo meus atendentes de cozinha: *Enfermeiros*. E você vai ter que fazer jus ao nome.
— Enfermeiro?
— É. Não veja como um insulto. Pelo contrário. É uma *designação*. Apenas faça seu trabalho com orgulho e se dará bem.
— Vou tentar — falou Lev.
GK sorriu e se afastou com uma pirueta, mas virou-se para dizer:
— O novo cardápio começa esta noite, então talvez as coisas fiquem quentes por aqui, pode haver muitos pedidos de reposição de pratos, mas o que fazem os enfermeiros? Eles ficam calmos. Limpam a bagunça. Entendeu? Contamos com você, Olev.
Mais funcionários começaram a chegar. Eles se aproximavam e se apresentavam a Lev, que tentava lembrar seus nomes: Tony e Pierre, os subchefes; Waldo, chefe de confeitaria; Sophie, preparação de legumes e saladas; depois os garçons, Stuart, Jeb e Mario. Todos eram mais moços do que Lev e pareciam solenes, como atores quando estão nervosos.

Às cinco horas, o grupo sentou-se numa mesa no fundo do restaurante e Jeb serviu coxas de galinha com aipo, cenoura e nhoque, preparados por Tony. Lev comeu bem devagar. Havia uma erva no nhoque que ele queria identificar. Saboreou a deliciosa massa de batata, rolando-a na boca. Era salsinha. Comeu em silêncio, imaginando como ela era feita, enquanto à sua volta os pratos do novo cardápio eram discutidos e os chefes escreviam as últimas anotações.

– Ao arrumar a terrina de truta no prato – ouviu GK Ashe dizer –, quero as folhas em forma de roseta e longe da posta. Não quero que elas toquem o peixe nem fiquem espalhadas no prato como uma brincadeira estúpida de caça ao coelho. Ponham pouco molho, OK? Só umas gotas de vinagrete. E a maionese de grapefruit deve parecer uma abotoadura no punho da terrina. Estão vendo a imagem?

– Sim, chef – disse Pierre.

– Só um pouquinho – GK continuou. – A truta já é suficientemente úmida e saborosa. O que estou querendo dizer com a maionese é, OK, vamos mimar vocês agora, mas não demais. Vocês têm que *saboreá-la*.

Lev só entendia uma ou outra palavra. Comeu mais nhoques. Imaginou-se servindo-os, naquele belo caldo de galinha, para Maya.

A discussão do cardápio prosseguiu, intensa.

– A *pintade*, chef – falou Tony. – O *vin de noix* vai deixá-la escura e bonita. Eu estava pensando... em colocar sobre o peito três bastões de... talvez beterraba, e conseguir um belo contraste de cor.

– Não – disse Ashe. – Beterraba não. *Cèpes*. Discutimos isso. Só *cèpes* e o pequeno castelo de batata gratinada. Agora, todo mundo está OK com o peixe?

– Sim, chef.

– Conseguiu boas endívias, Pierre?

– Sim, chef.

– Então, não as cozinhe demais. Não quero meu belo peixe deitado sobre lama.

Todo mundo riu.

– Assim, não consigo comer, chef – disse Sophie.

– Ótimo – disse GK. – Você já está bem gorda.

O grupo fez silêncio. Lev ergueu os olhos e viu Sophie enrubescer e pousar os talheres, sem terminar a refeição. Lembrou-se de Lora dizendo uma vez: "No trabalho, quando você é mulher, enfrenta uma guerra todo dia."

Desviou o olhar de Sophie enquanto Stuart e Mario tiravam os pratos e Waldo trazia uma vasilha de *crème brûlée*, a crosta ainda borbulhante do maçarico.

– Chef – disse Waldo –, quero que todo mundo experimente. Estou usando mirtilos, cozidos apenas por um minuto para amolecer, como uma base para o *crème*.

– OK – falou GK. – Pegue colheres para nós. – Então, virou-se para Lev. – Você também vai provar – disse. – Chamamos as sobremesas na Inglaterra de *puddings*; um remanescente de quando as sobremesas eram exatamente isso: pudins. Provavelmente o motivo por que a rainha Vitória ostentava as formas que tinha. Mas agora, na Inglaterra, pudim pode ser um sorvete de hortelã; pode ser uma lichia cozida em cesta de calda caramelada. Está entendendo, Olev?

– Pudim? – repetiu Lev. – Sim. Conheço pudim inglês.

– Claro – GK examinou a crosta do *brûlée* com a ponta da colher –, mas agora você vai conhecer direito, conhecer o que a palavra realmente significa. Se você trabalha numa cozinha, Olev, tem que entender direito as palavras. Tem que ter o *glossário* na cabeça.

– Vou ter, chef – prometeu Lev. E quis acrescentar, o mais educadamente possível, que havia uma palavra que o próprio GK Ashe devia guardar na cabeça e essa palavra era "Lev", mas quando abriu a boca para falar, GK estava olhando para o outro lado e todo mundo estava concentrado no *brûlée* de Waldo.

– Eu gosto – avaliou Damian. – É bem refrescante.

– Muito bom, Waldo – elogiou Mario.

– Está OK – falou GK –, mas varie a base de fruta a cada semana. Experimente ruibarbo. Experimente ameixas.

Lev provou a sobremesa. A textura do creme era delicada e fria, a crosta quente e doce. Mais uma vez, ele não fazia ideia do que entrara no preparo do prato nem como aqueles contrastes surpreendentes haviam sido conseguidos. Pensou no pai dizendo: "As coisas só podem ser *o que são*. Nós, comunistas, sempre entendemos isso, mas a nova geração não entende. Elas precisam lembrar que um pão é apenas um pão. Não é um saco de ouro. Não é uma caixa de música." E então Lev se lembrou de Ina enfrentando Stefan, coisa rara, e dizendo: "Se as coisas só podem ser o que são, por que a Igreja de São Nicolau em Baryn se transformou numa piscina interna?"

Agora os braços de Lev estavam mergulhados nas pias. Em volta da sua cabeça, GK Ashe havia amarrado um lenço de algodão branco. Tinha feito isso quase com carinho, enfiando o cabelo espetado de Lev para dentro do lenço.
– Chapéu de enfermeiro – dissera. – Mantenha-o apertado, OK, Lev? Não quero DNA humano na água.
Lev trabalhava, tentando acompanhar o tumulto nas estações dos chefes. A água quente, a suntuosidade das superfícies de aço, o jorro forte da torneira o fizeram esquecer de que era um emprego subalterno. Vapor subia dos ladrilhos. Na superfície à sua direita, os chefes jogavam vasilhas, peneiras, facas, panelas, batedores de ovos e tábuas, e Lev os apanhava e punha de molho. Havia ganho o apelido de "enfermeiro", então, em sua imaginação, ele se tornaria um enfermeiro para estes objetos. Disse a si mesmo para examinar cada panela, cada utensílio, de forma clínica, para extrair deles a sujeira, para observar, a cada momento, qualquer trabalhosa alteração.
Depois de algum tempo, abrindo a água quente, começando tudo de novo, atrás dele os chefes debruçados sobre os fogões e o cheiro de peixe cozido enchendo o ar, a mente de Lev começou a divagar. Imaginou a si mesmo vestido com roupas brancas de enfermeiro, dirigindo-se para o lago sulfuroso de Jor e mergulhando pessoas indefesas em suas profundezas cinzentas. Cegonhas pou-

sadas no alto de uma chaminé olhavam para as pessoas enquanto a água do lago passava sobre elas e suas peles claras começavam a brilhar na névoa azulada.

Uma dessas pessoas indefesas era Marina, e Lev começou a esfregar sua pele. Esfregou-lhe o pescoço, as axilas, as costas, os pés e as orelhas; lavou sua boca. Depois ela boiou de costas sobre a superfície da água e os braços de Lev a ergueram e embrulharam numa toalha branca, depositando-a ao lado dos outros que esperavam, num balcão de madeira. Ela não estava curada, é claro. A tarefa dele mal havia começado. O que ia curá-la era sua paciência de enfermeiro, sua determinação em repetir a imersão e a esfregação áspera, mas inevitável da pele, repeti-la sem parar, sem desistir, sem desanimar...

Uma presença cheirando a comida a seu lado acordou-o de seu devaneio. GK Ashe enfiou-lhe um esfregão na mão e apontou para o chão.

– O que é isso? – disse. – Você está transformando a minha cozinha na porra de uma lagoa!

Lev olhou para baixo. Seus sapatos marrons estavam dentro de uma poça. Água espumosa batia no refrigerador de legumes. Seu avental estava encharcado e até suas calças estavam molhadas e grudadas em suas pernas.

– Desculpe, chef – falou.

Ashe tirou um balde vermelho de plástico de baixo de uma das pias. Jogou-o em cima de Lev, o balde bateu em sua coxa e caiu no chão.

– Enxugue isso! – ordenou. – E pare de sonhar. Estou observando você. Concentre-se!

Mario, que caminhava para a porta, carregando três porções de *ragù* de veado com massa, gritou:

– Saindo mesa quatro, chef!

Ashe virou-se, quase se atirando em cima de Mario.

– Não chamo isso de "saindo", Mario – gritou. – Onde está o *ballotine*?

– Já está chegando, chef... – respondeu Mario, desaparecendo e deixando Ashe resmungando.

— Não diga que uma mesa está saindo quando não está. Ninguém aqui sabe contar?

Ashe se afastou da estação de trabalho de Lev, que encheu o balde com água da pia e começou a limpar o chão. Agora que saíra do lago em Jor e estava de volta à cozinha, percebeu que seus olhos ardiam e que uma dor constante se localizava entre seus ombros. Queria um cigarro. A água a sua volta o surpreendera, mas ele sabia que tinha que vencer isso também, tinha que continuar passando e torcendo o esfregão até que os ladrilhos estivessem secos. Mas não conseguia secá-los. Não conseguia nem mesmo limpá los porque onde seus pés pisavam deixavam marcas de sujeira.

Ele olhou à volta, atrás de um pano de chão ou um trapo. (Em casa, quando Ina lavava o chão, ela, como Ahmed, o cobria com jornais e os papéis escureciam lentamente com a umidade. Maya às vezes se ajoelhava neles para ver as pessoas nas fotografias aos poucos ficarem pretas.) Sem ser observado, Lev tirou um pano de prato limpo do gancho, ajoelhou-se e começou a esfregar o chão com ele enquanto sentia, em suas costas, o calor dos fornos e dos fogões atingirem nova intensidade.

Lev torceu o pano de prato e o atirou debaixo da pia. Enxugou as mãos. Olhou para a panela grande que tinha chegado ao lado da pia. Estava suja com que parecia ser uma cola amarela. Lembrou-se de um artigo no *Baryn Informer* sobre a nova mania, no Ocidente, de um prato italiano conhecido como *polenta*. "*Polenta*", dizia o *Informer*, "é fubá de milho misturado com água morna. É o que os negros pobres da África do Sul chamam de farelo de milho há gerações. É comida para quem está passando fome, vendida a preços altos. Colocar polenta num cardápio caro é um gesto mentiroso e decadente."

Lev ergueu a panela de polenta. O cheiro parecia o de um campo de cevada na época da colheita. Lev deixou cair mais água quente.

Às onze horas, Lev viu que o movimento na cozinha diminuíra e os objetos que chegavam às pias eram diferentes: assadeiras, taças de sorvete, forminhas, batedores de ovos, modeladores de massa, colheres, xícaras de café e cafeteiras. Virou-se, uma vez, para ver o que todo mundo estava fazendo, e viu Sophie fechar o refrigerador de legumes e começar a tirar o uniforme branco. Quando tirou a touca de algodão que usava, seu cabelo estava úmido e formava cachos ao redor de sua cabeça, como se ela tivesse nadado.

— Boa-noite a todos — ela disse.

GK Ashe se aproximou dela, pôs a mão em sua cabeça molhada e a fitou com seus olhos azuis e gelados.

— Trabalho bom e tranquilo, Sophie — disse. — Tudo muito bem coordenado. Ótimo.

— Obrigada, chef — respondeu Sophie.

Os outros chefes acenaram para ela, que depois se virou para Lev.

— Boa-noite, Olev — despediu-se.

Lev fez uma reverência ridícula, segurando uma tigela e um batedor. Waldo e Jeb riram. Sophie sorriu. Lev disse baixinho:

— Sophie, desculpe. Meu nome é Lev. Não é Olev.

— Ah, certo — ela falou. — Também peço desculpas.

— Não precisa se desculpar — disse Ashe. — O nome dele é *enfermeiro*.

À uma hora — quando o serviço já terminara havia muito tempo, a "frente da casa" estava vazia e a sala de jantar, escura e silenciosa — a equipe tinha ido para casa e as únicas pessoas na cozinha eram Lev e GK Ashe.

Ashe estava sentado num banquinho em sua estação de trabalho, tomando vinho branco e fazendo anotações no cardápio. Seus olhos azuis estavam em toda a parte, observando Lev enquanto ele lavava os *réchauds* e as salamandras, as chapas quentes e as bancadas de aço inoxidável. Então, lembrou a Lev para varrer e lavar o chão.

— Demiti o último enfermeiro — começou GK, enquanto Lev despejava água quente e detergente no balde vermelho — porque ele se recusou a fazer o trabalho de fechamento direito. Disse a

ele: "Sabe que você é um idiota? Idiotas dormem enquanto sujeitos inteligentes trabalham." Mas ele não entendeu. Então, pior para ele. Ele já era. Sorte sua.
— Sim — disse Lev. — Sorte minha, chef.
Mas estava cansado como uma mula velha. Tinha tanta vontade de fumar que tremia. Suas mãos estavam machucadas e ardiam, e a dor em suas costas era como uma ferida. Estava louco para deitar a cabeça nos rostos surpresos das girafas.

6
A origem humilde de Elgar

A onda de calor durou muito tempo em Londres. A poeira se acumulava nos portões e grades de Belisha Road, e no teto dos carros. No jardim do número 12, a grama ficou marrom e o cachorrinho mal alimentado uivava a tarde toda à sombra de um plátano.

Christy Slane mantinha as janelas do apartamento inteiramente abertas e Lev se acostumou com os sons do norte de Londres, como se eles fossem uma música moderna que sabia que os outros admiravam, mas que ele mesmo não conseguia apreciar. Um desses sons era o serrote da prefeitura cortando os galhos das sorveiras.

Certas tardes, Lev ficava sentado em seu quarto, fumando e pensando, e escondendo notas de dez libras em pacotes de papel pardo forrados de jornal para mandar para Ina. Outros dias, quando sentia força nas pernas, ia até Parliament Hill e via as pessoas soltando pipas, lançando no ar azul estranhos colchões que zumbiam, e ouvia trechos de conversa ao lado das lagoas escuras do parque. Observava os namorados e os casais jovens com bebês, e sentia inveja. A pele cinzenta de seu rosto e braços ficava marrom sob o sol de fim de tarde. Seu cabelo cresceu e cobriu o colarinho.

Quase todo dia, tanto Lev quanto Christy ficavam na cama até o meio-dia. Depois Christy fazia chá e ia até uma loja grega para comprar pão. Às vezes, preparava bacon, bolinhos de batata e tomates fritos. Então ele e Lev sentavam-se à mesa na sala vazia, comendo e conversando sobre trabalho e dinheiro, ou tentando cantar as cantigas de ninar que tinham ensinado às filhas muito tempo atrás. Christy contou a Lev que a Irlanda era uma terra musical. Disse que a música estava no verde das sebes e no balido das ovelhas; e também nas praias da costa oeste e nas fábricas de cerveja Guinness. Disse que a Inglaterra não tinha música, apenas marchas e lamentos embaraçosos por glórias do passado.

– Quando você vem para uma terra sem música, as coisas acabam ficando confusas, mais cedo ou mais tarde – comentou. – Eu devia saber disso antes de me casar com Ângela.

No fim do verão, Lev foi com Christy a uma pequena loja em Archway, atendida por jovens indianos, e comprou um telefone celular. Com um vendedor cujo nome era Krishna, adquiriu o modelo mais barato que havia. Quando ele e Christy saíram da loja, Christy lhe deu um tapa no ombro e anunciou que agora ele era um "verdadeiro cidadão de Londres", que ele era um "ser humano moderno", e Lev ficou satisfeito com sua compra. O celular era azul-turquesa. Não tinha muito para quem ligar, a não ser para Rudi, mas gostava de ficar com o celular na mão e ouvir a seleção de toques. De madrugada, quando caminhava do ponto de ônibus até em casa, às vezes ligava para Christy – onde quer que Christy estivesse, na casa de algum amigo ou em algum pub irlandês que nunca fechava – e dizia: "Aqui é Lev. Só estou ligando."

– Lev – Christy invariavelmente respondia –, meu amigo! Daqui a pouco estou em casa.

Mas raramente estava. Quando aparecia um serviço de encanador, ele dizia que só trabalhava à noite, e, quando Lev saía para o GK Ashe, Christy ficava montando um quebra-cabeça na mesa ou estendendo lençóis e camisetas no banheiro. Entretanto, uma tarde, antes de Lev sair para o trabalho, Christy mostrou-lhe um maço de notas.

– Dinheiro vivo – falou. – Está vendo? Dinheiro vivo é ouro, não se esqueça disto, Lev. Eu recebo em dinheiro, e não estou financiando nenhum idiota para arrancar as árvores ou fazer buracos na rua. Não estou subsidiando guerras estrangeiras, nem ajudando a redecorar os banheiros da House of Commons. Estou sustentando a mim mesmo, e só. E é assim que eu quero que seja.

Christy estendeu o dinheiro – um bolo de notas de vinte – para Lev admirar. Depois que Lev já havia admirado bastante, Christy se ofereceu para ir falar com GK Ashe, para convencê-lo a pagar Lev em dinheiro.

– Não, Christy. Obrigado pela atenção. Mas eu tenho uma conta no banco agora. Damian me ajudou. Às vezes, vou até o banco, agência Clerkenwell, para sentir orgulho do meu dinheiro tão seguro ali – contou.

– Está bem – falou Christy. – Aprecio o seu apego sentimental às premissas da extorsão capitalista. Mas é um roubo tirarem de você dinheiro para a Previdência e outras coisas quando o valor da hora é tão baixo.

– Eu como de graça lá.

– Claro. Acho que isso vale alguma coisa. Ter um chef enchendo sua barriga uma vez por dia. Mas vejo como você volta para casa. Acabado. Estão fazendo você trabalhar como um escravo.

– Não – retrucou Lev. – Estou bem. Estou mandando dinheiro para casa.

– Mas quanto você está mandando? Não deve sobrar muito dinheiro para mandar.

– Depende. Às vezes, vinte libras por semana. No meu país, isso dá para muita coisa.

– É mesmo? Jesus, por que não nos mudamos para lá, então?

Christy estava sentado em frente a Lev na mesa da sala. Seus braços magros estavam pousados sobre uma velha mancha de chá. Ele suspirou e continuou:

– Gostaria de me mudar para lá. Por que não? Se vinte libras por semana dão para comprar o que costumava comprar antigamente. Devem estar precisando de alguns encanadores, não? Para colocar boas louças no banheiro. Sua filha poderia ter uma pia com torneiras de golfinho, hein, Lev?

– Você não vai querer ir para lá – disse Lev.

– Por que não? A ideia me agrada. Cabras passeando pelas ruas. Joias de lata. Danças folclóricas. Gosto da ideia.

– Não – falou Lev. – Você não ia gostar, Christy. Não há futuro lá. Não há trabalho.

– Eu trabalharia por minha conta – retrucou Christy. – Como Rudi com seu táxi. E podíamos sair para beber todos juntos, você, eu e Rudi. E eu estaria longe de Ângela. Longe dos advogados...

– Mas também estaria longe de Frankie.

– Verdade – Christy soltou com um suspiro melancólico. – Bem, eu sei. Mas não posso mesmo estar com ela. Só consigo olhar para ela de longe. Ah, e não contei ainda para você: Ângela tem um namorado agora. Um idiota de um corretor de imóveis. Está planejando morar com ele. Ela e Frankie. Morar com *aquilo*. Isso me mata. Se Frankie começar a chamá-lo de "papai", vou ter que matar alguém. Estou dizendo, cara, vou ter que cometer um crime.

Lev olhou para Christy, que enrolava um elástico em volta de seu maço de notas de vinte. Em seu rosto fino, um eczema se espalhava.

– Por que você não pode ver Frankie? – Lev perguntou calmamente. – Ela é sua filha.

Christy não ergueu os olhos. Ficou olhando para o maço de notas. Após algum tempo, falou:

– Ângela inventou coisas. Disse que eu era violento quando bebia. Disse que bati nela. Disse que se bati em minha mulher, era capaz de bater na minha filha.

Largou o dinheiro e acendeu um cigarro. Sem olhar para Lev, continuou:

– Não bati em Ângela. Tenho certeza disso. Ou, se bati, isso simplesmente desapareceu da minha mente, caiu no vazio. Então, tive que dizer a meu advogado: "Eu não *sei*." Ângela me mostrou o lábio inchado uma vez. Talvez eu tenha feito aquilo. Talvez. Mas não achei que fosse capaz de fazer aquilo. Eu não diria que Christy Slane seria capaz de fazer aquilo. Mas como vou saber?

Lev ficou imóvel. Quis dizer a Christy que, em questões de amor, sabia que ele mesmo fora capaz de dizer e fazer coisas das quais se arrependera mais tarde.

Mas aquele assunto precisava de tempo e o relógio ordinário sobre a lareira de Christy marcava três e meia. Lev tinha que sair para pegar seu ônibus. Tirou um cigarro do maço de Silk Cut, de Christy. Dividir cigarros havia se tornado um hábito entre eles. Na cabeça de Lev, era uma confirmação de que eram amigos. Tragou e disse:

– Acredito que não tenha feito isso, Christy. Em algum lugar da sua mente, você saberia.

– Saberia mesmo? – indagou Christy. – É disso que não tenho certeza. E é por isso que não posso me defender. Deu um branco na minha cabeça. E agora este idiota de corretor está transando com Ângela e lendo histórias para Frankie dormir. Eu me sinto um derrotado.

Quando Lev voltou do GK Ashe, às duas da manhã, encontrou Christy no hall, do lado de fora do apartamento, deitado numa poça de vômito. Lev entrou, molhou um pedaço de papel-toalha e voltou para limpar a boca de Christy. Depois encheu a banheira, carregou Christy até o banheiro, despiu-o e mergulhou-o na água quente. Christy já estava consciente e sabia onde estava. Seu rosto estava muito branco, exceto pelo eczema, e sua voz soou fraca e hesitante, como a de uma pessoa falando num telefone celular cujo sinal entrava e saía.

– Desculpe, cara – disse a Lev. – Isso é nojento. Minha mãe costumava me dizer: "Eu não me importaria com as bebedeiras de seu pai, não me importaria por ele ter quebrado o aparelho de chá da Tia Bridie, se ao menos ele conseguisse manter a bebida no estômago."

– Está tudo bem – falou Lev. – Está tudo OK.

Deixou Christy ensaboando o pescoço com uma esponja e voltou para limpar o vômito do hall. Embora o cheiro fosse horrível, Lev conseguiu suportar. Quando Marina adoeceu, ela vomitava muito e ele tinha se acostumado. Aquilo fazia parte dela, era o que ele costumava dizer a si mesmo. Era sujeira humana comum. Era uma prova de que Marina ainda estava viva.

O frio do outono chegou sem avisar. Quando Lev saiu para trabalhar uma tarde, o sol ainda estava quente nas vidraças do número 12 de Belisha Road; quando ele saiu para a noite em Clerkenwell, todos os pubs e bares tinham fechado as portas, e um vento gelado soprava nas ruas desertas. Lev caminhou na direção do ponto de ônibus. Quando a chuva começou a cair, levantou a gola de sua jaqueta de couro. As luzes giratórias de um carrinho de varrer rua se acenderam mostrando uma cidade repentinamente estranha.

Enquanto aguardava o ônibus, num banco da largura de uma tábua, Lev se lembrou de quando Marina trabalhava na Secretaria de Obras Públicas de Baryn e ele costumava imaginá-la como sendo a guardiã do seu mundo, acreditando que, se houvesse qualquer mudança em seu estilo de vida, sua mulher seria a primeira a saber. Até mesmo mudanças no clima. A Secretaria de Obras Públicas tinha investido no que o secretário chamava de "um serviço confiável de previsão meteorológica". Marina sempre sabia, por exemplo, quando se esperava uma nevasca. O departamento dela cuidava da manutenção das velhas máquinas de limpar neve e autorizava a convocação dos motoristas aposentados, retirados de suas casas para ficar de prontidão na garagem de veículos de Baryn, onde o único conforto era um velho samovar preso na parede e um reservado com mictórios que jamais eram limpos.

– Esses velhos têm que usar os mictórios com frequência. Tenho medo que peguem uma infecção – Marina costumava dizer.

O ônibus de Lev chegou e ele entrou, contente com o pouquinho de calor que encontrou lá dentro, e com a luz esverdeada na escuridão. Queria que alguém o tivesse avisado sobre a mudança súbita das estações na Inglaterra. Sabia que tinha se acostumado tanto com o tempo bom que não havia se preparado para um outono frio. E agora podia ver o longo túnel do inverno aguardando mais adiante, as tardes escuras, aquela tristeza que se sente no meio da noite ao ouvir o vento atormentando as árvores.

Lev fechou os olhos. Suas costas doíam da longa jornada de trabalho nas pias. Enfiou as mãos nos bolsos da jaqueta e agarrou o dinheiro precioso que guardara ali. Lembranças do escritório de Marina no prédio da Secretaria de Obras Públicas encheram sua mente. Lembrava-se do cheiro de mofo e do som da porta pesada abrindo e fechando, e da placa com o nome de Marina na mesa.

Tinha sido no inverno que ele e Marina haviam se envolvido na única briga feia de suas vidas. Mesmo então, Lev soube que o modo detestável como estava se comportando com a esposa tinha a ver com o tempo frio, com a falta de luz, com o sangue fino demais em suas veias. Durante aquele tempo sombrio, odiara a si mesmo – sua voz queixosa, seu coração empedernido –, mas esse ódio não tinha alterado o que sentia ou fazia. Durante todo aquele tempo sombrio, soube que provavelmente estava errado, mas não conseguia se retratar, não conseguia parar de acreditar no que de repente, no espaço de um único dia, tinha se tornado uma certeza cega.

Havia acusado Marina de lhe ser infiel. Acreditava que seu amante era seu chefe, o próprio secretário, Sr. Rivas, um homem de cinquenta anos, conhecido antes como camarada Rivas.

Esta convicção nascera numa fria tarde de sexta-feira em que o trabalho na serraria de Baryn terminara mais cedo. Lev atravessara a cidade gelada até o escritório de Marina. Passara pela porta principal do prédio, deixando pegadas de lama e serragem no chão, e fora barrado pela feia e furiosa recepcionista, que ordenou grosseiramente que tirasse os sapatos.

Ele obedeceu. Em Baryn você obedecia a funcionários públicos sem questionar-lhes a autoridade. Subindo as escadas e segurando os sapatos enlameados, ele se sentiu humilhado e pobre. Chegou ao corredor que dava para o escritório de Marina e abriu a porta, sem bater.

Ela estava sentada em sua mesa, lendo alguns papéis. O secretário, usando seu terno elegante, estava em pé atrás dela, também lendo – ou fingindo ler – o documento sobre a mesa, com o braço em volta dos ombros dela.

Lev ficou olhando para aquele quadro. O camarada Rivas levou um susto, retirou o braço e ergueu o corpo. Marina soltou uma exclamação, que Lev interpretou como um som de culpa. Olhou de um para o outro. Ninguém falou até Marina dizer:

– O senhor Rivas e eu estávamos examinando as novas tarifas do Departamento de Luz e Força.

Rivas consultou o relógio.

– Bem, é verdade que já está ficando tarde para uma sexta-feira – falou. – Por favor, leve sua esposa para casa. – Então, passou por Lev, sem olhar para Marina, clique-clique-clique, com seus sapatos engraxados, foi para seu próprio escritório e fechou a porta.

Lev sentou-se numa cadeira de couro. Pôs as botas sujas no chão. Seus olhos não deixaram o rosto de Marina. Ela começou a arrumar os papéis na escrivaninha, sem encará-lo. Pôde ver que o rosto dela estava vermelho, que esta vermelhidão se espalhara por seu pescoço e ele a imaginou espalhando-se por baixo de sua blusa branca, para o rego entre os seios.

– O que foi que acabei de ver? – perguntou.

Marina continuou a arrumar os papéis.

– Você não viu nada – ela respondeu. – Vamos para casa. – Ela tirou o casaco do cabide, enrolou um cachecol de lá no pescoço, ajeitou o cabelo.

– Ah, sim – insistiu Lev –, eu faria isso se fosse você: ajeitaria o cabelo, onde ele passou a mão. Vai verificar o batom também? Talvez não tenha mais batom na sua boca.

– Não pense o que está pensando, Lev – ela disse. – O secretário se comporta de modo carinhoso com toda a equipe porque acredita que uma atitude atenciosa é mais produtiva do que...

– Mais produtiva para quê?

– Mais produtiva do que a velha severidade hierárquica e...

– Eu disse mais produtiva *para quê?*

– Por favor, não grite no escritório. Para a coesão. Para todos trabalharem unidos...

– E para fazerem o que mais juntos?

Marina não respondeu. Tirou um lenço do bolso do casaco e o amarrou em volta da cabeça. A doçura do seu rosto sob o lenço fez o coração de Lev falsear.

– Eu odeio você – ele disse. – Você acabou de arruinar a minha vida.

Voltaram de bicicleta para casa no cair da noite. Lev seguiu à frente porque não conseguia olhar para Marina, mas o tempo todo podia ver o brilho do farol da bicicleta dela atrás dele.

Era janeiro ou fevereiro, a caverna profunda do inverno, e Lev pensou que este inverno ficaria para sempre com ele, e que mesmo quando a primavera chegasse, não o seria para ele.

Agora, dentro do ônibus, Lev se lembrou de como castigara Marina por seu suposto caso com o secretário Rivas. Ele havia saído da cama deles e se deitado no chão em frente ao quarto onde Ina e o bebê Maya dormiam. Havia passado diversas noites fora, bebendo com Rudi, e no dia seguinte não conseguia ir trabalhar. Seu emprego ficou ameaçado. Ele ignorava a filha, perseguia a mãe. No aniversário de Marina, ele embrulhou um pedaço de carvão e colocou em suas mãos infiéis.

Foi quando Marina desembrulhou o carvão que ela desabou. Ela jurou pela vida da filha que nunca havia estado perto da cama do secretário Rivas. Ela se ofereceu para pedir demissão do emprego. Declarou que ninguém em Baryn, que nenhuma mulher no mundo, amava o marido mais do que ela o amava, e que agora aquele amor estava sendo envenenado por causa de um grande mal-entendido. Ela socou as paredes com os punhos, depois encostou a cabeça na parede e chorou. O bebê Maya, de dois anos, começou a gritar e Ina teve que pegá-la no colo e levá-la para fora, para tentar distraí-la dando comida às galinhas.

Lev lembrou-se da súbita exaustão que havia tomado conta dele no momento em que Marina começara a socar as paredes. Foi como se, desde aquela tarde na Secretaria de Obras Públicas, estivesse caminhando sobre neve e gelo, atravessando geleiras e fendas, em alguma inútil expedição pelo deserto, carregando um grande peso nas costas, e agora ele estava exausto e quase morto – tudo por nada, tudo para tentar ferir a única mulher no mundo que o tinha feito feliz.

Aproximou-se de Marina, segurou suas mãos e a acalmou, apertando-a contra o peito. Pôs a cabeça no ombro dela e pediu que o perdoasse.

Depois que a temperatura em Londres caiu ainda mais e os frequentadores do pub de Tufnell Park haviam trocado a calçada pelos saguões aconchegantes e pelas salas aquecidas de bilhar, Lev recebeu uma carta de Lydia:

Caro Lev,
Espero que esteja sobrevivendo bem no seu emprego e que seu quarto seja confortável. Gostaria de dizer que sinto muito pelo que aconteceu na casa de Tom e Larissa. Eu estava um pouco

bêbada naquela noite e me comportei como uma colegial – o que, talvez, toda mulher faça de vez em quando. Tenho certeza de que você é bondoso o bastante para me perdoar.

Para me retratar, gostaria de convidá-lo para um concerto maravilhoso que o maestro Greszler vai dar daqui a duas semanas com a Orquestra Filarmônica de Londres, no Festival Hall, no domingo, 30 de outubro. O programa é Elgar e Rachmaninov. O maestro Greszler me deu dois ótimos lugares e o solista do concerto de violoncelo de Elgar é o gênio russo Mstilav Rostropovich. Acho que vai ser um evento maravilhoso. Rostropovich está velho e faz poucas apresentações agora, mas seu talento continua igual. Gostaria muito de tê-lo como convidado para a noite.

Cordialmente,

Lydia

O primeiro pensamento de Lev foi que Lydia sempre o surpreendia. No ônibus, ele a tinha imaginado como uma mulher sem nenhum talento notável. Mas estava errado. Seu segundo pensamento foi que agora ele tinha alguém para ligar no seu telefone celular. Primeiro, anotou o número de Lydia na memória do telefone (onde a listagem alfabética o colocava entre o celular de Damian e o telefone distante de Rudi, instalado ao lado do relógio de cuco), e em seguida ligou para ela.

– É o Lev – disse. – Agora tenho um celular.

– É mesmo? – respondeu Lydia. – Isso é muito tecnológico de sua parte.

– Sou um verdadeiro cidadão de Londres, pelo que me disseram.

– É sim. E obrigada por me ligar desse belo telefone. Espero que seja para dizer que você pode ir ao concerto.

Lev estava fumando um dos Silk Cut, de Christy. Deu uma boa tragada, depois disse:

– Nunca estive num concerto como esse, Lydia, só em espetáculos de música folclórica, em Baryn.

– Bem – retrucou Lydia –, esse não tem nada de folclórico, mas acho que você ia gostar.
– A outra coisa – falou Lev – é que não posso ir porque não tenho nada para vestir.
Houve um momento de silêncio antes que Lydia respondesse:
– Lev, você sabe que isso não tem importância. Ponha apenas uma gravata. Certo?
– Não sei...
– Por favor – pediu Lydia. – Você nunca se arrependerá. Ouvir o maestro Greszler regendo e Rostropovich tocando Elgar...
– Quem é Elgar? – indagou Lev.
– Ah, você não sabe? Um dos poucos bons compositores ingleses. A peça foi escrita no outono de sua vida e o movimento lento é muito famoso e triste. Talvez o faça chorar, Lev. Por favor, diga que você vai e que vai chorar.

Quando Lev disse, finalmente, que aceitava, ouviu Lydia dar um gritinho de alegria. Ela lhe pediu para anotar a data em sua agenda e ele prometeu que o faria. Não lhe falou que não tinha agenda e que seus dias e noites eram todos parecidos em sua rotina invariável.

Christy levou-o até a Holloway Road, onde, na barraca de alguns de seus amigos irlandeses, Lev comprou uma camisa de algodão branco e uma gravata da cor da crosta do *creme brûlée* de Waldo. Ele estendeu as roupas sobre o beliche. Levou seu melhor par de calças cinzentas para o tintureiro grego. Engraxou os sapatos marrons.
– Vejo que está se preparando todo para encontrar Lydia – Christy observou.
– Não – falou Lev. – Estou querendo ir elegante ao concerto.
– Bem – disse Christy –, vale a pena ter trabalho para ouvir música. Quando eu era menino, meu pai tocava violino. Nós tínhamos um vizinho, Stan Lafferty, que devia ter uns noventa anos, e Stan e meu pai costumavam tocar no pub nos sábados à noite, e eu e minha mãe ficávamos ali, com nossas roupas de sábado, es-

talando nossos dedos idiotas e balançando nossos pés idiotas. Essas eram as ocasiões em que via minha mãe mais perto de parecer contente. Ela adorava aquela música de dançar. Sorria e seu rosto tinha um brilho... Acho que ir a um concerto levanta o ânimo, Lev.
– Sim?
– É, sim. Talvez você até ache Lydia mais atraente do que antes.
– Não – disse Lev. – Sei o que Lydia é para mim.
– Claro – insistiu Christy –, mas isso pode mudar. Essas coisas nunca são o que se chamaria de *estáveis*.

Lev agora atravessava a Ponte de Hungerford. Um vento gelado soprava do rio, mas ele parou no meio da ponte e olhou para a luz elétrica que saía dos edifícios ao longo da margem imponente do Tâmisa. Por medo de chegar atrasado, Lev se adiantara muito para seu encontro com Lydia; então, demorou-se na ponte.

Enrolou um cigarro e fumou de um jeito calmo, automático, sem tirar os olhos do panorama fantástico da margem do rio. Pensando que aquele mar de luzes tinha como único objetivo impressioná-lo e perturbá-lo em igual medida com sua beleza. Não pôde deixar de pensar como era preciosa cada hora de eletricidade em seu país e como gente como sua mãe sonhava com uma luz que nunca se apagasse. Nos anos após a queda do governo comunista, a estabilidade na eletricidade fora algo prometido várias vezes, mas ainda assim os cortes de energia continuavam em Auror. Às vezes, Ina olhava para a torre de eletricidade, xingava e dizia:

– Olha só para isso! Carregando energia bem em cima das nossas cabeças. E nós ficamos sem. Ninguém se importa com as aldeias.

Lev apagou o cigarro. Estava nervoso. Imaginou quanto tempo o concerto levaria e se ele conseguiria ficar sentado até o fim sem se mexer. Estava torcendo para não dormir e nem começar a tossir. Podia imaginar a censura nos olhos de Lydia.

* * *

Lydia esperava por ele perto do bar, sentada sozinha numa mesa, com um copo de suco de tomate à sua frente. Lev notou que ela estava com um corte elegante de cabelo. Usava um terninho preto com uma blusa verde.

Quando viu Lev, ela se levantou e eles trocaram um aperto de mãos.

– Lev – disse. – Que gravata bonita.

Ainda era cedo e o saguão iluminado tinha poucas pessoas, mas Lev já podia sentir um ar de antecipação pelo concerto, como se a plateia estivesse ali para ser purificada ou rebatizada.

Lydia segurava um programa.

– Vou falar um pouco sobre Elgar para você, Lev – disse.

Lev sentou-se. Gostaria de estar usando um paletó melhor do que sua velha jaqueta de couro, com gola manchada. Os olhos de Lydia brilhavam quando ela disse:

– Sir Edward Elgar foi muito importante para a música inglesa na primeira parte do século vinte. Mas ele era como nós: o início de sua vida foi bem comum. Seu pai tinha uma lojinha de música numa cidade do interior.

– Uma loja de música?

– Sim, um lugar que vendia instrumentos musicais e partituras. Tem uma em Baryn, na esquina de um beco ao lado da Praça do Mercado. Você conhece?

– Não – disse Lev.

– Bem – continuou Lydia –, a de Baryn é muito empoeirada, com flautas e violinos de segunda mão, e algumas das partituras estão rasgadas e faltando páginas. Então, talvez a loja do pai de Elgar fosse igual a essa da Praça do Mercado, porque, mais tarde na vida, Elgar diria que tinha vergonha de suas origens.

– Eu pensaria que uma loja de música seria um bom lugar para começar, se quisesse ser um compositor – ponderou Lev. – Por que ter vergonha?

– Bem – disse Lydia –, você tem razão, Lev. Mas, é claro, isso era tipicamente inglês na época... um homem como Elgar subir na vida e depois sentir-se envergonhado de um passado humilde porque as pessoas a seu redor o *faziam* sentir-se envergonhado. Como agora, em nosso país, existe uma certa vergonha entre os velhos comunistas porque são *levados* a sentir essa vergonha. O comunismo não foi culpa deles, assim como nascer numa loja de música não foi culpa de Elgar. Está vendo a ligação?

– Sim – falou Lev. – Suponho que sim.

– Mas Elgar superou sua origem pobre no meio de violas empoeiradas e assim por diante. Compôs melodias lindas e sua orquestração é mesmo extremamente elegante. Você vai escutar. É muito completa. Quando ele era menino, costumava sentar-se junto ao rio, um rio perto da cidade onde ficava a loja de música, para ouvir a natureza. Chamava isso de "fixar o som". Dizia que as coisas que conseguia ouvir o fizeram desejar algo grande. E, eventualmente, esta grandeza...

Lydia foi interrompida pela chegada de um rapaz, um dos funcionários do Festival Hall, com um crachá em que estava escrito "Darren". Ele inclinou-se para Lydia.

– Desculpe interromper, Lydia – ele disse –, mas o maestro Greszler gostaria de vê-la.

– Ah – disse Lydia. – Sim, é claro. Posso levar meu convidado para apresentar a ele?

O funcionário, Darren, olhou para Lev, depois para Lydia.

– Sim – respondeu. – Acho que sim. Por favor, me acompanhem.

Lydia levantou-se.

– Venha comigo, Lev – pediu –, e vamos ver se consigo apresentá-lo.

– Está tudo bem – disse Lev. – Posso esperar aqui.

– Não, não – insistiu Lydia. – Vamos. Depois você pode escrever para casa e contar à sua mãe que conheceu pessoalmente Pyotor Greszler.

Foram levados a um camarim grande, fartamente iluminado, onde Pyotor Greszler estava sentado sozinho, usando um roupão de lã.

Ele tinha setenta anos. Seu corpo estava largado na cadeira de aço e couro. Ele bebia bem devagar um copo de remédio com uma substância branca. Seu cabelo comprido também era branco, e um bigode branco, caído, dava a seu rosto enrugado uma expressão de pura melancolia. Quando viu Lev, bateu com o copo de remédio na mesa e fez um gesto mal-humorado com o braço.

– Não, Lydia. Nada de estranhos aqui! Quem é esse?

– Desculpe, maestro – disse Lydia. – É apenas meu amigo, Lev, do nosso país, que gostaria de ser apresentado...

– Não, ele não pode ser apresentado agora. Ele tem que sair – falou Greszler. – Saia. *Saia!*

– Já vou – Lev recuou.

– Venha cá, Lydia. – O maestro parecia zangado. – Você precisa me ajudar. Não temos muito tempo...

Lev saiu depressa, fechando a porta do camarim. Darren havia desaparecido. Ao longo do corredor, Lev podia ouvir trechos de música sendo ensaiados. Estava vermelho de vergonha. Desejou que Rudi estivesse ali para fazer uma piada sobre o que tinha acontecido. Puxou a gravata, para afrouxá-la em volta do pescoço suado.

Segundos depois, Lydia saiu do camarim. Seu rosto estava muito preocupado.

– Vamos, Lev. – Ela caminhou pelo corredor na direção de onde eles tinham vindo. Então, dirigiu-se à porta mais próxima e puxou Lev para a noite fria.

– O que está acontecendo? – ele perguntou.

– Farmácia – falou Lydia. – A mais próxima fica na Estação Waterloo.

Ela começou quase a correr.

– Só rezo para estar aberta – disse. – Temos que andar muito depressa. Vamos. – O claque-claque de seus sapatos tinha um som ansioso.

– O que há de errado com o maestro? – indagou Lev, apressando-se para acompanhar-lhe o passo.

– Conto depois – ela respondeu. – Felizmente, conheço o caminho mais rápido.

Lev consultou o relógio. O concerto estava marcado para começar em trinta e cinco minutos. A imagem de Pyotor Greszler, esparramado na cadeira, tomando o remédio branco, era vívida em sua mente.

Lydia andava tão depressa que logo tanto ela quanto Lev estavam sem fôlego. Lev podia sentir seus pulmões de fumante reclamando, mas Lydia não diminuiu o passo.

– Meu Deus! – ela exclamou, enquanto corriam para a estação. – O corpo humano. Tão sublime e, no entanto, tão fraco.

Correram até a farmácia, com Lydia já tirando o dinheiro da bolsa. Disse a Lev para esperar na porta e entrou.

Agora, Lev novamente esperava por Lydia, na mesma mesa de bar onde haviam iniciado a noite. Depois da corrida até a Estação Waterloo, ele estava contente por poder sentar-se de novo. No saguão, uma campainha tocava repetidamente. Agora só faltavam três minutos para começar o concerto. Lev viu a plateia ao redor terminar seus drinques e se encaminhar para o auditório. Pensou se haveria música ou se algum gerente solene (do tipo que costumava trabalhar com Marina na Secretaria de Obras Públicas) subiria ao palco e anunciaria o cancelamento do concerto.

Com a terceira campainha, Lev se viu sozinho no bar; o saguão ficou deserto, exceto por algumas pessoas, que viam uma exposição de fotografias. No silêncio que se fez, ele pensou, não sem espanto, no quanto os momentos seguintes da história da música dependeriam de Lydia.

E então Lev a viu correndo em sua direção. Notou, com ternura, que depois de toda aquela correria pelas ruas, na umidade da noite, sua elegância fora comprometida. Sua testa estava coberta de suor e seu cabelo não estava mais elegantemente liso.

– Lev – ela disse, ofegante –, desculpe fazer você passar por tudo isso. Deixe-me recuperar o fôlego e então podemos entrar.

Lydia sentou-se. Enxugou o suor do rosto com um lenço de papel, penteou o cabelo e pediu a Lev para buscar água para ela no bar. Disse que o espetáculo ia começar atrasado, então teria bastante tempo para beber a água.

Lev trouxe-lhe a garrafa e tornou a se sentar.
Lydia bebeu a água de um gole só.
– Meu Deus – ela falou. – Meu Deus! Espero que ele fique bem. Nunca pensei que teria que cuidar de uma coisa dessas.
– O que há com ele? – Lev perguntou.
– Bem... – Lydia cochichou. – Vou contar-lhe. O maestro Greszler me disse que não poderia reger o concerto de violoncelo de Elgar com tantos venenos dentro dele. Que havia tentado evacuar esses venenos, mas não tinha conseguido. Disse que precisava ser purificado antes de subir ao palco. Eu precisava comprar-lhe supositórios, para que ele pudesse evacuar. Tinha vergonha de pedir isso a um inglês. Ele acha que nós, como povo, somos um mistério para eles: um mistério e um terror. Mas, agora, tudo o que desejo é que os supositórios tenham funcionado!

Lev sorriu. Segurou a mão de Lydia por um momento. Achou-a valente e de repente desejou – tanto por ela quanto por ele – que ela fosse mais bonita do que era.

Com sua mão na dele, Lydia pousou seus olhos grandes no rosto de Lev. Depois baixou os olhos.

– O que eu disse é verdade, Lev – falou. – Essa é uma bela gravata.

Dentro do auditório, Lev olhou maravilhado para o espaço enorme, de tirar o fôlego, e para a orquestra afinando os instrumentos no palco iluminado. Lydia, junto com Lev, encaminhou-se apressada para seus lugares e ele pôde sentir-lhe o cheiro da viagem de ônibus, de perfume e desodorante misturados com suor, e achou incrível que estivessem agora sentados lado a lado naquele famoso salão de concertos.

Os minutos foram passando. A orquestra esperava. O público fez silêncio. Houve alguns acessos de tosse em diferentes pontos da plateia. A respiração de Lydia ainda estava um pouco ofegante. Em sua blusa verde havia uma manchinha de suco de tomate que Lev não havia notado antes. Ele podia sentir sua profunda ansiedade.

Para tentar acalmá-la, para ajudá-la a passar o tempo, pediu baixinho:
— Conte-me mais alguma coisa sobre Elgar.
— Bem — começou Lydia —, o que posso contar? Você vai ouvir, no concerto, uma grande nostalgia, uma saudade por um tempo ou um lugar que não existe mais. Ou talvez seja o desejo de achar o local perfeito que nunca pode ser encontrado. Acho que li certa vez que ele disse que só amava uma coisa no mundo e que era um rio que ficava em algum ponto no oeste da Inglaterra. Provavelmente o rio aonde ele ia quando era criança, onde "fixava o som". Eu não sei.
— Você sente "nostalgia" por nosso país, Lydia?
— O quê? Você quer saber se eu tenho saudade?
— Bem, você acha que tomou a decisão certa ao vir para cá?
— Sim — ela respondeu enfaticamente. — Não havia mais nada para mim em Yarbl. Só meus pais, com seus velhos hábitos. Aqui, estou recomeçando. Estou determinada a ter uma vida.

Então, finalmente, houve um movimento do lado esquerdo do palco e ele apareceu, Pyotor Greszler, a pessoa mais famosa que o país deles tinha produzido nos últimos cinquenta anos, ereto e elegante em sua casaca, caminhando no meio da orquestra, com o cabelo bem escovado e abrindo um sorriso em seu rosto melancólico. Caminhou com passos firmes até o pódio, e ergueu a mão para agradecer os aplausos. Lydia começou a bater palmas com força. Ela se virou, sorriu para Lev e disse:
— Ele está com uma cor melhor. Acho que os supositórios fizeram efeito. Estou tão contente.

O maestro Greszler olhou para a porta por onde havia entrado. Tornou a erguer a mão num gesto de boas-vindas enquanto Rostropovich caminhava lentamente até a cadeira do solista.

Os aplausos aumentaram. Uma ou duas pessoas se levantaram. O velho Rostropovich inclinou a cabeça. As luzes se refletiam em seus óculos. Lev podia sentir o encantamento de Lydia a seu lado. Dentro de poucos instantes a música ia começar.

Aos poucos, a plateia fez silêncio. Rostropovich ajeitou seu instrumento. Greszler esperava, com a batuta na mão. Os músicos estavam imóveis, mas atentos em suas cadeiras, olhando para Greszler. Nenhum silêncio que Lev presenciara antes o deixara tão cheio de expectativa. E perdurou. O grande violoncelista estava muito velho: ele precisava de tempo. No pódio, Greszler esperava, com os cotovelos para fora, imóvel, pelo momento em que ergueria a batuta.

Foi neste silêncio enlevado que Lev de repente se deu conta de um som inesperado, mas familiar. Parecia vir de perto dele. Viu as pessoas se virando e olhando zangadas para ele; o homem a seu lado deu um puxão violento em seu braço. Então, compreendeu: seu telefone celular estava tocando! O último toque que Lev havia escolhido chamava-se *Carrossel*, e o escolhera por sua semelhança com a música do parque de diversões de Baryn. Agora, no momento fatal em que o concerto de violoncelo de Elgar ia começar, ele tocava alegremente.

Lydia cobriu a boca com a mão, como se com esse gesto ela pudesse calar o toque insistente do telefone.

– Desliga isso! – ela murmurou, zangada.

Lev tentou achar o celular. Sua jaqueta tinha muitos bolsos. O toque do *Carrossel* estava programado para aumentar de intensidade depois do terceiro toque. As mãos de Lev o procuraram inutilmente. Sobre a plataforma, Greszler se virara zangado para a plateia. Ele fez um gesto de desespero.

– Desliguem os celulares! – berrou. – Por favor, *por favor*! Nada de bárbaros aqui!

Os cem rostos indignados da orquestra olharam na direção de Lev. Ele enfiou as mãos nos bolsos. Encontrou dinheiro, chaves, pente, cigarros, mas nada do celular. O suor começou a escorrer por suas costas. Lydia repetia seu nome, desesperada.

– Lev, Lev, *Lev!*

O telefone não estava na jaqueta de Lev. O alegre *Carrossel* continuava a tocar sem piedade. Lev inclinou-se, com o rosto ardendo, e procurou debaixo da cadeira. Enquanto dizia a si mesmo que não ia achar o celular lá, que ele não podia ter pulado para fora de seu bolso, o telefone parou de tocar. Vagarosamente, ergueu o corpo. Estava tremendo. Viu Greszler olhando furioso para a plateia. Sabia que o encantamento que tinha tomado conta da plateia segundos antes tinha sido irremediavelmente quebrado – e ele o havia quebrado. Pior, ele não encontrara o telefone, que poderia tocar de novo. E a qualquer momento enviaria o bipe de ligação perdida.

Pasmo e envergonhado, Lev se levantou. Sem olhar para Lydia, passou por quatorze ou quinze espectadores furiosos, desceu correndo os degraus e saiu do auditório. Continuou correndo. Achou a saída mais próxima e mergulhou na noite.

7
A tatuagem de lagarto

Christian Slane estava passando roupa a ferro quando Lev chegou em Belisha Road. Ele tomava uma Coca-Cola. Fazia uma semana que não bebia, preparando-se para sua ida ao tribunal, que seria logo. O apartamento silencioso cheirava a tecido queimado, como torrada.

– Que pena que você perdeu a música – Christy disse, dobrando uma fronha de girafa, desbotada.

Lev tinha preparado um sanduíche de presunto. Comeu devagar, com um ar pensativo. A culpa por ter abandonado Lydia tinha se transformado em raiva.

– Aqueles lugares não são para mim – disse. – Muswell Hill. Festival Hall. Não é o meu mundo. Eu trabalho numa cozinha! Devia ter dito a Lydia, isso está errado, isso é uma *merda*.

– Bem – disse Christy –, pelo visto, merda é a palavra padrão para toda essa derrocada! Mas costumo dizer que a sociedade humana é noventa por cento esterco que não vai para o lugar apropriado. Foi por isso que escolhi a profissão de encanador. Alguém tem que estar por perto para fazer a merda ir toda para o mar.

Lev encontrara o celular num bolso interno da jaqueta que não se lembrava de ter visto antes. Pôs o telefone em cima da mesa e olhou-o zangado. Sabia que ele logo tocaria e que seria Lydia.

– Posso dizer a ela que você está doente – ofereceu Christy. – Posso dizer que você está com uma intoxicação.

– Sim.

– É claro que sim. Posso dizer que você comeu um sanduíche de camarão podre a caminho do auditório e que foi por isso que teve que sair correndo.

– OK – concordou Lev. – Você diz isso a ela. Então, daqui a alguns dias, eu ligo para ela.

— Ótimo — disse Christy. — Mas a questão mais importante é: quem estava ligando para você, Lev?
— Ligando para mim?
— No momento crítico, quando ouviu aquele lindo toque do *Carrossel*?
— Ah — disse Lev. — Não sei.
Christy largou o ferro e pegou o celular de Lev. Mostrou-lhe o número listado como chamada perdida.
— De quem é?
Lev ficou olhando para o número. Não era nem de Damian nem de Rudi.
— Podia ser alguém em Bangladesh, tentando vender alguma coisa para você — falou Christy. — Ou o próprio GK, convidando-o para comer um ensopadinho? Mas acho que estou sendo muito exagerado. Por que não liga e vê?
Lev acendeu um cigarro. Viu que eram nove e quarenta. Imaginou Lydia saindo do Festival Hall e andando na noite fria, na direção da Estação Waterloo.
— Devo ligar? — perguntou a Christy.
— Sim — disse Christy. — Ligue.
Lev apertou o botão "ligar" e esperou. O telefone tocou seis vezes, depois uma voz disse:

Oi. Você ligou para Sophie. Ou estou no trabalho ou estou tomando um porre. Por favor, deixe sua mensagem que eu ligo assim que puder.

Na segunda-feira à noite, GK Ashe estava o que Damian chamou de "com pouca clientela". Às dez e quarenta o serviço terminara, os fregueses já tinham acertado a conta e partido, e GK Ashe anunciou para a equipe que ia fazer *crostinis* de tomate-e-dolcelatte para "uma ceia festiva".

O trabalho de Lev estava longe de terminar quando Jeb arrumou a mesa de sempre no fundo do restaurante. Lev continuou esfregando e enxaguando enquanto os outros se sentavam. Viu Ashe jogar os *crostinis* na frigideira e o cheiro do queijo derretido

acordou nele uma bela fome, como a fome inocente de uma criança.
 GK levou a travessa de *crostinis* e Lev viu Mario abrindo cervejas. A combinação de queijo quente e cerveja fria pareceu a Lev a melhor combinação que a mente humana poderia inventar. Viu os outros começarem a comer. Eles também pareciam ter uma fome de criança. Ouviu os dentes mordendo o pão torrado, embebido em óleo.
 – Bela noite – escutou Ashe dizer. – Com pouca gente, mas boa. Tudo gostoso e bem organizado. Nenhuma bobagem. O molho do peixe estava delicioso, Pierre.
 – Obrigado, chef.
 – Sorvete de pão preto com peras cozidas com canela é fantástico, Waldo.
 – Que bom que achou, chef.
 – Mas era assim que devia ser toda noite. Mesmo quando estamos lotados. Devia funcionar assim. Bem, saúde a todos. Onde está o enfermeiro?
 Todos olharam para a pia onde estava Lev.
 – Venha, enfermeiro! – Ashe chamou. – Venha pegar seu crostini antes que a senhorita Sophie, a gulosa, coma!
 Lev enxugou as mãos numa toalha limpa. Tirou a faixa da cabeça e enxugou o rosto com ela. Quando se sentou, uma cerveja foi posta em sua mão.
 – Saúde! – Ashe tornou a dizer.
 Lev comeu e bebeu. Embora sentisse aquela dor familiar nas costas, entendeu, naquele momento, que era um homem de sorte. Se conseguisse manter aquele emprego, teria recompensas como aquela. Na próxima carta, ia dizer a Ina que estava trabalhando num bom estabelecimento. Compararia a ótima comida que lhe davam ali à comida engordurada que ele e Stefan costumavam comer na serraria de Baryn.
 Olhou para Sophie, cujo cabelo crespo havia sido recentemente pintado de vermelho. Ela tirara o jaleco branco e Lev notou que seus braços eram gordos, ainda estavam bronzeados do calor do verão, e que perto do ombro ela tinha uma tatuagem em for-

ma de lagarto. Imaginou se lhe perguntaria por que ela tinha tentado entrar em contato com ele. Procurou imaginar como seria contar-lhe sobre o embaraço causado pelo telefone tocando no Festival Hall, mas achou que não conseguiria encontrar as palavras certas. E, talvez, a ligação dela tivesse sido um engano. Talvez ela quisesse ligar para o celular de Mario ou de Jeb, e Damian tivesse lhe dado o de Lev por engano.

– Garotas inglesas – Christy havia comentado. – Só há um problema com elas: são racistas. Elas não se veem assim; odiariam ser acusadas disso, mas são racistas, pelo menos muitas são. E você e eu, nós somos estrangeiros. Quando as coisas começaram a dar errado, Ângela me disse: "Eu não devia ter me casado com um maldito estrangeiro." Foi disso que ela me chamou. E eu falo a mesma língua que ela. Moro em Londres há quinze anos, mas ainda sou um "estrangeiro" para ela. Isso é típico das garotas inglesas, estou lhe dizendo. Ou melhor, estou avisando. Não se envolva com uma garota inglesa.

– Não vou me envolver com ninguém – Lev tinha dito.

– Se é assim, está bem. Mas se for se envolver, não escolha a Miss Reino Unido.

Lev desviou os olhos de Sophie. Sentiu a mão de GK Ashe no seu ombro.

– Você está indo bem, enfermeiro – disse. – Não temos ratos nem baratas. Nem mesmo uma traça. Por enquanto. Mantenha o padrão. Não relaxe. Certo?

Ashe foi para casa à meia-noite e meia e, um por um, todos saíram e Lev ficou sozinho, lavando o chão. Mas não se importou. Sua cabeça estava leve por causa da cerveja. Esfregou o chão no ritmo de uma velha canção folclórica que cantava em sua mente. O otimismo parecia tê-lo apanhado desprevenido.

Então, ouviu a porta do restaurante abrir e lá estava Sophie, usando um casaco de pele de carneiro e um cachecol amarelo.

– Voltei para ajudá-lo – disse. – Não gostei de termos deixado você sozinho.

Lev endireitou o corpo e olhou-a. Pensou, gosto das roupas dela.

Sophie começou a tirar o cachecol amarelo.

– Como posso ajudar? – ela perguntou. – Levando as lixeiras para fora?

Lev sorriu. Por baixo do casaco felpudo, ela usava um suéter vermelho, quase da mesma cor do cabelo, e uma saia de couro bege.

– Está tudo bem – ele disse. – É o meu trabalho.

– Sei que é o seu trabalho – retrucou Sophie –, mas vou ensacar o lixo e levar para fora para você, certo?

– Não precisa...

– Sei que não. Pare de dizer isso. Eu quero ajudar. Depois, você pode ir para casa.

Lev observou-a erguer os sacos pretos, amarrá-los e empilhá-los ao lado da porta. Enquanto trabalhava, falou:

– Liguei para você ontem à noite. Damian me disse que você mora em Tufnell Park. Às vezes, vou a um pub por lá, com minha amiga Samantha, Sam Diaz-Morant. Ela trabalha com moda. Achamos que seria divertido pagar uma bebida para você.

– Mesmo? – disse Lev.

– Mas você não teria ido, teria?

– Não sei... – respondeu Lev.

– Você é muito reservado. Na verdade, admiro isso. Os homens, na sua maioria, são uns putos.

Lev não entendeu isso. Sacudiu os ombros, e então disse:

– Sei que você ligou. Eu estava no Festival Hall.

– É mesmo? O que estava fazendo lá?

– Bem. Elgar. Você conhece?

– Sim. *Terra de Esperança e Glória*. Essa bobagem toda.

– Sim. Eu não conhecia. Você sabe que ele começou muito pobre, com o pai numa lojinha humilde, vendendo música?

– Foi mesmo?

– Sim. Muito pobre.

– É? Bem, ponto para ele. Agora está na nota de vinte libras!

– Aquele é o Elgar?

— É.
— É algum empresário, não?
Sophie enfiou a mão no bolso do casaco e tirou uma carteira ordinária de plástico. Puxou da carteira uma nota de 20 libras, levou até Lev e apontou para o nome, Sir Edward Elgar 1857-1934.

Ele reconheceu o rosto que havia examinado no ônibus, com a expressão severa de um banqueiro e várias linhas brilhantes convergindo sobre ele. Sorriu. Apoiado no esfregão, contou a Sophie que tinha examinado o rosto de Elgar em sua viagem para a Inglaterra e depois quase ouvira seu grande concerto de violoncelo, mas havia sido impedido no último minuto.

— O que o impediu? — perguntou Sophie.
— Você — disse Lev.
— Eu?
— Estávamos esperando por Elgar quando o celular tocou. Eu era o único homem com celular tocando. Você estava ligando.

Sophie sacudiu a cabeça, riu e seus cachos vermelhos reluziram sob as luzes brilhantes da cozinha.

— Que droga — disse. — Nunca imaginei você num concerto elegante. Eu o imaginei sozinho num quarto. Costumo mesmo me enganar.

Lev olhou para os braços macios de Sophie e para a tatuagem de lagarto. Pensou no quanto gostaria de acariciar aqueles braços ou descansar a cabeça sobre eles, só por um momento. Voltou a esfregar o chão, enquanto Sophie entrava e saía com os sacos de lixo e rajadas de vento entravam na cozinha ainda aquecida.

Quando o trabalho terminou, Lev ofereceu um cigarro a Sophie e — desobedecendo às regras de GK — ela aceitou um e eles ficaram fumando ao lado dos dois metros e meio de tampo de aço inoxidável.

— Então, você gostaria de sair para beber comigo? — perguntou Sophie.
— Sim — respondeu Lev.
— Você não parece muito seguro. Mas não o culpo. Sam e eu costumamos nos embebedar um pouco. As pessoas bebem no seu país?
— Claro — disse Lev. — *Vodishka*.

– Isso é tipo vodca?
– É vodca. Quer dizer "vodca querida".
– Certo. Bem, nós bebemos "gim tônico querido" ou "Stella querida" com goles de rum ou de uísque. Experimentamos absinto uma noite, mas vou dizer uma coisa, aquilo deixa a gente doida e vomitamos como porcos.
– Por que vocês bebem?
– Por que nós bebemos? Bem, por que qualquer pessoa bebe? Porque o mundo fica diferente, você entende?
– Sim.
– Trabalho num asilo de idosos quase todo domingo. Das dez às seis. Depois disso, você precisa de um drinque. Não adianta ser suscetível quando você lida com gente velha. Mas eles também são engraçados. Gosto deles, de verdade. Sabe qual é o jogo favorito deles?
– Não.
– Falar mal.
– Falar mal?
– É. Falar mal dos outros: criticar. Dizem: "Nunca gostei do fulano." Digamos que seja o genro. E então isso vai num crescendo: "Ele é um preguiçoso. Dirige mal. Só dá porcaria de presente no Natal. Pinta o cabelo..." Percebe? E assim por diante. "Ele é inútil com um pano de prato. Ele usa meia branca com sapato preto. Ele quebrou o bebedouro do passarinho." A coisa vai ficando hilária. Eu os incentivo. Digo: "Hoje, na hora do chá, vamos fazer um concurso de falar mal. Vamos ver quem é o mais malvado." E eles berram de alegria. Não estou brincando.
– Mesmo?
– O ódio mantém as pessoas vivas. Um velho, Douglas, me disse: "Eu me recuso a morrer antes da minha irmã. Ela me olhou de cima por setenta e cinco anos. Agora, quero olhá-la de cima... dentro da cova." E ele ainda está forte. Fica imaginando diferentes maneiras de matá-la. Uma delas foi entrar na casa dela, tirar os trilhos das cortinas, enchê-los de camarões e tornar a prendê-los.
– Camarões?

– Sim. O que GK chama de pitu só porque passou férias uma vez em Long Island. Para ela sofrer com o fedor. E enlouquecer por não conseguir encontrar de onde vem. Porque ela se orgulha de ser boa dona de casa, segundo Douglas. Cada pedacinho da casa cheira a algum polidor. Ela espana as lâmpadas! E a ideia de a irmã ser obrigada a sair de casa por causa do fedor dos camarões causa muito prazer a Douglas. Eu entendo. Tive um namorado no ano passado que quis matar.
– Você quis matar?
– Sim. Nunca se sentiu assim?
Lev recordou a vontade que teve de enfiar uma faca no coração do secretário Rivas. Lembrou de ficar acordado em sua triste cama, no chão, imaginando a cena, com Marina gritando e Rivas pondo a mão no peito e caindo para trás na cadeira, com os pés institucionais apontando para cima. Lev pegou um pano e começou a polir a extremidade do tampo.
– Talvez... – disse.
– Eu já – continuou Sophie. – Não estou brincando. Ele era professor de Educação Física, o meu namorado. Tinha um corpo sarado. Parecia um ginasta olímpico. Mas estava sempre se mostrando. Que babaca! Conseguia dar uma cambalhota para trás, sem usar as mãos. Era o seu número favorito. E todo mundo dizia: "Meu Deus, que maravilha!" Mas você se cansa de alguém que está sempre dando cambalhotas para trás. Eu me cansei. Comecei a torcer para ele quebrar o pescoço da próxima vez que desse uma cambalhota. Mas ele não quebrou. Gostaria de me casar com um bombeiro. Alguém que faz algo, mas não para se mostrar. Entende o que eu quero dizer?
Lev ficou olhando para Sophie, tentando entender o que ela estava dizendo. O rosto dela era largo, com covinhas, seus seios eram grandes e suas pernas pareciam robustas e fortes. Não se parecia em nada com Marina. Mas essa diferença, essa *novidade de forma*, o fascinava. Ela a tornava exótica, como um lugar distante, ensolarado, que cheirava a açúcar. E ele imaginou como seria ir para esse lugar e respirar o ar açucarado.

– O que é que você está olhando? – Sophie perguntou, enfrentando o olhar de Lev.
– Desculpe – ele disse. – Só estava olhando para a tatuagem. Isso dói?
– Não – respondeu Sophie. – É o meu lagarto, e se chama Lenny. Eu o fiz há dois anos. Todos o conhecem no asilo. Perguntam: "Como está o Lenny hoje, meu bem?", e eu digo: "Ah, o Lenny está bom, ele vai dar uma lambida no seu nariz se você comer o seu pão com manteiga." Sou doida assim mesmo.

Lev sorriu.

– Não parece doida para mim – ele retrucou.
– Bem, eu sou doida – repetiu Sophie. – Amo o Lenny. Quando me deito para dormir, às vezes ponho o braço em volta do rosto, assim, e Lenny olha para mim e nós conversamos no escuro.

Lev apagou as luzes e eles ficaram parados um instante na porta, ouvindo o zumbido dos frigoríficos no escuro. Então, saíram para a rua, onde alguns flocos de neve haviam começado a cair. Sophie enrolou o cachecol na cabeça. Lev levantou a gola e imaginou onde encontraria um casaco de inverno que tivesse condições de comprar.

Sophie tirou o cadeado da bicicleta e enrolou a corrente.

– Então, boa-noite – ela disse. – Até amanhã.
– Até amanhã.

Ele a viu sair pedalando pela rua vazia, com a neve caindo a seu redor. Então, foi para o ponto de ônibus, onde se sentou no banco, fumou e esfregou as mãos nos joelhos para tentar aquecê-los.

Quando chegou a Belisha Road, as luzes ainda estavam acesas na sala, mas Christy estava dormindo. Era tarde, mas Lev estava inquieto e sem sono. Preparou uma xícara de chá e levou-a para o quarto. Sentou-se no beliche, tomando chá e olhando para a casa de boneca e a loja e os brinquedos de pelúcia no parapeito da janela. Um deles era um palhaço. Lev pegou-o e contemplou seu rosto pintado e seu chapéu de feltro. Era macio e flexível, e Lev imaginou o quanto Maya gostaria dele.

Lev viu as horas. Sentiu uma vontade súbita, incontrolável, de ligar para Rudi – para ter notícias de Maya – e após alguns minutos de indecisão, em que imaginou Rudi roncando tranquilamente ao lado de Lora, pegou o telefone e discou o número de Rudi. O telefonema foi prontamente atendido.

– Oi, Lev – falou Rudi. – Que bom ouvir sua voz, companheiro. Não, você não me acordou. Não estava conseguindo dormir. Como vão as coisas?

– OK – respondeu Lev. – Tudo bem. Meu emprego vai bem. Ina está recebendo o dinheiro que eu tenho mandado?

– Claro que está. Eu a levei a Baryn na segunda-feira passada e compramos um novo aquecedor a gás para seu barracão de trabalho. Ela vai ficar mais confortável quando a neve chegar.

– Isso é bom. Aqui está nevando. E quanto a Maya?

– Ela está ótima. Íamos levá-la à feira no sábado, mas estou com problemas na porra do Tchevi. É por isso que não estou conseguindo dormir.

– Que problemas?

– As correias do câmbio automático.

– Sim.

– O carro se arrasta.

– Se arrasta?

– Sim. Estou manobrando para sair de uma vaga, então ponho no *drive* para andar um pouco para a frente, depois ponho em *ré* e espero que ele me obedeça, e deslize suavemente para trás, mas ele não faz isso: se arrasta para a frente antes de reconhecer em que marcha está. Depois dá um pulo para trás, como um maldito canguru.

– E o que você pode fazer para consertar?

– Colocar correias novas. Só que não consigo achar as correias.

– E aí?

– Se eu soubesse a solução, Lev, não estaria acordado para atender o seu telefonema. Acho que vou continuar procurando as correias. Ou subornar alguém para fazê-las. É só o que posso fazer. Mas fico enlouquecido quando vejo o Tchevi doente. Adoro aquele carro e adoro o meu fígado.

– Sei disso.
– E ele é o meu ganha-pão. Mas, enquanto isso, Lora e eu imaginamos um novo esquema: horóscopos.
– Horóscopos?
– Sim. De repente, todo mundo começou a se interessar por astrologia. Ninguém sabia o que era isso antigamente, mas agora estão correndo para ela como porcos para a lavagem. Tudo o que você tem a fazer é encher o balde de lavagem.
– Mas com o que vocês vão encher o balde?
– Apanhei alguns livros de astrologia na biblioteca. Lora está estudando o assunto. Ela aprende depressa. Depois vamos pôr anúncios de leitura de signos. As pessoas mandam as datas de seus aniversários, acompanhadas de uma quantia em dinheiro, e nós fazemos uma previsão personalizada do seu futuro imediato. Quatro ou cinco euros cada uma.
– Certo. E se esse futuro imediato não for do jeito que vocês previram?
– Mas *vai* ser. O segredo da astrologia é fazer previsões amplas, em que tudo pode se encaixar. Mas temos que fazer isso logo, antes que outro desgraçado tenha a mesma ideia.
Lev sorriu.
– Eu gostaria de saber o meu futuro – falou, baixinho.
– É? – indagou Rudi. – Por quê? Aconteceu alguma coisa com você? Você está diferente.
Lev ficou calado. Olhou para o palhaço, deitado no chão com as pernas e braços moles, numa atitude de submissão.
– Não – disse –, não aconteceu nada. Conte-me mais sobre Maya.
Lev ouviu o cuco de Rudi anunciar três horas. Rudi tossiu, depois disse:
– Ela está bem, Lev. De verdade. Não roubaram mais nenhuma cabra. Ah, sim, ela perdeu outro dente. Falei que ela estava parecendo um vampiro e ela perguntou: "O que é um vampiro?", mas não consegui me lembrar. Minha mente não conseguiu imaginar nenhum. Disse que talvez víssemos algum na feira, mas agora não sei se vamos poder ir.

– Diz a ela para escrever alguma coisa para mim, ou mandar um desenho.
– OK. Você quer um desenho de quê?
– Não sei. Da casa, talvez. Ela gosta de desenhar casas. Ou de um girassol.
– Não está na época de girassóis, amigo, já estamos quase no inverno, caso tenha esquecido.
– Não esqueci. Ela pode imaginar um girassol. Conte-me mais novidades.
– Que novidades? Você sabe que nada acontece aqui. Você é que tem que contar mais novidades.
– Bem – começou Lev –, quase ouvi um concerto.
– Quase ouviu? Essa é alguma nova forma gramatical?
Lev contou a Rudi e este riu tão alto que acordou Lora, e Lev ouviu a voz dela dizendo: "O que está acontecendo?"
– Nada – Rudi lhe disse. – Só estou ouvindo Lev contar como está deixando sua marca em Londres.
– São três da manhã, Rudi – falou Lora.
– Eu sei – retrucou Rudi. – Converse aqui com Lev.
Lora pegou o telefone:
– Lev, estamos com saudades. Maya também. Ela está com medo de nunca mais ver você.
Lev ficou um instante em silêncio. Em seguida, disse:
– Não a deixe pensar assim, Lora. Vou mandar uns brinquedos para ela.

Lev sonhou com uma mulher. Foi o primeiro sonho desse tipo que teve em dois anos. Estava deitado na neve com a bela mulher e tirou os panos que a cobriam, e esses panos eram como uma pele que ela soltava para revelar um corpo macio e brilhante. Ele lhe disse que tinha esquecido como fazer amor, e ela retrucou: "Não, não acredito nisso", e pôs a mão em seu pescoço e o puxou para si, beijando-lhe a boca.
Sabia que não devia dar um nome à mulher. Se lhe desse um nome, estaria rompendo um acordo, uma combinação tácita. En-

tretanto, queria dizer seu nome para torná-la real. Sentiu que ficaria sufocado se não dissesse seu nome, mas controlou-se e manteve-se calado.

Quando acordou, o telefone estava tocando. Era Lydia.

– Lev, estou tentando não ficar zangada, mas acho que você foi muito mal-educado.

8
A necessidade de chocar

Numa barraca irlandesa em Holloway Street, Lev comprou um anoraque forrado de lã com pele sintética em volta do capuz. Vestiu-o assim que comprou e foi embora sentindo-se aquecido e contente. Em seguida, deu meia-volta e retornou à barraca e comprou outro, idêntico ao dele, mas num tamanho infantil, que enviou para Maya. Sabia que imaginar Maya usando um casaco idêntico ao dele ia se tornar um hábito durante o inverno.

Christy elogiou o anoraque.

– Acho que fica bem em você, e estou dizendo isso completamente sóbrio – elogiou.

Agora Christy tentava manter-se sóbrio quase todo o tempo. O tribunal tinha lhe concedido "visitas acompanhadas" à filha, que estava morando com Ângela e seu amante corretor num *loft*, em Farrington Road.

– O problema é que a acompanhante é Ângela – contou Christy. – Acho isso injusto. Não posso ver Frankie sem olhar para a mulher que a tirou de mim. Você acha isso certo?

– Não – concordou Lev. – Talvez eu possa ser o "acompanhante".

– Bem que eu queria. Mas eles dizem que tem que ser a mãe ou uma assistente social. E Ângela nunca quer ir a lugar nenhum. Falei que queria levar Frankie ao Jardim Zoológico, mas estava chuviscando um pouco e Ângela recusou: "Não, vamos ficar encharcados andando pelo Zoológico." Então, sugeri um filme. – Christy pronunciou *flime*. – Mas ela disse: "De jeito nenhum. Não vou até o West End, é feio demais." Então, tudo o que fazemos é ficar lá sentados, colorindo ou brincando de Lego. E quando tento conversar com Frankie sobre a escola ou sobre seus amigos, ela só responde sim-não, sim-não, e não olha para mim. Olha para o Lego ou para a mãe. E a luz naquele lugar é ofuscante, irrita meus olhos. Um lado inteiro da sala é de vidro, e tem vidro em cima de você em vidraças enormes. Deus sabe como ela consegue limpar aquilo e Deus sabe como alguém consegue dormir, com a chuva batendo e a luz entrando. Eu não gostaria de morar ali.

Quando Lev perguntou sobre o dono do *loft*, o amante de Ângela, cujo nome era Tony Myerson-Hill, Christy disse:

– Quanto menos eu ouvir falar nele, melhor. A mobília dele é feia: grandes sofás de couro preto, mesas com pernas de tubos de aço. E tudo tem que estar no lugar certo, senão ele tem um ataque epilético. Como ele consegue aturar uma criança de cinco anos, não faço ideia. E o chuveiro é estranho. Um boxe grande, de granito cinzento, mas sem porta. Não tem nenhuma privacidade. Que tipo de decoração de interior é essa? Acho que o homem é vítima da moda.

Então, contou a Lev que, certa vez, quando visitava Frankie, ela quis passar o dia inteiro polindo pedras. Tony Myerson-Hill tinha comprado uma máquina de polir pedra e disse que pagaria a Frankie 10p a cada pedra que ela polisse. Depois, ela enfileirou as pedras ao longo das paredes do banheiro de granito e disse que Tony ia ficar "muito, muito contente" e que talvez a levasse ao Zoológico no fim de semana.

– Veja só – Christy disse. – O Zoológico! Sugeri o maldito Zoológico da primeira vez que fui lá. Então, ou Frankie não se lembra ou disse isso só para me ferir. Deus sabe... Olho em volta daquela casa de vidro, vejo a TV de plasma e os setecentos e setenta e nove CDs e DVDs, e os três computadores, e acho que estou acabado. Penso nesse apartamento e na lojinha de brinquedos no seu quarto, com que Frankie nunca brincou, e vejo que Myerson-Hill e a transformação de *lofts* em apartamentos são o futuro e eu sou o passado. No que se refere a Frankie, sou um zero à esquerda.

Lev não soube o que dizer. Lembrou-se do pai, Stefan, dizendo que a vida tinha seguido em frente e o deixado para trás – e ele tinha razão. Portanto, sabia que não devia mencioná-lo a Christy. Então, numa espécie de resposta ao desespero que Christy estava sentindo, começou a contar uma viagem que tinha feito com Rudi para as montanhas Kalinin, um ano depois da morte de Marina.

Christy sentou-se numa das cadeiras de vime.

– É, conte-me, cara – pediu ansiosamente, como se estivesse contente por não ter mais que falar sobre Frankie.

Lev explicou que a viagem tinha sido ideia de Rudi, que dissera que ele, Lev, precisava caminhar, relaxar, parar de ficar deitado naquela rede, mergulhado na depressão. Lev lhe dissera que estava bem na rede, mas Rudi falou que não, que estava na hora de se levantar, de passar por uma espécie de teste. E ele já havia planejado esse "teste", de modo que seria inútil discutir.

Arrumaram mochilas, provisões, sacos de dormir e botas resistentes, e compraram metros de corda. Nenhum deles sabia escalar pedras. Rudi disse que seu destino era uma caverna na encosta das montanhas Kalinin. Se conseguissem chegar à caverna, teriam cumprido seu objetivo. Quando Lev perguntou qual era esse objetivo, Rudi respondeu:

– Abraçar alguma coisa.

Tiraram três dias da licença a que tinham direito na serraria. A primavera começava em Baryn, fazia frio, e as folhas novas nas árvores eram uma leve penugem, mal visível aos olhos. Mas quando partiram, Lev sentiu o coração mais leve. Viajar para algum lugar era, afinal de contas, melhor do que ficar olhando fixamente para o quintal de Ina, e ele gostava da ideia de ir para as montanhas e se perder num lugar em que não havia ninguém.

Para alcançar a caverna, eles seguiram o curso do rio Baryn até sua nascente. Não havia estrada, apenas trilhas estreitas aqui e ali, feitas por cabras da montanha. O chão era escorregadio e cheio de urzes. A subida íngreme deixou Lev com os pulmões ardendo, e ele tinha que parar constantemente para recobrar o fôlego. Durante esses momentos de descanso, olhava em volta e via os picos cobertos de neve das montanhas lá no alto e, abaixo dele, as longas cicatrizes onde pinheiros e abetos tinham sido cortados para a serraria de Baryn. O ar estava úmido, limpo e perfumado, coisa que não acontecia mais em Auror, e Lev teve uma sensação de equilíbrio interior que não sentia havia muito tempo.

Após quatro horas, Rudi e Lev tornaram a parar, beberam chá de uma garrafa e comeram pão com o arenque defumado preparado por Lora. Eles se sentaram numa pedra coberta de musgo, fumando e olhando para um pássaro solitário que voava em círculos e mergulhava, voava e mergulhava, na direção de uma presa invisível. O plano de Rudi era chegar à caverna antes da noite cair, acender uma fogueira e dormir lá, sobre o chão de terra. Para mantê-los aquecidos durante a noite, havia levado uma garrafa de conhaque ucraniano.

– Conhaque ucraniano – Christy interrompeu-o. – Que gosto tem isso?

– Como era de esperar, é bem vagabundo – respondeu Lev. – Mas é muito barato. E no frio você não sente a diferença.

– OK – falou Christy –, entendo.

Lev estava sentado em frente a Christy. Acendeu um cigarro. Contou que haviam chegado à face da rocha sob a caverna no início da tarde, com mais uma ou duas horas de luz. Havia uma escada de ferro presa à rocha, subindo quase verticalmente por uns trinta metros. Perto da base da escada eles descobriram, no meio de pedras e galhos, latas vazias e enferrujadas de salsicha, sardinha e leite condensado. Examinaram os objetos, que ainda tinham rótulos desbotados apesar do tempo e do clima, e a escada. Esta estava tão enferrujada quanto as latas, e, em alguns lugares, faltavam os parafusos que a prendiam à rocha. Vários degraus estavam quebrados. Mas nem Lev nem Rudi fizeram comentário sobre seu estado precário.

– Nunca vou esquecer aquela subida – continuou Lev. – À minha volta só havia espaço e ar. Nada em que me segurar. Só a escada, bem quebrada. Então, disse a Rudi: "Vou na frente e você fica no chão até eu alcançar a caverna." Se um de nós dois tivesse que morrer, preferia que fosse eu.

"Então, subi. Minha mochila estava muito pesada, como uma criança em minhas costas. E, a cada momento eu pensava, agora o ar vai me levar e esse vai ser o meu fim. Mas sabe de uma coisa,

Christy? Durante todo o tempo da subida não pensei em Marina. Só pensei em chegar à caverna. Como se a caverna fosse feita de ouro ou algo assim. Entende?"

– Bem, nunca acreditei em cavernas de ouro – disse Christy –, mas poso entender que aquilo tenha tirado qualquer outra coisa de sua mente.

– Lá fui eu – continuou Lev –, meus braços doíam. Tudo doía. Quantos degraus? Não sei. Nunca contamos. Mas muitos, muitos. Pensei, isso não tem fim.

No alto da escada, em frente à boca da caverna, havia um peitoril largo, cheio de latas velhas de comida e garrafas de plástico. Lev subiu no peitoril e ficou deitado, de bruços, ofegante, no meio do lixo. Lá em cima, o vento era forte e a poeira girava no ar em frente à boca da caverna.

Lev não queria entrar na caverna antes de Rudi chegar. Tirou a mochila e ajoelhou-se no alto da escada, de frente para o vazio, vendo Rudi subir. Rudi era mais pesado do que ele, Lev ouviu o metal ranger, pôde senti-lo estremecer sob o peso das botas de Rudi a cada degrau. Foi naquele momento – quando Rudi estava no meio da escada – que ele murmurou para o amigo: "Não olhe para baixo... não olhe para baixo..." E de repente entendeu por que Rudi o tinha levado ali e que o que precisava abraçar era a ideia da perseverança.

A névoa havia clareado quando Rudi e ele entraram na caverna. Sob os últimos raios de sol, puderam ver algo no chão. Eles se aproximaram e então pararam. Havia um monte de ossos humanos, vestido com o que parecia um uniforme militar manchado de marrom escuro. Lev e Rudi olharam para o lugar onde o crânio deveria estar, mas não havia crânio. Sobre as costelas, onde os botões do uniforme um dia haviam brilhado, dourados, estava um velho rifle Kalashnicov. No chão, ao lado dos ossos, mais latas vazias e uma colher de metal.

– Jesus Cristo! – disse Christy. – O cadáver não estava fedendo?

– Não – respondeu Lev. – Não tinha mais carne.

– E a cabeça? Vocês encontraram?

– Não. Mas encontramos pedaços de ossos. Achamos que ele pôs o rifle sob o queixo e atirou, fazendo a cabeça explodir.

Christy se levantou e foi até a janela. Olhou para Belisha Road, onde um carro de polícia passava, com suas luzes azuis e a sirene tocando. Então, virou-se para Lev e perguntou:

– Quem era o morto? Vocês descobriram quem ele era?

Lev suspirou.

– Bem, era eu.

Christy olhou espantado para Lev. O carro de polícia podia ser ouvido, acelerando em Junction Road, rodando na direção de Archway. Christy abriu a boca para fazer outra pergunta quando Lev falou:

– Rudi sabia que o morto estava lá. Um coronel ou general da época dos comunistas, antes da nova era de nosso país. Esse coronel ou general, ele não conseguiu tocar a vida. Estava acabado. Ele se deitou na caverna, como eu me deitei em minha rede, e comeu a comida das latas. Quando as latas acabaram, deu um tiro na cabeça.

As mãos de Christy tremiam quando ele acendeu um outro Silk Cut. Após algum tempo, falou:

– Esse cara, o Rudi, ele faz um bocado de esforço para provar um ponto de vista, não é?

– Sim – disse Lev. – Mas me ajudou. Desde esse dia, nunca mais me deitei na rede.

– Bem – Christy disse, suspirando –, isso foi bom. É sempre bom ouvir falar em sobrevivência.

A amiga de Sophie, Samantha, era magra e tinha cabelo pintado de louro, com um corte de garoto. No pub movimentado, ela usava um vestido preto, curto e decotado, e botas roxas de pele de cobra. Todo mundo a chamava de Sam. Sophie contou a Lev que Sam Diaz-Morant estava se tornando um nome famoso no mercado de chapéus. Suas clientes mais jovens eram as princesas Beatrice e Eugenie.

– É? – disse Lev.

– Sim – afirmou Sam. – Pobres garotas. Elas se esforçam para ficar bonitas, mas ninguém as está ajudando muito, exceto eu.

Sophie, que usava jeans e um suéter creme justo, explicou para Lev que a maioria dos chapéus de Sam eram miniaturas, como o que ela estava usando naquela noite no pub, um chapeuzinho de bebê preto, preso na cabeça por um elástico coberto de lantejoulas.

– Sam acha que os dias do chapéu convencional estão contados. A menos que você tenha um rosto excepcional, o que descarta noventa e nove por cento das pessoas. Então, ela faz pastiches de estilos antigos, em tamanho bem pequeno, e eles estão fazendo o maior sucesso. Ela está ficando rica – contou Sophie.

– É? – Lev surpreendeu-se.

– Não tão rica – Sam disse, sorrindo. – Só confortável.

– Ela vai a *premières* de filmes e outras merdas do gênero. Não é, Sam?

– Às vezes. Vejo isso como passarela para mim. Vou para desfilar meus chapéus.

– Ela apresentou um grande desfile na London Fashion Week.

– Não tão grande.

– Ela é uma estrela fantástica.

– Não tão fantástica. Ainda moro em Kentish Town.

A Estrela Fantástica estava examinando Lev. Seus olhos de furão avaliaram desde seu cabelo grisalho recém-lavado até a boca, descendo até sua mão esquerda, onde ele ainda usava a aliança de casamento.

– Não sabia que era casado, Lev – disse, dando um gole na vodca com tônica que Lev lhe tinha pagado.

– Já falei para você, Sam – Sophie apressou-se em dizer. – A esposa de Lev morreu.

– Ah, sim, desculpe. Eu me esqueci. Tenho uma apresentação chegando e meu cérebro entrou em coma. Fale-me sobre os chapéus do seu país, Lev.

– Os chapéus do meu país?

– Busco inspiração no mundo todo. A Espanha é fantástica. A mantilha é uma ideia tão lisonjeira. Todo mundo fica bem com ela, porque a renda pode cobrir metade do rosto, se for necessário. Meu Deus, como eu sou má! Mas, para ser justa, a maioria das mulheres também fica bem com aqueles chapéus que os toureiros usam. Apenas os adaptei um pouco com fitas penduradas. Nunca visitei seu país, mas não sei por que imagino as mulheres usando lenços na cabeça. Estou certa?

– Às vezes – disse Lev.

– Não me refiro àquelas echarpes muçulmanas, o *hijab* ou algo parecido, mas lenços como os que a Rainha usa, certo?

– Sim.

– Mas as coisas agora estão mudando, não é? As mulheres estão se arrumando mais. Os chapéus estão voltando?

Lev pensou numa rua em Baryn ou Glic. Viu mulheres andando apressadamente na chuva, segurando guarda-chuvas ordinários, ou cobrindo a cabeça com uma revista. Não conseguiu ver nem imaginar um único chapéu.

– Não – respondeu.

– Certo. Então, não vale a pena fazer uma viagem até Jor ou outro lugar assim, não é?

– Bem – disse Lev –, em Jor, hoje em dia, você encontra roupas bonitas. Muito caras...

– Não, não estou falando em comprar. Estou falando em dar uma olhada nos chapéus étnicos. E quanto aos casamentos?

Lev ia responder que Ina guardava numa gaveta a touca bordada que usara em 1959 no seu casamento com Stefan, e que Maya uma vez tinha encontrado e experimentado. Ina tinha ficado aborrecida com isso por motivos que Lev só podia imaginar e arrancara a touca da mão de Maya. Mas quando Lev abriu a boca para falar, Sam se afastou para abraçar um rapaz de cabelo desmazelado e óculos escuros.

– Andy – ela disse –, *querido*. Como vai?

– Bem. – Ele tirou os óculos, revelando olhos pequenos e sonolentos, que pousaram no decote de Samantha. – Como vai você, linda?

– Insana – respondeu Sam. – Tenho uma exposição dentro de duas semanas. Veja meus dedos. Em carne viva de tanto costurar.

– Adorei o vestido. Adorei as botas. E *adorei* o chapeuzinho!

– É mesmo? Fico aliviada com isso, flor. Mas conte-me sobre os ensaios.
– Ainda não estamos ensaiando. Estamos escolhendo o elenco... ou tentando escolher...
– Ah, quem? Conte-me quem.
– Bem, é uma longa história, benzinho. Estávamos animados com Sheridan Ponsonby, mas então percebemos que aquele imbecil arrogante não tinha entendido a peça.
– Ah, que pena, Andy. Adoro Ponsonby!
– É mesmo? Eu gostava do trabalho dele. Agora acho que ele é um babaca vaidoso. Ele não é uma Inteligência Britânica, posso afirmar, Sam, apesar de ter estudado na droga de Eton. Quer dizer, ele ficava repetindo que a peça era "transgressora" e eu tinha que ficar lembrando a ele, "mas a ideia é exatamente essa, trata-se de uma história totalmente transgressora. Estamos testando os limites do bom gosto, estamos testando o choque da plateia. Estamos muito longe de *Jerry Springer – A ópera*".
– *Sei* que vocês estão, querido.
– Por que os atores são tão burros? Mas, deixe-me cruzar os dedos, conseguimos Oliver Scrope-Fenton. Estamos negociando com o agente dele.
– Ollie Scrope-Fenton. Genial! Adoro ele! Vai ser uma peça de arrasar.
– Espero que sim. Quem sabe? Bem, mas como vai você, coração?
– Vou bem. – Sam tornou a virar-se para Lev e Sophie. – Sophie você conhece, querido. E este é o amigo dela, Lev, que também trabalha no GK. Andy Portman, o extremamente famoso autor teatral.

Lev estendeu a mão e o famoso autor teatral, Portman, apertou-a com violência.
– Oi, Lev – disse. – Como é que GK o está tratando?
– OK – respondeu Lev. – Ele me chama de "enfermeiro".
– É mesmo? Por quê?
– Bem, eu mantenho tudo limpo...
– Ah, certo. Certo.

– *C'est le plongeur* – Sam cochichou para Andy –, *mais il est assez beau.*
– Certo – disse Andy de novo. – Hora de beber. Todo mundo OK?
Andy Portman desapareceu na multidão perto do bar. Sam Diaz-Morant tirou uma cigarreira da bolsa, fitou-a com um ar de desejo, acariciou-a com os lábios e tornou a guardá-la.
– É melhor eu explicar – disse para Lev – que Andy escreveu uma peça genial, *Pecadilhos*, que está sendo ensaiada no Court. Ou melhor, no Royal Court Theatre. Estreia no Ano-Novo. Vai ser diferente de tudo o que o teatro inglês já viu.
– Pecadilhos? – quis saber Lev. – O que é isso?
– Ah, você sabe. Explica a ele, Sophie.
– Não. Você explica.
– Bem. É fazer coisas travessas... Não é, Sophie?
– Acho que sim.
– Não é o título mais genial do mundo – contou Sam. – Eu o confundi com *Piccalilli* quando Andy falou pela primeira vez.
– Piccadilly? – indagou Lev.
– Não. Piccalilli, um molho de pepino em conserva que minha mãe serve com carne fria.
– Estou confuso...
– Bem, não importa. A peça fala das formas extremas que o desejo pode tomar. É sobre a infinidade da imaginação humana.
– A palavra é "infinidade", Sam? – perguntou Sophie.
– Bem, "infinitude". Seja o que for. Não sei. De qualquer maneira, *Pecadilhos* é uma peça revolucionária.
Houve um silêncio. Sam Diaz-Morant arrumou o elástico forrado de lantejoulas de seu chapéu de bebê.
– Desculpe – falou Lev. – Agora estou perdido...
– Certo – disse Sam. – Bem, acho que é complexo. Fale com Andy. Ele tem uma tese sobre o assunto. Vai lhe explicar.
Sam deu as costas e Lev ficou olhando para Sophie, que, ele notou, não o olhava nos olhos. Seu copo de vodca estava vazio e, de repente, ele começou a sentir o calor e o barulho do pub como uma vibração árida em seu coração. Pôs o copo vazio sobre a mesa.
Sophie olhou-o nervosamente.

– Sam e Andy são divertidos – disse animadamente. – Você vai ver, Lev. Eles são doidos e extremamente ambiciosos, mas são boa companhia. Vamos ter uma noite alegre.

Sophie afagou o rosto de Lev, e o toque inesperado de sua mão o surpreendeu e consolou apenas o suficiente para acalmar o desejo de estar longe dali, lá fora, na rua gelada. Pegou o copo de Sophie e o seu, foi até o bar e depositou os dois copos. Tirou a carteira. O preço da vodca na Inglaterra o deixava chocado cada vez que o ouvia anunciado.

Viu que estava parado ao lado de Andy Portman. Portman usava uma jaqueta de couro muito parecida com a sua. Lev olhou para ele e disse:

– Sam falou que você me explicaria a sua peça.

– Explicar a minha peça?

– Ela disse que você tinha uma "tese".

– Uma tese? Você quer dizer sobre o teatro?

– Não sei...

Andy suspirou e tirou do bolso uma carteira recheada para pagar o drinque.

– Estou um pouco cansado de explicar tudo isso – disse –, mas posso dar-lhe a versão curta, se quiser. OK?

– Claro – respondeu Lev.

Andy recebeu o troco do barman e tomou um gole da cerveja.

– Imagine a sociedade como sendo uma casa – falou.

– Uma casa?

– É. – Andy limpou a espuma dos lábios com as costas da mão, enxugou a mão numa toalhinha que estava sobre o bar. – Uma casa. Com os aposentos de sempre: sala, quarto, cozinha etc. OK?

– Sim.

– Bem, o teatro inglês, nos anos 1950, estava confinado à sala, ou ao que as pessoas gostavam de chamar de *sala de visitas*. Tudo era decente, implícito, educado e cheio de mentiras. Então, nos anos 1960, as peças se mudaram para a cozinha. Wesker, John Osborne, David Storey e assim por diante. Tínhamos honestidade. Tínhamos a emoção da classe operária. Depois, ela foi para o quarto. Você já viu *Traição,* de Pinter?

– Não.

– OK, mas sabe do que se trata. Você está me acompanhando, certo?

– Não muito bem...

– Então, vou simplificar. Eu ia dar uma ideia de Stoppard e Frayn e seus universos intelectuais, sobre a tendência dos espertinhos em levar a peça *para fora* do espaço social e doméstico, mas nada disso se encaixa muito bem na minha analogia, e você provavelmente não entenderia, certo?

Lev não disse nada. Sentia-se perdido e ignorante. Os olhos de Andy Portman ficavam vagando pela sala, buscando Sophie e Samantha no meio da multidão, depois voltavam relutantemente para Lev.

– Está entendendo aonde eu quero chegar com a comparação com a casa? – perguntou. – Você pode me dizer qual foi o aposento que nunca foi visitado no palco britânico?

– Não sei.

– Bem, pense. O banheiro, é claro. O que os britânicos chamam de *loo.* Você conhece a palavra?

– Sim.

– Certo. Bem, acho que está na hora de olharmos para lá. Está na hora de termos a coragem de olhar para a sujeira que nunca está mais longe de nós do que dois ou três cômodos. Ou, em outras palavras, que está dentro de nós. Você não acha que devemos fazer isso?

O barman chegou em frente a Lev naquele momento e ele pediu duas vodcas. Notou que sua mão, segurando a nota de 10 libras, estava vermelha e esfolada como um vegetal cru de passar horas mergulhada na água de lavar louça. E pensou, é assim que estas pessoas me veem... como um nabo sem inteligência e sem voz.

– Você não concorda? – indagou Andy. – Acho que você, como quase todo mundo, só quer ver tudo bonito, limpo, fresco e preparado, e nunca nota como cada um de nós acrescenta algo à pilha de excremento.

— Não...
— Você não seria o único. É exatamente o que a maioria das pessoas no Ocidente querem, mesmo que não admitam. Mas quero forçá-las a olhar para onde elas não querem olhar: para o seu lado negro, porque existe um lado negro, às vezes um lado negro muito perigoso, em todos nós.
— Lado negro?
— Sim. E uma das coisas que temos que admitir é que aquilo de que precisamos pode ser absolutamente transgressor. Precisamos encarar isso de frente. E as pessoas concordam comigo, senão eu jamais teria conseguido encenar *Pecadilhos*. Sei que a peça vai chocar, mas a ideia é essa mesmo. Acho que talvez você venha de uma cultura que ainda não está consciente da necessidade de chocar.
Lev conhecia a palavra "choque". Com um sorriso breve, disse:
— Houve "choque" no meu país, senhor. Muito choque. Muitos, muitos anos de...
— Certo. Com certeza. Estou entendendo. Mas não estou falando de sistemas políticos, Lev. E, por favor, não me chame de "senhor". Estou falando de arte.
— OK...
— No seu país, vocês têm muito o que avançar, em termos de arte. Isso é ótimo. Entendo perfeitamente. Estou solidário com isso. Mas aqui na Inglaterra, estamos no fio da navalha e o trabalho tem que ser afiado como uma navalha, senão não vai cortar.
Andy pegou sua cerveja. Pareceu que ia embora, mas parou e olhou para a mão de Lev, apertando a nota de dez libras.
— Você vai pagar para Sophie? — perguntou.
— Sim, disse Lev.
— Nós todos amamos Sophie — Andy falou.
Lev esperou o que vinha depois — alguma instrução ou conselho —, mas não veio nada. Andy apenas olhou para ele por mais um instante, depois afastou-se. Lev voltou o olhar para onde Sophie estava, conversando novamente com Sam, e pensou que aquelas miniaturas de chapéus eram objetos ridículos e nunca fariam uma mulher parecer bonita, nenhuma mulher do mundo.

Lev pagou as vodcas, pôs o troco no bolso da jaqueta, mas não se afastou do bar. Mexeu o gelo no copo e bebeu a vodca de uma vez só, com os cotovelos apoiados no balcão. Sabia que, graças principalmente a Christian Slane, sua solidão diminuíra nas últimas semanas, mas agora a sentia voltar de uma outra forma, como uma sensação de inadequação e raiva. Queria fumar. Atrás dele, ondas de gargalhada o empurravam, ameaçando derrubá-lo. Podia sentir o chão duro do pub por um buraco em seu sapato. Teve vontade de cuspir e ver uma gota de sua saliva cair no chão encerado do bar. Imaginando essa gota de saliva, essa marca de si mesmo, de repente ouviu chamarem seu nome. Sem se virar, viu Sophie chegar a seu lado. Ela pegou o copo de vodca, despejou água tônica dentro, deu um gole e largou o copo.

Ele não queria olhar para ela. Queria ficar fechado dentro da sua raiva. Então, sentiu uma mão macia em seu pescoço e a mão puxou-lhe a cabeça na direção do rosto dela. Viu que ela estava com a boca aberta, esperando, e se deixou ser puxado. O beijo que Sophie lhe deu foi violentamente sexual e Lev sentiu os dentes dela batendo contra os dele, tentando prendê-lo a ela, osso com osso.

Em sua raiva e solidão, poderia tê-la abraçado, ter enlaçado sua cintura com o braço, ter se permitido sentir seus seios contra o peito. Mas não fez nada disso. Resistiu. Afastou-se de Sophie e saiu do pub.

Agora, estava sozinho em seu quarto em Belisha Road. Lá embaixo, no jardim maltratado, o cachorro gania. Lev sentou-se na cama, fumando, olhando para a loja de plástico e sua placa de boas-vindas. *Oi! Minha loja está aberta.* Então, ficou de joelhos e abriu a porta da loja. Lá dentro, um vendedor de plástico, uma figura de bigode preto, usava um avental comprido, amarrado à cintura. Tinha um sorriso alegre no rosto e estava com as mãos estendidas, as palmas viradas para cima, num gesto de inocência.

Lev examinou as mercadorias em miniatura expostas no balcão: latas de sopa, sacos de farinha e de açúcar, caixas de fósforos, latas de graxa para sapato, e ele viu que esta era uma loja do passado, como as que existiam em Baryn muito tempo atrás, antes da guerra, quando Stefan e Ina eram crianças e usavam tamancos de madeira. Segurou o vendedor carinhosamente por algum tempo, depois tornou a colocá-lo atrás do balcão, sobre o qual ele caiu na mesma hora. Lev o deixou ali caído e fechou a porta da loja.

Deitou-se no beliche estreito. Queria dormir. Desejou que a mãe estivesse lá para levar-lhe um de seus remédios caseiros para dormir, com aquele seu sorriso oblíquo. Pensou nos bicos-de-papagaio e na expressão rara de alegria no rosto de Ina quando os avistou na manhã de seu aniversário de sessenta e cinco anos. Então, pensou na época em que era menino em Auror, de mãos dadas com Ina a caminho da escola, caminhando o tempo todo com a cabeça virada para cima, maravilhado com a velocidade das nuvens que passavam pelo céu azul. "Lev!" Ina ralhava com ele. "Pelo amor de Deus, olhe para onde está indo".

Levantou-se e começou a escrever uma carta para ela. O cão continuava ganindo no jardim à medida que a noite se tornava mais fria.

> *Querida mamãe,*
> *Estou mandando, junto com esta carta, mais 20 libras para você. Sinto muita saudade de você e de Maya. Esta noite gostaria de estar aí em casa com vocês, em Auror, onde a vida é simples. Aqui, é muito difícil manter o equilíbrio. Nunca sei ao certo o que as pessoas estão pensando a meu respeito ou o que realmente penso sobre elas.*
> *Espero que as cabras estejam seguras e que nenhuma tenha sido roubada. Com estas 20 libras, por favor, compre tudo o que precisar para o inverno. Mande-me um retrato de Maya usando o casaco que eu dei. Peça a Rudi para tirá-lo com a Kodak dele.*
> *Ainda estou trabalhando na cozinha do restaurante. Agora, pergunto aos chefs como eles prepararam certos pratos e observo GK Ashe sempre que posso. Vou tentar preparar uma*

dessas receitas de Ashe e me tornar um bom cozinheiro! Acho que pode vir a ser útil na minha vida.

Uma das boas coisas que posso contar sobre a cozinha de GK Ashe é que lá não há desperdício. Todas as carcaças de frango e ossos de carne, os talos dos legumes e as cebolas são fervidos para fazer um caldo (que os chefs chamam de bouillon*) e eu admiro isso. O gosto do bouillon é muito bom. Mas os clientes deixam restos nos pratos. Uma das minhas tarefas é raspar toda essa comida para dentro das latas de lixo e toda noite pelo menos uma lata fica cheia até quase a borda. Então, pego os sacos plásticos e levo para a rua; mas, às vezes, isso me perturba. Às vezes, é difícil para mim deixar os sacos lá fora.*

9
Por que um homem não pode escolher a felicidade?

O inverno inglês começou a maltratar. As sorveiras de Belisha Road, podadas em plena floração pelo serrote da prefeitura, pareciam pretas e mortas. A geada aquietava as manhãs. As luzes do Natal piscavam e balançavam ao vento nas tardes escuras. Esperando pelo ônibus à noite, Lev ficava sentado, todo encolhido dentro do seu anoraque, com as mãos enfiadas nos bolsos e o capuz cobrindo a cabeça. Mas viu que, com esta atitude, era olhado por outras pessoas com terror.

No trabalho, Sophie raramente falava com ele. Sua estação de trabalho era bem atrás das pias de Lev e de vez em quando ele se virava para observá-la, mas a cabeça dela permanecia sempre abaixada. Uma luz brilhante caía sobre a cabeça baixa, na touca macia e nos cachos vermelhos que dela saíam.

Lev sabia que não era indiferente a essa visão. Observava as mãos de Sophie desbastando, descascando, tirando o miolo, raspando, picando. Via o quanto aquelas mãos eram hábeis e como, nela, não parecia haver nada que estivesse programado para doença ou morte. Frequentemente, se via pensando naquele beijo. Queria quebrar o silêncio entre eles, mas não sabia como.

Pediu conselho a Christian Slane. Christy estava experimentando um novo creme para tratar seu eczema, e seu nariz e seu rosto estavam manchados de verde.

– Está perguntando à pessoa errada – disse. – Estou vendo agora que nunca entendi as mulheres. Nunca. Entendo o coelho maluco melhor do que entendia minha própria esposa. Se quer saber, as mulheres parecem vir da lua.

Christy passou a beber mais à medida que o Natal se aproximava. Disse a Lev que no dia de Natal ia tomar três comprimidos para dormir e só ia acordar quando o Natal terminasse.

– A ideia de Frankie abrindo seus presentes com Myerson-Hill me mata.

Lev ficou olhando para o creme verde no rosto de Christy. Então, falou:

– Tenho uma ideia. Está ouvindo, Christy? Vamos fazer uma ceia de Natal aqui para Frankie. Pierre vai me ensinar a fazer um molho gostoso para o peru e o recheio. Eu consigo fazer.

Christy olhou com ternura para Lev. Seus olhos vermelhos ficaram momentaneamente brilhantes, com a ameaça de lágrimas.

– Você é um bom homem, Lev – disse.

– Por que não fazer isso? – insistiu Lev. – Deixar tudo bonito aqui para Frankie?

– Bem, em primeiro lugar porque a mãe não ia deixar que ela viesse. Nem em um milhão de anos. Mas foi uma ideia muito boa. Estou contente em tê-lo como inquilino. Tive sorte. Se tivéssemos dinheiro, poderíamos tomar um avião e ir passar o Natal na sua aldeia, hein?

– Não podemos fazer isso...

– Eu sei que não, mas ainda acho que seria ótimo. Rudi poderia ir se encontrar conosco no aeroporto. Gostaria de andar no Tchevi. E poderíamos embrulhar a loja de plástico e levar para Maya.

Natal. Lev viu como ele anunciava a si mesmo em cada rua e como parecia preocupar cada mente. Via sua sombra e preocupação nos olhos de todo o mundo. Ele entendia por que Christy, em particular, sentia sua chegada como uma provação – uma frota de sofrimentos incapaz de enfrentar. Com o passar dos dias, parecia alimentar-se de uma dieta composta de inquietação e ansiedade, sem nenhum pedacinho de alegria.

Em seu tempo livre, Lev caminhava pelas ruas do West End, no meio do lixo, das multidões apressadas e dos ônibus vagarosos, contemplando todo aquele brilho, procurando um presente para mandar para Maya. Em seu país, brinquedos eram coisas calmas – objetos que pareciam esquecidos até serem comprados. Aqui, eles gritavam e faiscavam nas vitrines em cores fortes, exibindo etiquetas com preços altíssimos. Até as caixas em que eram guardados pareciam caras.

– Ah, esqueça as malditas Oxford Street e Regent Street – Christy aconselhou. – Vá a uma das lojas de caridade em Camden. Eles têm coisas feitas em casa lá. Muito melhores para uma menina do que algum tiranossauro a pilha.

Mas, no bazar de caridade, Lev sentiu-se abafado. Andou por ali, tossindo, no meio de velhas puxando roupas de cabides amassadas. O lugar cheirava a sapato usado e livro comido por traças. A feia luz fluorescente lembrou-lhe as lojas decadentes de Baryn. Os poucos bichos de brinquedo que encontrou eram costurados a mão em feltro e não tinham vida no rosto. Ele queria que a filha ficasse deslumbrada com seu presente de Natal.

Saiu do Camden Market, comprou papel de presente, decorado com pinguins prateados, de um vendedor ambulante que mascava chiclete para evitar que o rosto congelasse no ar gelado da manhã. Quando Lev chegou em casa, desenrolou o papel e deixou os pinguins estendidos no chão. Acendeu um cigarro, olhou para eles e começou a se lembrar dos Natais em Auror. Lembrou-se que, durante os anos de comunismo, quando as cerimônias cristãs foram banidas, Ina desafiava as autoridades tirando do armário uma velha imagem dourada e colocando-a sobre a prateleira de madeira da lareira, e acendendo velas em volta.

Nas manhãs de Natal, ela se ajoelhava ali, rezava alto e mostrava a Lev como juntar as mãos e ficar bem quietinho a seu lado, enquanto ela pedia a Jesus e a Maria, Sua Mãe, para trazer tempos melhores para a família. Stefan deixava a esposa fazer isso, sem comentários nem protestos. Mais tarde, quando Lev trabalhava junto com o pai na serraria de Baryn, Stefan certa vez dissera ao filho:

– Sempre deixei sua mãe rezar. Não acredito nessa superstição de Jesus, mas quem sabe? E se for mesmo verdade? Então, as preces de Ina podem ser como um seguro para mim, hein? Podem me fazer passar pelo portão estreito.

Quando Marina morreu, Ina tentou consolar a todos com a ideia de que a jovem esposa de Lev estava no paraíso. O retrato de Marina ficava na prateleira, ao lado da imagem, e as velas de Ina lançavam uma luz dourada sobre ele.

– Ela está lá – Ina murmurava. – Está com Deus, Lev. Eu sei. Cada fibra do meu corpo me diz que Marina está no céu.

Mais tarde, a prática religiosa foi novamente permitida. No Natal, Ina punha galhos de pinheiro num canto da sala e embrulhava pequenos presentes em papel crepom: brinquedos de madeira para Maya, luvas ou cachecóis para Stefan e Lev. A serraria de Baryn dava folga aos operários no dia da festa cristã. (O supervisor chefe da serraria era um adúltero e gostava de pedir perdão pelos pecados cometidos durante o ano nas vinte e quatro horas do Natal em família – para continuar com seus casos amorosos quando o ano novo chegava.)

Ina matava um ganso e o cozinhava com alecrim e castanhas. Stefan abria uma garrafa – ou duas – de sua melhor vodca, e o dia transcorria pacificamente até escurecer e chegar a hora de dormir. Era uma espécie de morte, lembrou Lev. Uma rendição. Como se, depois que os sentidos tinham sido apaziguados e levados ao descanso pela boa comida e pela grande quantidade de bebida, nenhuma manhã fosse tornar a perturbá-los. E quando a manhã chegava, lançando um brilho branco nas janelas, os três ocupantes adultos da casa – os três que ainda estavam vivos – saíam da cama atônitos. E se sentiam como Lázaros.

Lev finalmente achou o presente de Maya. Custou mais do que o dinheiro que ele mandava para casa toda semana. Era uma boneca que parecia um bebê de verdade. O bebê balbuciava, abria e fechava os olhos, e molhava a fralda. Vestia um macacão e morava numa cestinha, sob uma manta de lã cor-de-rosa, com a cabeça pousada sobre um travesseiro branco, bordado. Lev já podia imaginar Maya embalando o bebê. Ela o poria para dormir a seu lado e o confortaria com palavras gentis.

Para a mãe, Lev comprou um alicate americano de aço para sua produção de bijuterias e uma caixa de sabonetes perfumados. E quando os presentes foram embrulhados no papel de pinguins e despachados, ele sentiu uma súbita leveza no coração. Estava orgulhoso de ter podido comprar coisas tão bem-feitas.

No início da semana do Natal, Lydia telefonou. Parecia muito infeliz. Contou a Lev que o programa de concertos de Pyotor Greszler na Inglaterra havia terminado e que ele tinha voltado para casa. Ela procurara outros empregos de tradutora, mas não tinha achado nada. Sentia-se envergonhada por morar tanto tempo com Tom e Larissa em Muswell Hill, então agora estava trabalhando como empregada doméstica para uma família rica em Highgate.

– O emprego não é nada parecido com o outro. O maestro Greszler me respeitava. Aqui, nesta casa, eu não sou nada.

Ela disse que tinha um presente de Natal para Lev. Pediu que se encontrasse com ela no domingo de manhã em Waterlow Park, que não era longe do trabalho dela.

– Vou mostrar-lhe o lugar onde costumo caminhar. Gosto muito de lá. Tem muito verde, é tranquilo e às vezes penduram esculturas nas árvores. Depois podemos ir tomar um café no Café Rouge – ela disse.

– Eu não tenho presente para você, Lydia. Gastei o resto do meu dinheiro numa boneca para Maya.

– Ah – retrucou Lydia –, não esperava que você tivesse um presente para mim. Mas ainda somos amigos, não somos? Somos o tipo de amigos que podem sair para dar uma volta no parque. Ou estou enganada?

Lev percebeu a agitação em sua voz. Pensou em seu rosto, com sinais espalhados, como lama, ruborizado e sorrindo no bar do Festival Hall, depois sério de vergonha quando ele saiu às pressas, sob a ira dos companheiros de fila. Sentiu que estava destinado a desapontá-la sempre.

– É claro que somos amigos... – falou.

– Bem, então, Waterlow Park é bem pequeno. Venha às onze horas e eu o encontro lá.

Lev seguiu suas instruções. Era outra coisa estranha a respeito de Lydia, refletiu, enquanto subia a Swains Lane, com seu exemplar amassado de *Londres A-Z* no bolso do anoraque: ele sempre a obedecia – até que acontecesse algo que o obrigasse a fugir. Achava que a obedecia porque a viagem de ônibus tinha criado um elo entre eles. Era um elo peculiar, um elo construído com ovos cozidos e palavras em inglês ensaiadas em voz alta, enquanto os campos da Europa voavam do lado de fora da janela. Era um elo que já devia ter sido quebrado, mas não fora.

Ela estava num trecho de grama lamacenta, uma figura solitária de casaco vermelho sob um céu escuro de dezembro. Quando o viu chegando, acenou ansiosa como se estivesse pedindo socorro. Isso fez Lev sorrir: a infantilidade do gesto, o desespero inconsciente. Ele beijou-lhe o rosto, rosado de frio. Ela tocou-lhe a face.

– Seu cabelo está bem comprido – ela disse.

Lydia lhe deu o braço e eles caminharam pela grama em direção a uma árvore nodosa. Penduradas em seus galhos, havia várias formas coloridas, feitas de papel machê e pintadas de marrom, amarelo e vermelho. Eram leves o suficiente para balançar com o vento e se moviam silenciosamente, às vezes girando no barbante.

– Está vendo? – comentou Lydia. – Gosta disso? Acho muito original.

– Qual o significado delas? – perguntou Lev.

– Ah – disse Lydia –, não se pode mais perguntar isso, Lev. Essas perguntas pertencem a uma era antiga. A arte existe em si mesma, hoje em dia. Estas figuras são elas mesmas, assim como você é você e eu sou eu.

Lev olhou para a árvore. Ela o irritou. Ela o fez lembrar das árvores atrás de Auror onde Stefan costumava pendurar seus panos para os espíritos. Observou que os objetos haviam sido pintados nas cores das folhas de outono. Ele achou que a árvore estaria muito mais bonita sem aquelas coisas penduradas, mas não disse nada. Ficaram observando as formas se movendo e um vira-lata marrom correu até eles e começou a cheirá-los. Lydia se ajoelhou e fez festa no cachorro.

– Eu gostaria de ter um cachorro. Uma criaturinha que me amasse – disse.

Então, levou Lev até um bosque em que os azevinhos, carregados de frutinhas, tinham sido cobertos com raios de pano vermelho. Ela disse:

– Eu me sinto feliz neste parque. Não sei por quê. Acho que é porque tem uma mente trabalhando aqui. Uma mente cheia de surpresas. Você não gosta do que fizeram com este azevinho?

Lev olhou para o pano. Ele o deixava indiferente. Sentia indiferença por tudo o que era falso. Atrás dele, em algum lugar, estavam começando uma partida de tênis e ele invejou os jogadores. Pensou que, em sua vida na Inglaterra, não *corria* mais para lugar nenhum, apenas ficava parado diante de suas pias ou em pontos de ônibus ou andava pelas ruas a passos lentos, como os passos de um velho. Esta percepção o feriu ainda mais porque de repente soube – enquanto ficava ali parado olhando para o azevinho tão ridiculamente enfeitado – para onde queria correr. Ficou imóvel, olhando para o chão. Então, livrou-se do braço de Lydia e puxou um cigarro. Estava chocado com seus pensamentos. Suas mãos tremiam.

– Lev, você está bem?

Ele acendeu o cigarro. Tragou a fumaça profundamente e esperou que ela o acalmasse.

– Lev – Lydia repetiu.

– Estou bem – respondeu –, mas está frio aqui. Parece que vai nevar. Vamos para o café?

– Ah – disse Lydia. – Eu tinha planejado um belo passeio antes de escurecer. Veja, tem um pouco de sol. Vai esquentá-lo. Vamos dar uma volta no parque.

Ele se deixou levar, fumando o tempo todo. O sol apareceu e desapareceu, e as nuvens sobre Londres escureceram. Os sons da partida de tênis foram ficando mais fracos. Passaram por um lago, onde alguns patos nadavam em pares. Lev atirou o cigarro na água e começou a andar mais depressa, e Lydia quase teve que correr para acompanhá-lo. Ele imaginou se ela estaria ouvindo as batidas de seu coração enquanto ele caminhava. Mas não estava ligando para isso. Era o coração dele. O sangue ecoava em seus ouvidos. Ele era um homem e tinha decidido, naquele domingo de dezembro, ficar vivo de novo. Queria ir correndo, agora – naquele momento, sem hesitação –, para onde ela morava. Sabia o endereço de cor, há semanas, tinha visto na lista de Damian, sabendo que um dia ia precisar. Estava precisando agora. Ele era um homem, ela o tinha beijado e agora estava na hora...

– Lev... – Lydia gemeu, enquanto corria a seu lado –, não vá tão depressa.

Então, teve que andar mais devagar. Teve que dizer a si mesmo para esperar, para prestar atenção a Lydia. Não podia abandoná-la de novo, sem explicação e sem aviso. Deixou que ela lhe desse o braço novamente. Sentiu a mão dela agarrar sua manga. Lydia começou a falar com ele sobre uma escultura que parecia um torso humano retorcido, colocada sobre um pedestal de concreto. Disse que admirava sua "estranheza desconfortável" e que queria *criar* alguma coisa, para ver uma parte de si mesma expressa em uma entidade separada, que permanecesse depois que ela morresse. Porque via agora como a vida passava depressa. Particularmente em Londres.

– Em casa – disse –, todo dia era igual e não havia esperança de mudança, então, o tempo passava muito devagar. Mas aqui, meu Deus, sinto o tempo voar. Você não, Lev?

Lev assentiu. Sim, ele estava voando. Hoje, estava. Ia levá-lo para longe, muito longe de onde ele tinha estado. Mas o que podia dizer sobre isso a Lydia? A mão dela estava enfiada na curva de seu braço. Ela tinha comprado um presente de Natal para ele. Juntos, como um casal enamorado, passeavam no Waterlow Park. Os raios de pano vermelho sobre o azevinho balançavam com o vento. Os casais de pato grasnavam.

– Bem – começou Lydia, enquanto tomavam o café espumante –, vou descrever minha situação para você. Acho que muitas moças do nosso país vivem como empregadas domésticas em Londres, mas agora posso dizer que, para mim, não é bom.

– Não?
– Não. De jeito nenhum. Talvez eu não seja suficientemente jovem. Para mim, as crianças inglesas são pouco disciplinadas, mimadas demais. Elas têm tudo no mundo, mas tratam tudo do mesmo jeito: pegam e jogam fora. Pegam as pessoas e as jogam fora. Hugo e Jemima são os nomes deles. Eles me chamam de Muesli, por conta dos sinais escuros no meu rosto.
– Muesli?
– Eles acham engraçado. Por causa do meu rosto, dos meus sinais. Muesli.
Lev ergueu os olhos do café. Não disse nada porque não conseguiu pensar em nada apropriado para dizer.
– Bem – continuou Lydia –, vejo que pelo menos você ficou chocado. É chocante mesmo. Também acho. Tenho trinta e nove anos e estas criaturas, Jemima e Hugo, têm sete e nove, e eles me chamam de Muesli.
– Não devia deixar que eles a chamassem assim.
– Já disse isso a eles.
– Informe aos pais, Lydia. Diga que não vai tolerar isso.
– Sim? E perder meu emprego, quando está tão difícil arranjar um?
– Bem...
– Você sabe que eu estava muito feliz com Pyotor. Meu querido maestro. Sinto tanta saudade dele. Como você viu, eu fazia tudo para ele. Nos entendíamos tão bem. Enganei a mim mesma achando que aquele emprego ia durar para sempre. Mas, é claro, nada dura para sempre. Tive muita sorte e agora tudo ficou sombrio. É assim que eu sinto.
– Deixe essa família, Lydia. Encontre outra coisa.
– Sim. Eu poderia fazer isso. Mas para onde posso ir, agora no meio do inverno? Você se lembra do que eu disse sobre os invernos ingleses? O quanto eles duram? Pelo menos, tenho um quarto quente na casa, que é uma casa grande e bonita. Tenho um banheiro só para mim. Na verdade, eu não devia reclamar. É só que o meu antigo emprego era tão bom e agora cuido desses monstros. Entende? E não há cultura naquela casa. Só TV e jogos de

PlayStation. Todos violentos. Eu me ofereço para ler histórias na hora de dormir, mas eles riem de mim. Até me mandam dar o fora. Pode imaginar?

– Isso é ruim...

– Mas estou vendo que você está entediado. É claro que sim, porque aqui estou eu, me queixando de novo. Vamos mudar de assunto. Esse não é nada agradável. Fale-me da sua vida, Lev.

Lev piscou os olhos. Seu pulso ainda estava acelerado. Falar era uma provação. Ele estava tonto de excitação e terror.

– Está tudo bem – disse, indiferente. – Tive sorte com o quarto que você arrumou para mim. Sou muito grato. Christy Slane é um bom homem.

– Sim? Conte-me sobre ele.

– Bem, ele tem seus problemas. Mas é uma história muito longa para contar agora. Tenho que ir daqui a pouco.

– Ah, não. Não vá, Lev – pediu Lydia. – É domingo, lembra? Por que não pedimos um almoço?

– Não estou com fome.

– Podemos pedir apenas uma baguete com frango. Ou uma salada.

– Não estou com fome, Lydia.

– Ah – disse Lydia, com um sorriso –, mas eu me lembro de uma coisa no ônibus. No início, você dizia que não estava com fome e, então, após algum tempo – nem tanto tempo assim – eu estava dividindo meus ovos, meu pão de centeio e meu chocolate, e logo acabava tudo. Você se lembra?

– Claro.

– Acho que vou chamar o garçom e pedir para ele trazer o menu. Não vai ficar caro se só pedirmos as baguetes.

– Não, eu não quero comer.

– Eu pago para você, Lev. Fica de presente.

– Não! Eu preciso ir.

Lydia percebeu a firmeza na voz dele e olhou-o de cara feia. Lev pensou que era assim que ela devia olhar para as crianças que a chamavam de Muesli, com aquele olhar zangado, seus olhos muito grandes e azuis. E então desistia e desviava os olhos, como fez agora. Lydia se inclinou para onde estava sua bolsa e tirou um pacote retangular, cuidadosamente embrulhado em papel brilhante, e entregou-lhe.

– Bem – falou –, eu estou com fome, mas não importa. Aqui está o seu presente. Feliz Natal, Lev – disse, numa voz baixa e frágil.

Lev pegou o presente. Desejou ter trazido algo para ela: uma vela perfumada, um vidro de óleo de banho... *alguma coisa*. Um presente barato teria resgatado aquele momento, teria feito com que ele parecesse menos egoísta e displicente.

– Obrigado – agradeceu.

– Pode abrir agora, se quiser.

Então, pensou, se eu abrir, posso tornar a agradecer e ir embora. Abrir o presente vai terminar este encontro e permitir que eu escape. Olhou para o pacote em suas mãos. Numa etiqueta de presente, estava escrito simplesmente: *Para Lev de Lydia*.

– Você não quer que eu abra no Dia de Natal? – perguntou.

– Não. Abra. Por que não? Então, vou saber se você gostou.

Ele começou a rasgar o papel. Lydia pegou um lencinho e assoou o nariz.

– Talvez você ache o presente estranho... não exatamente o que você estava esperando.

– Eu não estava esperando nada.

– Mas você vai ver por que eu o achei apropriado. Acho que você vai ver...

Era um exemplar de *Hamlet*. Lev abriu-o e leu em inglês: *A tragédia de Hamlet, Príncipe da Dinamarca*. Ato UM.

– Ah, obrigado, Lydia. Uma vez, vi um filme russo sobre isso, mas nunca li.

– Não. Eu não achava que você tivesse lido, Lev. Quem já leu *Hamlet* em Auror? Mas esta edição tem notas muito completas para ajudá-lo a compreender. Se for para o final, vai ver as notas...

– Acho que vou mesmo precisar delas...

– E acho que, para nós, que somos exilados, ou o que você quiser chamar, esta peça tem muito significado. Talvez você perceba ao ler. Porque o Príncipe Hamlet, você sabe, ele é banido.

Ou melhor, ele bane a si mesmo, para poder consertar as coisas no lugar que deixou para trás.
— Mesmo?
— Sim. E ele é perseguido o tempo todo pelo passado. Você vai ver.
Tornou a agradecer-lhe. Guardou o livro no bolso do anoraque. Não sabia mais o que dizer. Tirou dinheiro do bolso e colocou sobre a mesa para pagar pelo café.

Estava longe agora. Longe de Highgate. Saindo da estação de metrô de Kentish Town para o ar gelado da rua. Correndo pela Rossvale Road. Os números nas portas voando por ele. A rua dela. Por que um homem não escolheria a felicidade? Ele não teria o direito, todo o mundo não teria direito — não importava que sua esposa tivesse morrido, não importa que ele tivesse dito a si mesmo que nunca mais faria isso — de tentar recomeçar?

Tinha começado a nevar. A neve era macia e fria no rosto de Lev. Ele torceu para que ela caísse a noite inteira, para cobrir a cidade de silêncio, para fechá-lo no quarto para onde ele estava correndo, para trazer um amanhecer suave, roxo e branco, como o amanhecer daquele dia, há muito tempo, quando ele e Rudi levaram o Tchevi para casa...

Aqui estava o número 5 de Rossvale Road. Uma campainha para tocar. Depois, uma espera para suportar. Depois, a voz dela no interfone. A voz dela, que era um pouco sem ar, o que, pensando agora, sempre o tinha afetado; a voz que ia libertá-lo.
— É o Lev — disse.

Tinha corrido tanto que mal podia respirar. Estava tonto de tanto correr, de desejo, de esperança.

O interfone ficou mudo. Mas então ouviu o barulho da fechadura da porta. Empurrou a porta pesada e entrou num pequeno hall, acarpetado de azul, cheio de correspondência jogada. Viu a si mesmo no espelho: o rosto vermelho, o cabelo despenteado, os olhos brilhantes. Enxugou o suor da testa e tentou alisar o cabelo.

Olhou para o alto da escada estreita. Sophie tinha saído do apartamento e estava na porta, olhando para ele. Usava um conjunto de moletom e estava descalça. Na mão, tinha um jornal ou uma revista. Lev começou a subir a escada. Sophie não se mexeu, mas quando olhou para ela, viu um sorriso formar covinhas em seu rosto, como se estivesse esperando por ele, calmamente, sem pressa, sabendo que mais cedo ou mais tarde ele chegaria, que no fim ele não precisaria de nenhuma persuasão, que aguardar era tudo que ela tinha que fazer.

Quando ele se aproximou, ela o puxou delicadamente para dentro do apartamento e fechou a porta. Ele a encostou na parede. Segurou seus cachos brilhantes. Queria dizer tudo o que estava sentindo, mas sentiu as palavras fugirem. Encostou sua boca na dela e o hálito dela era doce como caramelo.

10
Pura anarquia aqui dentro...

Na manhã de Natal, Lev acordou na cama de Sophie e viu que o sol brilhava do lado de fora da janela com cortinas brancas. Deu um beijo em Lenny, o lagarto tatuado. Ela acordou e resmungou:
– Lenny acha você muito gostoso.
Lev acariciou-lhe o rosto, oleoso de sono.
– Eu queria ser Lenny. Estar sempre na sua pele – disse.
Ela sorriu, pegou a mão dele e beijou a penugem escura em seu pulso, depois esfregou o lábio nele, como se fosse uma pele de animal. E ele pensou, sim, isso é verdade, é isso que eu quero agora: permanecer *indelével* nela, nunca ser apagado. Porque estava deslumbrado por ela. E esse deslumbramento não o deixou.
Quando, durante as horas de trabalho, a olhava, sentia o coração bater mais forte. Queria tomá-la nos braços ali mesmo, na frente de todos os chefs. Durante seu longo expediente nas pias, ficava ouvindo o som da voz dela. Seu desejo pela noite era profundo. Quando olhava seu próprio reflexo, via um jovem, os olhos cheios de sonhos.
Precisava contar a Rudi sobre ela. Ligou de manhã cedo num domingo, enquanto Sophie dormia.
– Acho que estou apaixonado.
Ouviu o relógio de cuco de Rudi bater sete horas. Então, Rudi falou, com uma voz cansada:
– Eu sabia que havia alguma coisa.
Lev contou-lhe que havia sido tudo inesperado e que o tinha tomado de surpresa, e que ele mal sabia o que pensar ou como se comportar.
– Bem – Rudi disse –, não é como andar de bicicleta? Não volta tudo?

– Volta? – perguntou Lev. – Não sei. Não é como *uma volta* exatamente. É como algo novo.
– É?
– Com Marina era lindo – contou –, mas ia tão... fundo. Havia sempre algo de *zangado* naquilo, algo sombrio ou difícil. Desta vez, é inocente.
– Acho que não estou acompanhando você direito, amigo.
– Não faz mal. Como se pode mesmo descrever o amor? Mas parece... não sei... descomplicado, sabe?
Rudi bocejou.
– *Descomplicado* é bom. Descomplicado, eu gosto. Tente manter as coisas assim. Você, provavelmente, não está preparado para outra coisa. Como é o nome dela?
– Sophie.
– Sophie? Ela não é russa, eu espero.
– Não, ela é inglesa. Ela trabalha no restaurante... quer ser chef.
– OK – disse Rudi. – Bem, todos temos nossos sonhos.
Fez-se um silêncio. Era como se Rudi não quisesse mais falar sobre Sophie.
– Como está o Tchevi? – Lev perguntou.
– Nem pergunte. Estou sofrendo com a transmissão, Lev. Ainda não consegui as malditas correias. Tive que mandar buscá-las em algum lugar da Alemanha. Só o correio vai custar uma fortuna. E, enquanto isso, o carro continua batendo nas coisas. Já lhe contei que os para-choques estão todos amassados porque o carro não sabe em que marcha está?
– Sinto muito, Rudi.
– Se o carro quebrar, o que vou fazer? Vou ter que voltar a fazer contrabando. E isso me dá pesadelos, tenho medo de dormir.
– E quanto aos horóscopos?
– Os horóscopos? Sim, bem, na verdade eles vão indo bem. Temos uma pequena clientela agora... Lora tem. É um monte de asneira, Lev. Fico tonto quando penso nas mentiras que contamos. Mas temos que nos manter vivos, não temos?
– Sim. Temos que nos manter vivos.

Houve outro silêncio, e Lev pôde ouvir o relógio na mesinha do telefone. Após alguns instantes, Rudi disse:
– Olha, estou feliz por você, Lev. Estou mesmo. Muito feliz. Mande-me um retrato de Sophie e o dia do aniversário dela. Lora pode fazer os horóscopos de vocês, para ver se vocês têm futuro juntos.

Um futuro.
Lev não queria pensar nisso. Ele voltara à vida no presente. Isso era o suficiente. E agora, no dia de Natal, Ina tinha seu alicate americano, Maya sua boneca; e ele tinha Sophie. Era mais do que suficiente. Fez amor com Sophie bem devagar, e eles tornaram a dormir um pouco. Depois se levantaram e prepararam o café, um ao lado do outro; um omelete espanhol, pão e café. Enquanto comiam, Lev contemplou os tons de vermelho e dourado no cabelo de Sophie e sua boca na beirada da xícara verde. Pensou no quanto gostaria de levá-la para dançar.

Sophie tinha avisado que aquele ia ser um dia de Natal "normal", porque pretendia passá-lo quase todo no asilo de Ferndale Heights, com os velhos. Ela explicou que poucos dos funcionários de tempo integral queriam trabalhar no dia de Natal, então tinha se oferecido para fazer um plantão de seis horas.

– Alguns dos residentes sabem que este pode ser seu último Natal – ela tinha dito a Lev.

Lev perguntara o que ela ia fazer lá e ela dissera que ia ajudar a preparar um almoço de Natal e depois iam jogar e cantar.

– Eles todos ficam tontos com o Asti Spumante e voltam no tempo, mas eu não me importo. Quando você é velho, ninguém toca em você, ninguém ouve o que você diz... pelo menos neste maldito país. Então, é isso que eu faço: toco e ouço. Penteio o cabelo deles. Faço brincadeiras. É muito divertido! Ouço como era a vida logo depois da guerra numa casa pré-fabricada ou numa mansão arruinada. Toco violão e às vezes isso os faz chorar. Minha favorita lá é uma mulher chamada Ruby. Ela foi educada por freiras na Índia. Ainda se lembra do convento e da sua freira predileta, Irmã Benedita... cada detalhe, cada sentimento.

Lev disse que gostaria de ir com ela para Ferndale Heights, para ajudar a fazer a comida e a lavar a louça. Quando disse isso, Sophie o abraçou pelo pescoço.

– Eu sabia que você era bom. Quase ninguém é bom. Mas você é. Vi no seu rosto.

Eles lavaram a louça do café. Tomaram banho, se vestiram e Sophie se pintou. Falou que os moradores de Ferndale Heights ficavam alegres ao ver um cabelo bem tratado, um belo batom e cheiro de perfume. Lev vestiu sua velha jaqueta de couro, porque Sophie gostava dele com ela, e dizia que ele ficava sexy.

Foram de mãos dadas pela Rossvale Road, na direção do metrô, olhando as árvores de Natal, as guirlandas de papel e a neve falsa nas vitrines. Sophie levava seu violão numa capa de lona. O sol fazia brilhar as grades pintadas de preto, as folhas amontoadas na sarjeta, as pessoas usando roupas novas de lã e os cachorros com novas coleiras e guias.

Um vendedor de flores estava parado no frio, em frente à entrada de Ferndale Heights. Ele usava luvas sem dedos e um chapéu de lã enfiado até a testa. Em cavaletes atrás dele, no meio de baldes de rosas compridas e cravos, havia um monte de bicos-de-papagaio e Lev teve que parar para olhá-los.

– Olá, companheiro. – O vendedor de flores batia palmas para se aquecer.

– Olá – disse Lev.

– Quer levar um belo presente de Natal para seu parente?

– Desculpe – disse Lev. E se apressou para alcançar Sophie.

Ferndale Heights ficava no fim de uma rua calma em East Finchley, dando para um vale de telhados. Era um prédio de três andares de tijolos vermelhos e janelas com moldura de metal. Os tijolos estavam manchados de preto, onde canos tinham derramado água pelas paredes até um pátio de concreto. Gramados verdes haviam sido plantados em volta do pátio. Grandes teixos derramavam suas últimas frutinhas venenosas na grama, onde vagavam alguns pombos.

— Em dias bonitos – disse Sophie –, até que não é mau. Há lugares piores para se morrer.

Lá dentro, o cheiro lembrou Lev do hospital onde Marina tinha ficado por tanto tempo: uma mistura de urina e desinfetante, café velho, um vago cheiro de queimado. Sophie tomou-lhe a mão. O lugar parecia calmo, como se os residentes estivessem todos dormindo, e Lev pensou em Christy sozinho em Belisha Road, dopado com seus comprimidos para dormir, mantendo o quarto escuro o dia inteiro, até escurecer de novo.

Sophie levou-o por um corredor em que cada porta tinha uma placa com um nome ao lado: Sra. Araminta Hollander, Cap. Berkeley Brotherton, Sra. Pansy Adeane, Srta. Joan Scott... de alguns dos quartos vinham ruídos de pequenas aflições: pigarros, tosses, uma voz chorando baixinho ao telefone.

Lev e Sophie pararam diante da última porta, que estava aberta como se esperasse a chegada deles. Sophie bateu. O nome ao lado da porta era "Sra. Ruby Constad". Ouviram um arrastar de pés e, em seguida, Lev avistou uma mulher grande, com cabelos grisalhos encaracolados e olhos ainda bonitos na massa pálida de seu rosto. Em volta do pescoço, havia um velho colar de pérolas.

— Sophie querida – ela disse. – Feliz Natal! Entrem e sentem-se. Alguém me mandou ameixas cristalizadas.

Eles entraram no pequeno quarto de Ruby Constad, que continha móveis antigos e quadros a óleo, enfeites de porcelana e prataria manchada. A cama estava arrumada, coberta com um edredom verde. Ao lado dela, havia uma poltrona.

Sophie encostou o violão num guarda-fogo que não tinha fogo para guardar.

— Ruby – disse Sophie –, este é o meu amigo Lev.

Ruby Constad tinha apanhado a caixa de ameixas e, com a mão um tanto trêmula, ofereceu-a a Lev.

— Não sei quem mandou. Aceite uma. As pessoas mandam coisas para o endereço errado. Ou os funcionários confundem tudo. As ameixas devem ter sido enviadas para Minty Hollander. Quase tudo é para ela.

Lev aceitou obedientemente uma ameixa açucarada. Não estava com vontade de comê-la, mas como não tinha outra coisa a fazer com ela, deu uma pequena mordida.

Ruby virou-se para Sophie e perguntou:

– Do *que* você o chamou?

– Lev – respondeu Sophie.

– Lev? É estrangeiro ou é a abreviatura de alguma coisa?

– Lev veio para a Inglaterra para trabalhar. Nós trabalhamos juntos no restaurante de que já falei. GK Ashe. Lembra?

– GK Ashe é o nome mais esquisito que já ouvi para um restaurante! Por que não lhe deram um nome normal, como Wheeler's?

Sophie riu.

– As coisas estão mudadas, Ruby – disse. – Agora os restaurantes têm outros tipos de nome, outros tipos de comida.

– Que tipo?

– Comida moderna.

– Eu gostava do Wheeler's. Ostras. Filé de peixe. Costumávamos achar isso muito moderno. Gostou da ameixa, Lev?

– A ameixa está boa – respondeu Lev. – Obrigado.

Ruby Constad examinou as feições de Lev. Com calor no quarto entulhado de móveis, ele tirou o cachecol. Viu que Ruby o observava atentamente.

– Bem – ela cochichou para Sophie –, ele é um gato.

Sophie tornou a rir e pôs a mão no braço de Lev.

– Ruby acha você bonito – falou –, eu também.

– Sim? – disse Lev.

Ouviu as duas mulheres rindo. O som encheu o quarto. Ele sorriu da alegria infantil que havia naquela risada. Ruby largou a caixa de ameixas e começou a procurar algo debaixo dos travesseiros. Tirou um envelope e o entregou a Sophie.

– Bem – disse –, isso é para você. Por ser tão carinhosa com uma velha gorda. Por alegrar nossos domingos.

Lev viu que os olhos de Ruby estavam cheios de lágrimas. Mas ela tirou um lenço da manga do casaco e enxugou os olhos com ele.

Sophie olhou para o envelope.

— Ruby... — falou.

— Nada de alvoroço. Compre um casaco novo. Esse seu trapo de pelo de carneiro já ultrapassou o prazo de validade, ou seja lá como for que chamem agora. Vamos, abra o cartão.

Ruby virou-se para Lev e Sophie começou a abrir o envelope. Ele viu um cheque cair de dentro de um cartão de Natal e Sophie se abaixar para pegá-lo.

— Aqui — Ruby disse para Lev —, todos nós já ultrapassamos o prazo de validade. Berkeley Brotherton tem noventa e três anos.

Sophie olhava para o cheque. Caminhou até junto de Ruby e abraçou seu corpo largo.

— É demais — falou.

Ruby depositou um beijo no cabelo vermelho de Sophie e virou-se para Lev:

— Sophie é um doce de moça.

— Concordo — disse Lev.

— É muito mais afetuosa do que a minha filha. Alexandra nunca canta para mim. Nunca me ajuda com as palavras cruzadas. Nunca me faz rir.

Ruby convidou-os a sentar em seu quarto apertado e se instalou na poltrona. Lev sentou-se num banquinho.

— Esse é um banquinho de Kashmiri — falou Ruby. — Eu o trouxe da Índia. A maior parte da prataria é indiana também.

— Sim.

— Sophie deve ter contado que passei minha juventude na Índia, antes da Independência, quando tínhamos um vice-rei e tudo o mais. Participei de uma representação de boas-vindas para o vice-rei na minha escola. Montamos um quadro vivo. Montamos a expressão BOAS-VINDAS com meninas sobre o palco. Eu era uma metade do O. Nunca vou esquecer que fui uma metade do O. Às vezes, penso: "Sua vida se resumiu nisso, Ruby Constad, em ser a *metade* de alguma coisa." Uma bobagem, as coisas que guardamos, hein, Lev? Diga-me do que você se lembra.

— Bem, eu me lembro... meu pai costumava dizer que havia espíritos do bosque atrás da nossa casa, e...

– Espíritos do bosque? Minha nossa! Acho que eles não existem na Inglaterra. Como eram eles?
– Não sei. Fantasmas de pessoas que sofreram. Meu pai costumava dizer: "Eles podem tornar-se pássaros, podem tornar-se mulheres."
– Puxa vida. Eu não gostaria que um espírito se transformasse de repente em mulher. Isso poderia deixar você numa situação complicada.
Lev sorriu.
– Sim. Mas acho que eles só se transformavam em mulheres na imaginação do meu pai.
– Entendo. Na imaginação do seu pai...
– Nunca vi nenhum espírito do bosque. Eu costumava procurar. Como um trevo de quatro folhas. Mas nunca achei.
Lev viu as duas mulheres sorrindo para ele. Ruby pegou a mão de Sophie.
– Querida – ela disse –, que gentileza a sua trazer Lev para me visitar. – Então, virou-se para Lev. – Uma vez Sophie trouxe aqui um outro homem, um ginasta. Ele se ofereceu para dar uma cambalhota para trás ou algo assim, mas fui obrigada a dizer: "Não, acho que não há espaço aqui para isso."

Lev e Sophie ajudaram na cozinha, preparando brotos, cortando e cozinhando cenouras, enrolando salsichas com bacon, enquanto o peru assava. Sophie fez um molho de pão perfumado com cravos. Lev preparou um caldo com talos de cebola, batatas e legumes. Depois, tornou a guardar o pote de temperos no armário e preparou um escuro e perfumado *jus* – como tinha visto GK Ashe fazer, usando o caldo, um pouco de vinho e o resíduo caramelizado no tabuleiro. As duas moças sul-africanas que estavam trabalhando no dia de Natal ficaram de boca aberta com o *jus*.
– Uau! – exclamaram. – Isso tem um cheiro fantástico. Você nos salvou. Somos uma equipe reduzida.
Quando estava tudo pronto, Lev foi para a sala de jantar, onde os residentes estavam reunidos, supervisionados pela Sra. McNaughton, a diretora de Ferndale Heights.

Dos dezessete residentes, cinco estavam em cadeiras de rodas. Muitos lutavam para controlar os tremores causados pelo mal de Parkinson. Ao lado de cada prato, tinha sido colocada uma única bombinha de Natal. A mulher elegante conhecida como Minty pegou seu biscoito, acenou segurando-o em sua mão fina, coberta de joias, e anunciou, numa voz parecida com a da rainha:

– Eu só quero dizer... ouçam todos... só quero lembrar que no ano passado a bombinha de Natal foi aberta de forma não coordenada. Temos que puxar as bombinhas *depois* do peru. Assim, os presentes não caem na comida. Tudo bem? Todo mundo ouviu?

– Minty – falou um homem muito velho, usando um suéter novo por cima de uma camisa de xadrez puída –, se puxarmos as bombinhas depois da comida, vamos ter que esperar até de noite.

– Quero dizer, depois que a *maioria de nós* tivermos terminado – disse Minty.

– Você quer dizer "depois que a maioria de nós *tiver* terminado". *Maioria* é singular.

– Cale a boca, Berkeley – disse Minty. – Você é uma droga de um substantivo singular e muito irritante ainda por cima.

Houve algumas risadas em volta da mesa. Lev escutou o apito de um aparelho de audição.

– Silêncio – a Sra. McNaughton pediu, docemente.

– Vou abrir minha maldita bombinha agora – anunciou uma das ocupantes das cadeiras de rodas. – Não vou receber ordens da Sra. Mandachuva. Somos todos iguais aqui. – Ela ofereceu uma ponta da bombinha para o vizinho, um homem cujas feições melancólicas lembraram a Lev seu pai.

– Cai fora, Joan – ele falou, furioso.

– OK – ela disse. – Vou puxar essa droga sozinha.

– Joan! – gritou Minty. – Cale a boca.

– A culpa é sua por chamar a atenção para as drogas das bombinhas, Minty – disse Berkeley.

– Só quero um pouco de *ordem* no dia de Natal – Minty gemeu. – Senão isso aqui vira pura anarquia.

A mulher, Joan, pegou a bombinha com as duas mãos e começou a puxar. A bombinha amassou e esticou mas não arrebentou.

Sophie aproximou-se de Joan.
— Joan — falou gentilmente —, vamos servir a comida daqui a um minuto. Você quer que eu puxe a bombinha com você agora ou quer esperar?
Eu só quero puxar na hora que eu quiser, não quando alguém disser que eu posso.
— Sempre temos problemas na hora das refeições — disse o homem da cadeira de rodas, Douglas.
— Ela não está causando problemas — emendou Sophie.
— Só porque a Srta. Araminta um dia trabalhou com Leslie Caron...
— Eu gostava de Leslie Caron — comentou outra mulher.

Vamos para Waterloo, diz o meu coração,
Espero ser Wellington e não Bonaparte...

— Deixe a cantoria para depois! — Minty reclamou.
— Lá vai ela de novo. — Joan começou a brigar novamente com sua bombinha.
— Vamos comer, pelo amor de Deus — pediu Douglas.
— Douglas tem razão — interveio a Sra. McNaughton, vivamente. — Douglas tem razão. Vou fazer uma oração e depois vamos servir.
Joan, relutante, largou sua bombinha. Um dos residentes de cadeira de rodas passou a balançar vigorosamente a cabeça. A Sra. McNaughton começou a recitar:
— Obrigada, Senhor, no dia de seu nascimento...
— O nascimento não é do *Senhor* — interrompeu Berkeley. — É do seu Filho.
— Ah, cale a boca! — falou Pansy.
— Estritamente falando, Berkeley tem razão — disse Ruby, de repente. — Tendo sido criada como católica...
— Vou começar a oração outra vez — falou a Sra. McNaughton. — Podemos fazer silêncio?
— Mas a religião virou uma bagunça nesse país...
— Ruby? Podemos fazer silêncio para rezar?

– Porque ninguém sabe mais no que acredita. As pessoas acreditam num bocadinho disso, num bocadinho daquilo, e enquanto isso os Millers do Islã...
– Os *mulás*, sua vaca burra.
A Sra. McNaughton levantou-se e bateu palmas.
– Escutem! – ela começou. – Só porque é Natal, não é preciso que se comportem como crianças. Chega! "Obrigada, Senhor, neste dia abençoado, por nos dar comida e vinho, por nos trazer calor no frio, companhia na solidão, e por nos abençoar com seu perfeito amor. Amém."
Por um momento, ninguém falou. A Sra. McNaughton e Sophie começaram a se movimentar, endireitando cadeiras de rodas, enfiando guardanapos dentro de colarinhos, servindo água em copos de plástico, vinho tinto barato em taças. Joan pegou sua bombinha mais uma vez e começou a mordê-la.
Lev voltou para a cozinha, trinchou o peru e começou a servi-lo. Tentou imitar os chefs do GK Ashe, servindo seis pratos, arrumando a carne e o recheio com cuidado, no meio do prato. Mostrou às ajudantes sul-africanas como arrumar as batatas coradas, os brotos e as cenouras de forma atraente ao redor da carne, mantendo o molho e o *jus* em fogo baixo enquanto faziam isso, depois servindo com a colher baixa para não pingar na beirada do prato. As sul-africanas ficaram esperando para levar os pratos até a sala, observando o cuidado com que Lev trabalhava.
– Você é um chef? – uma delas perguntou.
– Não – respondeu Lev.
Ele começou a servir os seis pratos seguintes. A comida estava com um cheiro bom. Lev pôs um pedaço de pele de peru na boca. Estava crocante e suculenta. Prestou atenção em suas mãos arrumando e servindo. Pensou nas mãos da mãe, enrolando tiras de metal em fios de cobre, usando o alicate novo, feito na América, admirando-o enquanto trabalhava...

Agora os residentes comiam tortinhas e tomavam o Asti Spumante. As bombinhas tinham sido rasgadas e os chapéus de papel colocados nas cabeças. Douglas anunciou que estava enjoado e teve que ser levado pela Sra. McNaughton, com uma bacia de plástico sobre os joelhos. Dois outros residentes haviam adormecido em suas cadeiras. De uma ponta da mesa veio o fedor inconfundível de urina, misturado com o aroma do conhaque despejado sobre as tortinhas. Enquanto Lev e Sophie lavavam a louça e as panelas na cozinha, ouviram começar a discussão sobre os presentes que estavam nas bombinhas.

– Berkeley – Minty disse, autoritária –, você não tem o que fazer com esse kit de costura. Vou trocá-lo por meu chaveiro de golfinho e pela brincadeira com ursos-polares.

– Você vai ter que arrumar coisa melhor.

– Não posso arrumar coisa melhor. Nós só temos uma bombinha cada.

– Você tem que *negociar*, Araminta. Tem que anunciar seus artigos, como num *mercado árabe*. Esqueceu as malditas regras?

– Eu sei que o que vocês todos querem é a miniatura do talco Woods of Windsor – declarou Pansy Adeane –, mas essa é minha e eu não vou trocá-la por nada!

– Eu não quero o talco – afirmou Berkeley.

– Então, o que você quer em troca do kit de costura?

– Nada, eu gosto do kit de costura.

– Você é homem – disse Minty. – Homens não sabem costurar. Mas um lindo chaveiro de golfinho...

– Se esteve na Marinha, você sabe costurar – falou Berkeley. – Eu sabia costurar antes de você nascer.

– Troco esse utilíssimo grampeador de Bambi pelo talco Woods of Windsor – Lev ouviu Ruby oferecer.

– Ninguém vai ficar com a droga do talco – disse Pansy.

– Pense no que um grampeador pode fazer – falou Ruby.

– Pode fechar a boca de Minty, para começar – provocou Berkeley. Houve risos e Ruby perguntou:

– Você prefere o grampeador de Bambi em vez do kit de costura, Berkeley?

– Não, de jeito nenhum. Posso costurar todos os meus bolsos com ele.

— Quer dizer que vai ficar ainda mais pão-duro?
— Cale essa maldita boca.
— Linguagem, linguagem... — disse a Sra. McNaughton.
— Vou guardar o talco no meu bolso.
— Não vou trocar a droga do kit de costura.
— Não preciso de um grampeador.
— De que adianta um chaveiro se você não tem mais carro?
— A brincadeira do urso-polar era mesmo uma droga.
Somewhere over the rainbow...
Eles pararam de discutir. Sophie tinha voltado para a sala, apanhado o violão e começado a cantar.
...Way up high...
Os residentes de Ferndale Heights largaram os presentes e se esqueceram deles na mesma hora. Tentaram controlar os tremores e a tosse, tentaram impedir seus estômagos de roncar.
...There's a land that I heard of...
A Sra. McNaughton cruzou as mãos sobre o peito.
Once in a lullaby...
Lev voltou para a sala e, parado em silêncio com a garrafa de Asti Spumante, viu todos os olhos se voltarem para a cantora. A voz de Sophie era melodiosa, natural. E ele pensou que, quando você olhava para Sophie, o que se via primeiro era sua suavidade e seu sorriso de menina, com covinhas, e que quando a conhecia melhor, começava a perceber sua confiança.
Quando a canção terminou, Berkeley Brotherton enxugava os olhos no guardanapo, assim como Rudy Constad. Eles bateram palmas e deram três vivas a Sophie. Então Minty ficou de pé. Com o rosto vermelho do vinho, as mãos de veias azuis, faiscando com os diamantes que sua beleza havia conquistado muito tempo atrás, ela começou a cantar, num soprano tremido:

Some enchanted evening,
You may see a stranger,
You may see a stranger
Across a crowded room...

* * *

(Numa noite mágica, talvez você veja um estranho, talvez você veja um estranho do outro lado de uma sala cheia de gente...)
Quase todo mundo parecia conhecer a canção, e se juntaram a ela, balançando o corpo, balançando os braços, tentando acompanhar e manter o ritmo.

Estava escuro quando Lev e Sophie saíram de Ferndale Heights. Enquanto se afastavam, Sophie disse:

– Odeio pensar neles deitados, sozinhos a noite inteira.
– Bem – disse Lev –, eu sei. Mas correu tudo bem. A comida estava boa.
– A comida estava *muito* boa. Todo mundo gostou.
– Douglas ficou enjoado.
– Ah, ele comeu demais, só isso. Ele comeu um segundo prato bem cheio. Disse que foi o melhor molho que provou desde 1957.

Lev sorriu enquanto caminhavam em direção ao metrô.

– Você cantou muito bem – comentou –, e Ruby gosta muito de você.
– Ela teve uma vida difícil – contou Sophie. – O marido a abandonou por outra e depois morreu. Ela tinha cinquenta anos. Está sozinha desde então. Mal vê os filhos.
– Eles não a visitam?
– De vez em quando. São uns egoístas. Vêm uma vez por ano. Sabe que ela me deu cem libras?

Lev pôs o braço em volta de Sophie e a apertou contra ele.

– Podemos fazer compras – falou. – Comprar um lindo vestido para você.
– Não – ela recusou. – Vou guardar o dinheiro. Vou economizá-lo, como um pequeno esquilo.

Quando chegaram de volta ao apartamento de Sophie, deitaram-se e dormiram. Sophie estava de costas para Lev e ele tinha o braço estendido sobre a coxa dela.

A noite chegou silenciosamente. Eram quase oito horas quando Lev acordou. Olhou para Sophie e ocorreu-lhe pensar como era estranho e adorável o fato de as mulheres jovens dormirem sem fazer nenhum barulho.

Ele se levantou, acendeu um cigarro, foi para a sala e se sentou ao lado da janela escura. Ligou de seu celular para Belisha Road, mas ninguém atendeu. Imaginou se Christy ainda estaria na cama ou se estaria no pub. Lembrou-se com um sorriso de que o presente de Christy para Frankie – comprado junto com os mantimentos no Camden Town Sainsbury – tinha sido uma roupa de balé roxa com um corpete de lantejoulas e um tiara de lantejoulas para o cabelo.

Lev fumou um pouco, olhando a noite do lado de fora. Poucos carros passaram na rua. Luzes azuis piscavam na janela em frente. O som distante de uma risada veio do pub da esquina. Lev tornou a pegar o celular. Suas contas de telefone eram caras, mas ele estava conseguindo pagá-las. Discou o número de Rudi.

– Camarada – cumprimentou Rudi –, saudações de casa. Estou na pior! Mas não preste atenção. Ina e Maya estão aqui. Lora cozinhou o galo mal-humorado de sua mãe, mas ele estava duro. Todos estes meses transando com as galinhas o deixaram cansado.

– Sim?

– Sim. Mas não importa. Comemos tudo. Nos divertimos muito. Lora ganhou um vinho de um dos seus clientes de horóscopo. E ele estava ótimo. Fale com Maya...

Houve uma longa pausa, então Lev ouviu a voz da filha, que soou muito calma e pareceu vir de muito longe.

– Papai?

– Sim, é o papai. Como vai, minha flor? Você gostou da boneca nova?

– Sim – respondeu Maya.

– Você pensou num nome para ela?

– Lili.

– Sim? Ela se chama Lili?

– Ela fecha os olhos para dormir.

– Você gosta dela?

— Ela faz pipi na fralda.
— Certo. Então, você tem que lavar a fralda e pôr uma limpa?
— Sim. Quando você vem aqui, papai?
— Logo. Você vai ter que secar a fralda na frente do fogo. Mas tome cuidado para ela não queimar. A vovó pode ajudar...
— Ela já foi – disse a voz de Ina. – Ela só faz perguntar quando você volta.
— Você sabe a resposta – disse Lev. – Diga a ela que vou voltar quando tiver algum dinheiro. Ou vocês podem vir para cá...
— Lev – disse Ina –, hoje é dia de Natal.
— Eu sei. Já ia desejar...
— Então, não estrague o dia pedindo que eu vá para a Inglaterra. Estou velha demais para deixar meu país. Se quiser a Maya aí com você, mande o dinheiro que eu a ponho no ônibus. Vou me acostumar a ficar aqui sozinha...
— Mamãe...
Lev ergueu os olhos. Sophie estava parada na porta, usando uma camisola xadrez. Seu cabelo estava despenteado do sono.
Ina continuou:
— Moro em Auror há setenta anos. Prefiro morrer aqui.
— Não se preocupe, mamãe – disse Lev, pegando o maço de cigarros e estendendo para Sophie. – Ninguém vai tirar você de Auror. Recebeu meus presentes?
— Sim. Um alicate. Mas ele é muito pesado.
— É pesado demais para a sua mão?
— É muito pesado. Tem que ter a força de um homem para usar.
— Ah – disse Lev.
Sophie sentou-se a seu lado e acendeu um cigarro.
— Lev? – chamou Ina. – Você ouviu o que eu disse? O alicate é muito pesado. Foi um desperdício de dinheiro.
— Não faz mal – disse Lev.
— Não faz mal? Por que não faz mal? Quer dizer que tem dinheiro para queimar agora?
— Não...
— Trabalhando numa cozinha?

– Não.
– Então, o que foi que você quis dizer?
– Vou tentar achar um alicate diferente, mais leve e menor.
– Não vale a pena. Eu me arranjo com as ferramentas que tenho.
– Mas você ganhou também o sabonete. Você gostou?
– Parece caro.
– Não foi caro. Mas você gostou do cheiro?
– Gostei.
– Está bem, mamãe. Bem... Feliz Natal. Maya está usando o anoraque?
– Está. Mas ela chora de noite e pergunta: "Papai foi para aquele lugar onde a mamãe está dormindo?"
– Não! – Lev gritou. – Detesto isso! Não deixe que ela acredite nisso.
– As crianças acreditam no que querem acreditar. O que eu posso fazer?
– Explique para ela! Diga a ela que eu vou voltar... com certeza...
– Quando? Como posso dizer isso a ela se não sei quando?
– Assim que eu tiver dinheiro suficiente. Pelo amor de Deus, só estou fazendo isso por ela e por você, por todos nós. Você tem que me ajudar um pouco.

Houve um silêncio. Então, Lev ouviu a mãe chorando. Praguejou baixinho. Quase desejou não ter ligado. Cobriu o telefone e disse para Sophie:

– Ela está chorando.

Então Ina falou, entre lágrimas:
– Foi uma má ideia. A Inglaterra. Li um artigo no *Baryn Informer* sobre os crimes daí. Esse lugar está ficando horrível. Violência. Embriaguez. Drogas. Todo mundo gordo demais. Você estava melhor aqui.

– Eu não estava melhor – Lev disse, o mais delicadamente possível. – Eu não tinha emprego. Você já esqueceu? Por favor, pare de chorar, mamãe. Por favor...

Sophie se levantou e começou a andar pela sala. Lev observou-a, apreciando o modo sexy como ela se movimentava. Enquanto isso, ele tentava encontrar alguma coisa para dizer que pudesse consolar Ina, mas só conseguiu sentir o silêncio que o separava dela, o grande continente da Europa que havia entre eles.

– Escute – suspirou –, tenho que desligar agora porque as ligações com este celular são muito caras. Mas tente ver as coisas de um modo diferente. Estou mandando dinheiro...

– Você devia ter feito como Rudi: ter encontrado um ganha-pão em Auror.

– Que ganha-pão?

– Chofer de táxi. Mecânico de automóveis. Eu não sei.

– Você não sabe porque não tem *nada*. Nenhum trabalho. Então, pare de dizer isso. Agora, vou me despedir, até logo, mamãe. Certo? Vou ter que desligar agora.

– OK. Você vai desligar.

– Vou mandar mais vinte libras na semana que vem. Está ouvindo? Vou mandar vinte libras na semana que vem.

– Sim. Estou ouvindo. Até logo, Lev. Hoje, pedi à Mãe Santíssima para rezar a Deus para trazer você para casa.

Ina desligou.

Lev ficou parado com o telefone no colo. Parecia que uma pedra se alojara em seu peito. Pôs a cabeça nas mãos.

– Conte-me... – pediu Sophie.

– Minha mãe. Ela não entende que estou tentando muito por ela e por Maya. Tudo o que ela diz é "Lev, volte para casa, volte para casa". Mas por que voltar para casa? Não há nada lá, Sophie. Não há trabalho. Não há vida. Só a família.

Sophie entregou-lhe o cigarro fumado pela metade e ele deu uma longa tragada.

– Hoje – disse –, em Ferndale com você e Ruby e todo mundo, eu estava feliz. Sabe? Muito feliz. Quando servi aquela comida gostosa, eu estava feliz. Quando você cantou, eu me senti feliz. Foi o meu melhor Natal. E agora...

– Eu sei – disse Sophie. – As famílias matam a gente. É por isso que quase nunca vejo a minha. Mas sabe de uma coisa? O dia ainda não terminou. Vamos até o pub. Vamos comer uma boa torta de carne. Tomar uns drinques. Vamos? Nós merecemos.

Lev estendeu os braços para Sophie. Puxou-a e ficou sentado, imóvel, com os braços em torno dela, a cabeça encostada em seus cachos vermelhos. Adorava o cheiro dela. Sabia que só o cheiro dela podia deixá-lo louco. Imaginou até que ponto ia permitir-se ficar louco por ela.

11
Transbordando para trás

Na manhã que antecedeu a reabertura do restaurante, Sophie disse:
— Lev, você tem que ir para casa hoje. Tenho coisas para fazer.

Coisas? Que coisas? Mas ele não discutiu, embora o dia se estendesse vazio diante dele, longo e solitário sem ela. Disse a si mesmo que também tinha coisas para ocupá-lo: o quarto para limpar, dinheiro para mandar para Ina. E lembrou-se de Christy, sozinho no apartamento. Talvez ele e Christy pudessem ir até Hampstead Heath para ver as pipas e os nadadores destemidos quebrando o gelo nos lagos gelados.

Antes que saísse, Sophie se ofereceu para cortar seu cabelo. Ela o lavou e enxugou com força com uma toalha. Depois fez Lev sentar-se à penteadeira para ele poder se ver, fortemente iluminado, num velho espelho de três faces, com a toalha em volta dos ombros. Ele ficou olhando para o perfil dos dois e para as mãos macias de Sophie, acariciando sua cabeça molhada.

Em volta do espelho, havia uma coleção de produtos de beleza e um porta-joias, em forma de árvore, cheio de colares e pulseiras. Em qualquer direção que Lev olhasse, via sua imagem emoldurada por esses objetos. Ficou imóvel, olhando para os cremes e loções. E lembrou-se de que, quando Marina estava viva, ele adorava aquela parafernália cheirosa, as vaidades modestas de sua vida de mulher: o cheiro do batom e da base, o único, precioso, frasco de perfume, usado com muita parcimônia, o lápis que ela utilizava para pintar as sobrancelhas...

Sentiu-se tentado a falar sobre Marina para lembrar a Sophie que ele tinha sido amado antes – como se isso pudesse torná-lo mais bonito aos olhos dela, mais visível e forte. Mas ela prestava atenção no corte de cabelo. Virava a cabeça dele de um lado para o outro, dizendo para ele não se mexer. Ela era terna com ele, mas uma parte dela, sentiu, já o havia deixado. O apartamento estava parado e silencioso.

Marina tornou-se companheira de Lev nesse silêncio. Já fazia muito tempo que não estava junto dele, mas agora... Ela e Lev iam de ônibus de Auror para Baryn no auge do inverno e, no caminho, o bebê começou a nascer. A pequena Maya. Ela bateu com os punhos e as mãos dentro da barriga de Marina, para jogar para fora o fluido onde flutuava, e de repente o chão do ônibus ficou encharcado. Quando o motorista viu, começou a praguejar e a derrapar na estrada coberta de gelo.

O ônibus parou. Uma passageira cobriu Marina com seu xale de lã. Outras mulheres se juntaram à volta. Os homens ficaram olhando de longe, horrorizados. Lev pediu ao motorista para ir direto para o hospital em Baryn. Então, o motorista tocou o ônibus, ignorando as paradas obrigatórias, deixando os passageiros esperando nos pontos, balançando os braços em vão. As contrações de Marina vinham a cada três ou quatro minutos. Lev se ajoelhou ao lado dela e segurou sua mão. Quando a dor voltava, ela não gritava, mas apertava a mão de Lev e enfiava-lhe as unhas.

A estrada parecia longa, cinzenta e implacável. Uma das mulheres, uma *babushka* de rosto marcado e sofrido, cochichou para Lev:

– Camarada, você talvez tenha que ser um herói e fazer o parto do seu filho. Tem vodca para a esterilização?

Vodca para esterilização.

A frase depois tornou-se motivo de piada para Lev e Rudi. Quando as pequenas frustrações da vida os deixavam deprimidos, Rudi dizia: "Que merda, Lev, precisamos de vodca para esterilização."

Lev sorriu ao lembrar-se e Sophie quis saber:

– Do que você está rindo?

– De nada. Só estou me lembrando de Rudi.

Ela continuou aparando seu cabelo. Lev olhou as mechas grisalhas de cabelo no chão, ao lado da cadeira. Retornou ao ônibus e à paisagem sem sombras que passava pela janela e à *babushka* enrolando as mangas da camisa dele, despejando vodca em suas mãos e em seus braços. Recordou que, em vez de se sentir alarmado ou assustado, começara a se sentir excitado com a ideia de trazer seu filho ao mundo na estrada de Baryn. Começou até a desejar que o ônibus não chegasse em tempo ao hospital. Ele se reprogramou como herói, preparou-se para o que poderia vir a ser o seu momento de glória...

— OK? Acho que terminei. Agora você não parece mais tão anos 1970, homem.

Lev olhou seu rosto, sem o cabelo comprido, e pensou que nunca o tinha visto como o via agora. Levantou a mão e tocou o pescoço. Achou-o surpreendentemente macio e frio. Tirou a toalha dos ombros e a deixou cair no colo.

— OK? — Sophie tornou a dizer.

— Está bom. Obrigado — respondeu.

Sophie tirou a toalha da mão dele.

— Ficou um pouco curto, mas daqui a uma semana vai estar ótimo.

Beijou-o de leve na boca. Ele se levantou, espanou o cabelo dos joelhos e foi para o banheiro, onde começou a empacotar suas coisas. Olhou pela janela do banheiro para Rossvale Road, e, assim como a paisagem na viagem para Baryn, ela pareceu não ter sombras. Viu uma jovem caminhando, empurrando um carrinho de bebê. Um cachorrinho a seguia. Lev suspirou enquanto dobrava sua camisa xadrez.

Apesar de toda a dramática preparação, ele não precisou tornar-se o herói na história do nascimento de Maya. O ônibus chegou em tempo ao hospital de Baryn, e os passageiros bateram palmas, a *babushka* deu um beijo no rosto de Marina e o motorista enxugou a testa molhada de suor. Os assistentes vieram correndo com uma maca e Marina foi levada para dentro. Só restou a Lev acompanhá-la, consciente do cheiro de vodca que ainda emanava de seu corpo.

O corredor do hospital era verde. Lev correu atrás da maca, tentando manter uma das mãos nela. Mas então apareceu uma porta que bloqueou sua passagem. A porta engoliu a maca com

Marina e um médico de jaleco branco, que apareceu de repente, mandou Lev esperar numa cadeira igual às que mobiliavam a Secretaria de Obras Públicas.

Lev sentou-se. Podia ouvir sua respiração ofegante. Estava sozinho na sala de espera e ficou ali na cadeira por muito tempo. Um cinzeiro de lata encheu-se com suas pontas de cigarro. A vodca evaporou de sua pele.

Então, finalmente, uma enfermeira saiu pela porta e mostrou um embrulho para ele.

– Filha – disse resumidamente. – Sua agora.

Lev estava sentado com Christy, tomando chá. Eles fumavam e tossiam numa espécie de uníssono. Olhou para Christy e notou como o eczema dele diminuíra, que havia um pouco de cor em seu rosto magro.

– Deve ser o sono – Christy comentou. – Dormi trinta e nove horas, só para me precaver, para não dar nenhuma brecha para o dia de Natal. Entende? Ouvi o telefone tocar umas duas vezes. Me levantei para mijar. Tomei um copo de leite. Aqueles comprimidos me proporcionaram ótimos sonhos também. Eu estava esperto como um spaniel.

– Sim?

– Sim. Seu cabelo está um bocado curto, cara. Foi de propósito?

– Sophie disse que eu parecia alguém dos anos 1970.

– Acho que ficava bem em você o cabelo comprido, mas não importa. Continuando com o sonho: eu estava em Silverstrand, em Suffolk, para onde Ângela e eu levamos Frankie uma ou duas vezes. O mar lá é ótimo. A praia é bonita e limpa. Eu flutuava sobre o mar, leve como o vento, sem nenhuma preocupação na cabeça. As ondas quebravam e o sol brilhava na espuma, e eu via toda a beleza daquilo, cada detalhe.

– Foi um belo sonho, Christy...

– Bem, foi sim. E quando finalmente acordei, quando passou o efeito dos comprimidos, de repente me senti otimista, e pensei que talvez, levando Sophie como acompanhante, nós pudésse-

mos passar um dia com Frankie, sem Ângela me vigiando. O que você diz, cara? Um domingo. Podíamos ir todos ao zoológico.
Lev apagou o cigarro.
– Ou ir para o lugar do seu sonho, Silverstrand. Por que não?
Christy ficou olhando para Lev. Seus olhos começaram a piscar com o tique nervoso habitual.
– Não sei... – hesitou. – No sonho foi maravilhoso, mas já faz algum tempo que estive lá...
– Para andar pela praia – disse Lev – ou correr.
– Correr?
– Sim. Na areia.
– Calma aí, cara. Não sei se estou a fim de correr! Posso acabar caindo de cara numa pedra. E aí as gaivotas iam começar a voar em círculos sobre o lugar.
Quando Christy começou a rir e a risada se transformou num acesso de tosse, o telefone de Lev tocou e ele carregou-o para o quarto porque achou que podia ser Sophie, chamando-o de volta, mas era GK Ashe.
– Enfermeiro, como foi o Natal?
– Bom – respondeu Lev. – Obrigado, chef.
– OK. Fico contente. Bem, agora ouça. Temos um problema. Tony foi embora.
– Sim.
– O filho da puta. Não me deu aviso prévio e nos deixou na merda, porque estamos lotados na véspera do Ano-Novo, completamente lotados. Então, o que vou fazer é o seguinte: vou pôr Sophie como segundo *sous-chef*. Ela merece uma chance porque é dedicada, observa e aprende, então acho que ela vai conseguir. Certo?
– Muito bom, chef.
– E quero que você assuma a preparação dos legumes. Não é difícil. Não se trata de engenharia de foguetes, só precisa de atenção. Você consegue?
Lev sentou-se na cama, olhou para a loja e o vendedor antiquado ainda caído atrás do balcão.
– Consigo, chef – respondeu.
– Ótimo. Muito bem. Se ficar meio torto amanhã à noite não faz mal, porque temos poucos clientes, mas para o Ano-Novo

temos que estar em forma. Vá comprar algumas facas apropriadas. Vá a um daqueles fornecedores em Swiss Cottage. Eu o reembolso depois. E comece a praticar com salada, endívia, batatas, cenouras, o que você conseguir encontrar, OK? Tente ganhar velocidade. Lembre-se, é o corpo da faca que você movimenta, não a ponta. E tome cuidado para não cortar os dedos nem a mão. Não quero ver sangue no *gratin*.

– Sim, chef.

– E não se preocupe com o trabalho de limpeza. Vou achar outro enfermeiro. Enfermeiros não são difíceis de achar. Vou testar você e Sophie por uma semana. Se a semana correr bem, aumento o salário de vocês. Sete libras por hora. Se for uma droga, você volta para a pia. Está entendendo, Lev?

– Sim, chef.

– Ótimo. Então, só depende de você. Tudo agora só depende de você.

A ligação terminou e Lev ficou ali parado por um momento, olhando o telefone. Então, foi até Christy, que tirava a louça do chá.

– Christy – disse –, vou sair para fazer compras. Vou preparar um bom ensopado de legumes para o jantar.

– Bem, vá em frente, cara. Vai ser bom variar de leite e torta.

Alface: cortar o talo, separar e lavar as folhas, secar, deixar pronta para os chefs no escorredor, coberta com pano de prato úmido.
Cenourinhas: cortar as pontas, deixando meia polegada de verde, raspar e lavar, deixar prontas.
Espinafre: lavar, amolecer em fogo baixo, se for pedido, deixar para os chefs escorrerem e temperarem.
Rúcula: lavar e secar, deixar no escorredor.
Vagens: aparar as pontas, descartar vagens grandes demais (panela de caldo), lavar, deixar para os chefs.
Abobrinha: cortar as pontas, lavar e secar, fatiar ou cortar em bastões, conforme for pedido.
Tomate: branquear e tirar a pele. Tirar as sementes antes de picar...

Sophie escrevera e pregara na parede para Lev o que ela chamava de seu "Plano de Verduras", e agora ele estava debruçado em sua nova estação de trabalho, cortando, lavando, raspando, separando, fatiando.

– Mantenha os ouvidos atentos – GK lhe dissera. – Se eu precisar de espinafre, vou gritar, assim como Pierre e Sophie. Se precisarmos de cenouras cortadas em bastão ou raladas, também vamos gritar. E tem que ser depressa. Entendeu?

– Entendi, chef.

– Mantenha as tábuas limpas. Não quero encontrar semente de abobrinha na minha endívia. E se cortar o dedo, lave, seque, faça um curativo rápido e continue. Tem esparadrapo e coisas do gênero logo acima da sua cabeça. Use sempre um dedal para evitar que o sangue vaze pelo curativo.

A bandana de Lev havia sido substituída por um gorro de algodão, idêntico aos que os chefs usavam, que se encaixou bem em sua cabeça recém-tosquiada.

De vez em quando, Lev olhava para o garoto magro, de dezessete anos, que o substituíra como enfermeiro nos seus antigos domínios. O menino usava a bandana agora. Parecia um aprendiz de pirata, nervoso com o vasto mar cor de aço que o cercava. Fios de cabelo castanho escapavam do lenço e grudavam em seu pescoço, úmido de vapor. Seu nome era Vitas e ele era do país de Lev, que sentia-se protetor em relação a ele, mas não tinha tempo para lhe dedicar. Os pedidos dos chefs vinham depressa e não paravam. Enquanto tirava a pele e as sementes dos tomates para um *coulis*, percebeu que Pierre precisava de espinafre e que GK, que preparava bolinhos de abobrinha, estava gritando que as folhas de hortelã tinham acabado. Lev deixou os tomates escorrendo numa massa vermelha no canto da bancada, tirou um molho de hortelã da geladeira, lavou-o e começou a arrancar as folhas e jogá-las no escorredor.

– Lev! – gritou Pierre. – Espinafre! Você está atrasando a mesa seis.

– Está chegando, Pierre...

As folhas de hortelã grudaram nas mãos de Lev. Viu que devia ter tirado as folhas antes e lavado depois. Viu o suco dos tomates começar a pingar da bancada. Ele enxugou as mãos, abriu a torneira da pia, jogou o espinafre lá dentro, depois voltou para a hortelã, fechando a torneira de água fria com o cotovelo. Ergueu os olhos e viu GK interromper o trabalho para encará-lo e, a esta altura, ele conhecia a importância daquele olhar elétrico. Não eram necessárias palavras.

Pensou na promessa de 7 libras por hora. Com isso, poderia aumentar em 10 libras a quantia que mandava para Ina por semana. Assim, em vez de ficar choramingando para ele voltar, talvez ela começasse a ter orgulho do que Lev estava tentando fazer...

Então, se recupere, disse a si mesmo, imitando uma das ordens peremptórias de GK. Fique calmo, como ficou calmo em Ferndale Heights, e se recupere.

Posicionou o escorredor de espinafre. Com o polegar e o indicador, continuou manipulando a hortelã, que entregou a GK, voltou, empilhou o espinafre limpo, apertando-o, empilhando mais folhas. Pierre, parado, observava, furioso por ser obrigado a ficar à toa. Bateu com um pano de prato em seu ombro.

– Lev? Anda logo! Preciso de espinafre.

Viu Vitas virar-se para olhar para ele. O olhar do garoto era de terror. Sophie continuou de costas. Ela arrumava medalhões de cordeiro nos pratos, cada um com uma colher de geleia de cebola. As mãos de Lev arderam na água fria. GK estava de novo debruçado sobre seus bolinhos de abobrinha. Lev rezou para conseguir entregar o espinafre a Pierre antes que GK tornasse a levantar os olhos.

Estava pronto. Pierre tirou o escorredor de sua mão, jogou um punhado de folhas numa panela.

– Lev – Sophie pediu –, vou precisar dos tomates daqui a dois minutos e meio.

– Sim – falou calmamente. – Os tomates estão chegando.

Ele rasgou um pedaço de papel de cozinha e limpou a sujeira dos tomates, depois voltou a picar. As sementes eram teimosas, moles, e se agarravam à carne dos tomates. Tinha que arrancá-las com os dedos. A tarefa estava quase pronta quando viu uma folha de espinafre entrar na tigela de tomates. "Cozinhar", GK lhe dissera certa vez, "é, pelo menos, oitenta por cento separar e misturar. O chef está quase sempre ocupado num desses processos. O dono de um restaurante que conheci na França usava os termos *divorce* e *amour*..."

Então, agora, Lev tinha essa amorosa folha verde de espinafre deitada sobre a carne atraente do tomate. Sorriu quando a retirou e negou-lhe uma segunda vida na panela do caldo. Terminou de picar os tomates e levou a vasilha para Sophie. Viu a pele do rosto dela rosada e úmida sob o gorro, e a ponta de sua língua acariciando inocentemente o lábio superior enquanto ela colocava cuidadosamente um aspargo sobre cada medalhão. Um súbito desejo por ela fez sua cabeça girar. Sophie olhou criticamente para a vasilha de tomates. Depois sorriu-lhe e disse:

– OK. Está bom.

O sorriso deixou-o louco para tocar nela – apenas acariciar seu rosto ou, melhor ainda, passar a mão no contorno do seu quadril – mas ela o fizera prometer que não deixaria que a brigada do GK Ashe soubesse do caso entre eles. Disse que isso "estragaria" o sentimento de trabalho em equipe e que deixaria GK nervoso.

Então, Lev voltou para sua estação de trabalho. Sentiu que a ordem estava voltando. A seu lado, a geladeira de legumes zumbia no ar úmido. Levou a vasilha de tomates vazia para Vitas, que esfregava uma assadeira. Viu os pés de Vitas pisando no molhado, suas calças encharcadas. Pegou o esfregão e o balde e entregou-os rapidamente ao garoto.

– Limpe o chão agora – falou baixinho –, antes que o chef veja.

Foi uma noite de *crostini*. Quando eles se sentaram com suas cervejas, e a comida quente e cheirosa, GK disse:

– Pensando bem, não foi nada mau. Parabéns a todos.

– Chef – falou Lev –, amanhã vou ser mais rápido.

– Você se saiu bem. O importante foi que não entrou em pânico. Eu registrei que *você não entrou em pânico* e gostei disso. Mas chegue mais cedo amanhã, Lev, e faça a sua preparação antes do serviço começar.

– Está bem, chef.

– Sophie se saiu muito bem – disse Pierre.

GK virou-se para Sophie e desarrumou seus cachos. Lev a viu enrubescer.

– Também acho – concordou GK.

– A mesa sete elogiou os medalhões, boneca – disse Damian, servindo-se de cerveja.

– Acho que os cozinhei meio minuto a mais do que devia – retrucou Sophie.

– Bem – disse GK –, aprenda com isso. Vamos servi-los amanhã. Faça com que fiquem perfeitos amanhã para a véspera do Ano-Novo.

– Mas ela se saiu bem – insistiu Pierre. – Primeira noite como *sous-chef*. Não foi, chef?

– Sim – disse GK –, já disse que sim. – Virou-se e olhou de cara feia para Vitas, depois de examinar a cozinha, onde panelas, utensílios e travessas sujas estavam empilhadas. Lev olhou para Vitas, que engolia sua cerveja e pareceu não reparar no olhar de GK. Lev notou que o rapaz tinha olheiras de cansaço e que seu cabelo estava grudado ao redor do seu rosto pálido e sério.

– E quanto a você, enfermeiro? – indagou GK. – Você se perdeu um pouco, não foi?

Vitas fez um ar espantado.

– Porque está uma bagunça lá dentro. Não está? E foi uma noite com pouco movimento. O que foi que aconteceu?

– Estou cansado – respondeu Vitas.

Damian fez uma careta.

– Rapaz – falou –, não lhe falei que "cansado" é uma palavra que não se usa nesta cozinha? Nós sentimos cansaço, mas não falamos sobre ele. Simplesmente continuamos a trabalhar.

GK concordou com a cabeça. E disse a Vitas:

– A cozinha tem que estar limpa antes de você sair, certo? Está entendendo, enfermeiro?
– Eu venho de manhã e...
– Não – disse GK –, você não vem aqui de manhã coisa nenhuma. De manhã, nós estocamos mercadoria nas geladeiras. Waldo estará aqui, preparando as sobremesas. Eu talvez faça alguma preparação. E nenhum de nós vai pôr os pés numa cozinha suja, certo?
Vitas piscou os olhos, espantado. Disse para Lev em sua língua:
– O chef não entende que eu tenho que dormir?
– O que foi que ele disse? – Damian perguntou a Lev.
– Ele disse que está muito cansado, mas que vai fazer o serviço. Eu vou ajudá-lo.
– OK, mas você não devia precisar ajudá-lo. Você agora está trabalhando na preparação de legumes.
– Eu sei – insistiu Lev. – Mas esta noite vou ajudar.
Lev viu Sophie fitando-o. Seu olhar era divertido, sexy e carinhoso. Sorriu-lhe de leve. Então, terminou sua cerveja e levantou-se.
– Vamos, Vitas. Dentro de uma hora você poderá ir para casa.

Exceto por Lev e Vitas, o lugar estava vazio. Lev tinha visto Sophie indo embora no escuro em sua bicicleta, com a echarpe em volta da cabeça. Então, assumiu seu antigo posto na pia, mandou Vitas esfregar os acendedores do fogão, as salamandras, e enxugar o chão. Com o canto dos olhos, viu Vitas trabalhando bem devagar, com ar quase sonhador, parecendo não ver o que o trabalho exigia, olhando com ar vago as manchas de gordura, passando inutilmente um pano sobre elas, a esponja de aço esquecida na outra mão.
Lev terminou de limpar as panelas, pôs a lavadora no último ciclo, esfregou a pia, jogou os panos de prato molhados na cesta de roupa suja e pendurou panos de prato limpos nos ganchos. Olhou quase com carinho para a estação de trabalho onde havia reinado pelo que parecia ser uma vida inteira, depois para o relógio. Eram 12:55. Sabia para onde ia...
Vitas estava apoiado no esfregão. E Lev viu que lágrimas rola-

vam por seu rosto. Embora Lev estivesse louco para ir embora, sabia que não podia abandonar Vitas. Aproximou-se e tirou o esfregão da mão dele.

– Você só precisa dormir um pouco, certo? – falou.
– Não posso fazer esse trabalho... – Vitas soluçou.
– Não?
– Estou com saudades do meu cachorro.
– Está com saudades do seu cachorro?
– Meu cachorro, Edik. Penso em Edik, esperando por mim, na porta da casa da minha mãe. Queria trazer Edik para a Inglaterra, mas não deixaram. Disseram que ele podia ter raiva. Mas ele não tem. É o melhor cachorro...

Vitas teve uma crise de choro. Lev deu-lhe um pano de prato limpo, depois sentou-se no banquinho em que GK costumava se sentar, tarde da noite, planejando seus menus.

– Edik é o cão de um dono só e esse dono sou eu.

Lev ficou calado enquanto Vitas soluçava, depois levantou-se e foi até o bar de Damian. Pegou um copo e serviu uma dose dupla de vodca. Levou para Vitas.

– Beba – ordenou.

Vitas engoliu a vodca. Aos poucos, foi parando de chorar. Enxugou os olhos com o pano de prato.

– Como você sobrevive aqui? – indagou. – Este lugar é horrível...
– Eu trabalho – retrucou Lev.

Vitas olhou em volta, desamparado, para a cozinha que ainda não estava limpa.

– Odeio tudo isso – disse. – E odeio o chef!

Lev sacudiu os ombros.

– Tente não odiar – falou.
– Por quê? Aquele homem é horrível. É mal-educado. Eu o *odeio*. Ele é um filho da mãe arrogante. O modo como me chama, *enfermeiro*. Eu não sou enfermeiro droga nenhuma.
– Eu sei. Simplesmente ignore, Vitas. Fique no GK e talvez você tenha um futuro na Inglaterra.
– Não quero um futuro na Inglaterra. Odeio a Inglaterra. É como aquela merda de Jor, só que com mais muçulmanos e mais negros. Quero voltar para a minha aldeia, para junto de Edik.

– Onde você está morando? – Lev perguntou.
– Num quartinho qualquer. Em Hackney Wick. E o Wick está cheio de imigrantes salafrários.
Lev ignorou o comentário. Ele disse:
– Sabe voltar para casa?
– Sim. Ônibus noturno.
– Certo. Vá para casa, então, Vitas. Eu termino isso aqui.
Vitas ficou calado. Pareceu meio envergonhado. Tirou uma mecha de cabelo dos olhos. Assoou o nariz num pedaço de papel-toalha.
– De onde você é? – perguntou, após algum tempo.
– De Auror – respondeu Lev. – De uma pequena aldeia, como você. Perto de Baryn.
– O lugar onde iam construir a represa?
– O quê?
– Soube que estavam planejando construir uma represa no rio de Baryn.
– Onde você ouviu isso?
– Não sei. Em algum lugar. Talvez fosse outro lugar.
Lev ficou imóvel. Pensou no rio de Baryn e em como ele descia das montanhas antes cobertas de florestas acima de Auror e atravessava as pastagens perto do jardim de Ina. Pensou que aquele era o único rio que passava por Baryn.
– Acho que se fossem construir uma represa perto de Auror eu teria sabido – disse.
– Talvez – falou Vitas.
– Antigamente, eu certamente saberia, porque minha esposa trabalhava na Secretaria de Obras Públicas, em Baryn. Mas minha esposa morreu.
– Sua esposa morreu?
– Sim. Como está vendo, Vitas, você não o único que se sente triste.

* * *

Depois que Vitas saiu, Lev sentou-se na cozinha e, mais uma vez, quebrou uma das regras de GK acendendo um cigarro. Imagens de Auror encheram sua mente. Viu os panos balançando nas árvores sobre o túmulo do seu pai. Viu as cabras de Ina, amontoadas no cercado. E ouviu o silêncio da aldeia, o doce silêncio da noite, nunca quebrado pelos espíritos aos quais Stefan dirigia suas estranhas preces, só pelos gritos das corujas.

Pegou o celular e discou o número de Rudi. Lora atendeu com voz de sono.

– Lev, Rudi saiu – ela disse. – Foi levar para casa umas pessoas de Baryn.

– Como está o Tchevi? – Lev perguntou.

– Ainda está dando pulos. Mas ele finalmente conseguiu as correias em algum lugar no Ruhr. Vai trocá-las na segunda-feira.

– Ótimo – disse Lev.

Houve uma pausa e Lev ouviu Lora bocejando.

– Desculpe por ter ligado tão tarde – falou –, mas ouvi um boato esta noite sobre uma represa que estão planejando construir acima de Baryn. "Acima de Baryn" deve significar o nosso trecho do rio.

– Uma represa? – indagou Lora. – Nunca ouvimos nada sobre uma represa.

– Um rapaz que trabalha aqui na cozinha, de uma aldeia perto de Jor, ele me contou.

– Quem sabe vão construir uma represa acima de Jor?

– Não. Ele disse Baryn. Temos que descobrir, Lora. Você pode ir falar com o secretário Rivas?

– Você sabe que eu não gosto daquele homem, Lev.

– Sei. Mas as pessoas do escritório de Rivas devem saber.

– Talvez saibam, mas isso não significa que vão contar.

– Mas esta não é a era da franqueza?

– Claro. Mas velhas atitudes são difíceis de mudar. Como vamos saber se podemos acreditar no que disserem?

— Bem, uma represa acima de Baryn destruiria Auror. Teriam que lhe contar.
— Destruir a nossa Auror? Destruir nossas casas?
— Sim. Quando você represa um rio, ele transborda para trás. Auror vai ficar debaixo d'água.
— Não podem fazer isso, Lev...
Lev acendeu outro cigarro. Olhou para a bagunça deixada por Vitas e disse, cansado:
— Provavelmente não. Talvez o rapaz tenha dito isso para me assustar. Não sei, Lora. Mas descubra, OK? Se não quiser falar com Rivas, peça a Rudi para ir.
— Meu Deus, agora estou com medo, Lev. E se for verdade? E se perdermos nossa aldeia?
— Acho que teriam que nos indenizar.
— Indenizar? E de que adiantaria isso? Para onde iríamos?
— Não sei, Lora. Teríamos que decidir. Diga a Rudi que torno a ligar daqui a alguns dias. Tente conseguir um encontro com Rivas.
— O que Ina faria, Lev?
— Não sei.
— Ela não sobreviveria a isso.
— Ela teria que sobreviver.
— Todas as pessoas de idade. Imagine só. Deixar Auror seria o fim do mundo para elas.

Foi no que pensou enquanto terminava o serviço que Vitas tinha deixado inacabado: sua mãe desmontando o barracão de trabalho, empacotando suas coisas, tirando o tapete de retalhos do chão do quarto... visitando o túmulo de Stefan pela última vez, colhendo um buquê de margaridas e colocando sobre a pedra sob a qual ele estava enterrado... varrendo os cantos da casa vazia... matando suas cabras...

Reze para que isso não aconteça. Lev podia imaginar o rosto da mãe, perto da imagem iluminada pela vela, perto do retrato de Marina, sussurrando para o Deus Que Tinha Estado Adormecido no país durante toda sua vida, mas cuja imagem seus pais tinham guardado num armário escuro, acreditando obstinadamente que, um dia, Ele teria permissão para voltar, dizendo obstinadamente à filha que ela devia rezar, em segredo, que o Deus Que Tinha Adormecido, mesmo assim, via tudo o que se passava no mundo.

Como pode um Deus que está dormindo num armário escuro ver tudo na terra? Sua mãe costumava pensar nisso. Tinha contado a Lev que, quando era criança, costumava desembrulhar a imagem e puxá-la para a frente para que um pouquinho de luz caísse sobre sua superfície dourada. Ficava olhando para as pernas gorduchas de Jesus menino e pensava: "Com o tempo, estas pernas gordas vão crescer e quem vai estar dormindo no armário será um homem." E a ideia de um homem adormecido no armário a impressionava. Ela costumava prestar atenção para ver se conseguia ouvi-lo respirando, mas Ele nunca fez nenhum som.

– De certa forma, eu tinha razão. Deus dormiu, mas Ele acordou no início dos anos 1990 e recuperou seu poder. E Ele já estava crescido. Sabia como trazer as pessoas de volta para Ele.

A notícia sobre Auror eliminara todo o seu desejo. Com o corpo dolorido, Lev voltou para casa, em Tufnell Park. Mas quando o ônibus subia Kentish Town Road, seu telefone tocou e era Sophie.

– Lev... – ela disse e, nesta única sílaba, ele ouviu aquele tom ofegante, irresistível, da voz dela.

– Sophie...

– Quer que eu diga onde estou? – provocou. – Estou na cama, e pus lençóis novos, e eles são de cetim, e estão me deixando completamente louca. Então, queria que você estivesse a caminho...

Lev sorriu. Ele apertou o telefone junto ao ouvido.

– Sophie – começou –, quero ouvir você dizer uma coisa para mim. Aí eu vou.

– Aí você *vem*? Certo. O que é?

– Quero que você diga que me ama.

Ele ouviu a risada dela.

– Você é tão doce. Os homens são todos uns meninos. Mas, tudo bem, eu digo. "Nós dois somos chefs agora, e eu amo você." Você já está vindo?

12
Uma visita ao museu de barcos

Com o Ano-Novo, inesperadamente, o tempo ficou menos frio, como se a primavera já estivesse voltando. Lev notou que podia ouvir pássaros cantando nas árvores nuas em frente ao apartamento de Sophie.

– Eles estão iludidos – falou Sophie, alegre. – Vão começar a construir ninhos e aí a neve vai cair.

Ela estava feliz. "Loucamente feliz", como dizia. Tirava fotos de Lev fazendo café, sentado na banheira, deitado nu na cama dela. E em suas noites perfumadas, ela era tão atrevida quanto as prostitutas de Baryn, que Lev e Rudi costumavam visitar muito tempo atrás. Disse que o modo como eles faziam amor era uma guerra – com os dois lados vencedores.

Lev sabia que o sucesso dela no GK Ashe contribuía para o seu bom humor. A semana de teste tinha passado sem problemas. Sophie agora era *sous-chef*, ganhando dezessete libras por hora. Ela contou a Lev que já podia se imaginar abrindo seu próprio restaurante um dia.

– Essa é a vida mais fantástica que posso imaginar. Ter meu próprio negócio. Planejar meus menus. Num lugar menos chique do que o GK Ashe. Mais movimentado, mais barato: comida para gente que quer comer bem e se divertir, e não ser obrigada a pedir um empréstimo para pagar por ela – planejou.

– Onde vai ser? – Lev perguntou.

– Não sei. Em algum lugar no norte de Londres, acho. Só que toda loja está virando um ponto de venda de comida hoje em dia. Bancos estão se transformando em pizzarias. Vi uma agência funerária que tinha se transformado em casa de tapas. Não sei o que sobrou.

Eles ficavam deitados no escuro, compartilhando sonhos. Lev contou que sua ambição agora também era aprender a ser um chef. Disse que tinha passado quarenta e dois anos sem pensar em comida. Agora, pensava nisso horas seguidas. Enquanto preparava os legumes, ficava vigiando o que GK, Sophie e Pierre estavam fazendo. Tomava notas num bloco que guardava no bolso do jaleco.

Com o tempo bom, Christy Slane começou a pensar no passeio com Frankie. Disse que estava se acostumando com a ideia de ir a Silverstrand.

– A única coisa que temos que fazer – ele disse a Lev – é deixar que você seja avaliado por Ângela. Ela nunca vai deixar Frankie sair com gente que ela nunca viu.

Assim, Lev e Sophie estavam sentados na sala da frente do apartamento em Belisha Road, esperando a chegada de Ângela. Era de manhã e Christy havia arrumado os apetrechos do café numa fileira meticulosa na bancada da cozinha.

– Eu ia comprar uns doces, mas pensei melhor. Quando você oferece alguma coisa a Ângela, ela nunca aceita. Ela só aceita quando você para de oferecer – disse.

– Bem que eu gostaria de um doce – comentou Sophie.

– Ah, tem razão. Quer que vá comprar alguns?

– Não, tudo bem. Mas você sabe que essa avaliação é uma farsa, Christy. É como o dia de visita dos pais à escola.

– Sei, eu sei que é, mas o que posso fazer?

Ângela entrou, vestida num elegante casaco vermelho. Ela era alta e grande, com quadris largos e o sorriso superior das mulheres altas. Ao lado de Christy, ela parecia enorme. Seus olhos eram castanhos e um tanto saltados.

Lev levantou-se e beijou-lhe a mão. Pelo sorriso sem jeito dela, viu que tinha achado o gesto ridículo, mas que ficara envaidecida assim mesmo.

– Oi, Ângela. Eu sou a Sophie. Trabalho com Lev no GK Ashe. Moro em Kentish Town. Tenho vinte e nove anos e não tenho filhos.

– Isso não é um interrogatório – falou Ângela.
– Ah, tudo bem – disse Sophie. – Achei que era.
Lev viu a expressão assustada de Christy.
– Ângela – Lev apressou-se em falar –, Sophie só está dizendo... que vamos dizer tudo o que quiser saber. Quem nós somos. Tudo. Até você ficar satisfeita.
Ângela olhou para os três. Era um olhar que dizia: "Será que todo mundo aqui está debochando de mim?" Lev a viu virar-se, como se estivesse indo para a porta. Mas Christy se adiantou depressa.
– Posso guardar seu casaco, amor? Sente-se. Posso ligar o aquecimento, se estiver com frio.
Em silêncio, lentamente, Ângela entregou o casaco, que Christy pendurou no cabide do hall de entrada e anunciou que ia fazer café.
Ângela olhou para Lev e Sophie. Lev notou que, em contraste com o rosto marcado de Christy, a pele de Ângela era perfeita, como a pele de Diana, Princesa de Gales. Entretanto, ela era uma mulher cuja juventude estava indo embora e que sabia que isso estava acontecendo.
– Bem... – ela disse.
Olhou em volta, sem saber onde sentar, como se tivesse esquecido que tinha levado embora quase toda a mobília do apartamento.
Lev ofereceu-lhe sua cadeira e ficou em pé ao lado da janela, onde o sol do inverno punha um brilho cinzento nas cortinas empoeiradas.
– Então, você conhece Silverstrand, Ângela? – perguntou Sophie.
– Sim – respondeu Ângela. – É claro que sim. Nasci lá.
– Ah, sim. Christy não nos contou isso.
– Bem, Silverstrand não é grande coisa. O mar lá está quase sempre cinzento e cheio de lixo. Fiquei contente quando meus pais se mudaram.
– Mas crianças adoram água – continuou Sophie. – Eu adorava. Nós costumávamos ir para Hove. Armávamos nossa barraca listrada...

– Como vocês vão para Silverstrand? Não vou deixar Frankie andar de carro com Christy dirigindo.
– De trem – respondeu Sophie. – Trocamos em Ipswich. É só uma hora e meia. Andamos economizando para comprar algodão-doce, não é, Lev?
– Sim, porque nunca provei isso. Sou como uma criança...
Ângela mudou de posição, a fim de olhar para Lev. Debaixo do casaco vermelho, ela usava um vestido de lã e ficava puxando a bainha para baixo, tentando cobrir os joelhos carnudos.
– O café está quase pronto! – Christy anunciou, e Lev percebeu o pânico na voz dele.
Lev pegou a carteira, tirou uma foto de Maya, foi até Ângela e mostrou-a.
– Minha filha – disse. – No meu país. Maya. Cinco anos.
Ângela pegou o retrato, olhou-o por um momento, depois devolveu-o.
– Imagino que esteja mandando dinheiro para casa – ela falou com desdém.
– Sim – disse Lev.
– Lev tem muita prática com crianças – comentou Sophie.
– Prática? – retrucou Ângela. – É uma palavra engraçada de se usar.
– Por quê?
– Como se cuidar de uma criança fosse como andar de bicicleta. O que importa é saber como se comportar na vida.
Christy apareceu, carregando a bandeja. Suas mãos tremiam e Lev pôde ouvir as xícaras chacoalhando.
– Todo mundo OK? – perguntou.
Lev se aproximou.
– Christy, eu sirvo o café. Técnica de chef.
– Obrigado, cara – agradeceu Christy. Em seguida, balbuciou:
– Eu ia comprar uns doces, Angie... mas achei que talvez você...
– Achou que eu já estava gorda o suficiente? Tem razão. Tony vive me dizendo que estou muito gorda. Mas não para de me levar para comer fora. Aliás, em lugares caros. Vivo dizendo: "Tony, achei que você queria que eu emagrecesse, mas veja só, mais cham-

panhe, mais molhos deliciosos. Como vou perder peso com tudo isso?"

– Quem é Tony? – Sophie perguntou de supetão.

Ângela fitou-a.

– Tony? – disse. – Bem, não é que seja da sua conta, mas Tony é o meu companheiro.

– Certo.

– Ele trabalha com imóveis.

– É mesmo? Ah, que bom.

Lev percebeu o tom de ironia na voz de Sophie. E sentiu que as coisas iam degringolar. Levou o café rapidamente para Ângela e se ajoelhou ao seu lado.

– Sou inquilino de Christy há muitos meses, Ângela. Ele quase não bebe mais. Juro. Mas, como eu, ele sente tanta tristeza por causa da filha, tanta tristeza por causa de Frankie...

– Ele não tem que sentir tristeza por Frankie. Ele precisa sentir tristeza por ele mesmo.

– É isso que estou dizendo. Desculpe porque o meu inglês não é bom. O que eu quero dizer é que ele tem muita saudade de Frankie.

– Ele diz isso agora, mas o que ele fazia quando morávamos aqui? Estava fora o tempo todo... não no trabalho, ele quase nunca trabalha. Mas no pub. Ela vivia me perguntando: "Onde está o meu pai?" E o que eu podia dizer? Aí ele chegava em casa e vomitava no hall. Era um verdadeiro pesadelo!

– Mas agora... quase nunca no pub... quase nunca.

– É o que você diz.

– É verdade, amor – falou Christy. – Sei que fui ruim por muito tempo. Mas agora aprendi a me controlar.

– É verdade. Aprendeu mesmo. Então, o que estamos pedindo é, por favor, deixe-nos proporcionar um belo dia a Frankie. Todos juntos. De noite, ela volta para você. Tudo muito seguro: passear na praia, jogar minigolfe, comer peixe com fritas. Tudo ótimo assim.

Ângela pôs açúcar no café e mexeu com força.

– Não vou decidir agora, portanto, não me pressionem.

Fez-se silêncio na sala. Lev ficou em pé. Pegou um maço de Silk Cut.

— Você se importa que eu fume? — perguntou a Ângela.

— Como quiser — respondeu Ângela. — O apartamento não é meu.

Lev ofereceu um cigarro a Christy, que o aceitou com a mão trêmula.

— O que Lev disse é verdade, Angie... — ele começou.

— Ah, para com isso, Christy! — ela gritou, largando com força a xícara de café na mesa. — Estou de saco cheio dessa história, essa é que é a verdade! Você inferniza a minha vida por cinco anos e agora quer fingir que vai ficar tudo bem, tudo uma maravilha. Bem, não vai! Você tem que fazer mais do que choramingar dizendo que não vai mais ao pub. Tem que fazer mais do que viver do aluguel de gente inocente de um país estrangeiro. Tem que começar a trabalhar de novo. Tem que provar, não só para mim, mas para o tribunal, que você é novamente um ser humano racional, responsável, e um pai adequado. Aí posso pensar no que você está pedindo. Enquanto isso, e quero dizer para você agora, para que seus novos amigos possam contê-lo quando tiver um ataque epilético irlandês, que Tony me pediu em casamento, e assim que o divórcio estiver assinado, é isso o que vou fazer. Já contei a Frankie e ela está de acordo. Ela adora Tony. Ele vai se tornar o pai que ela nunca teve.

Christy sentou-se numa cadeira dura. Ficou piscando os olhos sem parar. Este piscar de olhos fez Lev pensar no bater de asas de um inseto apavorado.

— Não sou estrangeira. Meus pais moram em Sussex e criam cachorros — Sophie disse calmamente.

Ângela se levantou. Não tinha tocado no café. Virou-se para Sophie e disse:

— Não me importa quem você é ou onde mora. Você não tem nada com isso. Isso é entre mim e Christy. Mas se quiser ser amiga dele, diga-lhe para parar de me encher para sair com a filha. Ele devia ter pensando nisso muito tempo atrás.

— Ângela... — Christy começou.

– Não quero ouvir mais nada! – ela falou. – Nem sei por que concordei em vir aqui. Só concordei porque Frankie quer a loja dela, então vou pegar a loja e vou embora.

Ângela saiu da sala batendo os pés. Lev virou-se para Christy, que não se mexeu. O cigarro havia caído de suas mãos finas, queimadas, que ele abria e fechava sob o queixo. Lev foi até ele, pegou o cigarro, acendeu e devolveu-o. Sophie olhou para Lev sem saber o que fazer, e Lev tomou uma decisão.

Virou-se, saiu da sala e foi até seu quarto no fim do corredor. Ao ver a figura de Ângela, grande e zangada em seu quarto, ele também ficou zangado. Ele a viu curvar-se para pegar a loja em miniatura, com seus artigos antiquados e sua plaquinha otimista dizendo, *Oi! Minha loja está aberta*. Viu o vendedor de bigode cair no chão.

– Ah, que droga! – irritou-se Ângela.

Lev pegou o vendedor.

– Preciso de uma sacola, ou qualquer outra coisa, para guardar isso. Pode pegar para mim? – ela pediu.

– É uma pena... – falou Lev.

– Como?

– Estava pensando... Gosto muito desse vendedor. Vou sentir falta da loja.

– O quê?

– É verdade. Vou sentir falta. Mas está OK. Isso não importa. Mas se você tirar Frankie de Christy, isso é mau. Ele é o pai, como eu sou o pai de Maya. Ele vai sofrer...

– Escute aqui – Ângela suspirou. – Você parece ser um bom homem. Espero que a Inglaterra o trate bem. Mas não se meta em coisas que não conhece, certo? Christy Slane não vai arruinar a minha vida e a vida da minha filha, e é só o que tenho a dizer. Pronto. *Finito*. Então, quer ir buscar uma sacola para eu ir embora?

Lev entregou-lhe o vendedor e ela o atirou pela porta da loja.

– Não tenho nenhuma sacola – Lev falou.

– Ah, não importa! – disse Ângela. Ela caminhou até o hall, tirou o casaco vermelho do cabide e, carregando a loja debaixo do braço, saiu do apartamento. Seus passos pesados soaram na escada.

Lev disse a Sophie que precisava ficar em Belisha Road por um tempo, para fazer companhia a Christy e tentar evitar que ele fosse para o pub.
— Você passa metade da noite no trabalho — ela ponderou —, então, que diferença vai fazer?
— Talvez faça alguma. Se ele souber que eu vou voltar. Se prepararmos o café de manhã.
— Você é ingênuo, Lev. Se alguém quiser se matar de beber...
— Eu sei, mas posso fazer uma tentativa. Christy tem sido um bom amigo.
Eles estavam no GK Ashe, no fim de uma noite longa e movimentada. Sophie deu as costas a Lev, dizendo:
— Ok. Tudo bem. Você fica em Belisha Road. Eu tenho mesmo coisas para fazer.
— Que "coisas"?
— O mesmo que você: cuidar dos meus amigos.
— Mas algumas noites você pode ir para lá. Para o meu quarto...
— O quê? Transar num beliche de criança? Não posso, Lev. Isso é totalmente bizarro.
Do outro lado da cozinha, Vitas trabalhava nas pias. Naquela mesma noite, GK tinha lhe dito:
— Você está pendurado por um fio, Vitas. Hoje, encontrei restos de queijo de cabra presos na minha salamandra; encontrei uma mancha de sangue no chão.
— Sangue não, chef.
— E não discuta comigo. Nunca faça isso. Você tem até o fim da semana para entrar na linha ou estará fora. Vá colher verduras em Lincolnshire.
Mais tarde, depois que GK e Sophie já tinham ido embora, Vitas perguntou a Lev:
— O que é Lincolnshire?
— Ah, disse Lev, é um lugar no campo.
— Então, eu preferia estar lá. Sinto falta das árvores.

* * *

A ideia da represa havia se infiltrado como lodo no coração de Lev. Em sonhos, vira o prédio da escola em Auror flutuando na água como um barco de madeira, depois afundando lentamente e, por um momento, ele achara a visão do prédio da escola afundando aos poucos estranhamente bonita – até perceber que todas as crianças, inclusive Maya, ainda estavam lá dentro. Bem longe, na água, ele podia ouvi-las gritando.

Contou a Christy sobre a represa. Christy disse que precisava acender um cigarro e tomar uma xícara de chá antes de pensar nisso. Então, com o cigarro e o chá bem forte na mão, falou:

– Obras Públicas, Lev. Você sabe, o próprio termo me deixa aterrorizado. Porque você não pode nunca imaginar que algo de bom venha dali. Tem a intenção de parecer filantrópico, mas o que significa para mim é que algum consórcio estrangeiro está substituindo uma coisa que você ama por algo de que você não precisa.

A mão de Christy tremia enquanto ele bebia o chá, mas ele estava se aguentando. O que parecia estar ajudando era um quebra-cabeça de 1.000 peças dos *Girassóis,* de Van Gogh. Christy o espalhara sobre a mesa e passava horas seguidas trabalhando nele, tomando chá e fumando. No final da conversa sobre a represa de Auror, ele falou:

– O que devemos tentar não perder é nossa razão. Não podemos terminar como esse cara, Vincent.

Lev adiou o telefonema para Rudi, com medo de receber más notícias sobre Auror. Então, numa manhã de domingo, achou que não podia adiar mais e discou o número tão familiar.

– O Tchevi está consertado! – Rudi anunciou, triunfante. – Agora, amo os alemães. Beijo a bunda deles. Eles fazem correias que encaixam.

– O carro não está mais pulando?

– Não. É como se ele tivesse ido a uma escola de treinamento de cães e tivesse voltado um animal inteiramente diferente! Só o que preciso fazer agora é tirar as mossas do para-choque e polir os cromados. Aí ele vai ficar como novo.

O alívio em relação ao Tchevi parecia ter deixado Rudi indiferente a qualquer outro infortúnio. Quando Lev tocou no assunto da represa, ele ainda estava animado.

– OK – disse. – Lora foi falar com alguém na Secretaria de Obras Públicas. Não com aquele filho da mãe do Rivas. Com um imbecil vesgo que eu não sei o cargo. Provavelmente inferior.

– O que foi que ele disse?

– A baboseira de sempre. Mas acho que está tudo bem. Ele disse que a construção de uma represa acima de Baryn era um "projeto provisório" havia dois anos.

– Mas ninguém sabia nada sobre ele?

– Acho que algumas pessoas sabem. Mas o vesguinho disse a Lora que não havia planos para *acioná-lo*. "Acionar", hein? Palavra típica de Rivas.

– Nenhum plano imediato ou nenhum plano nunca?

– Você conhece a Secretaria de Obras Públicas, companheiro. Eles não trabalham com conceitos como "sempre" ou "nunca". Tudo é *provisório*. Acho que deve haver uma equipe de engenheiros celestiais planejando represas e usinas hidroelétricas, e reservatórios em cada maldito rio do país, e eles todos namoram seus desenhos e imaginam a prosperidade que esses projetos vão trazer e as recompensas que vão receber... e aí nada acontece porque o governo central não manda dinheiro. Então, é isso. Acho que Auror está segura.

Lev queria se acalmar com o que Rudi tinha dito, mas sentia que a informação era inadequada e isso o irritava. Tinha certeza de que, se Marina estivesse viva, ela teria desencavado a verdade. Mas agora eles eram iguais a todo mundo – isolados pela distância, à mercê de uma burocracia que ainda tinha a mentira como forma preferida de comunicação.

– Você tem que ficar de olho, Rudi – pediu Lev. – Fique atento aos supervisores. Se uma equipe de supervisão aparecer, será o primeiro sinal.

– Não necessariamente. Você sabe como são esses órgãos do governo. Eles despacham alguns homens com pranchetas. Eles andam para cima e para baixo, têm um ar importante, então todo mundo entra em pânico, mas tudo o que eles estão fazendo é medindo o tamanho do próprio pênis!

Rudi deu sua gargalhada explosiva e contagiante de sempre, mas desta vez Lev não o acompanhou.

– OK – disse –, mas se boatos acerca de uma represa em Baryn chegaram a aldeias distantes como Jor, então alguém sabe que vai acontecer. Eles *sabem*.

A gargalhada de Rudi terminou num acesso de tosse.

– Bem, o que mais podemos fazer? Diga. "Não há planos para acioná-lo" significa exatamente isso, não é? A menos que o vesguinho estivesse mentindo.

– Não havia "planos para acionar" o fechamento da serraria.

– Isso foi diferente. Eles ficaram sem árvores!

– Assim como estão sempre "ficando sem" eletricidade. Mas se construírem uma usina hidroelétrica em Baryn, vai haver eletricidade ininterrupta, renovável, para toda a região, no futuro.

– Só que metade da região vai ser inundada.

– Exatamente.

Lev ouviu Rudi suspirar.

– Vou ficar de ouvidos abertos, Lev. Prometo. Espero que o carro oficial de Rivas enguice e ele tenha que usar o Tchevi... e aí ele estará em minhas mãos. Mas chega desse assunto. Fico cansado em pensar o que o mundo pode fazer contra nós. Fale-me sobre *l'amour*, Lev. Você está agindo como um adolescente? Está gastando todo o seu dinheiro suado em rosas vermelhas?

Quando Lev chegou em casa, em Belisha Road, bem tarde numa sexta-feira à noite, encontrou Christy sentado em frente a duas latas fechadas de Guinness.

– Comemoração – disse, assim que Lev entrou. – Ângela mudou de ideia. Podemos levar Frankie a Silverstrand no domingo.

Lev tirou o anoraque e sentou-se. Beijar Sophie na rua e depois vê-la ir embora em sua bicicleta o deixara frustrado e zangado. Sentira-se violento em relação a ela, capaz de empurrá-la contra a parede e transar com ela ali mesmo na rua, como o adolescente desesperado que Rudi imaginava que ele fosse. Em sua mente, a acusava de estar brincando com ele.

– Depois de todo aquele palavrório – Christy continuou, servindo a cerveja –, depois de me fazer sofrer daquele jeito, ela simplesmente telefona e diz que vai trazer Frankie aqui no domingo de manhã e que podemos ir ver o mar se quisermos.

Lev e Christy tomaram suas cervejas. Christy descansou a cabeça na mão.

– Acho que ela só concordou – disse baixinho – porque Myerson-Hill vai levá-la a algum lugar e ela não quer que Frankie estrague seu passeio romântico. Imagino que eles vão fazer um passeio a Hampton Court num saveiro, ou algo semelhante. Mas não me importo. Desde que possamos ter um dia agradável, não me importo.

Lev sorriu. Começou a se livrar do mau humor. Imaginou gaivotas ciscando no cais, o cheiro das algas e do vento salgado.

– Não se preocupe – falou. – Vamos ter um dia muito agradável.

No trem para Silverstrand, Sophie sugeriu um jogo de "Eu espio".

– Tem certeza de que quer jogar isso, meu bem? – Christy perguntou à filha, com ternura. – Porque não sei se você já sabe soletrar assim tão bem.

Frankie não respondeu, mas empurrou o braço fino de Christy, tentando afastá-lo de si.

– Aposto que ela sabe soletrar muito bem – falou Sophie. – Então: eu espio com meus olhinhos algo começando com... F.

– O que é F? – indagou Frankie.

– Você vai ter que usar a forma fonética, Sophie – avisou Christy. – É o alfabeto que ela conhece. F é *fah*.

– Ah, certo – concordou Sophie. – Dá para ver que sou uma pessoa lamentável, com quem ninguém quis ter um filho ainda, não? OK, Frankie. Alguma coisa começando com *fah*.

Quando Sophie disse isso, olhou para Lev e deu uma risadinha. Ele pensou: ela é como um prato exótico que eu ainda não aprendi a fazer, mas pelo qual anseio em meus sonhos. Olhou para Frankie, que olhava, com ar preocupado, para os campos de Essex. Ela tinha um nariz pequeno, anguloso, que apertou contra a vidraça.

– Desisto – disse.

– Não. Nada disso. Não desista – insistiu Sophie. – Alguma coisa começando com *fah*.

Frankie usava um jeans cor-de-rosa, uma blusa cor-de-rosa e um casaquinho peludo. Sobre os joelhos, descansava a mochila cor-de-rosa, que ela se recusou a entregar quando entraram no trem e que segurava com força.

– Vamos, Frankie – continuou Sophie. – Alguma coisa começando com *fah*.

– Árvore? – indagou Frankie.

– Não, isso começa com T. [*tree*]

– *Tah* – corrigiu Christy.

– OK, *tah*. Está vendo? Sou péssima neste jogo. Qual o *nome* aqui que começa com *fah*?

– Desisto – repetiu Frankie.

– Não, não – disse Christy. – Pense.

Frankie tornou a empurrar o braço de Christy. Do lado de fora da janela, Lev podia ver o solo invernal, pontilhado de brotinhos verdes, e pássaros pretos voando em círculos sobre as cercas vivas. Um sol forte iluminava o bosque e brilhava sobre os canteiros alagados de juncos.

– Você não está olhando na direção certa – Sophie disse a Frankie.

Então, a menina desviou o olhar da janela e passou a examinar as pessoas ali. Olhou para Christy e em seguida para duas moças que tomavam cerveja e conversavam em seus celulares. Lev a viu olhar para seus dentes, mastigando salgadinhos, depois para os celulares, que refletiam a luz do sol quando elas mexiam agitadamente as cabeças.

– Fone – Frankie anunciou, triunfante.

Sophie sorriu.

– Bela tentativa – disse. – Ótima escolha, garota. Mas a palavra "fone" tem um começo complicado...

– E não é um nome, Frankie – interrompeu Christy. – Sophie disse que a palavra é o *nome* de alguém.

Frankie ainda se recusava a olhar para ele.

– Desisto – ela repetiu.

– Não – Christy falou, zangado. – Você não vai desistir droga nenhuma.

– Mamãe diz que não se deve praguejar – falou.

– Bem, sua mãe tem razão. Eu não devia mesmo. Desculpe. Mas será que é isso que sua mãe está deixando você fazer, desistir de tudo antes mesmo de tentar?

– Não...

– OK. Então *pense*. Somos quatro pessoas aqui e só um nome começa com *fah*. Que nome é esse?

– Eu não sei o nome dele – disse Frankie, olhando para Lev.

– Sabe sim. Eu falei para você, meu bem. O nome dele é Lev. Mas isso não começa com *fah*, começa? Nem o meu e nem o de Sophie, então...?

Ela se remexeu no assento. Apertou a mochila cor-de-rosa contra o peito, como se fosse um escudo. Após algum tempo, disse:

– Frankie.

– Certo! – animou-se Christy. – *Fah* de Frankie. Fácil, viu só? Não foi? Agora senta direito, meu bem. Você só precisa se concentrar.

Frankie deixou que ele a endireitasse no assento, depois virou o rosto para a janela de novo. Disse que não queria mais brincar de "Eu espio". Disse que ia contar o número de cavalos nos campos.

Christy esfregou os olhos. Desde a visita de Ângela, seu eczema voltara e deixara uma crosta vermelha em suas pálpebras.

– Eles estão negligenciando a educação dela. Já dá para ver – disse a Lev, baixinho.

Lev não estava com vontade de conversar. Como Frankie, queria contemplar a paisagem da janela do trem, queria recordar, à medida que as fileiras de cercas vivas iam passando e fazendas isoladas surgiam e desapareciam, o que tinha achado dessa parte da Inglaterra no ônibus que o levara de Harwich a Londres na manhã de sua chegada, com Lydia a seu lado. Sorriu ao recordar o comentário dela, assim que o sol nasceu, chamando a sua atenção não para o trigo cintilante, para as sombras escuras dos carvalhos cobertos de folhas, nem para as igrejas de pedra, que apareciam com frequência, mas para as placas que surgiam:

– *Little chef* – dizia – e, veja, Lev, *Little chef* de novo! Quantas dessas. – E murmurava palavras novas baixinho, como um ator ensaiando falas: – *Royal Mail Depot... Kendon Packaging... Multiyork... Atlas Aggregates... Notcutts Garden Centre... Pick Your Own...*

– O que é *Pick Your Own?* – Lev se lembrava de ter perguntado.

– Ah! Não sei. Acho que é uma placa curiosa porque parece gramaticalmente incompleta. – Pensou um pouco, depois suspirou e disse: – Sinto muito, Lev, ainda não sei traduzir *Pick Your Own*. Talvez eu me iluda em pensar que vou achar trabalho como tradutora.

Aquilo parecia ter acontecido há muito tempo. Era como se *aquele* Lev fosse um homem diferente. E ele começou a pensar como era estranho que a pessoa que Rudi conhecia, a pessoa da qual Maya se lembrava, era outro Lev, um homem antigo, triste, ansioso. Queria pedir-lhe desculpas. Queria assegurar-lhes de que seria uma companhia melhor agora.

– Certo – Christy rompeu o silêncio. – Está na hora de comer sanduíches.

Chegaram a Silverstrand quase ao meio-dia, com o sol a pino e quase sem vento, e correram direto para o mar. As ondas batiam preguiçosamente na praia larga, em tons de bege, quebrando em ondinhas prateadas sob o céu azul.

– Ei! – Christy sorriu ao ver aquela bela imagem. – Acho que isso aqui está muito bom, gente. Olhe só para isso, Frankie. Não é um pedacinho de OK?

Ela tinha largado a mochila. Pela primeira vez naquele dia, seus olhos brilhavam. Deu pulinhos na areia.

– Sintam o cheiro do ozônio! – disse Christy. – Ou será de mijo, das conchas ou seja lá do que for? Eu nunca soube. Na costa

oeste da Irlanda, costumam sempre dizer, "Sintam o cheiro do ozônio".
— É ozônio, sem dúvida alguma — concordou Sophie. — E estamos dentro dele. Respire, Lev. Cada respiração elimina quarenta cigarros.

De repente, sem avisar, ela agarrou a mão de Lev e começou a correr com ele na direção da água, depois virou-se e o empurrou para a frente, de modo que as ondas quase molharam seus pés. Ele resistiu e puxou-a para si. Teve vontade de carregá-la para o mar. Sentiu-se forte e ousado, como se fosse capaz de erguê-la acima da cabeça, como um bailarino.

— Não! — Ela riu. — Não!
— Foi você quem começou — ele disse. — Agora vai ser castigada.
— Não, Lev! A água está gelada! Christy, me ajude!

Ele adorou senti-la lutando com ele. Embora pudesse tê-la erguido imediatamente, deixou que ela se contorcesse e lutasse. Podia sentir o cheiro de água salgada e o perfume do corpo dela. Viu-se como um adolescente de novo, um tolo, louco de alegria. Enfiou a mão por baixo da saia dela, apertou a carne de suas nádegas e ergueu-a bem alto.

— Ponha-me no chão, Lev! Ponha-me no chão! Se você me jogar na água, eu o mato! Vou morrer de frio!

Ela berrava, mas também ria o tempo todo. Lev foi com ela até o mar e as ondas geladas começaram a molhar seus tornozelos e encharcar seus sapatos e meias. Sentiu o frio ferindo sua pele, como um sorvete.

— Lev! Você está louco!
— Sim. Eu estou louco. Louco por você.
— Ponha-me no chão!
— Você sabe que estou louco por você?
— Eu sei, eu sei. Agora volte.
— Acho que você não sabe o quanto estou louco...

Ela teve que se agarrar a ele para não cair. Ele queria beijá-la, mas teve medo de ficar mais excitado do que já estava, então virou-se e correu com Sophie no colo, testando sua força, sentindo a potência de suas pernas. Viu Frankie pulando e agitando os bracinhos magros, e Christy segurando a mochila cor-de-rosa. Mais adiante na praia, havia uma fileira de cabanas coloridas, onde crianças, usando cores vibrantes, corriam de um lado para outro, e ele pensou como era maravilhoso o mundo parecer tão alegre em pleno inverno.

Pôs Sophie no chão e ela bateu na cabeça dele.

– Seu doido – disse.

– Veja só isso, Frankie – falou Christy. – Agora as calças dele estão encharcadas. Que mau exemplo!

– Eu quero entrar no mar! – pediu Frankie. – Eu quero entrar no mar!

– Jesus! – disse Christy. – Veja o que você fez, Lev. O mar está frio, Frankie. Frio como a neve.

– Não me importo. Eu quero entrar!

– Não, não, veja o estado dos sapatos do Lev. Você não quer que os seus fiquem assim.

– Quero sim! Quero sim!

– OK. OK. – Christy largou a mochila cor-de-rosa. – Vamos todos para o mar, mas primeiro tire os sapatos e as meias, e eu também vou tirar. Alguém trouxe uma toalha? Sophie?

– Não. Só esse maluco é que teve a ideia de se molhar.

– Não faz mal. O sol vai nos secar. Tirem os sapatos.

Christy e Frankie sentaram-se na areia, tiraram os sapatos e as meias. Frankie já estava com as bochechas rosadas e mechas de seu cabelo haviam se soltado do elástico. Ela esperou obedientemente até Christy enrolar a barra de suas calças cor-de-rosa, depois ficou em pé. Pela primeira vez naquele dia, ela deu a mão ao pai.

– OK. Aqui vamos nós. Acho que é assim que se faz em Silverstrand. Segure firme!

Lev os viu correr para a água, ambos magros, ágeis e ligeiros. Quando chegaram ao mar, deram gritos de susto e prazer. Christy começou a pular sobre as ondinhas e Frankie fez o mesmo. A água espirrava em volta deles, refletindo o sol, e após alguns instantes, Lev viu que eles pulavam ao mesmo tempo, como crianças pulando corda.

Lev enterrou os pés na areia macia para secá-los. Sophie ria, observando Christy e Frankie.

– Estamos em fevereiro! – comentou. – Somos completamente loucos.

Atrás das cabanas de praia, num trecho de terreno vazio, havia uma feira de inverno e foi para lá que Christy os levou em seguida. O lugar era pequeno e estava quase deserto. Os barraqueiros estavam sentados em cadeiras de plástico, tomando sol, cercados por copos de plástico, papéis de bala e velhos maços de cigarro. Um cartaz anunciando *Freddo, o Comedor de Fogo*, jazia abandonado e semioculto no meio do lixo do verão. A máquina de algodão-doce tinha um cartaz pregado que dizia *Não funciona*. Mas havia uma música alegre tocando e, no meio do terreno, estava um carrossel infantil, com carros, aviões, espaçonaves e tanques. Frankie correu imediatamente para ele e Christy pagou para ela andar. Ela era a única criança no carrossel, mas o jovem atendente ficou parado, vigilante, no centro da máquina, girando como um boneco numa caixa de música, enquanto, lá no alto, gaivotas grasnavam no ar azul.

Christy, Lev e Sophie ficaram ali parados, fumando, enquanto Frankie girava e girava, sentada orgulhosamente numa miniatura de carro de bombeiro, com um capacete de bombeiro na cabeça. Ela lhes acenava como alguém da realeza, com a mão dura e aberta. Mas havia um sorriso em seu rosto fino e Christy comentou:

– Ela está contente agora, ou eu estou enganado? Ela está se divertindo, não está?

– Ela está adorando – afirmou Sophie.

Christy tocou na manga de Lev.

– Uma pena que Maya não esteja aqui conosco – falou. – Vocês têm esses carrosséis lá?

– Sim – disse Lev. – Mas devo dizer que são mais bonitos do que este: eles têm cavalos pintados e outros animais de madeira. Bem antiquados. Os comunistas não conseguiram destruí-los.

– Isso é interessante – comentou Christy.

– Talvez uma feira já seja bastante proletária, não? Não valia a pena o trabalho de destruí-la.

– Pode ser, pode ser.
– Em Baryn, a feira era um lugar agradável. Costumávamos ir até lá. Até os adultos gostavam. Comíamos sementes de girassol tostadas e ouvíamos uma banda de música, e podíamos atirar em pássaros de lata. Muito tempo atrás, havia prêmios, mas agora não há mais.
– Por quê?
– O que se pode oferecer como prêmio? Um pedaço de carvão? Flores silvestres? Mas, mesmo assim, eu atirava nos pássaros de lata.
– Você acertava? – perguntou Sophie.
– Sim – respondeu Lev, passando o braço em torno de seus ombros –, meu pai me ensinou. Costumávamos praticar com pássaros de verdade, na floresta, antes que elas fossem destruídas.
– Praticavam com pássaros de verdade? – indagou Sophie, soltando-se do abraço de Lev. – Isso é coisa de bárbaros.
– Não – retrucou Lev. – Eu estava brincando. Nós os matávamos para sobreviver.
A volta terminou, Christy tirou Frankie do carrinho de bombeiro e devolveu o capacete.
– Boa garota, não é? – comentou o atendente.
– É sim – disse Christy.
Frankie agora procurava a próxima atração. Viu a barraca de cachorro-quente e os levou até lá. Christy comprou cachorros-quentes com cebolas e mostarda, e eles se sentaram num banco de ferro para comê-los. Uma gaivota pousou no chão, perto deles, para comer as migalhas. Frankie começou a tirar pedacinhos do seu pão e a jogá-los para a ave.
– Não faça isso, meu bem – falou Christy. – Você disse que estava com fome. Então, coma.
– A primeira coisa que eu comi na Inglaterra foi um cachorro-quente – Lev disse a Frankie.
– Por quê? – quis saber Frankie.
– Por quê?
– Ela quer dizer "onde" – explicou Christy. – Você não quer saber onde foi, Frankie?

— Sim — respondeu a menina.
— Bem, Frankie, foi perto do rio. Em Londres. Eu estava vendo os barcos de turismo e pensando no quanto estava sozinho...
— Por quê?
— Puxa — falou Sophie. — Não é de cortar o coração, Christy?
— É sim.
— Então, você nos conheceu: um encanador celta e uma chef-Wannabe Tamanho 16, nascida em Godalming! Aposto que nunca imaginou isso.

Christy riu. Lev piscou os olhos, espantado. Sabia que Sophie tinha dito algo que o teria feito rir, mas não entendeu o sentido. Às vezes, sua compreensão de inglês falhava, falhava sem aviso, como um espasmo de surdez. Ficou olhando a gaivota, agarrando as migalhas com seu bico afiado. Viu que Frankie o fitava, enquanto os restos do cachorro-quente esfriavam em sua mão. Sentiu que algo fundamental havia mudado no dia, mas não identificou o que era.

— O sol foi embora — disse Christy, olhando para o céu cinzento.
— Que tal uma visita ao museu de barcos?

13
Aquele tom

Uma mensagem de texto de Lydia apareceu no celular de Lev: *Notícia importante. Vamos nos encontrar no Café Rouge Highgate para almoçar no domingo?*

Lev ligou para ela para dizer que havia prometido ir a Ferndale Heights no domingo, e Lydia ficou desconsolada:

– Bem, você vem me evitando há muito tempo. Então, continue, já estou acostumada, Lev. Talvez você tenha uma namorada. Mas não se preocupe. Vou partir em breve.

– Partir?

– Sim. Você não quer saber para onde eu vou?

– Para onde você vai, Lydia?

– É uma longa história. Não posso contar pelo telefone. Se você não quiser se encontrar comigo, talvez nunca fique sabendo.

Lev começou a dizer que estava trabalhando muitas horas por dia, que não tinha tempo... mas o silêncio que ouviu do outro lado da linha era tão cheio de censura que o fez sentir-se mesquinho. Disse a Lydia que se encontraria com ela ao meio-dia, em Highgate, no dia seguinte.

– OK – ela disse. – Vai ser bom ver você, finalmente. Como você vai indo com o *Hamlet*?

Lev não quis contar-lhe que mal tinha aberto o livro, que ele estava debaixo de sua cama em Belisha Road, junto com maços vazios de Silk Cut. Em vez disso, ele falou:

– *Hamlet* é difícil para mim. Meu progresso é muito lento.

– Bem, acho que você deve insistir, Lev. Talvez reconheça algo de si mesmo no personagem. Vejo você amanhã.

Lev comprou flores para ela – frésias, amarelas e roxas. Embora já fosse quase primavera, as frésias não tinham perfume. Mas Lev pensou: "Isso não importa porque Lydia vai fingir que têm. Ela vai dizer: 'Ah, Lev, que cheiro gostoso!'"

Dito e feito. Quando ele entregou as flores, ela as apertou contra o rosto.

– Lindas! – disse. – Não estava esperando por isso. Agora vejo que o primeiro julgamento que fiz a seu respeito estava correto: você é um homem atencioso.

No espaço pouco iluminado do Highgate Café Rouge, eles pediram as baguetes de frango que Lydia queria da vez anterior. Ela também insistiu em pedir duas doses de vodca, e quando a bebida foi servida, ela disse:

– Alguns dos garçons aqui são do nosso país. Aquele magrinho ali é de Yarbl.

– Como você sabe?

– Porque, às vezes, venho aqui sozinha, no meu dia de folga. Tomo chocolate quente, converso com os garçons... só para ouvir a nossa língua, para escapar de ser "Muesli". Como nós, eles mandam dinheiro para casa. Mas essa vida no norte de Londres vai acabar para mim. Vou contar as novidades. Está preparado para um choque?

– Sim – respondeu Lev.

– Muito bem. Vou partir com o maestro Greszler.

– Vai partir? Para onde?

– Para onde quer que ele vá. Primeiro para Viena, mês que vem, em abril. Depois Austrália. Depois Nova York. Depois Paris. De vez em quando, voltaremos a Londres e aí vou ligar para você para dar um alô.

– Bem, isso é ótimo, Lydia. Sei que você gostava muito do seu trabalho com Greszler.

– É mais do que ótimo.

– Mas por que ele precisa de você em Viena? Você não fala alemão.

– Bem, eu falo um pouco. Mas sabe... – e Lev viu seu rosto pálido enrubescer de repente – ele não me quer só como tradutora.

Lev tomou sua vodca. Lydia se abanava com o guardanapo de papel.

– Eu disse que era uma longa história. Mas vou encurtá-la. Devia ter mencionado antes, mas quando trabalhava em Londres com o maestro Greszler, ele estava sempre querendo me beijar, mas eu nunca permiti. Ele tem esposa em Jor. Uma esposa, três filhos e agora já tem netos. Achei que não devia permitir que um homem como ele tocasse em mim, um homem que jamais poderia ser meu. Mas desde que ele partiu, tenho recebido cartas dele, duas ou três por semana, dizendo que se apaixonou por mim e quer que eu seja sua amante e viaje pelo mundo com ele.

– Sua amante?
– Espero que você não vá dizer que ele é velho...
– Não.
– E que tem prisão de ventre.
– Não.
– Mas eu não me importo, Lev. Deixei de lado todos os meus escrúpulos. Até mesmo em relação à esposa dele. Sou alguém que precisa de amor e posso amar Pyotor Greszler, apesar de tudo isso. Ele diz que ainda é viril, que faz amor comigo em sonhos.

Ela estava vermelha e sorrindo como uma garota. Lev procurou o garçom de Yarbl para pedir mais uma dose de vodca. Lydia deu uma risada excitada.

– Ah, Lev – disse –, espero que você não me despreze... por me tornar amante de um homem famoso, por ser sustentada por ele. Mas, você sabe, minha vida aqui, desde que Pyotor partiu, tem sido tão ruim que sinto que perdi todo o orgulho. Agora sou apenas "Muesli": uma escrava de crianças inglesas mimadas. E não posso continuar assim. Prefiro morrer.

– Não precisa se justificar, Lydia. Tenho certeza de que centenas de mulheres gostariam de viver com o maestro Greszler. Ele é um gênio. Se ele a ama...

– Bem, o que é o amor quando se tem setenta e dois anos? Eu não sei, mas vou arriscar. Tenho quase quarenta. Sempre tive vontade de conhecer o mundo. Acho que quando chegar a Nova York, vou morrer de felicidade! E, com Pyotor, vou ficar nos melhores hotéis, nos melhores apartamentos. Meu Deus, estou sendo superficial. Devo ter apanhado a doença do consumismo dos ingleses! Mas esqueça os hotéis e o resto. Quando penso no meu querido maestro é com grande ternura. Nunca me esquivei dos beijos dele por repulsa. E nunca me importei em ajudá-lo com seus intestinos...

A vodca aquecera Lev. Sua velha admiração por Lydia voltou. Disse amavelmente:

— Quando não estiver viajando com Greszler, onde você vai morar?

Lydia largou o copo de vodca e ajeitou o cabelo.

— Ele já pensou nisso, e é muito atencioso. Vou morar em Yarbl, com meus pais. Ele vai nos ajudar com dinheiro, vai comprar uma geladeira nova para a mamãe, e um carrinho para mim, para que eu possa ir até Jor para vê-lo.

— Você sabe dirigir, Lydia?

— Não, mas vou aprender. Você acha que eu não consigo?

— Sei que consegue. Tenho certeza de que vai ser uma ótima motorista. Você já contou a seus pais?

— Sim. Menos a parte de ser amante dele. Eles não precisam saber disso. Apenas que eu vou ser assistente do maestro Greszler nas suas turnês. Eles estão muito orgulhosos. Já estão contando aos amigos.

Lev pegou a mão de Lydia e beijou-a. O rosto dela estava perto do dele, cálido e radiante.

— Foi você, é claro — ela disse —, quem me mostrou o que eu podia sentir por um homem, Lev. Sei que você nunca teve sentimentos amorosos por mim, mas isso não importa. Não, não diga nada. Nunca esquecerei nossa viagem. E você? Foi a viagem mais importante da minha vida e eu a fiz com você.

No trabalho, aquela noite, a concentração de Lev estava ruim. Sua cabeça achava-se focada em sua própria língua. Sua mente ficava imaginando Lydia em sua nova vida: Lydia usando casaco de pele e saltos altos, entrando em um saguão elegantemente decorado de hotel de braço dado com Greszler; Lydia no camarim de Greszler, dando a ele remédio de estômago, ajeitando sua gravata branca, permitindo que ele sussurrasse palavras de carinho em seu ouvido; Lydia numa cama king-size com seu amante idoso, seu cabelo abundante e macio espalhado no travesseiro...

Os chefs, inclusive Sophie, gritavam para ele:

– Aspargos, Lev! Ervilhas, Lev! Folhas de salada! Cogumelos! Erva-doce! Onde está meu quiabo, Lev?

De repente, viu o rosto de GK perto do seu, gritando:

– O que há com você esta noite? Você não sabe quem está aqui? Não contaram para você quem está aqui?

– Não, chef.

– Howie Preece. OK? Mesa três, com um grupo barulhento de nove pessoas. Howie Preece, certo? Entendeu? Então, mexa-se. Comece a prestar atenção.

– Desculpe, chef. Quem é Howie Preece?

– Ah, isso é ótimo! – explodiu GK. – Estou com um dos jovens artistas mais famosos do mundo no meu restaurante e meus empregados nem sabem quem ele é!

GK atirou longe uma concha e ela bateu com força no chão, perto dos pés de Vitas, que soltou um grito. GK estalou os dedos.

– Pegue isso, enfermeiro. *Agora*.

Vitas enxugou as mãos no avental sujo e correu para apanhar a concha. Fez menção de devolvê-la a GK, que rosnou:

– Não seja estúpido, Vitas. *Lave-a*.

GK rodopiou de volta para seu posto de trabalho, os ombros tensos de raiva. Lev retornou à sua preparação de cogumelos, que o atormentavam pulando e escapando de seus dedos. Às suas costas, podia sentir os olhos de Sophie grudados nele. De repente, ela chegou perto dele e cochichou: "Não faça merda, Lev. Esta noite não."

Lev tentou se concentrar mais. Normalmente, orgulhava-se em acompanhar o ritmo dos chefs, até se adiantando aos pedidos, por prestar atenção quando Jeb e Mario os anunciavam, guardando-os de cabeça na sequência correta e escolhendo os legumes certos antes mesmo que os chefs os pedissem. Estava lento esta noite, sabia, não só porque estava distraído, mas por causa da vodca que bebera no almoço. Torceu para GK não sentir cheiro de álcool em seu hálito. Estava louco para que o serviço acabasse.

Sentia-se cansado, sexy e triste. Imagens de Marina se sobrepunham em estranhas configurações sobre imagens de Lydia em sua mente cansada. Sabia que só fazendo amor com Sophie poderia se consolar e voltar ao normal.

As horas custaram a passar. Embora a maioria da clientela tivesse saído por volta das onze e meia, o grupo da mesa três continuou pedindo mais vinho, sobremesas e cafés. GK olhava para o lado deles, seus olhos se demorando avidamente no artista, Howie Preece. Num impulso, mandou Damian oferecer-lhes champanhe de graça.

— Vamos chamar isso de perda calculada — murmurou para Damian. — Quero que Preece e seus amigos voltem aqui regularmente. Sirva duas garrafas de Mumm '05 com os cumprimentos do chef e proprietário, e em seguida eu vou até lá e digo algumas amenidades, certo?

— Tudo bem, chef. E o senhor sabe que eles tomaram quatro garrafas de Château Margaux '96.

— Bingo! — disse GK, dando um soco no ar. — Isso é ótimo.

Lev havia terminado seu trabalho, mas não queria sair sem Sophie, então foi até seu velho posto ajudar Vitas. Enquanto trabalhavam, Vitas cochichou-lhe:

— Não conte ao patrão, mas vou sair daqui em breve. Um amigo meu, Jacek, o que me conseguiu o celular, soube que vai abrir uma vaga no campo, para colher legumes. Bom dinheiro. Vou pegar. E a gente mora de graça.

— De graça como, Vitas?

— Trailer. Um trailer luxuoso. Eu e Jacek vamos dividir. Jacek está combinando tudo e eu vou mesmo.

— Acho uma pena — disse Lev. — Você pegou o jeito do trabalho agora. Devia continuar aqui.

— Não. Odeio este trabalho. Já disse isso. Odeio aquele homem. Queria cortar fora os testículos dele, cozinhar na salamandra e dar para os cachorros.

Lavaram a louça em silêncio por algum tempo.

— Como vai seu cachorro, Vitas? Tem notícias dele? — Lev perguntou.

– Se tenho notícias do meu cachorro? Não. Você não sabia? Os cachorros do nosso país são muito atrasados: eles ainda não aprenderam a escrever cartas. Mas sabe o que vou fazer junto com Jacek? Vamos roubar um cachorro e levá-lo para o nosso trailer. Ele vai ser nosso. Assim, vou me esquecer de Edik, até voltar para casa.

– O que vai acontecer com o cachorro que roubar quando você voltar para casa?

– Quem sabe, camarada? O que vai acontecer com qualquer um de nós quando voltarmos para casa?

As panelas estavam quase todas lavadas. Lev iniciou outro ciclo na lavadora e começou a secar as tampas. Quando se virou, viu Sophie. Ela tinha vestido um jaleco limpo e passado batom.

– Lev – ela disse em voz baixa –, vou até o salão com GK. Conheço Howie Preece, por intermédio de Sam e Andy. GK me pediu para ajudá-lo a conversar com eles.

Lev olhou para ela, para sua boca pintada. Sentiu o coração de repente acelerar.

– Não... – pediu.

– Já disse que tenho que ir, Lev – Sophie murmurou, zangada. – Não crie caso, trate de entender. Vejo você amanhã.

Havia um envelope esperando por Lev em Belisha Road com a letra de Ina. Ela tinha escrito "Lodres" em vez de Londres, mas a carta tinha chegado assim mesmo. Dentro havia um desenho de crianças patinando, feito por Maya. Todas as crianças usavam anoraques debruados de pele, como o que Lev tinha comprado para ela em Holloway Road. Seus pés eram enormes nas botas marrons de patinação.

Lev deitou-se na cama e fumou, segurando o desenho perto do rosto. Tentou identificar qual das crianças era Maya e pensou como as fisionomias infantes mudavam depressa e que, quando tornasse a ver Maya, ela não seria mais a filha que tinha guardado na memória. Do outro lado do desenho, havia uma mensagem:

Querido papai,
Eu machuquei o nariz. Caí no gelo. Meu nariz ficou azul. Lili está chorando. Eu lavo a fralda dela. Amor, Maya XX

Lev fechou os olhos. O cigarro queimou quase todo em sua mão. Na sua mente, era a noite do aniversário de trinta anos de Marina. Ele e Marina estavam comendo ganso com batatas douradas e tomando vinho tinto sob uma grande lua, com Rudi e Lora. Sobre a mesa, na varanda da casa de Rudi, velas vermelhas tremulavam no vento da noite de verão, e Marina calçava os sapatos vermelhos que Lev tinha lhe dado e que haviam trazido lágrimas de alegria a seus olhos.

Uma música folclórica estava tocando – de um velho toca-fitas a pilha que Rudi comprara no mercado de pulgas de Glic – e quando terminaram de comer, os quatro se levantaram para dançar. A lua baixou e eles continuaram dançando. As velas se apagaram e eles continuaram dançando sob as estrelas. Rudi serviu mais vinho. Eles dançaram com os copos nas mãos. Desejaram longa vida a Marina, Lev beijou-a na boca e sentiu o gosto de vinho em sua língua, e disse a ela que ia amá-la até morrer. Começaram a dançar um famoso tango e ele ouviu o ruído dos sapatos vermelhos de Marina no chão de madeira da varanda, e viu suas pernas esbeltas e morenas se movimentando no ritmo da música. Ela anunciou para a noite escura que queria um filho. Anunciou para toda a aldeia de Auror.

Cães latiram e aves noturnas gritaram nas montanhas. Ela estava bêbada como uma czarina, mas não se importou. Rudi e Lora começaram a tropeçar por ali, tentando tirar as travessas e pratos sujos da mesa.

– Dê um filho a ela! – Rudi gritou, enquanto uma cascata de talheres caía sobre seus sapatos. – Esta noite não somos mortais, camarada. Somos mais do que mortais. Dê a ela um filho imortal!

Mais tarde ele estava deitado com Marina no quarto dos fundos da casa de Rudi e Lora. Um lampião tremulava na parede caiada de branco. Uma colcha de retalhos, cheirando a naftalina, os cobria, mas eles estavam nus, exceto pelos sapatos vermelhos, que Marina havia mantido. Lev podia sentir os saltos altos espetando sua bunda e o toque dos sapatos o fez lembrar, enquanto fazia amor com a mulher, como a forma humana era frágil, ágil, maravilhosa e solitária.

Lev apagou o cigarro e tornou a olhar para o desenho de Maya. Ela nascera oito meses e meio depois. Teria sido concebida naquela famosa noite – filha do tango, filha da lua, filha das estrelas de verão? Ele e Marina costumavam se divertir tentando decifrar isso, mas sabiam que nunca teriam a resposta.

Lev cochilou no apartamento silencioso. Seu celular estava ao lado da cama, mas não tocou. Ele acordou e imaginou Sophie ainda bebendo e conversando animadamente com Howie Preece e seu grupo. Já passava das 3 horas. Ele dormiu e sonhou com patinação. No gelo brilhante, seus patins não faziam nenhum ruído.

Quando se levantou, Christy estava fazendo café.

– Achei que não estaria aqui. Achei que estaria com a Srta. Sophie. Aí ouvi você roncando – disse Christy.

Quando Lev mencionou Howie Preece, Christy comentou:

– Ah, aquele cara. Levaram-me para ver um trabalho dele uma vez. Era um modelo de espiral dupla feito com velhas bolas de tênis. A condição precária das bolas de tênis indicava a fragilidade, ha-ha, do DNA humano. Só consegui pensar como ele tinha conseguido todas aquelas bolas.

– Bem – falou Lev –, para GK, e acho que para Sophie, ele é muito importante.

– OK, mas duvido que seja de verdade, objetivamente falando. Ele tem "conceitos". Você pode ver a mente dele trabalhando. Ele podia estar sentado num vaso sanitário quando aconteceu. Ele entendeu bem que a palavra começa com *con*. Então, ele imagina uma coisa supostamente séria, como, digamos, espiral dupla/bola de tênis/mortalidade. *Eureka!* Manda algum assistente mal pago construir a droga do objeto. Não chega nem a sujar as mãos de cola. Só coça o saco e espera pelo cheque. Para mim, ele é a personificação de tudo o que há de mal resolvido nesse país. Ninguém mais usa direito os olhos. Você tem um monte de imperadores andando nus por aí e ninguém nota. E em tempos de estresse ou de extrema penúria, isso me deixa uma fera.

Tomaram chá e comeram sanduíches de bacon. O sol apareceu e desapareceu na janela. Christy olhou para o sol.

– O que eu mais gostei no dia que passamos em Silverstrand foi ficar pulando na água gelada. Aquele foi o melhor momento – disse.

Lev lembrou Christy de que tinha havido outros bons momentos: jogar minigolfe e deixar Frankie e Sophie ganharem; voltar para a praia quando o céu tornou a clarear e quando o sol se pôs, atirando pedrinhas nas ondas; ver pessoas galopando na areia em cavalos brancos...

– Claro, você tem razão – concordou Christy. – Foi um dia excelente. Por que o cérebro está sempre selecionando coisas, medindo e comparando? Nunca soube por que sou tão ligado nisso. Não faço a mínima ideia.

Lev ficou calado por algum tempo. Os dois acenderam um Silk Cut. Quando Christy voltou com o cinzeiro, Lev perguntou:

– Você acha que Sophie gosta mesmo de mim, Christy?

– Certo – Christy cruzou as pernas finas enfiadas no jeans desbotado –, uma das Grandes Perguntas de novo. Então, vamos refletir. Mas, escuta aqui, cara. Como vou saber se ela gosta ou não gosta? Se alguém aqui deve saber, esse alguém é você. Então, o que *você* acha?

– Eu não sei – disse Lev. – Foi por isso que perguntei. Às vezes, acho que sim, outras vezes que não...

– Bem, tenho tentado usar os olhos. Sophie é uma moça bonita. Mas ela tem um coração, ao contrário de Ângela, que tem um melão podre no lugar do coração. E obviamente gosta do que você faz na cama, ou não estaria com você. Mas quanto a amor, como posso avaliar?

– Não sei.

– Só diria o seguinte, não suponha um futuro lindo e maravilhoso.

– Supor?

– Não *conte* com nada. As moças inglesas, como já disse uma vez, são inconstantes como a correnteza, Lev. É possível que, agora mesmo, ela esteja na cama com aquele escroto do DNA puído, Preece.

Ela disse a ele, não, ela sabia que era namoradeira, mas era namorada dele agora, namorada de Lev, então por que ele simplesmente não esquecia isso? Era uma sexta-feira, já bem tarde, e ela estava deitada num tapete em frente ao aquecedor a gás, usando um sutiã e uma tanga turquesas. Ela tirou a tanga, ficou de quatro e disse:
– Me fode assim. Como a cadela que eu sou.

Ele mal se mexeu dentro dela. Seu desejo se tornara tão intenso que sabia que gozaria em segundos. Ela berrou para ele ir mais depressa, para *machucá-la*. Ele tentou dizer-lhe que não, que ia embora, que estava terminado, mas ela continuou gritando com ele, como se a gritaria fizesse parte de tudo, parte do que ela precisava. Então, deixou tudo acontecer como ela queria, e o clímax foi tão profundo que o quarto ficou escuro e ele caiu sobre ela, como um animal, exausto e moribundo.

Na cama, ela se virou para o outro lado e se encolheu para dormir. Ele ficou acordado, ouvindo os ruídos da rua, a respiração calma dela e o seu próprio coração, que ainda batia forte o suficiente para ele escutar. Então, levantou-se e caminhou silenciosamente pelo apartamento, examinando, no escuro, a vida dela consciente de que aquilo era tudo o que ele conhecia de Sophie, aquele lugar que mal conseguia enxergar.

Depois, deitou-se no sofá, cobriu-se com o anoraque e tentou dormir. Mas sua mente não conseguia descansar. Para tentar acalmá-la, preparou receitas de sopa na cabeça: uma sopa de peixe com John Dory, pescadinha, lula, cebolas, tomates e vinho; uma sopa de feijão *borlotti* com salsinha e azeite de limão; uma sopa de ervilha e batatas com presunto e cravos; um minestrone com *pancetta*; uma sopa de cogumelos com creme azedo... Preparando um caldo delicioso, orgulhando-se das pontas e dos restos de ingredientes que conseguiu usar, ele finalmente adormeceu, quando o alvorecer de março surgiu sobre Londres e o tráfego em Kentish Town Road iniciou seu rugido lento, enlouquecedor.

Duas horas depois, quando a manhã chegou, Sophie estava quieta, até mesmo tristonha. A garota doida de tanga turquesa havia desaparecido. Ela acariciou o rosto de Lev.

– Lev, não posso ir a Ferndale Heights no domingo. Minha mãe não está bem, então tenho que ir até a minha casa, em Godalming. Você pode ir sem mim?

– Não quero ir sem você.

– Por favor. Visite a Ruby. Ela também está doente. Eu ia levar umas frutas para ela. Ruby vai gostar de ver você.

– Não. Ruby gosta de ver *você*.

– Não posso, Lev. Faz muito tempo que não visito minha mãe. Por favor, vá a Ferndale. Ajude-os a preparar um belo almoço. Leve quantos internos puder para o sol, para que vejam os narcisos. Mas, principalmente, converse com Ruby. Ela é tão solitária.

Então, ele disse, contra a vontade, que iria sozinho. Depois que isso ficou acertado, ela agradeceu e tornou a acariciar seu rosto.

– OK, escuta. No outro domingo, a peça de Andy Portman, *Pecadilhos,* vai ser exibida para a imprensa no Royal Court. É um evento imperdível. Você quer ir comigo?

Lev fitou-a. Não queria ter que pensar nos amigos dela. Queria levá-la delicadamente para a cama, fazer amor com ela de novo de uma maneira terna.

– Lev, diga se quer ir ou não. Se você não quiser, eu convido outra pessoa.

– É? Você convida, por exemplo, Howie Preece?

– Não. Todas essas pessoas já vão estar lá. Mas não posso ir sozinha. Podemos fazer compras, que tal? Comprar umas roupas bonitas para você ficar bem elegante. Porque você é bem alinhado, só precisa de roupas melhores.

Lev acendeu um cigarro. Estava com dor de cabeça por causa da noite maldormida. Olhou para ver se sua mão tremia.

– Sophie, tenho perguntado a mim mesmo... você gosta realmente de mim...?

– Lev – Sophie disse, com severidade. – Não comece com isso. De quanta segurança você precisa? Você me viu no tapete ontem à noite. Meu Deus, eu era a própria Miss Falta de Vergonha. Isso não foi um sinal?
– Não sei.
– É claro que foi. Só porque não quero dormir numa cama de criança, com Christy Slane escutando do outro lado da parede...
– Não é isso.
– Então o que é?
– Nada. É só que eu queria saber.
– Saber o quê?
– O que esperar.
– Não fique ansioso quanto a isso, Lev. Olha, relaxa, OK? Tudo vai se esclarecer. Então, me diga se você quer ver a peça ou não.
– Sim – respondeu Lev. – Está bem. Eu vou. E agora você volta para a cama comigo?
Ele a viu hesitar, mas então ela deixou que ele a levasse pela mão. Foram para o quarto e fecharam as cortinas para o dia de primavera lá fora. Ele a segurou castamente a princípio, como uma menina, com a cabeça deitada em seu ombro.

Chovia no domingo de manhã e os internos de Ferndale Heights pareciam deprimidos.
– É Berkeley – Minty Hollander disse a Lev. – Ele está no Royal Free. Ele adora discutir, mas temos tão poucos homens aqui que estamos rezando para ele melhorar.
– O que há de errado com Berkeley, Sra. Hollander?
– Pneumonia, querido. A Amiga dos Velhos. Na realidade, Berkeley é, ao contrário de alguns de nós, o que você poderia genuinamente chamar de *velho*. Mas sinto saudades dele.
Lev foi para a cozinha e se ofereceu para ajudar a Sra. Viggers e a filha dela, Jane, a preparar o almoço. As duas mulheres, ambas usando aventais amarelos, ficaram olhando para ele, com as mãos nos quadris, que eram enormes.
– E quem é você? – perguntou a Sra. Viggers.

– Sou Lev. Ajudei no dia de Natal, com Sophie.
– Ah, sim, nós soubemos: um recheio fino, não foi? Então, você é um chef?
– Estou treinando para ser.
– Bem, nós não somos "chefs", somos, Jane? Somos simples cozinheiras, mas ninguém jamais reclamou.

Jane se aproximou de Lev e o ficou fitando. Estendeu a mão, como se quisesse tocá-lo, depois recolheu-a.

– Jane! – A mãe ralhou. – Dê uma tarefa para o homem. Mande-o preparar o Paxo.

Jane deu um salto. Seus olhinhos inchados estavam úmidos e espantados. Vagarosamente, ela tirou um pacote do armário e entregou a Lev.

– O que é isso? – ele perguntou.
– Recheio, meu caro – disse a Sra. Viggers –, para o pernil assado. Basta misturar com água. Dê uma tigela para ele, Jane.

Lev olhou para o pacote, depois deixou-o de lado. Começou a andar pela cozinha, abrindo armários. Encontrou um saquinho de damascos secos e um pote de alecrim desidratado, e colocou-os sobre a bancada. Pegou algumas cebolas e cebolinha no carrinho de legumes.

– Vou fazer um recheio com isso – falou. – Vocês têm pão para fazer migalhas?

– Damasco? Com porco? – espantou-se a Sra. Viggers. – Eles não vão comer isso.

– Vão sim – disse Lev, começando a picar.

A Sra. Viggers sacudiu a cabeça enquanto entregava a Lev de má vontade um pão de forma fatiado. Depois afastou-se, mas ficou olhando enquanto ele descascava batatas.

– Você tem visto, Olev? – ela perguntou, depois de algum tempo.

Lev continuou a trabalhar. Jogou manteiga numa panela e começou a refogar os damascos e as cebolas junto com as ervas.

– Aposto que ele não tem visto – falou Jane. – Ele é ilegal.
– É isso mesmo? – quis saber a Sra. Viggers. – Está buscando asilo, não é?

Os damascos começaram a liberar seu perfume. Lev preparou as migalhas de pão no velho liquidificador. Tirou do fogo a panela com o damasco, pegou sal e pimenta e começou a preparar o recheio.

– Posso ver o porco, por favor? – disse.

– Mostre-lhe, Jane. Ele não quer conversa, e eu sei por quê...

Jane pôs a carne numa travessa, um pernil de porco dentro de uma embalagem a vácuo, desossado e com uma pele grossa em volta. No GK Ashe, Lev tinha visto GK cortar e preparar a gordura do porco, então pegou uma faca e a afiou. As duas mulheres ficaram olhando para ele.

– Você não tem medo de que a Imigração apareça e mande você para o xadrez?

– Xadrez? O que é isso?

– Ele não sabe de nada. Você não sabe de nada, benzinho. A Imigração, eles têm funcionários disfarçados em toda parte. Eu poderia ser um deles. Aí você estaria ferrado. Voltaria no primeiro avião.

– É? Para onde?

– Para o lugar de onde veio: Bela qualquer coisa, Kasak não sei o quê.

Lev abriu e secou a carne, soltando-a do barbante e colocando o recheio. Depois cortou a pele em tirinhas finas como palitos de fósforo e começou a esfregar sal de mostarda em pó. Tornou a amarrar o pernil.

– Mãe – falou Jane. – Ele está fazendo linhas.

A Sra. Viggers arrastou os pés até onde Lev trabalhava e descansou os cotovelos sobre a superfície de fórmica rachada. Seus seios pendiam sobre os antebraços.

– Se está tentando fazer com que fique crocante, não se dê ao trabalho. Essa carne não faz isso. Eles põem hormônios na lavagem, e ela fica parecendo borracha.

– Essa vai ficar crocante – garantiu Lev.

– E, de todo modo, eles não podem comer a parte crocante. Eles não têm dentes!

– Mas quando fica crocante, ela fica leve. E talvez eles possam mastigar.

Jane Viggers tinha uma risada satânica, que ecoou na cozinha e fez Lev estremecer.

– Crocante-crocante! – debochou Jane. – Crocante como uma barra de Crunchie!

– Não comece, Jane Vig – disse a Sra. Viggers. Depois, voltou-se para Lev: – Jane, às vezes, causa uma impressão errada. Mas ela é tão normal quanto uma torta de carne.

Mais tarde, no quarto de Ruby Constad, Lev comentou:

– Acho que as cozinheiras daqui são malucas.

– São mesmo? – disse Ruby. – Que coisa fascinante.

– Jane é completamente doida.

– De vez em quando, ouço uns ruídos estranhos vindos da cozinha. Mas talvez isso não interfira no modo de cozinhar.

– Acho que, para cozinhar bem, a pessoa tem que ser inteligente.

– Você acha? Deve ser por isso que nunca fui uma boa cozinheira. Não era suficientemente inteligente. Costumava ferver coisas, frango, carne, e fazer bolinhos. Era só o que eu sabia fazer. Depois, quando fiquei sozinha, passei a comer comida pronta do Marks & Spencer.

Ruby estava pálida e cansada. Tinha tido um problema gástrico, disse, e por isso não pudera comer o pernil.

– Só comi um pouco do recheio, Lev – falou. – Com um pouco de legumes. Foi perfeito.

– Fico feliz que tenha gostado...

– Bem, já estou melhor, mas meu sono está péssimo.

– Meu amigo Rudi, ele sempre dorme muito bem. Como um bebê. Ele tem sorte. Mas eu não.

– Não. Bem, é uma pena. Dizem que depende de como você nasce. E agora tenho tantos sonhos, cheios de culpa pela inutilidade da minha vida. Noite após noite. Mas o que posso fazer?

– Não sei.

– Só me resta alterar o testamento. Tenho montes de dinheiro, tudo herdado, nada que tenha vindo de trabalho. Podia deixar mais para a África. Ou para alguma instituição na minha amada

Índia. Podia doar algo. Não podia? O que você acha, Lev? Qual a melhor coisa a fazer? Já perguntei a Berkeley... capitão Brotherton, mas ele disse apenas: "Não deixe que os impostos o levem." Mas retruquei: "Berkeley, que importância tem isso? Os impostos são para estradas, hospitais, asilos, não são?" Mas ele não pareceu dar valor a nada disso. Acho que foi a criação dele, ou sua vida protegida na Marinha.

– E quanto ao dinheiro para seus filhos? – Lev perguntou.

Ruby se remexeu na cadeira e fechou os olhos.

– Quase nunca vejo meus filhos – disse. – Isso acontece em algumas famílias. Você acha que sempre poderá contar com os filhos, mas aí vê que estava errada. E percebe de repente que eles nem se lembram de você.

Lev esperou que Ruby dissesse mais alguma coisa. Mas ela cruzou as mãos cheias de anéis no peito, como alguém que se prepara para dormir. Lev ficou sentado ali, em silêncio, no banquinho de Kashmir.

– Chega de falar de mim – ela disse, após algum tempo. – Conte-me sobre sua vida.

Lev desviou os olhos. Lá fora, a chuva havia parado e um sol fraco batia nos espaços verdes ao redor.

– Posso acender um cigarro? – ele perguntou.

– Pode. Ponha a cinza no prato de *pot-pourri*. Ele precisa mesmo ser espanado.

Lev acendeu um Silk Cut. Atualmente, por ter que passar tanto tempo sem fumar, os cigarros haviam adquirido a doçura do ar da montanha. Ele tragou profundamente. Depois virou-se para Ruby:

– Minha vida é um quebra-cabeça. Esta é a palavra certa?

– É possível que seja, sim.

– Sinto... Não sei de nada. Estou esperando, sabe? A senhora entende? Penso, Lev, um dia, você vai saber o futuro. Vai ver tudo claro. Eu trabalho e espero. Mas não sei de nada.

– Conte-me sobre o passado.

Lev suspirou. Então, começou a falar sobre Marina. Ruby ouvia atentamente, comendo de vez em quando uma das uvas que Lev lhe levara.

— Entendo — disse, brandamente. — Sua esposa morreu. Isso mudou tudo.
— Sim.
Lev fumou em silêncio por um tempo.
— Antes, eu era um homem feliz. Entende o que estou dizendo? Estava bem, apesar do que aconteceu no meu país. Feliz e forte, como Rudi. Mas agora. Triste por dentro. Às vezes, com Sophie, fico bem por um tempo. Rindo, beijando, tudo. Aí volta tudo.
— Sei. As coisas voltam.
— Talvez para sempre. Quem sabe? Era isso que eu queria saber, Ruby. Vou ficar livre disso?
— Lev — começou Ruby —, quando eu era mais moça, sempre dizia às pessoas o que achava que elas queriam ouvir. Mas não faço mais isso. É uma coisa cruel de se fazer. Então, não posso dizer agora se você vai ficar livre disso e seguir em frente, porque não sei a resposta.

Fez-se silêncio no quarto. Lev terminou o cigarro e apagou-o no meio das pétalas empoeiradas do *pot-pourri*. O relógio antiquado de cabeceira de Ruby marcava mais de três horas. O tráfego em Finchley High Road rugia ao longe, como um rio caudaloso.

Após algum tempo, Ruby estendeu a mão e segurou a de Lev. Segurou-a de leve, como se a pesasse em sua palma.

— Obrigada por ter vindo me visitar hoje — falou. — Já contei que fui criada como católica, por freiras na Índia?
— Sim.
— Ah, sim, é claro que contei. Bem, às vezes, rezo à Virgem Maria. Só por hábito. Costumo fazê-lo em lugares estranhos, como o banheiro. Lembro que, quando meu marido estava muito doente, eu costumava orar no banheiro do nosso apartamento em Knightsbridge. O papel de parede tinha um desenho de pássaros, que eu posso ver até hoje. Não sei se minhas orações chegam a algum lugar, elas certamente não foram atendidas quando rezei com os pássaros, mas a Virgem sempre foi muito doce, com um belo sorriso. Esta noite, quando estiver escovando os dentes, vou dar uma palavrinha a ela sobre você.

14
Toque, toque...

No meio do barulho e da escuridão do bar do Royal Court Theatre, Lev tentava tornar-se invisível. Ele estava encostado numa parede. O ar que era obrigado a respirar tinha o perfume avassalador, embriagador, do sucesso. E Lev sentia que não era uma conversa inocente e despreocupada aquela que soava a seu redor: era uma *sinfonia* de conversa cuidadosamente composta, uma *performance* de conversa, que pressupunha uma plateia silenciosa, maravilhada, muda nas sombras, como Lev estava, ignorado apesar de seu paletó novo de couro e de sua camisa estupidamente cara.

Embora tivesse chegado com Sophie e entrado na fila do bar para comprar-lhe um drinque, ela tinha apanhado a vodca com tônica e virado de costas para ele, abrindo caminho no meio das pessoas para procurar os amigos. Era como se tivesse fechado uma porta, deixando-o do lado de fora. Então, ele resolveu procurar um abrigo. Deu-lhe as costas, saindo do bar e se encostando naquela parede. Deixou passar alguns minutos antes de ver para onde ela tinha ido.

Viu-a perto da amiga, Sam Diaz-Morant, que usava um de seus chapéus miniatura, um chapéu-coco coberto de lantejoulas douradas. Sua risada de vez em quando se destacava das notas graves da sinfonia-conversa, como o bater de um pandeiro.

No grupo que conversava com Sophie e Sam, Lev avistou uma cabeça raspada, grande e azulada sob um spot em forma de lápis. Ele sabia de quem era aquela cabeça: era de Howie Preece.

Sophie usava um vestido novo que parecia feito de trapos brilhantes de fantasmas. Com uma bainha irregular, tinha um corte no ombro direito e formava um corpete justo, que levantava seus seios fartos e deixava de fora seu braço esquerdo, roliço e irresistível, onde Lenny, o lagarto que havia sido coberto de lantejoulas para aquela noite, soltava fogo da cauda. Lev nunca tinha visto Sophie assim. Desde o início do seu caso com ela, havia ficado fascinado com suas roupas (às vezes sentindo uma tristeza envergonhada por causa das blusas e saias sem graça que Marina costumava usar e que ele achara tão atraentes na época), mas este traje era o mais audacioso que ele tinha visto. Sabia que Sophie tinha consciência do quanto era sexy e que ela sabia que parecia vulgar, mas não se importava com isso. Sua boca era um biquinho vermelho, seus cachos abundantes tinham tons ruivos e cor de ameixa. Enquanto a olhava, Lev foi tomado de um ciúme irracional de Lenny. Queria estar deitado no braço de Sophie, grudado em sua pele perfumada, desfilando o rabo coberto de lantejoulas...

Sucesso. Celebridade. Christy tinha lhe dito certa vez que "Agora, a vida para os britânicos é a porra de um jogo de futebol. Eles não eram assim antes, mas agora são. Se não conseguir enfiar a bola na rede, você não é ninguém". E Lev viu o quanto Christy estava certo. Ele desejou que houvesse outro ar além daquele, rarefeito, comemorativo, para respirar. Mas à medida que os minutos passavam e se aproximava a hora do início da peça, mais e mais gente luminosa, cheirosa se acotovelava no bar, adensando ainda mais a atmosfera com suas exalações perfumadas. Começaram a fazer Lev lembrar não só dos astros e estrelas do cinema ou do esporte, mas também dos aristocratas absurdamente vestidos de outra era – as pessoas que seu pai costumava insultar enquanto comia seu salame no pátio da serraria de Baryn. Aquelas que tinham provocado a corrida suicida em direção ao comunismo – membros da velha nobreza, correndo sempre na direção de salões iluminados, concertos e *soirées*, banquetes de dez pratos, com suas joias, e peles, e plumas de faisão, sem enxergar os pobres...

Lev tomou um gole de sua vodca com tônica e sentiu gosto de geleia amarga. Imaginou se seria permitido fumar ali. Virou-se e procurou a saída. Imaginou a si mesmo saindo em Sloane Square e caminhando na direção da estação de metrô, viajando em silêncio no trem até chegar a Tufnell Park, ao refúgio de seu quarto infantil...

Viu Sophie olhar à volta – para ver onde ele estava, ou só para tentar localizar mais um rosto famoso chegando? Howie Preece também virou sua cabeça enorme e Lev viu que eles estavam cumprimentando o próprio autor da peça, o autor de *Pecadilhos*, Andy Portman. Eles o abraçaram e se grudaram nele como ele neles, e Lev pôde imaginar Sophie elogiando-o, desejando-lhe sorte, dizendo-lhes que a peça ia ser brilhante, um sucesso, um momento marcante na história do teatro britânico...

Lev estava cansado. Já fazia muitos dias – não sabia quantos – que este cansaço o estava matando, causando-lhe pesadelos, ideias sombrias, pensamentos sobre Marina, uma sensação de estar de novo à deriva. "Essas coisas voltam", Ruby Constad tinha dito, e ela tinha razão: sua velha infelicidade estava se infiltrando de novo nas coisas. Ele havia se agarrado ao trabalho, a Sophie, ao ritmo de seus dias, ao início relutante da primavera inglesa. Mas, agora, no bar, ele só queria se deitar e ser envolvido pela escuridão do sono, tornar-se invisível até para si mesmo. Lev fechou os olhos, mas quando encostou a cabeça exausta na parede, uma voz anunciou que a apresentação de *Pecadilhos* ia começar em cinco minutos.

Na plateia, a umas cinco fileiras do palco, Lev sentou-se entre Sophie e um homem corpulento, de meia-idade, que fedia a uma loção pós-barba de cheiro enjoativo, com os dedos gordos cheios de anéis e um sobretudo de lã cor de caramelo enfiado entre as pernas. A perna direita do homem sacudia sem parar e o tremor era tão perto do assento de Lev que o fazia balançar. Aquilo deixou Lev nervoso. Teve vontade de estender a mão para fazer a perna parar.

Desviou os olhos do homem e fitou o perfil de Sophie à meia-luz. Queria que aquele perfil se virasse para ele, mas ele não se moveu. A peça mal havia começado e Sophie já estava enlevada, rendendo-se à crença na genialidade de Andy Portman.

Lev olhou para o palco. Uma luz roxa incidia sobre uma cama de casal. A princípio, parecia ser o único objeto ali, mas, então, num canto escuro, viu um guarda-roupa branco com a palavra "Dela" escrita numa letra floreada. Guarda-roupa e cama. Cama e guarda-roupa. Havia algo naqueles objetos que fez a plateia rir baixinho.

Um homem e uma mulher entraram. Tinham mais ou menos a idade de Lev, um ar de prosperidade e usavam trajes a rigor. Sentaram-se um de cada lado da cama, despiram-se e vestiram roupões de seda idênticos, cor de vitela. A mulher começou a escovar o cabelo. O homem folheou uma revista chamada *Auto-Magnate*. Enquanto escovavam e folheavam, conversavam sobre a noite e como ela tinha sido chata, e como todo mundo na festa era "babaca". Debocharam dos babacas e a plateia riu alto. Deixaram as roupas elegantes em duas pilhas no chão encerado. (Eles eram ricos, mas não pareciam possuir cabideiros, deixavam suas roupas caras jogadas, como se as tivessem evacuado de seus corpos.) A porta do guarda-roupa permaneceu fechada.

A mulher, cujo nome era Deluda, começou a beijar o homem, chamado Dicer. Deitaram-se na cama, com seus roupões de seda, tocando-se mutuamente. Então, de repente, Dicer sentou-se na cama e disse que esquecera de dizer boa-noite para Bunny. Deluda falou-lhe que isso não tinha importância, mas ele insistiu que, sem seu boa-noite, Bunny ia ter pesadelos. Ele se afastou do que parecia ser um preâmbulo para o sexo e saiu do palco. Deluda ficou deitada, imóvel, por um momento, claramente frustrada e zangada, depois enfiou a mão debaixo da cama, tirou uma garrafa de gim escondida ali e tomou um longo gole. Mais uma vez, a plateia riu baixinho.

Após alguns momentos, Dicer voltou. Mas não sozinho. Trouxe com ele a filha, Bunny, uma criança de nove ou dez anos. Fez Bunny sentar-se entre ele e Deluda, na cama. Deluda escondeu a garrafa de gim. Bunny tinha um ar sonolento e sonhador. Dicer contou a Deluda que Bunny estava tendo pesadelos.

Deluda suspirou. Mas era a mãe de Bunny. Os pais, Dicer e Deluda, tinham que consolar Bunny. Começaram então a contar-lhe histórias de fadas; "Era uma vez, numa floresta solitária, um animal cruel..." Dicer acariciou-lhe o cabelo. Pouco depois do início de *A bela e a fera*, Bunny pôs o polegar na boca e pareceu adormecer.

Ainda querendo fazer sexo com Dicer, Deluda mandou que ele levasse Bunny de volta para a cama. Ele olhou Bunny, adormecida, e acariciou seu rosto. Então, com certa relutância, ergueu-a nos braços e a levou embora. Deluda ficou esperando, aconchegando-se nos travesseiros como se eles fossem um corpo a seu lado.

Dicer voltou correndo do quarto de Bunny. Beijou Deluda e então fingiu estar fazendo amor com ela numa pressa desesperada. Ela lhe pediu para ir mais devagar. Mas Dicer dava a impressão de não ouvir, de estar voltado para dentro de si mesmo. Seus olhos estavam fechados. Chamou Deluda de "queridinha", de "coelhinho travesso". A cena terminou com Dicer gritando enquanto gozava e caía, inerte sobre o corpo insatisfeito de Deluda, que tirou vagarosamente o braço debaixo de Dicer e pegou a garrafa de gim. A plateia fez menção de rir, mas pareceu achar inadequado e ficou quieta. A luz roxa começou a se apagar.

Ao lado de Lev, a perna finalmente parara, a mão direita cheia de anéis jazia aberta calmamente sobre a coxa volumosa. Lev examinou o teatro lotado, ouviu na semiescuridão um ronco bem abaixo, como o de um trem do metrô saindo da estação. Tocou no braço de Sophie. Por um segundo, teve uma doce sensação de segurança ao sentir que ele ainda estava morno ao seu toque. Mas então Sophie afastou-se com um puxão, como se a carícia a tivesse machucado ou ofendido.

– Qual é o problema? – ela cochichou, zangada. – Não entendeu a cena?

Lev retirou a mão.

– Entendi – respondeu, e voltou a contemplar o espaço escuro acima, a ouvir o trem se afastando e o silêncio que deixou atrás de si.

A cena seguinte era na sala de reuniões de uma companhia chamada PithCo. A chefe de Dicer, uma mulher elegante, de terninho, chamada Loyala, sugeria uma promoção para ele a um grupo de homens jovens e pretensiosos. Ela se referiu a Dicer como "uma mente empresarial *par excellence*, além de ser o cara mais normal que existia". A diretoria de homens jovens parecia entediada. Mandaram Loyala sair e começaram a falar sobre Dicer. Mas estavam todos preocupados com outras coisas. Seus telefones e seus BlackBerries não paravam de tocar e apitar. Dois deles não pareciam lembrar do nome de Dicer e se referiram a ele como "Dick". Como estavam com pressa, todos se manifestaram a favor da promoção, exceto um, um homem um pouco mais velho do que os outros chamado Clariton.

Todos da diretoria de PithCo se viraram para olhar para Clariton, que expressou o que chamou de "dúvida pessoal" acerca de Dicer. Mas, ao ser pressionado a explicar o que era isso, só conseguiu dizer que tinha uma "sensação" sobre Dicer. Os celulares tocavam, apitavam e piscavam. Clariton foi informado de que sensações eram "momentos não verificáveis de consciência e nada mais". Teve que ceder e deixar de lado suas dúvidas. Feita a votação, a promoção de Dicer foi aprovada.

Então, Dicer foi chamado. Quando o informaram sobre a promoção, ele pareceu aliviado. Depois iniciou um discurso dizendo que a Inglaterra do século vinte e um era "um lugar sórdido, um lugar à deriva numa corrente de incerteza moral, um lugar que alguns de nós não reconheciam mais..." Então, disse que ele, Dicer, e a companhia, PithCo, tinham que resistir a essa corrente, tomando decisões éticas, comportando-se com responsabilidade num mundo globalizado...

Ao ouvir isso, enquanto as cabeças da diretoria assentiam, a perna ao lado de Lev começou a balançar e a tremer novamente. A mão cheia de anéis balançava junto. *Toque, toque, toque, toque, toque... Toque, toque, toque, toque, toque...*

Lev pensou, não vou suportar, vou ter que amarrar esta perna no chão... E então sua atenção desviou-se do que acontecia em cena e ele começou a pensar como uma perna poderia ser imobilizada na escuridão de um teatro londrino sem que ninguém gritasse, sem causar dor, só para acabar com o tormento do vizinho...

Quando tornou a prestar atenção na peça, Deluda e Bunny estavam vestidas para viajar e tinham ido se despedir de Dicer. Lev não prestara atenção no motivo da viagem. Todo mundo parecia angustiado. Ele observou os gestos da menina que fazia o papel de Bunny. Ela estava realizando a cena, mais uma vez, como se estivesse mergulhada num devaneio só dela.

Ela desapareceu e Deluda também. Dicer, sozinho, sentou-se em frente a um computador. Havia uma tela grande acesa atrás dele, na qual aparecia tudo o que Dicer via em seu monitor. Dicer digitava e clicava. Imagens de crianças nuas apareciam e desapareciam, ficavam um segundo na tela e depois sumiam. Dicer procurava alguma coisa, abrindo pastas marcadas "Ver mercadoria". Então, na tela gigante, apareceu uma boneca inflável, de borracha ou látex, ou de alguma substância parecida com carne humana: uma menina sem seios, com uma boca de botão de rosa e uma pequena abertura entre as pernas. Dicer ficou olhando amorosamente para a menina-boneca. Lev pôde sentir que a plateia também olhava. A perna parou. *Toque, toque, toque, toque. Descanso.*

Na tela, apareceu uma pasta marcada "Customizar". Dicer clicou nela. Outra pasta apareceu: "Escanear foto". Em sua mesa, Dicer estava ficando excitado, a respiração ofegante. Uma foto do rosto de Bunny apareceu em *close-up*. Parecia mais jovem do que no palco. Sua boca estava aberta. Dicer ergueu os braços, como se quisesse abraçar o rosto da filha. Na tela, uma pasta que dizia "Confirmar customização" apareceu e Dicer clicou nela, começando a gritar, "Customizar!" Repetiu isso diversas vezes, com uma excitação cada vez maior: "Customizar! Customizar! *Customizar!"*

A plateia estava silenciosa. Lev olhou para Sophie. O rosto dela estava calmo e parado. Começou a puxar a manga do paletó novo de couro, para tirá-lo. Sabia que era o único da plateia que não estava sentado quieto e a tarefa de tirar o paletó pareceu-lhe particularmente difícil, como se ele tentasse livrar-se de uma camisa de força. Puxou a manga, depois a gola, tentou afastar as lapelas, sentiu o ombro bater no homem que sacudia a perna, que lançou-lhe um olhar furioso. Mas Lev precisava tirar o paletó, senão ia sufocar. Ia desmaiar. Queria jogar água na testa, na boca, no corpo suado. Queria um rio gelado, como o que havia em Auror...

– Lev! – ouviu Sophie murmurar, furiosa. – Pare com isso...

Livrou-se do paletó. Finalmente. Sentiu-se mais fresco. As visões do rio gelado desapareceram de sua mente. Olhou para cima. O que tinha perdido? Mais uma vez, esquecera que estava numa peça, que prosseguira e o deixara para trás. Mas e daí? Era uma peça nojenta. Nem era uma *peça* de verdade, com aquela tela gigante no palco. Era uma espécie de filme, não era? Tornou a desviar os olhos, dobrou o paletó sobre o joelho, olhou de viés para a perna. Um ligeiro tremor, um pequeno *toque-toque*. Depois imobilidade.

No palco, Dicer jantava com Loyala à luz de velas. Loyala falava depressa e de um jeito dominador, cuspindo palavras que Lev não conseguiu identificar. Supôs que se tratasse de jargão de negócios ou que nome fosse. Parecia um pouco com Rudi falando de suas "correias" e "câmbio automático", sem ter o cuidado de explicar o que eram essas coisas, como se o mundo inteiro tivesse obrigação de saber sem nunca ter aprendido. Só que Rudi sabia, no fundo, que ninguém mais estava interessado, que seu caso de amor com o Tchevi era algo solitário. Aqui, ficava claro que Loyala achava que sua fala corporativa era sedutora, que Dicer estava fascinado. Ela estava dando em cima de Dicer e usava essas coisas como arma – seu conhecimento superior de certos fatos e porcentagens, sua compreensão e manipulação de termos.

Lev olhou para Dicer. Pela expressão do ator, pareceu que ele tentava acompanhar Loyala, tentava deixar funcionar a sedução, e no final do jantar – depois que os garçons silenciosos entraram e saíram, trazendo e retirando os pratos – ele segurava sua mão por cima da mesa.

Lev olhou o relógio. Os ponteiros luminosos diziam que quase uma hora tinha se passado desde o início da peça. Mas quanto tempo demoravam aquelas peças? Seriam tão longas quanto concertos e balés? Porque era só isso que ele sabia de teatro: velhas novelas americanas na TV; um espetáculo de *Giselle* pela Companhia de Balé de Glic; umas poucas visitas a Jor, onde os cantores folclóricos favoritos de Marina, os Ressurreicionistas, costumavam se apresentar.

Cansado, Lev olhou para cima. A cama tornou a aparecer. A cama, o guarda-roupa e a luz roxa. Como se a peça estivesse começando de novo... Dicer entrou sozinho, sentou-se na cama, exatamente como tinha feito na primeira cena. Tirou a roupa e deixou-a empilhada no chão; vestiu o robe de seda cor de vitela. A peça *estava* começando de novo. Só que sem Deluda.

Lev fechou os olhos. Tentou recordar as palavras da canção favorita de Marina pelos Ressurreicionistas. Alguma coisa sobre tomar vodca de manhã, dormir ao sol, sentir saudades da lua: *Ah, tenho tanta saudade da lua...*

Lev abriu os olhos. Dicer se dirigia para o guarda-roupa, o guarda-roupa marcado "Dela". Ele o abriu, e lá dentro havia cabides, vestidos e saias. Dicer afastou os cabides e, do fundo do armário, tirou a criança-boneca inflável, com o rosto da filha, Bunny. Segurou a Bunny inflável em seus braços. Abriu bem suas pernas, enroscando-as nas dele. Puxou-a para si e enfiou a língua na boca aberta. Depois, mostrando a bunda para a plateia, fingiu que transava com ela.

A cortina desceu. As luzes da plateia se acenderam. Lev ficou sentado, imóvel. Todos aplaudiram delirantemente. Era como se a peça tivesse acabado. Mas é claro que não acabara. Era só o intervalo. Lev avaliou a palavra "intervalo" e pensou: "Será que alguém algum dia entendeu que, em algumas circunstâncias, o 'intervalo' devia se tornar permanente, que não se podia retomar o que fora temporariamente encerrado?"

A seu lado, Sophie se levantou. Tocou em seu braço.

– Pro bar – ela disse. – Howie encomendou champanhe. Vamos.

Obediente, Lev se levantou. Seu corpo doía. Vestiu o paletó, que doía de tão novo, como se o couro ainda estivesse no novilho que pastava no capim verde. Sophie o empurrou para a frente e eles se aproximaram do bar, onde Lev podia ouvir o som de rolhas de champanhe estourando.

De repente, ouviu uma risada atrás dele.

– Lev! – falou Sophie. – Você ainda está com a etiqueta do preço no paletó!

Ela estendeu a mão e arrancou a etiqueta. O fato de as pessoas na fila atrás dele terem visto a etiqueta devia tê-lo deixado embaraçado, sabia, mas o que sentiu foi o absurdo de tudo aquilo, e começou a rir.

– Não é engraçado – disse Sophie. – A imprensa está aqui esta noite. Isso faz com que eu e você pareçamos dois caipiras.

– Eu acho engraçado – Lev falou bem alto. – Mais engraçado do que uma cama roxa.

– Ssh, Lev. Continue andando. Continue seguindo em frente.

– Acho mais engraçado do que um homem querendo transar com a filha.

– OK. – Sophie passou por ele. – Howie está ali. Siga-me se quiser tomar champanhe.

– Não. Não quero champanhe. Por que tomar champanhe? Para comemorar o quê? Para fazer um brinde a esta peça horrível?

– Cale a boca, Lev. Por favor...

– Sabe, até os nomes são ridículos. Conheço inglês o suficiente para saber. "Dicer". "Deluda". Por que Portman não conseguiu achar nomes melhores?

As pessoas ao redor de Lev se viravam para olhar para ele. Sophie agarrou-lhe o braço e puxou-o na direção da figura alta de Howie Preece, que sacudia uma garrafa de champanhe acima da cabeça.

Preece, cujo único brinco de brilhante brilhava sob os spots de luz, disse:

– Boa menina. Que dificuldade. Tome uma dose de Bolly.

Sophie pegou a taça de champanhe e Howie Preece virou-se para servir mais uma.

– Este é o Lev – Sophie disse baixinho.

Howie Preece continuou a servir sem erguer os olhos. Quando a segunda taça estava cheia, ele a ofereceu a Lev.

– Não, obrigado – disse Lev.

– Certo. Sobra mais para nós. Sou Howie Preece.

Lev assentiu. Viu que Howie Preece esperava que aparecesse em seus olhos – um *encantamento* ou o que quer que fosse – algo que as pessoas não deixavam de demonstrar na sua presença. E como não viu esse encantamento no rosto de Lev, por um momento, Preece pareceu desconcertado. Dirigiu o olhar para Sophie.

– Esta criatura – comentou – em seu braço. O que é?
– Ah, é Lenny, o lagarto. Ele me dá um beijo de boa-noite.
– É? E como é que ele beija você?

Sophie ergueu o braço e encostou o lagarto Lenny, coberto de lantejoulas, nos lábios.

As bochechas brancas de Howie encolheram-se num sorriso malicioso.

– Moça sexy, a Sophie, não é? – disse, como se fosse para Lev, mas ainda fitando Sophie com olhos grandes e sonolentos.

Lev a viu enrubescer. Queria... ah, ele não sabia o que queria fazer, mas vê-la mostrar Lenny para Preece foi duro.

– E então – Sophie falou, animada, para Preece –, o que você achou da primeira metade?

– Bem – respondeu Howie Preece –, é Portman. Ele é um gênio. Sempre aperta o botão certo. Aposto que metade dos sacanas de Chelsea está fodendo os filhos.

– Achei brilhante – disse Sophie.

Preece ia tornar a falar, mas Lev indagou:

– Por quê?

– Como assim, "por quê"?

– Por que você diz que isso é brilhante, Sophie?

– Porque eu acho que é.

– Por quê?

– Porque *é*. Porque é radical e corajosa e...

– É uma merda – falou Lev.

– Bem, tem alguém que não gosta do Andy! – comentou Howie. – O homem de um país distante acha que *Pecadilhos* é uma...

– Eu podia matar esse homem! – continuou Lev.

– Como? – disse Preece.

– Ver uma coisa dessas: um pai, uma boneca, sua filha... Como ele pode mostrar isso? – Raiva e tristeza tomaram conta de Lev. Ele apontou um dedo para Sophie, um gesto autoritário que odiava nos outros, viu que ela tentou recuar, mas foi impedida pela multidão no bar. Viu que estava perdendo o controle, sabia que devia controlar seus sentimentos, mas por que controlar sentimentos

que, nesse mundo irreal que tinha acabado de conhecer, pareciam reais e verdadeiros?
　Tornou a apontar o dedo para Sophie.
　– Você! – disse. – Agora entendo você. Você não vê *nada*! Só vê o que é "fashion", o que é "moderno". É só o que importa para você. Porque você não conhece o mundo. Só esta pequena Inglaterra. Você não sabe nada, *nada*.
　– Ei – disse Preece. – Já passou dos limites. O que há com você?
　Lev tremia. Seus braços pareciam fios, carregados de eletricidade. Sentia-lhes a força letal.
　– O que há é que estou furioso – prosseguiu. – Louco, talvez. Mas não doente, como esta peça. Em casa, tenho uma filha, Maya. Amo esta filha...
　– E daí? – retrucou Preece. – Isso é *tão* relevante. E daí que você tem uma filha? Isto é *arte*. Isto é uma lâmina afiada...
　– OK! Então, eu corto! – gritou Lev, passando um dedo na garganta. – Corto!
　– Escute aqui, por que você não cala a boca? – falou Preece. – Você está agindo como um babaca.
　– Ah, é? – gritou Lev. – "Babaca" como na peça. Tão engraçado, hein? Bem, este babaca pode cortar! Eu corto a garganta de Portman! Eu corto todo mundo! Quer ver?
　Lev agarrou Sophie e prendeu-lhe o corpo com uma gravata. A taça que ele segurava caiu no chão e quebrou. Ela começou a sufocar. Preece, do alto de sua estatura superior, agarrou Lev pelo queixo. Sua mão enorme apertou até Lev achar que sua mandíbula ia se partir em pedaços.
　– Solte-a – ordenou Preece.
　– Largue-a ou quebro a sua cara!
　Lev olhou para Preece, para suas bochechas brancas e brilhantes, sua testa alta, seu queixo barbudo, seus lábios carnudos, todo aquele conjunto horroroso, e pensou: "Ele é meu inimigo agora." E o odiou quase tanto quanto tinha odiado o secretário Rivas. Viu as pessoas a seu redor de boca aberta, quase cômicas em seu terror, mas não ligou. Naquele momento, soube que seu caso de amor com Sophie estava condenado.

– Solte-a! – Preece tornou a gritar. Mas o braço de Lev já a havia largado. Esperou que Preece soltasse seu pescoço, então virou-se, caminhou para o saguão e saiu para a noite fria de abril.

Não pensar, não *sentir* a inexorabilidade do que tinha acontecido, era só o que ele queria. Nada mais. Nada além ou depois ou ainda por vir. Nada disso. Só a sensação de *não sentir*.

Ele não conhecia aquela parte de Londres. E não se sentia capaz de andar muito. Saiu do teatro e entrou no pub ao lado, apinhado de gente, esperando mesa. Mas Lev passou por todos. Quando chegou ao bar, acendeu um cigarro e pediu uma Guinness, depois vodca... ah... sua querida *vodishka*... depois outra Guinness (ele agora gostava dela, igualzinho a Christy Slane) e mais *vodishka*. Então, foi ao banheiro, mijou tudo, voltou e recomeçou com a Guinness. Sentou-se numa cadeira e ouviu seus ossos polindo a superfície de madeira. Viu os rostos de lua dos companheiros de bebida rodeando-o lenta, pesadamente, ouviu as pessoas que jantavam conversando atrás dele. Ele era um rio represado. Era mudo, uma marionete ou um boneco. Ele era uma canção esquecida: *Ah, sinto tanta saudade da lua...*

Se alguém falasse com ele, não reconheceria as palavras. Se houvesse música tocando, quem saberia a melodia? Não ele. Não sabia nada. Seu cérebro era do tamanho de uma ervilha. E tão preto, tão escuro quanto a própria escuridão.

Sabia que estava perdendo o contato com a realidade. A culpa não era dele. A culpa era do mundo. Porque nada no mundo se estabilizava por muito tempo. Nada ficava muito tempo virado para cima. Sempre havia algo, algum acontecimento que chegava silenciosamente, como a estreia de uma peça, que, você sabia... você *sabia*, ia revirar tudo em sua cabeça. Nada podia ficar sempre de cabeça para cima. Ou, se ficasse, era por pouco tempo. Uma hora você podia voar como uma andorinha. Podia ver o mundo estendendo-se abaixo. Mas terminava. Logo, estava em cima de você, esmagando-o outra vez, com toda a sua podridão derramando-se sobre seu coração, até que ele estivesse preto e sufocado como uma comporta. *Ah, sinto tanta saudade da lua...*

Queria mais Guinness, mais *vodishka*. Tentou dizer ao homem atrás do balcão para servir mais bebida, mas havia um problema: o homem queria dinheiro. Procurou a carteira no bolso do paletó novo. Neste bolso. Naquele bolso. O barman encarou-o, um olhar feio. Este bolso. Outro bolso. Nada de carteira. Não havia nada no belo paletó de couro: só um lenço de algodão, um pente para seu cabelo farto, seu celular. Havia dois barmen olhando para ele agora. Podia ouvir-lhes a respiração. Pensou: tudo se multiplica. Sofrimentos. Acusações. Tristeza. E ele ergueu os braços para os garçons, o gesto de um homem inocente, um gesto que dizia: Eu não tenho nada. Me tiraram tudo. Façam o que tiverem que fazer.

Os garçons inclinaram-se para ele, gritando. Podia sentir o cheiro de bebida em seus hálitos. E queria ir para longe de tudo, sair para o ar da noite, respirar no escuro. Então, tornou a procurar a carteira. Bolsos das calças. Bolso da camisa. Bolso de trás. Lá estava ela.

Seu couro gasto e torto e manchado. Lá dentro, o retrato de Maya. Sua amada filha. Uma criança inocente, *inocente*. Tirou o retrato, com mãos trêmulas, e o colocou sobre o balcão. Olhou-o e viu que havia desbotado. As cores antes brilhantes estavam desaparecendo, deixando apenas um traço de si mesmas, um tom de verde, com o verde azulado do céu... quando a tarde caía... o céu atrás de Auror...

Agora, o vento frio o empurrava pela calçada. Soprando tudo para o norte. Poeira. Folhas. Lixo. O quê? Quem se importava? Tudo acabava sempre soprando para o norte. Tudo chegava a seu destino gelado. Sabia que estava perdido.

Sua bexiga doía. Agarrou-se a uma árvore e mijou no chão. Sua mão, segurando o pau, estava gelada. Quando partes do corpo começam a congelar deste jeito, disse a si mesmo, está na hora de buscar abrigo, um lugar escondido, e deitar lá até a terra girar e trazer o que quer que traga em forma de luz... o que quer que possa passar por manhã.

Para baixo. Era melhor descer, ir para dentro, na direção do centro das coisas, como uma raposa. Tão silencioso, tão parecido com um animal que ninguém pudesse ver ou ouvir. Para baixo, para baixo. E aqui, nesta cidade, nesta Londres, sempre havia, mais cedo ou mais tarde, um lugar assim, e então... bem... você podia deitar lá, com o tráfego em cima, com a rua suportando todo o peso que podia suportar, com degraus que subiam ou desciam... E isso era tudo que pediam de você... que se deitasse ali e ficasse quieto.

Aqui estavam eles, os degraus, não os mesmos de antes, mas parecidos, encontrados de novo, subindo, descendo, com corrimão de ferro, como se os velhos espíritos pudessem precisar de um apoio para as mãos, para passar de um mundo para o outro... Os espíritos para os quais ninguém ligava mais, os que costumavam esvoaçar ao redor dos cérebros dos homens idosos que se sentavam em cadeiras duras no pátio da serraria, reclamando disso, choramingando daquilo, cheios de mágoa, acabados de tanto trabalhar... os espíritos de Stefan.

Mas aqueles degraus não estavam alinhados direito. Sabia que ia cair, mas não conseguiu se jogar lá, naquele vazio.

Ele se deitou onde estava, na rua.

15
Nove, noite

Alguém gritando com ele. Um cheiro tão ruim que parecia o fedor de uma enfermaria de câncer. Mas não havia nenhuma lembrança de nenhuma enfermaria, nenhuma lembrança de onde estava ou do motivo das coisas estarem daquele jeito.
  Lev abriu os olhos. Lá em cima estava um rosto de homem. Lev foi baixando a vista e viu que a face estava unida a um torso largo, uniformizado, e esse torso estava unido a uma bota de couro preto. Então a bota pareceu sumir e o rosto se aproximou mais dele.
  Em seguida, uma lembrança. O rosto assustado de Rudi, certa vez, recordando uma prisão violenta durante a noite:
  — Se você acordar com um rosto de homem olhando para o seu, Lev, não é um sonho de bicha, é a maldita Milícia.
  Então, um braço no dele, ajudando-o a se levantar. Uma luz forte, machucando sua pele. Uma voz bem perto dele, mas não grosseira:
  — Tudo bem, senhor. O senhor está bem agora? O senhor passou mal. Quer que eu chame uma ambulância?
  Lev olhou para baixo. Tinha vomitado em seu paletó de couro. Mas por que ele estava ali, sob a luz forte do dia, numa rua que nunca tinha visto antes?
  Uma voz de mulher, agora, aguda e ansiosa.
  — O senhor pode levá-lo agora? Por favor, leve-o embora.
  — Ele já está indo. Está indo embora.
  Lev viu a mulher. Parada nos degraus da frente de sua casa, ela o fitava com uma expressão de horror. Foi levado para um carro de polícia. Dois policiais com ele.
  — O senhor tem um lugar para onde ir? — um deles perguntou.
  Lev assentiu. Vagarosamente, dolorosamente, tudo voltava a sua mente: a peça odiosa, sua fúria no bar do teatro...

Começou a bater na cabeça.
– Senhor – disse o segundo policial –, eu não faria isso se fosse o senhor. Sugiro que vá para casa agora, certo? Vá calmamente ou teremos que acusá-lo de perturbação da ordem pública. *Perturbação da ordem*. Ele entendeu as palavras. Afastou-se. A rua parecia inclinar-se sob ele, como um barco num mar agitado. Não fazia ideia para onde estava indo. Para onde ficava o norte? Sabia que tinha que andar para o norte, mas até onde? Naquele labirinto de Londres, onde ficava o santuário de Belisha Road?
Ele não fazia ideia. Estava perdido de novo. Era culpado por esse desamparo. Tinha jurado que controlaria seu gênio na Inglaterra, mas havia falhado. Agora, estava banido.
Passou por uma lata de lixo, lotada de sacos com dejetos de alguém, e pensou: tornei minha vida obscena. Ele deu um chute na lata, querendo vê-la cair, querendo ver tudo se espalhar pela calçada, mas ela não caiu. Começou a praguejar. Atirou a tampa da lata e ela caiu no meio da rua. Ouviu passos atrás dele.
Os policiais o agarraram pelos braços. Sentiu o frio das algemas nos pulsos. Depois, mãos revistando seus bolsos e uma das vozes, agora, zangada, em seu ouvido:
– Certo. Você está preso. Nós o avisamos. Sugerimos que fosse para casa sem causar mais problemas, mas você não ouviu. Agora está preso, segundo a Seção 5 da Lei de Ordem Pública.

Lev estava no carro de polícia. Ruas desconhecidas passavam naquele início de manhã. Uma dor no crânio. Tremendo de frio e de medo, mas com dificuldade de suportar o paletó de couro porque vomitara nele. Sem conseguir tirá-lo por causa das algemas.
A voz da lei dizendo o que a lei exigia que ela dissesse. "... preso para permitir a investigação deste crime. Não é obrigado a dizer nada... Tudo o que disser poderá ser usado como prova. Está entendendo?"
Lev sacudiu a cabeça. Não sabia que lei havia desobedecido. Pensava que estava livre e indo embora, e de repente não estava livre, achava-se algemado e sentado no banco de trás daquele carro.

Os dois policiais conversavam um com o outro. Lev se esforçou para ouvir, mas não conseguiu entender o que diziam, embora soubesse que seu destino estava nas mãos da lei e que as coisas poderiam melhorar se ele se mostrasse arrependido.

– Desculpe – disse.

Uma das cabeças se virou. Lev viu o rosto de perto, muito pálido depois do inverno, com velhas cicatrizes de acne.

– Então, você fala inglês?

– Sim.

– Quanto de inglês?

Lev olhou para o tráfego e para o céu cinzento.

Quanto de inglês?

O suficiente para entender uma peça. O suficiente para saber que sua namorada de cachos cor de morango não era mais sua namorada...

– Eu falo bom inglês – disse, com cuidado. E ouviu algo peculiar em sua voz: uma espécie de orgulho fora de lugar.

Ele foi levado a uma delegacia, ainda agarrado a seu paletó sujo. Viu manchas de vômito em seu sapato. Tentou embalar a cabeça dolorida.

Mandaram que esperasse numa cadeira de plástico, num corredor acanhado. A porta do banheiro lhe foi mostrada. Perto dele, três rapazes, dois brancos e um negro, também esperavam, fitando-o do fundo dos capuzes de suas jaquetas de lã, lançando-lhe um olhar de pura indiferença, um olhar que dizia: "Estamos em nossas cadeiras, seu filho da puta, e temos nossos motivos para estar aqui, trancados em nossas cabeças, e não damos a mínima para você nem para ninguém." Eles tinham a metade da idade de Lev.

Lev se levantou, foi até o banheiro e mijou, depois lavou as mãos com água quente. Abriu a água fria, enfiou o rosto debaixo dela e bebeu, rezando para que a água fosse potável.

Seu paletó de couro estava pendurado na beira da pia. Lev olhou para ele, um paletó de 170 libras. Esvaziou os bolsos, que só continham um pente. Depois enrolou o paletó fedorento e jogou-o na cesta de lixo de plástico, sabendo que, mesmo que ele pudesse ser limpo, nunca mais tornaria a usá-lo. Nunca.

Lev voltou para o corredor, onde os rapazes ainda estavam sentados, de pernas abertas. Virou para o outro lado e contou quatro extintores de incêndio, presos na parede cinzenta. Um relógio de parede digital indicava que eram 9:47 da manhã. Seis horas antes de ter que ir trabalhar no GK Ashe. Seis horas antes de ter que ver Sophie de novo...

Uma porta abriu e um guarda louro fez sinal para Lev entrar. Ele se levantou e entrou numa sala sem janelas, mobiliada apenas com uma mesa, duas cadeiras e um aquecedor, que soltava um calor de uma intensidade desnecessária, como se estivesse cheio de enxofre fervente.

O guarda pôs um laptop sobre a mesa e, sem olhar para Lev, sem admitir com um só gesto que havia outra pessoa na sala, começou a digitar códigos ou números. Lev esperou. Notou que o único objeto que havia na mesa, além do laptop do guarda, era uma caixa de lenços de papel.

– OK – disse o guarda, erguendo finalmente os olhos do laptop. – Você fala inglês, certo?

– Sim.

Lev foi solicitado a dar seu nome, idade, país de origem e endereço na Inglaterra. Enquanto o guarda digitava as informações, uma mulher negra, robusta, de avental verde, entrou na sala e pôs uma xícara de chá na sua frente. Ele agradeceu-lhe. No pires havia quatro torrões de açúcar e Lev pôs todos eles no chá, mexeu e começou a beber. Enquanto bebia, a mulher, parada na porta, piscou um olho castanho, sedutoramente, para ele. Depois fechou a porta.

– Data de entrada na Inglaterra? – o guarda perguntou.

Lev achou que isso devia estar gravado em sua memória, mas a data parecia tão distante que tinha saído de sua cabeça.

– Foi no ano passado – disse. – Não me lembro o dia.

As mãos do guarda acariciaram o pequeno teclado preto.

– Qual o seu meio de subsistência na Inglaterra?

Lev começou a sentir o chá abençoado, açucarado, em suas veias.
– Trabalho no GK Ashe – respondeu.
– *Cheeky Ash?* O que é isso?
– O restaurante – explicou Lev. – GK Ashe. O senhor não conhece?

O guarda não respondeu nem moveu um músculo do rosto. Ele desconsiderou a pergunta e continuou digitando, com todo o cuidado, como se o computador fosse o ser vivo e Lev, o artefato tecnológico.

– Qual o seu salário no Cheeky Ash?
– Não é Cheeky. São letras: GK.
– Não lhe pedi comentários, senhor. Por favor, diga-me quanto ganha por semana ou por hora.
– Sete libras por hora; 280 libras por semana tirando a taxa. Mando dinheiro para a minha família.

Mais digitação. Mais comunhão com a máquina limpa e obediente. Depois o guarda olhou para Lev. Seus olhos claros encararam Lev de um modo firme, destemido.

– Certo. Então, o senhor entende que está recebendo um PND, uma notificação por perturbação da ordem?
– Eu disse aos policiais no carro que sentia muito.
– Sim? Bem, tenho certeza de que eles ficaram contentes em ouvir isso. Agora, um PND acarreta uma multa de 80 libras, que tem que ser paga agora. O senhor está entendendo?

Lev ficou calado. Queria que houvesse uma janela para que pudesse olhar para fora, uma vista do céu, ou pássaros pousando no alto de um telhado. Sua mente fez a soma: 170 libras pelo paletó de couro; 42 libras pela camisa desnecessária; agora, 80 libras de multa. Um total de 292 libras *desperdiçadas*.

– O senhor está ouvindo? Ouviu minha pergunta?
– Sim – respondeu Lev.
– Então, como vai pagar?

Uma imagem terrível surgiu na mente de Lev: sua carteira sobre o balcão do bar e, perto dela, no meio das poças de cerveja, seu precioso retrato de Maya... Começou a procurar nos bolsos das calças. Nos bolsos laterais. Direito. Esquerdo. Bolso de trás. Bolsos laterais de novo. Direito. Esquerdo...

– Estou esperando, Olev. Diga-me como quer pagar. Em dinheiro ou cartão de crédito?

Nada em bolso nenhum. Só algumas moedas, alguns pedacinhos de fumo e um velho pacote de papéis de Rizla.

Lev pôs a cabeça nas mãos. Sem dinheiro. Sem o retrato de Maya. Sem cartão de crédito. Sem telefone. Ele sentiu um soluço subindo no seu peito, apertou os olhos com as palmas das mãos.

Sem Sophie.

Deixou o soluço escapar. Pareceu o grito de um lobo.

– Não sei como pagar – gaguejou.

– Dinheiro ou cartão de crédito.

– Não tenho nada. Minha carteira sumiu.

O guarda esperou, olhando desanimado para Lev, como se aquilo fosse um programa de TV que o entediava. Empurrou a caixa de lenços de papel na direção de Lev, suspirou e disse:

– Se o acusado não puder pagar a multa, sugerimos uma terceira pessoa.

– Como? – indagou Lev.

– Chamamos de "telefonar para um amigo".

– Como?

– *Quem quer ser um milionário?* Na TV. Você não assiste?

– Não. Eu trabalho à noite.

– Não importa. Quer ligar para um amigo?

Lev assoou o nariz. Os restos de seu vômito pareciam estar alojados lá. Quis jogar fora o lenço, mas não tinha onde. Viu o guarda pegar um envelope de plástico e tirar um celular de dentro. Pôs o telefone em frente a Lev. Pelo estojo turquesa, Lev o reconheceu como seu.

– Ou o senhor não tem nenhum amigo na Inglaterra? – perguntou o guarda.

Lev ficou olhando para o telefone. Então pegou-o e segurou-o carinhosamente nas mãos.

– Tenho amigos – disse.

– Certo. Sugiro que ligue imediatamente.
Lev tomou o resto do chá e ligou para o número de Christy em Belisha Road. Ouviu a secretária eletrônica:

Olá. Você ligou para Christy Slane. Tente não desligar antes de deixar sua mensagem ou, se estiver precisando urgentemente de um encanador, ligue para o meu celular, 078516022258. Volto logo.

– Christy – falou. – É o Lev. Estou com um problema sério. Vou tentar o celular.
Mas Christy também não atendeu o celular. Lev imaginou que ele ainda devia estar dormindo, ou então tinha saído para um de seus raros trabalhos. Deixou outro recado.
– Não teve sorte? – quis saber o guarda.
– Ele vai ligar de volta.
– Quando? Daqui a cinco horas? OK. O senhor é quem sabe. Não sei a que horas o senhor tem que chegar ao trabalho, mas se fosse eu, tentaria outro número.
Lev estava suando no calor tropical da sala. Enxugou a testa. Por um momento ou dois, a tentação de ligar para Sophie assaltou-o. Mas saber que ela provavelmente se recusaria a ajudá-lo o fez deixar de lado a tentação. Com toda certeza, Sophie estava com Howie Preece. Lev sabia que sim. Aquela noite de *Pecadilhos* a tinha levado a isso. Devia estar deitada ao lado daquela cabeça grande e feia. A mão enorme dele devia estar apalpando os seios dela, enquanto dormia...
– Anda – disse o guarda –, pare de sonhar acordado. Estou começando a me cansar de você, Olev. Faça outra ligação.

Lev estava de volta à cadeira de plástico do corredor quando a viu chegar: sua habitual salvadora, a mulher sem graça da qual duas mimadas crianças inglesas debochavam com o apelido cruel de "Muesli". Lá vinha ela mais uma vez, com um casaco novo, bege, com o cabelo num corte moderno, mas no rosto o mesmo olhar

atormentado, o olhar que dizia: "Tudo bem. Eu o perdoo mais uma vez, Lev. Mas muito em breve você vai passar dos limites..."
 Ela se sentou ao lado dele. Consciente de sua péssima aparência, de seu cheiro de vômito, Lev baixou a cabeça.
 – Sinto tanto, Lydia. Desculpe por ter pedido a você para fazer isso. Vou lhe devolver o dinheiro, prometo.
 – Bem – disse Lydia, torcendo o nariz –, não sei quando você poderá me pagar. Parto amanhã para Viena. Você teve muita sorte em me encontrar ainda aqui.
 Olhou para o perfil dela, indiferente, depois para seus pés, um bem encostado no outro, com seus sapatos pretos. Sentiu por ela uma onda de ternura que o sufocou. Só por saber que em breve ela embarcaria em sua nova vida com Pyotor Greszler e sairia definitivamente da dele, que não caiu em prantos de vergonha pelas vezes que traíra sua confiança.
 – Sinto muito – ele repetiu. – Só lhe causo tristeza. Eu sei. Se ao menos eu não tivesse perdido minha carteira...
 – Está tudo bem, Lev. Agora, onde pago as 80 libras? Tenho um monte de coisas para fazer hoje, depois vou me despedir de Tom e Larissa. Então...
 – Você trouxe em dinheiro, Lydia?
 – Sim. Não sou idiota, sabe. Agora, onde eu pago?
 Eles saíram juntos na chuva. As ruas de Chelsea eram desconhecidas para os dois. Lev, trêmulo de novo, agarrou-se ao braço de Lydia, que segurava um frágil guarda-chuva. Caminhava sem ver, na esperança de que ela soubesse para onde iam, mas ela logo parou e declarou que estava perdida. Olhou à volta, para a rua de casas elegantes, pintadas de branco, para as sacadas de ferro batido enfeitadas com plantas.
 – Pelham Crescent – disse. – Não me lembro desse nome.
 Sentir-se aquecido de novo. Limpo. Comer algo leve e doce. Dormir um pouco. Tudo isso ocupava a mente de Lev, excluindo qualquer outro pensamento. Viu Lydia olhando para ele e talvez ela tenha entendido, porque largou o guarda-chuva e correu até uma mulher que saía de um Land Rover em frente a uma das belas portas de entrada com loureiros de sentinela. Lev a ouviu dizer:

– Com licença. A senhora pode me ajudar? Onde fica o metrô? Meu amigo está doente.

Lydia voltou e conduziu Lev como uma criança, achou um café italiano perto da estação de metrô de South Kensington e o fez sentar-se. Tirou o casaco bege e colocou-o nos ombros dele e ele sentiu o calor do corpo dela no forro de seda. Ouviu-a pedir café e doces.

– Lev – ela falou, depois que ele tinha comido o primeiro doce e aquecia as mãos na caneca de café –, só tem uma coisa que me preocupa.

Ele olhou para ela: a quase amante do famoso maestro Greszler; seus dias de casacos de tricô, de só se alimentar de ovos tinham sido deixados para trás. Sem ela, ainda estaria sentado na cadeira de plástico da delegacia de polícia. Sem ela, talvez ainda estivesse distribuindo folhetos para Ahmed, dormindo no jardim de Kowalski...

– Está me ouvindo? – indagou.

– Sim.

– O que quer que tenha acontecido... e não vou fazer você explicar porque acho que não quer... o que quer que tenha acontecido, você tem que manter seu emprego no GK Ashe. Isso é o que mais me preocupa. Que você largue o emprego. Aí acho que estará perdido. Então, promete que não vai fazer isso?

Lev assentiu. E disse baixinho:

– Tenho observado os chefs. Tenho tomado notas. Vou juntar todas as receitas num caderno.

– Isso é muito bom. Muito bom. Mas você precisa ficar *neste* restaurante, onde GK ajuda você a aprender. Em outros lugares, talvez eles o tratem mal e você não aprenda nada. Precisa continuar nesse caminho.

Lev ficou calado. Queria dizer a Lydia como seria difícil trabalhar com Sophie, vê-la todos os dias, sentir seu perfume no ar úmido da cozinha, obedecer às suas ordens, vê-la pôr o cachecol no pescoço para ir para casa, para a cama de Howie Preece...

– Lev? Está ouvindo o que estou dizendo?

– Sim.

— Quando eu estiver em Viena ou em Salzburg, vou ligar e perguntar o que os chefs prepararam no GK Ashe naquele dia e espero que possa responder.
— Poderei.
— Promete?
— Prometo.
— Está bem. Bom, agora tenho que ir. Você está perto do metrô. Você se lembra? Basta virar à esquerda ali. Aqui está o dinheiro do metrô.

Lydia se levantou. Pôs três moedas de 1 libra na mesa. Delicadamente, ela tirou o casaco dos ombros de Lev. Lev puxou-lhe o rosto e beijou-o, encostando delicadamente os lábios entre as verrugas.

— Lydia — disse —, você foi uma boa amiga. Espero que seja feliz, que tenha uma vida muito boa...

— Bem, pelo menos eu não vou mais ser "Muesli". Vou ter um pouco de dignidade. Não muita, para não me subir à cabeça. Só o bastante para eu poder mantê-la erguida.

— Sei que Pyotor Greszler vai ser bom para você.

— Claro que sim. Bem, adeus, Lev. Vou mandar cartões-postais para você e também fotos de Paris e Nova York.

— Adeus, Lydia.

Lev a viu afastar-se da mesa, ouviu seus passos, firmes e regulares como sempre, *clique-claque, clique-claque, clique-claque*, até ela desaparecer na rua.

Já passava de uma hora quando Lev subiu as escadas do apartamento, em Belisha Road. Ele chamou Christy, mas não havia nem sinal dele. Lev encheu a banheira e ficou deitado lá dentro até a água esfriar. Cochilou, exausto. Depois se arrastou até o quarto, fechou as cortinas, deitou-se na cama e fechou os olhos.

Sonhou com Marina. Voltou aos tempos ruins do suposto romance de Marina com o secretário Rivas. Estava pescando com Rudi no rio que passava em Auror, numa noite de verão, e eles podiam ver nuvens de mosquitos, iluminados pelo sol que se punha, esvoaçando sobre a água.

– Eles só vivem um dia. Li isso numa revista sobre a natureza. Imagine. Quando chega o fim da tarde, como agora, eles começam a entrar em pânico e dizer: "Para onde foi a porra do dia?" – Rudi comentou.

Eles caíram na gargalhada. Estavam tirando timalos do rio, alegres como garças, e então viram uma figura na margem oposta, roubando seus peixes. Era o secretário Rivas.

– Que droga – disse Rudi. – Por que ele não fica atrás da mesa dele? Não quero ver suas pernas. Achei que todo mundo que trabalhava nas Obras Públicas terminava na cintura.

– Ele está no nosso trecho – falou Lev. – Diga a ele para ir mais para baixo.

Olhou para Rivas. Ele usava um casaco pesado, uma espécie de oleado acolchoado, o que dificultava seus movimentos.

– Olhe só para ele – disse Rudi. – Veja aquela roupa patética. Onde foi que ele pescou antes? No bebedouro público?

A risada deles ecoou pela água, Rivas levantou a cabeça e Lev viu em seu rosto uma expressão de ódio. Então, pararam de rir.

– Vamos mais para cima – falou Lev.

Enrolaram suas linhas, começaram a guardar os apetrechos de pesca e o saco de peixes, e então viram que o secretário Rivas tinha fisgado um peixe e tentava levá-lo para terra. Sua vara inclinava-se num arco perigoso, como se fosse partir-se a qualquer momento, e ele ofegava, lutando para trazer o peixe, que o puxava cada vez mais na direção da água, que já estava na altura de sua virilha. Seu rosto estava suado. Então, ele largou a vara, enfiou os braços no rio e retirou a cabeça e os ombros de Marina.

Marina estava nua e seu corpo era cinzento e oleoso, como o de um peixe. Seu cabelo flutuava na superfície da água. O secretário Rivas tentou puxar o corpo escorregadio, cinza-azulado, para junto de si, fazendo Marina descansar a cabeça em seu ombro e apertando-lhe os seios contra o oleado do casaco. Beijou-lhe a testa e chamou seu nome: "Marina. Marina." Mas ela era um peso morto em seus braços.

– Isso é ridículo – disse Rudi. – Como ele não vê que ela já está morta há muito tempo? Que idiota. Por que ele não consegue *enxergar* isso?

Lev acordou e estava escuro no quarto. Uma voz dizia seu nome. Com o pesadelo ainda ocupando sua mente, virou a cabeça e viu Christy debruçado sobre ele.

– Lev – ele falou. – Acabei de chegar, cara. Você não devia estar no trabalho?

Lev saltou da cama, batendo com a cabeça no beliche de cima.

– Que horas são? Que horas são?

– Bem – respondeu Christy –, já passa das nove.

Nove? Como podia ser isso? Como podiam ser nove horas?

– Nove da noite?

– Sim. Ou talvez você tenha tirado a noite de folga, tirou?

Lev acendeu a luz, esfregou a cabeça.

– Meu Deus... GK ligou?

– Ainda não chequei a secretária eletrônica. Quer que eu veja?

Christy foi para a sala. Lev pegou o celular e olhou para a tela. Nenhuma indicação de ligação perdida. Discou 901 e foi informado de que não havia nenhuma mensagem gravada. Antes de desligar, ouviu a voz de Sophie – de semanas atrás – dizendo: *"Oi, sexy. Espero que ainda consiga se mexer. Todos os caras do seu país são sacanas como você?"*

Lev apagou a mensagem, fechou o telefone, começou a vestir roupas limpas.

Nove horas.

Ele estava *cinco horas* atrasado! O movimento devia estar grande. Mas o serviço devia estar lento, mortalmente lento, porque os chefs teriam que preparar os legumes e GK devia estar louco...

– Nenhuma mensagem – falou Christy, da porta. – Só uma sua, dizendo que estava com um problema. O que foi que...

– Não tenho tempo, Christy. Conto depois. Perdi minha carteira. Você pode me emprestar dinheiro para o ônibus?

– Claro. – Christy enfiou a mão no bolso de trás da calça. – Estou cheio de dinheiro. Fui até Palmers Green para consertar um boiler. Levei o dia inteiro, mas valeu a pena. Mulher indiana. Usando um sári com todos os apetrechos. Uma beleza, na minha opinião. E ela tinha um cheiro delicioso... parecia molho de pão, sabe? O boiler dela devia ter sido jogado no lixo em 1991, mas consegui consertá-lo. O nome dela era Jasmina. *Jas-meena*. Ela ficou tão grata que pendurou dinheiro em mim, como numa noiva.

— Que bom, Christy. Que bom.

— *Jas-meena*. Agora posso comprar aquela roupa de mulher aranha que a Frankie quer.

Lev chegou ao GK Ashe às dez para as dez. Entrou na cozinha, vestindo o jaleco. GK deu meia-volta e olhou para ele. Segurava um batedor de ovos, que começou a derramar pingos de claras batidas no chão.

— Chef — Lev gaguejou —, desculpe. Adormeci. Por favor, me desculpe. Nunca mais vai acontecer...

Lev viu GK olhar para Sophie, que fazia um complicado flambado. Ela não olhou para Lev e nem para GK.

— O que está acontecendo, afinal? — perguntou GK.

— A culpa é minha, chef — disse Lev. — Juro que nunca mais vai acontecer...

GK olhou para o relógio. Mais pingos de clara batida caíram no chão. Então ele disse.

— São quase dez horas. Você acha que ficamos aqui sentados, esperando *seis horas* para você descascar um legume? Pode tirar esse jaleco. E pode ir para casa. Já fizemos o seu trabalho.

Lev olhou em volta, desconsolado. Sophie agora estava de costas para ele, ostensivamente virada de costas, suas doces curvas, seus braços úmidos do calor da cozinha.

— O senhor não ligou para mim, chef. Por que nem o senhor nem Damian ligaram?

— Não sou despertador! Espero que minha equipe venha trabalhar sem precisar ser *acordada*. Agora vá para casa.

— Não, chef... Eu ajudo Vitas a lavar...

— Vitas? Ele já era. Foi colher repolhos em East Anglia. Arranjei um enfermeiro novo da Bongolândia ou algo assim. Ei, enfermeiro, de onde você disse que era?

— Da Nigéria, chef.

– É isso. Pronuncia-se *Ni-gé-ria*. Ele não está acostumado com tanta água. Quase não chove lá. Mas está indo bem. Então, deixe-o em paz, Lev. Chegue aqui amanhã às três e meia para falar comigo, certo?
– Por favor, chef. Deixe-me fazer alguma coisa.
– Não, já disse. Fizemos o seu trabalho. Você é desnecessário. Vá para casa.

GK voltou a bater seus ovos. Lev olhou para Sophie, paralisado. De cabeça baixa, ela agora empratava peitos de pato flambados. Ao lado de cada um deles havia uma *julienne* de cenouras e abobrinhas. Ele a viu pegar, com uma colher, bagas de junípero da panela de flambar e arrumá-las sobre a pele dourada do pato. Pôs os pratos sobre o balcão quente.

– Mesa quatro! – anunciou e afastou-se.

Lev tirou o jaleco e o pendurou. Viu o rapaz da Nigéria se virar e olhar para ele. Saiu da cozinha e ficou parado no bar de Damian, de onde podia olhar para dentro do restaurante. Era a "clientela escasa", habitual das segundas-feiras. Mas no canto, no meio de um grupo de seis ou sete pessoas, com Damian paparicando-os, viu o que esperava ver: o rosto grande, exultante, de Howie Preece.

16
Saem todos menos Hamlet

— Se as pessoas fazem um belo trabalho e ganham uma fortuna com ele, está ótimo para mim — disse Christy Slane —, mas olhe só para isso. Parece aquele troço que costumavam fazer com as tampas das garrafas de leite no Blue Peter.

Christy empurrou sobre a mesa onde eles estavam tomando chá uma revista colorida na direção de Lev. Era tarde.

De Belisha Road veio o som de um grupo de rapazes bêbados voltando para casa, chutando lixo. Lev leu a manchete: *Preece Embrulha*. Embaixo havia a foto de um painel branco, curvo, no qual haviam sido inseridas centenas de lâmpadas. Lev ficou olhando. Depois leu a legenda:

> *Cobertor de bolhas, de Howie Preece, uma das seis novas obras em exposição na galeria Van de Merwe. Preece utilizou dois assistentes para montar esta construção complexa, simétrica, feita de resina de epóxi e lâmpadas de 60 watts.*
>
> *"Sua forma fluida", comenta Nicholas van de Merwe, "sugere uma esperta ausência de rigidez. As explorações de Preece sobre o modo como um objeto, por apropriação mimética, dá novo significado a outro fazem dele um dos artistas mais interessantes da atualidade na Inglaterra."*

— Está entendendo o que eu quero dizer? — falou Christy. — Frankie poderia ter feito isso. Porcaria de lâmpadas!

— Nem foi Preece que fez — disse Lev. — Foram seus assistentes.

— Bem, e isso chateia, não é? Ele não quer sujar os dedos. Não quer dar duro.

Lev virou a página da revista, viu a foto de outra obra de Howie Preece, intitulada *Wimbledon*. À primeira vista, parecia um quadrado verde de relva, marcado em listras pelo cortador de grama. Leu a legenda:

> *Horas de trabalho foram gastas para fazer* Wimbledon, *formado de mais de onze mil pregos de uma polegada. Preece comenta: os pregos são apresentados como um forte símbolo dos campeonatos de tênis na grama. O que você tem aqui é grama letal.*

Grama letal. Lev passou os dedos sobre a foto. Teve que admitir que havia uma ilusão de maciez nela, até mesmo um brilho sedoso, como o de um gramado coberto pelo orvalho da noite. Virou a revista e mostrou a foto a Christy.
– Este aqui é melhor – disse –, até bem criativo...
Christy olhou para *Wimbledon* enquanto bebia seu chá, e uma gota pingou na foto. Ele a secou com sua mão fina, coberta de crostas de ferida.
– Qual o problema de Preece com Wimbledon? – perguntou.
– Ele usou bolas de tênis para fazer aquela droga do DNA. Meu palpite é que ele não consegue melhorar seu top-spin.
Com o chá, Lev e Christy comiam biscoitos de chocolate. Comeram um biscoito atrás do outro até o prato estar vazio. Então, ficaram olhando para o prato.
– Acho que acabamos com o pacote – disse Christy. – Herdei da minha mãe o gosto por eles. Ela costumava comer biscoitos tarde da noite. Dizia para mim: "A vida tirou meu apetite, Christy. Mas ainda consigo engolir estes biscoitos."
– Sim? São macios e gostosos, é por isso.
– Acho que nos confortam. Eles se desmancham na boca. Mas sempre havia camundongos naquela casa, correndo atrás das migalhas de biscoito. E ela se recusava a armar ratoeiras. Dizia que já havia muita crueldade no mundo e que não ia contribuir para ela. Gatos de rua costumavam entrar pelos fundos, farejando os ratos, mas minha mãe os espantava. Ela era assim.
– Quando foi que ela morreu, Christy?

– Há muito tempo. Não tinha nem cinquenta anos. Comeu seus biscoitos e fechou os olhos...

Embora Lev estivesse cansado, ele não queria sair da mesa. Para deitar em seu beliche e ser assombrado por tudo o que tinha acontecido nas últimas vinte e quatro horas: só de pensar nisso, sentia-se perdido, vazio.

– Fale mais da sua mãe – pediu.

Christy esfregou os olhos.

– Bem, o que posso dizer? Ela era filha de um criador de porcos em County Limerick. Sabe onde fica?

– Não.

– No sudoeste da Irlanda. Um lugar lindo, mas muito pobre. Meu avô era um bêbado. Um grosso. Um porco, além de criador de porcos. Usava o cinto nos filhos. Fico doente de pensar nisso. E ela era uma beleza, minha mãe, Ella Slane. Você não imaginaria, olhando para mim, não é? Mas ela era. Tinha olhos cor de *scabiosa*. Sabe que flor é essa?

– Não.

– Uma flor selvagem, como uma margarida azul, que cresce nos campos. Elizabeth Taylor tinha olhos dessa cor. Juro que me lembro de sentar no colo dela... da minha mãe, não de Elizabeth Taylor... e ficar olhando para aqueles olhos azuis. Mas que vida você pode ter se não sair de um lugar assim tão pobre?

Lev concordou, pensando em Auror, em suas casas baixas, os quintais cheios de animais se coçando, as ruas esburacadas.

– Mas ela escapou – Christy continuou. – Ela se casou com Jimmy Slane, meu pai, que trabalhava no correio. Isso estava um degrau acima dos porcos, sem dúvida. Ele tinha um uniforme e a promessa de uma pensão.

– Eles foram para Dublin?

– Sim. Saíram de Limerick. Costumava perguntar a minha mãe se ela tinha saudades do campo verde, mas ela sempre dizia que não, que, em suas lembranças, ele não era verde, era preto.

– Preto?

– Acho que ela devia estar pensando no escuro da noite. Ou no lamaçal no inverno. Ou Deus sabe em que outra coisa desagradável. O problema com os pais é que eles estão sempre dizendo coisas que não têm pé nem cabeça, depois morrem e você fica a vida inteira sem saber.

– Ou, como meu pai, dizem coisas estúpidas. E você pensa, como ele pode acreditar nisso? Discuto com ele em pensamento até hoje.

– É mesmo? Bem, eu não discuto com Ella Slane, que Deus a abençoe. Só me lembro dos seus olhos azuis e penso, que desperdício...

– O que aconteceu em Dublin?

– Bem, eles conseguiram uma casa da lista da prefeitura, onde eu cresci. Um lugar pequeno, sem aquecimento. Era lá que os camundongos passeavam. Ella trabalhava numa lavandeira. Ela me disse que seu cabelo costumava ser liso, mas tinha ficado cacheado com todo aquele vapor da lavandeira. E, aos poucos, outra coisa surpreendente começou a acontecer: meu pai passou a beber. Ele perdeu o emprego de carteiro e então tudo começou a desmoronar. Ele passou, inclusive, a tentar modificar as feições do filho de vez em quando. Sei que esse rosto não é uma pintura. É um rosto que poderia ser melhorado. Mas isso matou Ella, eu juro que foi isso. Ver aquilo acontecer de novo...

– O quê?

– Está na família, entende? A bebida está nos dois lados da família, e isso significa que está no meu sangue. É por isso que tenho tendência para beber. Mas juro por Deus que nunca encostei um dedo em Frankie.

Christy se levantou, foi até a janela e olhou para a escuridão de Belisha Road. Acendeu um cigarro. Após alguns instantes, virou-se:

– Sabe de uma coisa, Lev?

– Sim?

– Bem, este foi um dia ruim para você. Vinte e quatro horas de merda. E eu sinto muito por isso. Mas para mim ele foi muito bom. Quer dizer, foi excepcionalmente bom, na verdade. Quando consertei aquele boiler para Jasmina... e ele estava em ruínas... tive uma sensação súbita de... *euforia*, entende? Uma alegria total.

E pensei, Jesus, Christy Slane, talvez você possa mesmo largar a bebida e voltar ao trabalho. Foi a primeira vez em muitos meses que pensei nisso. Porque, sabe, *gosto* de trabalhar com encanamento. Nunca deixei de gostar disso. Fico excitado só de olhar para um belo conjunto de equipamentos hidráulicos. Não estou brincando.

– Isso é muito bom, Christy. Muito bom.

– Sim, é bom. De repente, quero me aprumar. Quero mesmo. Acho que você me ensinou algumas coisas sobre recomeçar. Sei que tenho capacidade para fazer isso, em algum lugar dentro de mim.

– Você tem...

– Sabe o que ela, Jasmina, disse para mim? Ela disse: "Você salvou minha vida, Sr. Slane!" Foi quando senti aquela sensação de euforia.

GK Ashe estava esperando por Lev na cozinha quando ele chegou ao restaurante às três e meia. Waldo estava lá, preparando sobremesas, e o ar estava perfumado de limão e chocolate. Waldo não levantou os olhos quando Lev entrou e o lugar estava mortalmente silencioso.

GK, que estava encostado na geladeira de legumes, usava uma camiseta preta, calça creme e tênis de couro creme e vermelho. Seus braços estavam cruzados na altura do peito. Seu cabelo, sem o chapéu de chef, tinha uma aparência jovial e desarrumada, mas seu rosto estava solene.

– OK, Lev, vamos nos sentar no restaurante.

Estava quase escuro lá dentro, com as persianas fechadas numa tarde cinzenta. Eles se sentaram onde os chefs sempre o faziam à mesa grande do fundo, perto do bar. Lev começou a procurar um cigarro e GK disse:

– Claro. Fume se quiser.

– Não, está tudo bem, chef.

– Pode fumar. Tem um cinzeiro aqui. Mas você deve saber que isso vai matá-lo.

Lev ajeitou o papel para enrolar o cigarro com as mãos trêmulas.

– O que está me matando é o fato de ter chegado atrasado ontem, chef. Bem, mais do que atrasado. Posso explicar...

– Ouça – interrompeu-o –, tenho um certo respeito por você. De fato, tenho muito respeito pela forma como tem trabalhado aqui. Você tem trabalhado bem e acho que você teria futuro nessa indústria, porque as longas horas de trabalho não o assustam e porque é mais metido que um furão; você *observa* como as coisas são feitas. E nada substitui isso; é assim que as pessoas entram no circuito. Mas tenho que ser direto, Lev. Estou demitindo você.

Lev ergueu os olhos. Teria ouvido direito? Tinha entendido? "Demitir" significava o que ele temia?

– Sinto muito por isso – GK continuou. – Sinto mesmo. Como disse, não tenho queixas do seu trabalho.

– O que houve ontem, chef... eu posso explicar... por favor...

– Não torne as coisas mais difíceis. Não vou mudar de ideia.

– Passei por uma situação difícil, perdi minha carteira, passei mal...

– Não é por causa de ontem, Lev. É por causa da *confusão*.

– Como, chef?

– Não posso dirigir a cozinha com *confusão* em volta. Não posso admitir nenhum tipo de *bagunça*. Este é um lugar pequeno, como um navio. E eu tenho que mantê-lo em ordem, ou ele afundará. E você e Sophie, isso bagunça tudo. Entende? Tenho que colocar o negócio em primeiro lugar.

Lev ficou calado. O cigarro que havia enrolado estava fino e torto, nem valia a pena acender. Mas ele o acendeu assim mesmo, com a mão trêmula, tragando fundo para ter o consolo da nicotina.

– Eu já tinha percebido o que estava acontecendo – GK continuou. – Senti as vibrações. Mas agora conheço a história toda, certo? Linha por linha. Fiz Sophie me contar tudo, inclusive o que aconteceu com Preece. E manter vocês dois na cozinha, com toda essa *bagunça* acontecendo, é uma catástrofe profissional. É a coisa mais desastrosa que eu poderia fazer. Então, sinto muito, Lev. Sei que é duro para você. Mas não tenho escolha.

Lev fitou GK. Encorajado por algo que viu no rosto do homem, uma expressão quase tristonha, Lev disse baixinho:
— Chef, foi o *melhor* emprego que tive na vida. Sinto-me realmente feliz nesta cozinha. Mais feliz do que o senhor poderia imaginar. Especialmente agora que estou encarregado da preparação dos legumes. Sempre procuro me antecipar aos pedidos, ter tudo pronto para os chefs...
— Eu sei — falou GK. — É horrível para mim ter que demitir um homem bom, se isso serve de consolo para você. Mas o que eu posso fazer? Não posso admitir emoções na cozinha. Isso aqui não é uma coluna de problemas amorosos. Você tem que entender, Lev, aceitar e seguir adiante.

Seguir adiante.

Lev olhou na direção da cozinha, onde Waldo abria massa folhada. Mais adiante, viu sua antiga estação de trabalho, os dois metros e meio de bancada de aço. Uma sensação de amor protetor o deixou engasgado. Se os armários e *réchauds*, os fogões e as salamandras, os fornos e geladeiras, os suportes de pratos e as pias, as lavadoras de louça e os ganchos de aço e os panos de prato lhe pertencessem, ele não se sentiria mais triste em se separar deles. Seus olhos ficaram marejados de lágrimas.
— Ouça — disse GK —, vou ser generoso. Não sou famoso por minha generosidade, mas acho que você merece. Preparei um pacote para você.
— Por favor, chef, me dê mais uma chance.
— Acabou, Lev. Sinto muito, mas é fato. A decisão está tomada. Agora escute, certo? Vou pagar-lhe uma semana de salário e um bônus de 100 libras. Total de 380 libras. Acho que é bastante generoso. E escrevi uma carta de referência para você. Tome.

GK tirou um papel do bolso e entregou a Lev, que olhou para o papel, sem conseguir ler o que estava escrito por causa das lágrimas. Viu a assinatura, GK Ashe, no fim da página e soube que estava recebendo algo valioso. Mas naquele momento tudo era desolação.

O mais calmamente possível, tentando controlar a tristeza, Lev disse:

— Chef, *por favor*, se o senhor pudesse mudar de ideia e me dar uma chance, prometo... Juro pela minha vida que não vou ser diferente do que eu era. Vou fazer meu trabalho o melhor possível. Se o senhor quiser, não falo mais com Sophie. Vamos ser como dois estranhos. Se o senhor me deixar trabalhar...

GK sacudiu a cabeça. Passou a mão pelo cabelo revolto.

— Não posso, Lev — disse. — É você ou Sophie. E não vou despedir Sophie. Ela tem ótimas relações.

Lev ficou ali parado, desamparado. Seu cigarro deixou um punhado de cinza sobre a toalha branca. Sentiu uma sensação gelada, como se estivesse sendo atirado ao mar.

GK esperou. Lev enxugou os olhos. Do bolso de sua calça creme, GK tirou um envelope e entregou a Lev.

— Aqui está o dinheiro — falou. — Você sabe como são as margens neste negócio, mas acho que vai concordar que fui mais do que justo.

Então, ele se levantou. Estendeu a mão para Lev, que foi forçado a apertá-la.

— Boa sorte — disse GK. — Use seus olhos de lince. Mantenha-se antenado.

Lev sentou-se no gramado de Parliament Hill e ficou olhando as pipas, como colchões, flutuando, dando voltas no verde luminoso do céu da tarde. De vez em quando, olhava para os soltadores de pipa, tão concentrados em manter aquelas coisas travessas voando. Eram, na maioria, homens, com crianças pequenas correndo e pulando por perto, e Lev pensou: "é isso que os homens gostam de fazer, roubar os brinquedos das crianças, tornarem-se crianças de novo, reviver o tempo em que o mundo se movia devagar, em que o amor podia ser devotado a um objeto que dançava no céu..."

Lev fumou e fez contas na cabeça. Sentiu o ar esfriar e escurecer à sua volta. Ainda estavam em abril. Os homens que soltavam pipa foram para casa. As árvores altas ao longe pareciam pretas contra o sol que caía. Ainda podia ouvir pássaros cantando naquele restinho de luz do dia.

Das 380 libras que GK tinha lhe dado, ele devia 90 de aluguel a Christy, ou 180, se incluísse a semana seguinte. Já estava atrasado uma semana no dinheiro que mandava para Ina, o que significava que tinha que lhe mandar pelo menos 40 libras.

Se pagasse a Christy as duas semanas e só mandasse 30 libras para Ina, ficaria com 170 libras para se sustentar naquele futuro próximo, incerto; 160 libras, se mandasse 40 libras para Ina. E havia a questão da sua dívida com Lydia. Sabia que desprezaria a si mesmo se não fizesse um esforço para começar a saldá-la. Mas quanto poderia gastar? Poderia se arriscar a mandar 50 libras para Lydia e ficar apenas com 110?

Estas somas eram simples, mas a mente de Lev não parava de fazê-las, alterando-as o tempo todo, para conseguir respostas mais favoráveis. Sabia, por exemplo, que Christy aceitaria 90 libras, deixando-o com 270, caso ele mandasse 40 para Ina e "se esquecesse" de pagar a Lydia até encontrar outro emprego. Se não mandasse nada para Ina, os 270 passariam para 310, o que era bem mais tranquilizador. Mas, não... havia um erro em algum lugar. O mínimo que podia pagar a Christy eram 90 libras e 380 menos 90 dava 290. Estavam faltando 20 libras...

Um som familiar o tirou daquele devaneio aflito sobre dinheiro: seu celular tocando. Apanhou-o do bolso e olhou a tela iluminada, agora a única luz na escuridão daquela parte do parque. Teve esperança de ver ali o nome de Sophie, mas sabia que era uma esperança vã. Quem estava ligando era Vitas.

– Vitas. Como vai?

– Estou bem – disse a voz distante de Vitas. – Estou em Suffolk. Estamos colhendo verduras. Daqui a duas semanas vamos colher aspargos. É bom aqui, Lev. Tenho um trailer, livre de aluguel, que estou dividindo com Jacek, meu amigo de Glic.

– Fico contente. Fico contente por estar dando certo...

– Somos uma pequena equipe, quase todo mundo do nosso país. Mas tem dois rapazes chineses também. São ilegais, mas ninguém se importa. Sonny e Jimmy Ming.

– Sonny e Jimmy Ming?

– É como nós os chamamos. Eles devem ter nomes chineses, mas ninguém se preocupa com isso. O inglês deles é hilário. Diverte a todos nós. E o patrão, Midge, não é um cara mau. Gordo como um porco, mas muito mais simpático conosco do que aquele merda do GK. E aí como vai o filho da mãe?

Lev ficou calado. Estava ficando com frio. Podia ouvir as árvores suspirando. Levantou-se e começou a atravessar o gramado em direção de Highgate Hill.

– Lev? Está ouvindo?
– Sim, perdi o sinal por um momento. O que foi que você disse?
– Perguntei pelo GK.
– Bem, Vitas... Não estou mais lá. GK me demitiu.
– Demitiu? Mandou você embora?
– Sim.
– Por quê? Você trabalhava como um escravo naquele lugar. Você fazia o trabalho de cinco pessoas.
– Eu sei. GK teve suas razões. É muito longo para explicar agora. Acho que vou começar a procurar outro emprego amanhã.
– Que merda. Você não merece isso. Você foi... você foi... *bom* para mim. Que sádico. Odeio ele. O que você vai fazer?
– Não sei. Acho que vou ficar no ramo de restaurante, se conseguir.
– Por que fazer isso? É um pesadelo cheio de hierarquias. É como o tempo dos senhores e escravos no nosso país. Por que você não pega um trem e vem para cá? Eu falo com Midge. Tem espaço no trailer dos Mings. E estamos ao ar livre. No campo. E tem um cachorro chamado Uísque. Ele é um vira-lata, mas é simpático. Ele às vezes fica andando atrás da gente.
– Quanto você ganha, Vitas?
– Salário mínimo. Mas, como disse, não pago aluguel. E compramos comida barata na cooperativa. E Midge nos dá batatas de graça.
– Batatas de graça? Isso é bom.
– É. Melhor do que essa Londres fedorenta, pode acreditar. Você devia vir.

– OK, vou pensar.

Lev foi andando devagar até em casa, passou pelas quadras de tênis desertas e pelos canteiros de rosas, prontas para o dia com suas pétalas abertas. Viu que formava em sua mente uma imagem da vida de Vitas, morando no campo, fritando batatas num fogão de uma só boca, colhendo alfaces de madrugada.

Quando chegou a Belisha Road, Lev esquentou uma lata de feijão e comeu esfomeado, com uma colher. Depois, deitou-se em seu quarto, apoiou a cabeça nos travesseiros estampados de girafas e começou a ler *Hamlet*.

Não que quisesse enfrentar a dificuldade daquela leitura. Começou a ler como uma espécie de reparação pelo modo como tinha tratado Lydia. Abriu o livro. Não olhou para a dedicatória de Lydia nem para qualquer introdução. Foi direto para o Primeiro Ato, Cena Um.

Quem está aí?

Certo. Bem, ele entendeu a primeira linha. Achou que aquela era uma forma excitante de começar uma peça. *Quem está aí?* As notas no fim do livro explicaram a Lev que os personagens, Bernardo e os outros, eram soldados, montando guarda numa *plataforma*, um lugar onde ficavam as armas. Então, OK, aquela era a pergunta nervosa de um guarda. Mas não era também a pergunta que sempre fazia a si mesmo? *Quem está aí na minha vida? A meu favor ou contra mim. Quem restou? Quem ainda virá?*

Voltou aos soldados. Ainda não conseguia imaginá-los, tanto tempo atrás, na Dinamarca. Só se lembrava que, em Baryn e em outras cidades, costumava ficar olhando para a cara do pessoal do exército. Eles sempre olhavam para o outro lado, mantinham um olhar distante, aparentemente fitando uma paisagem da qual você não fazia parte. Lev tinha, ao mesmo tempo, medo e pena deles. Seus chapéus eram duros e redondos como caixas de chocolate. Eles apertavam seus velhos Kalashnicovs contra o peito.

Está muito frio,
E meu coração está doente.

Lev também gostou disso. Pois era a impressão que os soldados davam quando se passava por eles, quando você estava fora da órbita de seus rostos sem expressão: era isso que você pensava depois, que eles estavam congelando em seus postos solitários, naquele ir e vir desconsolado. Rudi não dissera um dia, quando passaram por dois recrutas montando guarda em frente a um prédio do governo em Glic, "eles parecem deprimidos, como se tivessem sido desmamados cedo demais?"

Entra o Fantasma.

Lev viu a instrução esperando do lado direito da página, pulou uma parte que não entendeu para chegar lá.

Então, ia ser uma história sobre os mortos. Devia ser por isso que Lydia a tinha escolhido para lhe dar de presente de Natal: por conhecê-lo melhor do que ele queria admitir, vendo-o ainda assombrado pelo pai, por sua antiga vida na serraria, por Marina.

E agora assombrado por outras coisas também: pela cozinha do GK Ashe, pelas árvores escuras em frente à janela do apartamento de Sophie, pela chama de felicidade que tinha iluminado um caminho e em seguida se apagado...

Era melhor continuar a ler, tentar mergulhar em *Hamlet*, do que pensar em tudo isso. Lev avançou com dificuldade pelas falas em que o sentido se apagou de repente, como a chama de felicidade.

Ele estava prestes a falar quando o galo cantou.

Lev fechou os olhos e deixou o livro cair. Era absurdamente difícil. Esta dificuldade era diferente das coisas do dia a dia. Mas Lev sentiu o olhar crítico de Lydia sobre ele, um olhar que dizia: "Não me decepcione, não me deixe de lado como você sempre faz." Então, ele tentou obedecê-la. Tornou a pegar o livro, continuou tentando...

Um rei e uma rainha chegaram com seu séquito, mas qual era a ligação deles com o fantasma? O que era uma "viúva imperial"? Quem eram o jovem Fortinbras e o velho norueguês? O que eram "trajes do infortúnio"? Para frente e para trás nas notas. Depois pulou mais um pedaço, sem se demorar no velho norueguês, para chegar ao próprio Hamlet, como se pensasse, "quando ele estiver sozinho, falando diretamente para nós, tudo vai se aclarar". Ficou olhando para as palavras *Saem todos menos Hamlet.*

Lev acendeu um cigarro. Tragou a fumaça, imaginando Hamlet sozinho no palco, pronto para dizer o que tinha no coração. Ele devia ser jovem. Uns trinta anos, provavelmente. Jovem e magro, como os rapazes que costumavam aparecer na serraria de Baryn, no inverno, procurando trabalho. Não príncipes da Dinamarca: rapazes que nunca tinham trabalhado. Eles costumavam ficar parados, em silêncio, sob a luz fraca, vendo a serra soltar faíscas e serragem cor de laranja ao cortar o pinho. Imaginando como seria entrar nesse mundo onde os homens trabalhavam o ano inteiro – sob a neve, sob luz artificial em tardes escuras, na chuva e no frio, nos primeiros dias festivos da primavera – e levavam dinheiro para casa, a cada semana. Lev odiava vê-los ali, não gostava de fitar seus rostos. Com medo de ver seu próprio rosto no deles.

... Ó Deus! Deus!
Como me parecem cansativos, sem graça, maçantes e inúteis
Todos os hábitos deste mundo!

Isto estava melhor. Ele conseguia entender mais palavras.

Céu e terra! Eu preciso recordar?

Recordar o quê? Para lá e para cá, para lá e para cá nas notas, sua mente um serrote, tentando atravessar um tronco duro de palavras.

Um pequeno mês...
... Em um mês... ela se casou.

* * *

Então, era isso. A traição de uma mulher! Como era de se esperar, pensou Lev. Porque o que nos mata é o que as *mulheres* fazem conosco. Sozinhos, mesmo no frio e na escuridão do pátio da serraria, nós, homens, sobrevivemos. Batemos com os pés para nos aquecer na neve. Tomamos chá em velhas garrafas térmicas. Alguém conta uma piada. Nossos ombros doem como os de um boi sob a canga eterna. Mas nós apertamos as mãos uns dos outros, planejamos pescarias, ficamos bêbados juntos, vamos levando...

Lev ouviu a campainha da porta, mas não se mexeu. Já passava da meia-noite.

... casou-se com meu tio,
Irmão do meu pai: mas que se parece tanto com meu pai
Quanto eu com Hércules.

A campainha não parava de tocar. Cansadamente, Lev saiu da cama e foi arrastando os pés até a porta. Pegou o interfone.
– É Sophie. Deixe-me entrar, Lev.
Ele não disse nada, não fez nada, ficou segurando o interfone no ouvido, como se aguardasse mais instruções.
– Lev. Por favor, deixe-me subir.
Ele já estava sentindo aquela coisa de quando ouvia aquele som sufocado na voz dela. Queria mandá-la embora, manter-se afastado de tudo que pertencesse a ela, que a cercasse – seus amigos famosos e bem-sucedidos, o desprezo que demonstravam em relação a ele –, mas não tinha coragem de mandá-la embora, não quando ouvia falar com aquela voz sexy.

Apertou o botão para abrir a porta da rua. Ouviu os passos dela na escada. Abriu a porta do apartamento e foi para o quarto, como se ali, onde ela nunca tinha se dignado a dormir, ele estivesse a salvo dela. Procurou um cigarro.

Ela parou na porta e fitou-o. Seu rosto estava rosado do ar da noite, o cabelo achatado pelo capacete que usava para andar de bicicleta. Mas ele sentiu nela o cheiro de cozinha, da bela cozinha de aço da qual ele tinha sido expulso. Acendeu o cigarro, pegou o exemplar de *Hamlet* que tinha caído no chão, marcou a página que estava lendo.

Isso não vai dar certo, não pode dar certo.

– Uau – disse Sophie. – Você está lendo *Hamlet*?
– Sim.
– Não é difícil para você?
– Claro. Tudo é difícil.
Sophie parecia acalorada e sem jeito, ali parada na porta, com sua roupa de andar de bicicleta. Começou a tirar o cachecol. Aquele mesmo cachecol amarelo de que ele tanto gostava. Lev desviou os olhos. Ela se sentou no chão, onde costumava ficar a loja de Frankie. Usava meias listradas de vermelho e preto, e botas pretas. Tirou a jaqueta de veludo preto.

– Lev – disse, amável. – Vim dizer que sinto muito sobre tudo isso.

– É?

– Eu não queria que fosse assim. Mas... não sei... é como se Howie tivesse me *dominado*. Nunca me senti tão apaixonada antes.

Ela baixou a cabeça. Pareceu arrependida, como uma criança. Lev achou que não era difícil imaginar o corpo de Preece esmagando o dela. Sophie levantou os olhos.

– Quero que sejamos amigos, Lev. Você significa muito para mim e eu gostaria muito que continuássemos amigos.

Amigos.

Um pequeno mês...
... Em um mês...

Um mês nada. Uma questão de dias... de *horas*. Ela tinha um novo amante, um homem tão rico e famoso que podia dar-lhe o que ela quisesse. Ele não tinha nada. Não tinha amor. Não tinha emprego. Nada. Ficou fumando, olhando para ela. Sabia que seu olhar e silêncio a desconcertavam.

– Lev?
Ele olhou para os joelhos dela. Quis encostar a mão neles, deixar a mão subir lentamente, achar a borda da meia, parar ali, esperar para ver o que ela faria, ouvir sua respiração, mais uma vez, perto da dele...
– Sei que é duro para você o que GK decidiu – ela disse. – É muito duro e eu sinto muito. Não pedi para ele fazer isso, mas acho que não teria funcionado de outra forma...
Lev fumava. Não queria falar com ela.
– Lev, por favor. Tente entender.
Ele não olhou para o rosto dela, com suas covinhas e seu rubor, só para suas roupas e seu corpo por baixo: a saia vermelha apertada na barriga, um suéter da mesma cor, macio sobre seus seios; ele se lembrou do sutiã e da calcinha turquesa, a bunda dela erguida para ele em frente à lareira...
– Quer dizer, algumas vezes falar que isso nunca daria certo *a longo prazo*. Todos os meus amigos sabiam disso. *Eu* sabia disso. Porque somos muitos diferentes. Mas tivemos bons momentos, não foi? Aquele dia em Silverstrand?
Será que ela estava usando uma tanga? Será que ela ficava de quatro, como uma cadela de pelo macio, para Howie Preece? Será que ela implorava a *ele* para machucá-la?
– Você se lembra de Christy e Frankie pulando na onda? O sol como brilhava?
Sim, mas o sol tinha sumido. Ela tinha esquecido? Ou não tinha notado? Assim como agora, ali conversando com ele – quase alegremente – como se ele não tivesse sentimentos, desejo, susceptibilidades...
– Lev, por favor, fale comigo...
Ele apagou o cigarro. Ficou de joelhos no chão. Sem olhar para o rosto dela. Estendeu um braço, surpreendendo-a com o movimento súbito, encostando-o em sua garganta, prendendo-a contra a parede. Enfiou a outra mão entre as pernas dela, encontrando a borda da meia, o botão da liga, a carne sólida...
Ela tentou empurrá-lo. Ele estava sobre ela agora, a cabeça encostada na parede ao lado da dela, a mão não encontrando

tanga... nem calcinha... nada... só sua vagina peluda, aberta para o mundo. Então, disse a si mesmo que ela era uma rameira, disse a si mesmo o que já sabia, que ela não era melhor do que uma prostituta, não era mais decente do que as putas do bordel que ele e Rudi costumavam frequentar em Baryn, muito tempo atrás. Ela era inglesa: essa era a única diferença. Mas Christy tinha razão: as moças inglesas eram racistas, promíscuas, desavergonhadas. Elas – ela, todas elas – mereciam o que ele ia fazer. Elas mereciam passar vergonha.

– Lev, não podemos mais fazer isso...

Sophie agora era namorada de Howie Preece. Seu rosto bochechudo se deitava ao lado do dela no travesseiro. A língua dele explorava sua boca. Quando acordava, ouvia a voz irresistível dela, guiava a mão dela para seu pau duro...

– Lev...

Ele não se comoveu, duro como um punho fechado. Ela não tinha sido sempre violenta *com ele* ao fazer amor?

Ele a empurrou para baixo, sobre o carpete verde, seus cachos tocando a porta da casa de bonecas. Ele fechou os olhos. Fechou os olhos e a beijou, como ela o tinha beijado no pub lotado, meses antes, seus dentes batendo nos dela. E quando procurou-lhe a boca, sentiu sua língua... apesar de tudo... apesar de sua crueldade momentânea... vibrar junto com a dele, uma paixão relembrada que pareceu tomar conta dela, enfraquecendo sua resistência...

Lev levantou as pernas dela, até que estivessem apoiadas em suas costas. Não largou sua boca, nem por um segundo. Ela estava meio chorando, meio gemendo, mas não de medo – ele sabia, não sabia? Sabia que o medo dela havia desaparecido e o que ela sentia era aquele apetite insaciável, irresistível, pelo macho...

Sophie. A puta de Howie Preece, gemendo como uma raposa. Por baixo dele e pronta...

Quando ele a penetrou, ela estava escorregadia como óleo. Na mesma hora ela começou a se mexer junto com ele. Agarrou-se a ele e Lev a prendeu nos braços, e a embalou como um barco num mar agitado, ouviu a cabeça dela batendo na casa de boneca,

sentiu suas botas chutando-lhe a bunda e gostou daquela dor, pressionando mais os ossos da coxa, para entrar ainda mais fundo.
Continuou de olhos fechados para não olhar para ela. Não queria sentir amor por ela. Disse a si mesmo que ela era seu *animal*, nada mais. Ela mordeu o lábio dele, a cadela, tirou sangue, tornou a morder. Uma dor aguda, mas isso o deixou novamente excitado. Ó Deus... Sangue por todo o queixo deles. Quis xingar e dizer o nome dela, mas as palavras saíram sufocadas de sua boca cheia de sangue. Então, retesou o corpo como um gatilho pronto para disparar, soltou, tornou a retesar, tremeu e disparou.

Lev emergiu da escuridão quando Sophie deslizou debaixo dele empurrando-o com força para o lado. Ele se virou e a viu prendendo uma de suas meias listradas, sua doce cabeça inclinada para poder ver o que estava fazendo. Sentiu um profundo remorso.
– Sophie – disse –, sinto muito. Fui grosseiro... não queria...
Ela não respondeu, continuou a ajeitar as meias, a alisar a saia.
– Sophie, eu a machuquei?
– Machucou. – Ela virou-se, pegou a jaqueta de veludo e vestiu-a.
Ele ficou de pé, aproximou-se e tentou abraçá-la. Ela se soltou, pegou o cachecol do chão, começou a enrolá-lo em volta do pescoço e do queixo.
Remorso e vergonha. O corpo ainda tremia do delírio do sexo com ela, mas a vergonha tomava conta dele... Sophie foi até a porta. O sangue em seu rosto coberto pelo cachecol. Ele tentou pegar-lhe a mão. Uma simples carícia. Um gesto de perdão, de admissão de que a velha paixão ainda perdurava; era tudo o que queria dela. Mas ela retirou a mão.
– Adeus, Lev – disse. – E, por favor, não venha ao meu apartamento nem nada. É melhor que nunca mais nos vejamos.

17
Dama Grã-Fina do mundo vegetal

"Midge" Midgham chegou com o Land Rover ao local onde estavam os três trailers às sete e meia da manhã. Recolheu seus trabalhadores estrangeiros e os levou para a plantação de aspargos de trinta acres, onde o trator e o arado aguardavam.

O trator tinha que puxar o arado em linha reta pelos canteiros, não podia balançar nem sair do alinhamento. E tinha que ir devagar para que os cortadores de aspargo – o hardware humano – conseguissem acompanhar. Pendurados nos braços de aço do arado havia caixotes de plástico: cinco, seis enfileirados, dependendo do número de cortadores. O sistema era simples mas eficaz. Os cortadores se inclinavam e cortavam com uma faca, cuidando para não haver desperdício, para cortar cada talo logo *abaixo* da terra – não uma pródiga polegada acima dela – agarravam um molho de talos com a mão esquerda, como se estivessem colhendo flores, depois colocavam cuidadosamente o molho nos caixotes, com os brotos voltados para o mesmo lado. Antigamente, desperdiçavam-se centenas de homens-hora, passando os aspargos das cestas dos apanhadores para os caixotes na beira da plantação. Com o arado, agora os aspargos eram cortados e encaixotados numa mesma operação. Duas vezes por dia, os caixotes eram colocados no Land Rover e levados para a geladeira no celeiro de Midge.

O dono da plantação tinha que ser vigilante, só isso. Midge dirigia o trator com a barriga encostada na direção e o pescoço virado a maior parte do tempo para vigiar como os cortadores estavam trabalhando. Se visse alguém *jogando* os brotos nos caixotes, berrava com eles.

– Ouçam com atenção – dissera no primeiro dia. – Aspargo não é beterraba! Não é couve-de-bruxelas. Tem *pedigree*. É a Dama Grã-Fina do mundo vegetal: cresce da noite para o dia, tem que ser colhida depressa, senão apodrece. E se estraga facilmente. Então, tratem-na com respeito. Sejam cuidadosos ou estarão fora da fazenda.

No Longmire Arms, Midge comentou com os amigos:
– Esses rapazes da Europa Oriental estão acostumados a trabalhar no campo. Em casa, quando eram pequenos, aposto que acordavam de madrugada para alimentar as galinhas da família, a mesma coisa depois da escola, tirar leite das vacas, regar os repolhos, tudo isso... Então, eles sabem colher porque entendem a terra.

Dos dois chineses, Sonny e Jimmy Ming, Midge disse:
– Quanto a eles não sei. Não conseguem aprender nossa língua. E Sonny Ming, ele corta o talo muito no alto porque passa a metade do tempo sonhando. Mas eles têm boa índole. Isso eu posso dizer. Riem um bocado. Não sei do que, mas não faz mal. E nunca parecem se importar com a chuva.

Mas este ano Midge só tinha sete cortadores, quando precisaria de nove ou dez, porque os aspargos estavam dando bem, mesmo após uma primavera de pouca chuva e depois que o esterco vegetal que espalhara no fim do outono havia sido eliminado pela forte geada do inverno. As plantas estavam do tamanho certo – os talos não eram muito grossos nem muito magros – e abril estava quente; quase dava para ver a planta brotando. Então, quando Vitas pediu-lhe para empregar seu amigo Lev, um homem de uns quarenta anos, ele disse "Tudo bem, Vitas, se ele não se importar de dividir o trailer com os Mings. E se trabalhar pesado".

Lev não se importou de dividir o velho trailer cheio de goteiras. Não se importou com nada, preferiu encarar o desconforto como castigo pelo modo como havia arruinado a vida que levava em Londres. Porque tinha sido uma vida boa – via isso agora. Sua amizade com Christy Slane, seu convívio na hora do chá, tinha sido um consolo. Começara a gostar do trabalho. Uma garota bonita, sexy, tinha gostado dele; uma garota que passava metade dos domingos trabalhando de graça num asilo de idosos. E agora ele tinha perdido tudo isso.

– Estraguei tudo, camarada – comentou com Rudi. – Aquela minha velha ira me fez agir como um imbecil. Foi como se eu tivesse posto pedaços de carvão nas mãos de todo mundo.
– Bem – disse Rudi –, o amor enlouquece as pessoas. Não seja duro demais consigo mesmo.
– Por que não? – retrucou. – Eu mereço. Quase estrangulei Sophie no teatro e depois...
– Depois o quê?
– Quando ela veio me ver, fui grosseiro. Sabe o que quero dizer? Disse a mim mesmo que ela queria porque ela sempre teve muita atração por mim. Mas acho que foi quase um estupro.

Rudi ficou calado. Lev pôde imaginá-lo pensando no que dizer. Depois de algum tempo, ouviu um suspiro e Rudi resmungou:
– Os homens estão passando um mau pedaço neste século. Parece que não sabemos onde estamos.
– Bem, vou dizer onde estou – falou Lev. – Estou de volta com os despossuídos.

Não havia cortinas nas janelas do trailer, então Lev acordava às seis horas quase todo dia, assim que clareava. Fazia chá num fogão de duas bocas e normalmente levava a caneca para fora, para fugir do abafamento do trailer, para ver o sol nascer por trás de uma fileira de álamos e para sentir o ar fresco no rosto.

Chovia muito. O local onde ficavam os trailers estava sempre enlameado, por causa do movimento dos trabalhadores. A extensão de lama ia até o varal estendido entre dois postes, normalmente carregado de toalhas, roupa de cama ordinária, camisetas puídas, roupa de baixo encardida, e chegava também até um monte de caixotes, aparas de madeira, canos, suportes de aço, prateleiras de plástico e um banheiro portátil, estreito como uma cabine telefônica, pousado sobre blocos de concreto. Uma vez por semana, o vaso sanitário era esvaziado e reabastecido com detergente verde-oliva, com um cheiro pungente de martíni seco.

Tomando chá e fumando, Lev caminhava para onde a grama brilhava de orvalho, na direção das cercas vivas e de uma moita de amoras com os talos quase sem folhas. Mais adiante, uma vegetação abundante estendia-se num terreno em aclive, onde os gansos de Midge às vezes passeavam, ciscavam e se deitavam, como merengues brancos. Mais além, os álamos e o vasto céu. Parado ali, em Longmire Farm, no silêncio da manhã, de vez em quando Lev sentia algo do que Vitas lhe havia descrito – que, apesar da lama, era um bom lugar, melhor do que milhares de outros, como um recanto da Inglaterra de muito tempo atrás.

Mas suas costas doíam. Não só de passar o dia inteiro inclinado nas plantações de aspargos, mas por causa da cama. Tudo no trailer era velho, usado, manchado. Lev dormia num colchão de espuma petrificado, que de dia era dobrado para servir de assento a uma mesa de fórmica de armar. A espuma era coberta com um tecido marrom que espetava. O lençol fino de nylon de Lev escorregava sobre o tecido e seu corpo coçava a noite inteira. Sentia saudades de seu beliche em Belisha Road e se lembrava da vontade de chorar que teve ao se despedir de Christy.

Uma manhã, depois de uma noite quase sem dormir, Lev tentou pedir algo a Midge Midgham – um cobertor ou uma colcha macia – para colocar entre o lençol e a espuma, mas ele sabia que Midge tinha surdez seletiva, então não ficou surpreso quando o homem simplesmente lhe deu as costas e caminhou na direção do trator.

Midge Midgham. Os rapazes chineses o haviam apelidado de "Grande Urso". Normalmente, quando os apanhadores se juntavam para começar o dia, Midge berrava suas ordens enquanto o arado começava sua lenta marcha, e os rostos dos Mings se abriam em sorrisos que às vezes se transformavam em gargalhadas. *Horror-hor-hor! Hor-ror-ror-ror!* Lev achava divertido olhar para eles: Sonny e Jimmy Ming, inclinados sobre os canteiros, chorando de tanto rir com a visão do Grande Urso em cima do trator, com a barriga dobrada sobre o volante e o pescoço grosso virado para que seus olhos empapuçados vigiassem o trabalho dos apanhadores.

– O que há com eles? – Midge às vezes perguntava inocentemente. O vira-lata, Uísque, ficava pulando e latindo à volta, mas eles não lhe prestavam atenção. A risada dos Ming parecia um estado de excitação do qual nada podia tirá-los.

— Na China — Vitas dizia de vez em quando —, as pessoas riem mais.

Seu amigo, Jacek, um rapaz de rosto rosado e cabelos louros, acrescentava:

— Não se preocupe, Midge. Eles não estão rindo de você. Talvez estejam planejando alguma coisa. O sequestro de Uísque, quem sabe. Na China, todo mundo come cachorro!

— Bem — dizia Midge —, diga a eles que arranco os olhos deles se encostarem um dedo no meu cachorro.

E assim passava a manhã, o mundo de Lev limitava-se aos canteiros marrons, aos talos verdes partindo-se sob a lâmina da faca, os regos cheios de folhas, sol ou chuva em suas costas, fumaça de óleo diesel do trator sujando o ar.

Havia uma espécie de camaradagem entre eles. Lev gostava de ouvir sua própria língua passando de voz em voz. Isso o fazia lembrar do tempo em que percorria os bosques atrás de Auror, em busca de coelhos e pombos quando era menino. Às vezes, ao respirar a fumaça de diesel, ele se lembrava da serraria de Baryn e tinha a impressão de que, se erguesse a cabeça, veria seus velhos amigos parados no meio do campo: rostos fantasmagóricos sob chapéus duros.

Lev ficava quase sempre calado, ouvindo o que Vitas e os outros diziam: as garotas que os atraíam quando iam à Cooperativa ou ao Longmire Arms, as motocicletas que queriam comprar, os sabores de biscoitos salgados que preferiam, a descoberta do macarrão instantâneo, o dinheiro que estavam economizando, as regras do bilhar...

Uma tarde, enquanto almoçavam num canto da plantação — pão farinhento recheado com carne enlatada, picles e queijo, e Pepsi —, ele contou-lhes a história da compra do Tchevi, e como tivera que despejar vodca no para-brisa quando voltavam para casa no meio do gelo. Viu que eles gostaram da história, assim como os amigos de Lydia, de Muswell Hill, haviam gostado. Todos o olhavam: Vitas e Jacek e os outros rapazes de seu país, Oskar, Pavel e Karl. Só os Mings pareceram não entender. Quando Lev

falava a língua dele, Sonny e Jimmy Ming não entendiam uma só palavra.
— Eu gostaria de dirigir um carro americano — falou Vitas.
— Eu gostaria de conhecer Rudi — acrescentou Jacek.
Os outros concordaram. Gostariam de conhecer Rudi e de dirigir o carro. E Lev pensou, sim, Rudi era tudo o que a história dava a entender, e mais. Ele era uma força da natureza. Era um relâmpago. Era um fogo que nunca se apagava.

Lev ligava sempre para ele. Era como se Rudi fosse, novamente, o único amigo que ele tinha no mundo. Sabia que seu dinheiro — o dinheiro que devia ter mandado para Ina, dinheiro que devia ter pago sua dívida com Lydia — estava sendo gasto com o celular, mas sua solidão era tanta que tinha que manter Rudi perto dele, senão ia enlouquecer.

Uma noite, Rudi lhe disse:
— Bem, também estou com problemas, Lev. O Tchevi está me deixando na mão de novo.
— É?
— É. Ouve só. Estou indo pela Rota 719, na direção de Piratyn, no meio de lugar nenhum, com uma vovó pelancuda, carregando duas galinhas vivas, atrás, numa gaiola. Vou pensando comigo mesmo, espero que ela tenha dinheiro e não tente me pagar com malditos *ovos*. E, então, vejo fumaça saindo do capô. *Vapor!* Subindo em grandes nuvens. Sinto como se estivesse num velho filme comunista de horror, estrelado por um tanque.

Lev não pôde evitar um sorriso.
— O que você fez? — perguntou.
— Bem, o que podia fazer? Parei. Desliguei o motor. Vovó se encosta no assento, como se aquilo fosse inteiramente normal. Simplesmente fecha os olhos. As galinhas também estão dormindo ou mortas. Então, salto, abro o capô. Tudo está *fervendo* lá dentro. Não estou brincando, Lev. Posso ouvir coisas borbulhando, como se Lora estivesse fervendo panos de prato.

"Estava tudo quente demais para encostar a mão. Sei quando estou enguiçado. Não tinha opção a não ser esperar que o carro esfriasse e depois pôr água no radiador. Mas estamos no meio da Rota 719, não há nada à vista a não ser pedras e vegetação, e um velho carvalho seco. Uma temperatura terrível: 35 graus. De repente, penso, ainda faltam oito ou nove milhas até Piratyn e eu não tenho água para encher o maldito radiador!"

– Certo. Bem, você ficou vivo para contar a história.

– É. Mas foi surreal. Estou ali esperando, me desculpando, me sentindo um derrotado. Sentindo-me pior do que você está se sentindo, camarada. Vovó tira a bunda do carro, ajeita as saias e diz que tem que atender a um chamado da natureza. Então, Bingo, penso: Líquido! E já ia perguntar: "a senhora se importa se eu guardar o líquido de seu corpo para meu pobre carro?", quando me lembro, não, que droga, eu não tenho nenhum recipiente. Nada para recolher o líquido.

Lev ouviu Rudi começar a rir enquanto prosseguia:

– Então, imagine o que eu fiz, Lev. Enquanto vovó ia até o mato, enrolei um pano na mão, tirei a tampa do radiador, me inclinei, quase queimando o saco, e urinei dentro do maldito radiador. Cristo!

Lev riu junto. Sentiu a gargalhada brotando de dentro de si, de onde quer que estivesse escondida. Rudi começou a tossir, depois controlou-se.

– Bem, conseguimos chegar. As galinhas cagaram por todo o estofamento do carro, e Deus sabe o que ácido úrico causa a um motor, mas sobrevivemos. Nunca fiquei tão contente em ver aquele fim de mundo de Piratyn na vida. Consegui um pouco de fluido para o radiador, graças a suborno. Juro que todo cidadão de Piratyn é um contrabandista nato. Os caras da garagem olharam para o Tchevi como se ele estivesse carregando uma bomba terrorista. Custou-me quase toda a corrida. Então, lá se foi outra tarde de trabalho. O motor ainda cheira a mijo, o radiador está vazando, ainda não foi consertado e só vai ser consertado se eu conseguir canibalizar outro motor para arranjar uma bomba nova. Estou dizendo, Lev, às vezes este país...

Ele parou. Lev ouviu o cuco manco sair gritando de sua casa no relógio de madeira.

— Bem, não preciso dizer a você — Rudi suspirou —, você sabe muito bem. É por isso que está colhendo aspargos nos lamaçais da Inglaterra.

As tardes eram longas. Em dias bonitos, eles trabalhavam nove, dez horas. Trabalhavam até a luz desaparecer, até as gralhas começarem a se agitar no topo das árvores, até a Dama Grã-Fina se tornar quase invisível em seu leito verde. Aí eles caíam no Land Rover, mudos, doloridos, com fome, e eram levados de volta aos trailers. Eles se revezavam no chuveiro quente, um grande espaço vazio, arranjado por Midge, perto do frigorífico. Esquentavam a comida enlatada mais barata que conseguiam comprar — raviólí, feijão, sopa — e comiam de colher, como crianças famintas, completando a refeição com fatias grossas de pão. Matavam o desejo de açúcar com pêssegos em lata, laranjas, barras de chocolate. Se a noite estivesse bonita, saíam para fumar e contemplavam as estrelas, grandes e brilhantes, sobre a terra silenciosa.

Por volta das nove horas, Vitas e seus amigos saíam para ir ao pub, que ficava a um quarto de milha de lá, com os Mings seguindo atrás. Lev ficava sozinho.

Ele caminhava naquele doce silêncio até onde os gansos brancos descansavam. Lev debruçava-se no portão, fumando, tentando esvaziar a mente de tudo que não fosse a escuridão de maio, o luar, a sensação de estar vivo. Mas, muitas vezes, como um filme rodando em seu cérebro, cenas no GK Ashe apareciam: GK gritando com os garçons, o enfermeiro da Nigéria batendo com os utensílios pesados na bancada de aço da pia, cada som ecoando nas superfícies duras. Então, o barulho diminuía e lá estava Sophie... escolhendo uma fava, desossando um peixe com cortes habilidosos, fazendo com que aquilo parecesse tão fácil quanto abrir um envelope, tão fácil quanto deslizar um bisturi por uma veia...

Lev saía do portão, deixava os gansos, alertas por causa das raposas e das criaturas da noite. Recomeçava a caminhar, como se estivesse tentando fugir, escapar da faca de Sophie, mas não havia para onde ir, a não ser mais fundo na escuridão, onde os álamos suspiravam como o mar. Às vezes, quando se virava e voltava lentamente para o trailer, Lev olhava para as luzes na casa de Midge. Para tirar Sophie da cabeça, começava a pensar em Midge, "Grande Urso", senhor solitário de seu reino de frutas e legumes, gordo demais para as roupas, carinhoso com o cachorro, um homem que passava a vida contratando estrangeiros. Teria ele um dia tido uma esposa? Alguma vez teria dançado o tango? Alguém na terra se importava com as respostas a tais perguntas?

Então, Lev sentava-se à mesa, sobre sua cama dobrada, lendo *Hamlet* sob uma lâmpada pendurada num fio preto que passava pelo teto do trailer. Fusíveis elétricos externos, na parede do frigorífico, alimentavam os três trailers, os fios amontoados e presos com fita isolante marrom entrando pelas janelas. Quando o vento soprava, a luz sobre a mesa balançava, lançando sombras por toda a parte, como trapos de fantasmas.

Anjos e representantes da graça divina, defendei-nos!
És um espírito do bem ou um demônio...?

Os olhos de Lev ficavam bem próximos da página. Era tão difícil, ele se via xingando Lydia por esperar demais dele. Mas não tinha mais nada para ler, então prosseguia com dificuldade, e, por alguma razão, sempre que o fantasma aparecia ele sentia que compreendia melhor.

Eu sou o espírito de seu pai...

Lia até seus olhos estarem fechando. Então, punha o lençol sobre a cama áspera e se deitava. Normalmente, já estava dormindo quando os Mings voltavam do pub, mas acordava quando os ouvia rir, quando via a luz que entrava pela cortina que separava o espaço em que eles dormiam do resto do trailer. Às vezes, Jimmy (ou Sonny) tornava a sair, ainda rindo às gargalhadas... *hor-ror-ror-ror...* e via Lev sentado na cama, olhando para ele.

– Desculpe, Rev. Esqueci de mijar.

Mais gargalhadas do que tinha ficado para trás. *Hor-ror-ror-ror-ror!* Então um momento de silêncio arrependido, uma cabeça escura aparecendo na cortina.
– Desculpe, Rev. Acordamos você?
– Não faz mal.
– Nós bebemos cerveja.
– Vocês se divertiram?
– O que você diz, Rev?
– Gostaram do pub?
– Sim, sim. Bom. Sonny ganha birar. Boa-noite, Rev.

Ele voltava a dormir, mas tornava a acordar, ouvia-os conversando, depois suspirando, gemendo e soluçando no sono. Tinha a impressão de que seu descanso era inquieto e curto, entretanto, de manhã, eles sempre o cumprimentavam alegremente:
– Bom-dia, Rev. Como vai hoje?

Se estivesse chovendo, apareciam com suas capas de chuva amarelas fechadas até o queixo e os chapéus de oleado enfiados sobre o cabelo preto e grosso. No Land Rover, sentavam-se bem juntinhos. Eles lembravam Lev de dois irmãos obedientes da escola dele, quase da mesma idade, que iam juntos a toda parte e não podiam ficar separados. Rudi tinha lhes dado o apelido de "os KGB", explicando a Lev que eles tinham um segredo de família tão terrível que não podia ser revelado. Então tinham que espionar um ao outro, dia e noite, para que nenhum deles o revelasse. Com Vitas e os outros, os Mings raramente falavam. Só, às vezes, para rir do Grande Urso. Ou quando era a vez deles de trabalhar no frigorífico, esfregavam as mãos enluvadas e diziam:
– Muito fria, essa "geradeira"! Fria como inverno na China.

Era um velho estábulo com o telhado afundado, refrigerado a 8 graus Celsius. Os apanhadores se revezavam em turnos noturnos de duas horas lá dentro, lavando, pesando e empacotando os aspargos, encaixotando-os para serem entregues nas lojas e supermercados. Usavam casacos impermeáveis, luvas de borracha e botas, como o pessoal dos barcos pesqueiros. Trabalhavam em duplas, sob iluminação artificial, conversando para se manter aquecidos.

Trabalhando no frigorífico com Vitas, que tentava deixar crescer um pequeno triângulo de barba sob o lábio inferior, Lev perguntou:

– Vai ficar com Midge o verão todo?
– Sim – disse Vitas. – Vou preparar as estufas de tomate. Depois o feijão e as frutas. Volto para casa em agosto com uma mala cheia de dinheiro. Começo meu curso de engenharia em Jor em setembro.
– Você quer ser engenheiro, Vitas?

Vitas tinha escolhido trabalhar com um cachecol de lã enrolado ao redor da cabeça, como uma atadura.

– Eu quero ser *alguma coisa* – ele respondeu.

Lev ficou calado. Olhou para o que estava escrito nas embalagens de aspargos: *Produto de Longmire Farm, Suffolk. Apenas o melhor!*, pensou, "sim, era isso que, no fim, o fazia continuar pelos anos afora, apesar das tragédias e das perdas". A ideia de deixar alguma marca, de que através da lenta sucessão de semanas e meses você seria capaz de se transformar no tipo de pessoa com a capacidade de admirar. *Apenas o melhor.*

– E o que é que *você* vai ser? – Vitas perguntou.

Lev continuou a trabalhar. Pensou em todas as receitas que tinha se esforçado tanto para aprender no GK Ashe, anotando em pedaços de papel e guardando na mala ao deixar Belisha Road.

– Eu não sei – respondeu a Vitas. – Ainda não decidi.

Numa noite em maio, Midge Midgham convidou Lev para ir à sua casa. Disse que havia encontrado uma garrafa de vodca no fundo do armário de bebidas, e presumiu que Lev gostasse da bebida.

Eles se sentaram na sala de estar de Midge, bebendo vodca, comendo biscoitos velhos, com o cachorro Uísque dormindo num tapete puído, e uma janela aberta para a noite quente, mas ventosa.

Grande Urso. A sala estava cheia de poeira. Dava para sentir o cheiro no estofamento, ver seu brilho cinzento sobre a lareira, nos pratos de porcelana que a enfeitavam, na superfície dos enormes alto-falantes, posicionados como sentinelas de cada lado da lareira.

– Você gosta de música, Midge? – Lev perguntou.

Midge se agitou na poltrona, olhou para os alto-falantes, pareceu não saber o que dizer.

– Minha esposa, Donna, gostava de música popular – disse. – R.E.M. The Strokes. Keane. Beyoncé Knowles. Ela costumava dançar pela casa. Sacudia os cabelos como Tina Turner. Tinha um belo corpo, mesmo aos quarenta e sete anos. Quanto a mim, detestava aquela droga de música. Eu gosto de silêncio. Ou então da Barbra Streisand. Mas eu gostava de ver Donna dançar. Minha nossa! Eu aguentaria qualquer música só para vê-la dançar.

– É?

– É. Ela tinha sido casada antes. Agora está casada de novo, com seu cabeleireiro. Eu fui só um fulano qualquer, um intervalo. Mas ela tentou tirar a fazenda de mim. E isso me deixou zangado, pode ter certeza. Pus minha vida nesta fazenda e o que foi que ela pôs? Colhia frutas, mais nada. Alimentava os gansos às vezes...

Lev sacudiu a cabeça em solidariedade. A vodca estava tão velha quanto os biscoitos, mas mesmo assim era um consolo.

– Sabe quanto custa um advogado neste país? Isso quase me levou à falência, mas briguei pela fazenda até o fim... e ganhei. Mas se não tivesse ganhado, não sei o que teria feito, fique sabendo. Acho que eu a teria matado. Você acha certo ela entrar na minha vida por três ou quatro anos e depois tentar tirar tudo o que eu tenho, tudo o que construí? Acha isso certo?

Midge esvaziou o copo de vodca, levantou-se para quebrar mais gelo e tornou a encher os dois copos. Uma imagem do secretário Rivas, todo elegante atrás da escrivaninha, apareceu subitamente na cabeça de Lev.

– Não – respondeu. – Não acho certo, Midge.

– É o que estou dizendo. Isso não aconteceria em seu país, não é?

– Bem – falou Lev –, na era comunista, as pessoas não possuíam nada em meu país. Agora, talvez um pequeno apartamento ou uma casa, se tiverem sorte, ou, como minha mãe, algumas cabras e galinhas, um pequeno barracão, então...

– É. Os comunistas eram uns demônios, hein? Enfiaram uma camisa de força em todo mundo. Por sorte não os tivemos por aqui. Mas o que aconteceu com você, cara? Tenho perguntado a mim mesmo... Por que um homem da sua idade está colhendo legumes com um bando de garotos? Sua esposa roubou sua fazenda?

– Não – respondeu Lev. – Minha esposa morreu.

Viu a mão enorme de Midge estremecer enquanto ele tirava gelo da forma de borracha. Olhou para Lev, alisando os poucos fios de cabelo grisalho.

– Que droga – disse. – Ela não devia ter muita idade, não é?

– Trinta e seis.

– Puxa, isso é duro. Gostaria de não ter perguntado. Tome aqui... – Entregou o copo a Lev. Foi até a pilha empoeirada de CDs e escolheu um. – Quer ouvir um pouco de Barbra Streisand?

– Claro.

Midge pôs o CD e o som da orquestra flutuou sobre Longmire Farm, unindo-se aos suspiros das árvores. Uísque se mexeu no tapete e se sacudiu, e, quando Midge tornou a se sentar, pulou no seu colo. Midge afagou a cabeça do cachorro.

– Ele é meu único companheiro agora – disse. – Não consigo mais encontrar gente para me ajudar na terra... só imigrantes. Os ingleses costumavam amar a terra. Especialmente o povo de Suffolk. Não sei para onde foi esse amor. Antes, eu costumava ter três homens trabalhando para mim aqui. Agora, sou só eu, os apanhadores e o cachorro.

Gente...
Gente que precisa de gente
São as pessoas mais felizes do mundo...

Barbra cantava. Lev relaxou na cadeira.

– Sei que os trailers estão acabados – disse Midge após algum tempo. – É por isso que não cobro aluguel por eles. Ia mandar consertá-los este ano, mas estava sem dinheiro. Tive que gastar

uma boa soma em 2004 para tirar Donna do meu pé. Isso me deixou quebrado.
– O trailer está bom – falou Lev. – Só...
– As janelas não fecham direito. Sei disso. Entra água quando chove?
– Não. Só a minha cama, Midge. Tentei dizer para você antes. Espeta as minhas costas. Talvez pudesse arranjar algo macio para pôr debaixo do lençol.

Midge olhou assustado para Lev, como se ele tivesse pedido um empréstimo ou uma porcentagem de seus lucros com a Dama Grã-Fina.
– Certo – concordou. – Mas não sei o quê. Vou ver no armário. Donna saberia, mas é só para isso que servem as mulheres, se quer saber... para enfeitar os ninhos.

Quando Lev voltou para o trailer, cambaleando por causa da vodca, morto de sono, encontrou os Mings guardando as peças de mahjong de cima da mesa de fórmica. Olharam para ele, preocupados.
– Rev, seu telefone tocando, tocando...
Lev olhou em volta. Sabia que era tarde – mais tarde ainda em Auror. Seu coração ficou apertado. Achou o telefone e olhou para a tela. Quatro ligações perdidas: todas do número de Rudi. "*Ligue para mim*" dizia o correio de voz. A voz de Rudi aguda e engasgada.
Lev pegou o telefone e saiu de novo. Uma lua clara ia e vinha no meio das nuvens que corriam pelo céu. A roupa lavada pendurada no varal balançava ao vento. Lev respirou várias vezes para clarear a cabeça dos vapores da vodca. Discou o número.
Lora atendeu.
– Ah, Lev – ela disse. – Que tristeza para nossa aldeia. Não posso contar. Vou chamar Rudi...
Rudi atendeu.
– Onde esteve? – perguntou friamente. – Liguei para você a noite inteira.
– Fui só tomar uns drinques, Rudi...

– OK, bem, agora você vai mesmo precisar de um drinque. Recebemos más notícias, Lev, notícias inacreditáveis.
– Fale.
– Quase não consigo falar.
– Fale, Rudi.
Um silêncio. Uma respiração. Então a voz de Rudi, muito baixa:
– Não é bom, meu amigo. Eles vão construir a represa de Baryn.
Só por um momento, alívio. Alívio por não se tratar de Maya ou de Ina. Mas ele tinha que ter certeza de que elas estavam bem, antes de poder se concentrar na notícia sobre a represa.
– Primeiro me diga, Rudi, Maya e Ina estão bem?
– Até agora, estão bem. Mas quando souberem o amanhã... quando todo mundo em Auror acordar amanhã e souber disso... ninguém vai ficar bem.
Sua filha estava bem. Sua mãe estava bem. Rudi e Lora estavam bem. Mas agora uma coisa terrível estava acontecendo. Lev xingou Midge por tê-lo enchido de vodca e continuou a respirar o ar da noite para tentar clarear a cabeça...
– Então, fale, Rudi. Fale sobre a represa.
– Que merda... – Rudi deu um longo suspiro, depois continuou: – Bem, como você previu, os supervisores vieram. Fingiram para Lora que estavam testando a água. Mas ficamos de olho neles. Para cima e para baixo, para cima e para baixo, com seus estúpidos teodolitos... ou o que quer que sejam aquelas malditas coisas. Eu disse a Lora: "Quando foi que alguém precisou de pauzinhos coloridos e lentes caras para testar a água?"
"Então, esta noite, depois que escureceu, eu voltava de Baryn com o Tchevi quando vi umas sombras. Vi aqueles *fantasmas* se esgueirando pela aldeia, prendendo avisos nas paredes. Jesus! Que maneira de fazer isso! Prender avisos nas paredes! Não fizeram uma reunião com a aldeia. Não avisaram nada antes. Só aqueles filhos da mãe, aqueles *covardes*, colando papéis!
"Eles acharam que todo mundo estaria na cama, que não seriam vistos, mas eu não estava na cama. Meus faróis os iluminaram,

como uns malditos coelhos. Parei o carro. Arranquei um dos papéis e li à luz do farol."
— Diga o que estava escrito.
— Estou com ele aqui na minha frente. Você não vai acreditar na linguagem que estão usando, Lev. Filhos da mãe! Quase explodi. Peguei um dos fantasmas pelo colarinho e falei: "O que é isso? Que merda é esta? Que merda é esta porra de AVISO?"
Lev esperou. Podia ouvir a respiração de Rudi, ofegante, agitada, como a respiração de um asmático. Imaginou-o encostado na mesinha do hall, o cabelo despenteado, o corpo envolto num velho roupão xadrez.
— Desculpe, Lev. Mas isso me deixou num tal estado que mal consigo respirar...
— OK. Não tem pressa. Lora está aí?
— Está na cozinha, fazendo um chá. Acho que vamos passar a noite em claro porque como alguém pode dormir sabendo disso? Se Marina estivesse viva, nós teríamos sabido, não é? Teríamos tido tempo para nos preparar... de algum modo. Ou talvez não tivesse feito diferença. Deus sabe. A coisa não está assinada por Rivas. Vem do Escritório Central de Planejamento, em Jor. Mas Lora e eu não paramos de dizer: "Se ao menos Marina estivesse viva..."
— Claro.
— Sei que não devia dizer isso para você. Não adianta nada. Mas é o que fico pensando... que ela nos *protegia* de um monte de coisas ruins, porque entendia como a burocracia funciona e sabia como lutar contra ela. Agora não tem ninguém para lutar.
— Eu sei, Rudi. Eu sei...
— Desculpe, Lev, não sei por que fico falando em Marina. Vou ler essa merda agora.
Lev esperou. Sentou-se na grama fria. O vento sacudia as pernas das suas calças.
— Aqui vai – começou Rudi. – "O povo do distrito de Auror... fica informado... de que o Escritório Central de Planejamento (ECP)... concedeu ao Projeto da Represa de Baryn o status de Código Um, por ser um projeto de grande utilidade pública. Assim,

o ECP... encaminha aos habitantes do distrito de Auror uma ordem de desapropriação de todas as propriedades domésticas e comerciais, antes do fim do ano em curso, para que possamos dar início orgulhosamente, ORGULHOSAMENTE!, ao trabalho de construção da represa. Todos os moradores do distrito de Auror serão realocados, à custa do Estado, em apartamentos ora em construção na Zona 93 do Contorno de Baryn..."

Silêncio no hall da casa de Rudi. Depois outro som: um soluço subindo no peito de Rudi, um longo gemido, depois uma crise de choro.

Lev ficou tonto, enjoado. Ele só tinha ouvido Rudi chorar uma vez antes: quando espalharam as cinzas de Marina. Lev quis se segurar em alguma coisa, só viu os postes do varal, longe demais dele. Pôs a cabeça entre os joelhos, ainda com o telefone grudado no ouvido. Ouviu Lora tentando consolar Rudi, ficou aliviado por ela estar lá, porque o que ele podia dizer, de tão longe, o que qualquer pessoa podia dizer quando sua aldeia, Auror, em breve desapareceria sob as águas. Viu a própria represa – dez milhões de toneladas de concreto – como uma onda gigantesca entre as colinas do sul.

Rudi continuou chorando. Lev lutou para controlar o enjoo. Ouviu Lora repetir o nome de Rudi, inutilmente:

– Rudi, Rudi... por favor, vamos, Rudi...

O vento continuou a soprar sobre Suffolk.

18
Tinha quase um cheiro

A sensação de que ele era responsável, que o fato de ter abandonado a aldeia havia provocado aquela fatalidade, começou a incomodar Lev. Sabia que não era racional, mas não conseguia se livrar daquela febre de culpa. Como se ele é que tivesse decidido construir a represa. Como se ele é que tivesse feito Rudi chorar. A febre ficou mais forte depois que falou com a mãe. Pelo telefone, Ina disse:
– Não vou sair de Auror. Por nada nesse mundo. Ninguém vai me enfiar numa gaiola em Baryn. Vocês vão ter que me afogar.

Lev tinha pesadelos não só com Auror desaparecendo sob as águas, mas com a morte da mãe. Às vezes, ela simplesmente se deitava no meio da rua e esperava o rio subir. Grupos de aldeões reunidos em volta dela: "Vamos, Ina. Vamos embora antes que seja tarde", imploravam. Mas Ina se recusava a sair. Em outros sonhos, ela se cobria com todas as suas bijuterias – a cabeça inclinada para a frente sob o peso do metal enferrujado que pendia de seu pescoço, os pés magros rodeados de grossas correntes, parecendo guirlandas de flores – e entrava na represa. Lev ficava parado na margem, impotente, sem conseguir gritar seu nome, vendo Ina flutuar por um momento ou dois sobre a superfície da água, os pedaços de lata brilhando ao sol, depois desaparecer sem um som. Ondinhas surgiam no lugar onde seu corpo havia estado.

Ele continuava trabalhando. Havia algo nas ensolaradas manhãs de maio que o fazia continuar. Em raros momentos de otimismo, dizia a si mesmo que logo conseguiria planejar alguma coisa, achar um futuro para ele e sua família. Enquanto isso, tentava economizar dinheiro. Deixava o telefone desligado quase todo o tempo. Comprava menos cigarros, desistiu da Pepsi, procurava as coisas mais baratas na cooperativa – feijão e ravióli, ravióli e feijão –, vivia disso, de água, pão velho e as batatas gratuitas de Midge.

Pensava, no meio daquela escassez patética, se devia abandonar tudo – abandonar todo aquele árduo sacrifício – e voltar para Auror. Às vezes, voltava para lá em sua mente, organizava protestos contra o Escritório Central de Planejamento, em Jor, imaginava a si mesmo escrevendo panfletos e cartazes, marchando na chuva. Mas parte dele sabia que era inútil. Conhecia o Escritório Central de Planejamento. O povo de Auror era muito pequeno em número para fazer diferença.

Maya murmurara ao telefone:

– Estou com medo, papai. Quando você vai voltar? *Quando*?

– Não agora, anjo. Aguenta firme. Continue a praticar sua patinação. Soube que você está indo muito bem. Quero ver uns belos rodopios... – Lev teve que lhe dizer.

Maya ainda sussurrava:

– Não posso mais patinar, papai.

– Por que não?

– Porque o ônibus vem na hora errada.

– Rudi não leva você de carro?

– O carro está doente.

Ele mal conseguia ouvi-la, naquele sussurro baixinho.

– O quê, Maya? O que foi que você disse?

– O Tchevi. Ele não pode me levar para Baryn. Ele não anda.

Então, isso também começou a atormentá-lo, saber que Maya estava privada do que mais amava e que as imagens consoladoras de seu corpo pequeno e gracioso deslizando e saltando no gelo teriam que ser postas de lado. Quando tornou a falar com Rudi, disse com uma voz zangada:

– É verdade que você não pode mais ir até Baryn com o carro?

– Sim, é verdade – confirmou Rudi, com voz lenta e cansada. – O Tchevi *kaput*.

– O quê? O sistema de refrigeração?

– E outras coisas também. Os pneus estão gastos. A correia do ventilador quebrou. Ele não passa de sucata.

Lev sabia o que isso significava: sem táxi, sem dinheiro.

– Você não pode mandar consertar?

– Não. Não consigo as peças e não tenho dinheiro para os pneus. Está acabado, amigo. Está tudo acabado.
Então, era isso. Era contra isso que ele tinha que lutar: não só a culpa, mas a ideia da catástrofe final. Porque ninguém em Auror estava mais lutando – nem mesmo Rudi. A chama da luta tinha que ser mantida acesa por ele e só por ele.
Mas era duro. Ainda não sabia como ia fazer isso. Seus pensamentos andavam em círculos. Enquanto seguia o arado, ficava perguntando a si mesmo se teria cometido um erro ao ficar com Midge, onde vivia com quase nada, mas ganhava muito pouco. Não seria melhor voltar para Londres, aceitar qualquer emprego que conseguisse arranjar? Ou fazer um empréstimo, para trazer Maya e Ina para a Inglaterra? Se as trouxesse, onde iam morar? Como poderia sustentá-las? Devia tentar destrinchar as complexidades da Previdência Social? Quem poderia ajudá-lo? E mesmo que conseguisse meios para sustentá-las, como Ina ia sobreviver em Londres sem falar uma palavra em inglês? E ele continuava andando em círculos, sempre recomeçando onde tinha parado...
– Rev – disse Sonny Ming, tristemente –, isso é ruim para você. Nós sabemos. Na China, muitas represas. Muitas aldeias desaparecidas. Muito ruim.
– É. Conhecemos órgãos do governo. Gente pobre eliminada.
– Sim. É isso que eles estão fazendo, nos eliminando do mapa.
– O que vai fazer, Rev?
– Não sei.
– Mas o que você vai fazer, Rev?
– Realmente não sei. Estou tentando pensar.
Eles eram carinhosos, como se ele tivesse se tornado o terceiro irmão. Tentaram ensinar-lhe mah-jong. Durante os jogos de mah-jong, às vezes apertavam as mãos dele. Nas plantações de aspargos, eles andavam mais devagar quando ele não conseguia acompanhar, mas manter o ritmo – ou tentar manter – era o que o fazia suportar os dias. Rezava para fazer bom tempo, para que os dias fossem longos e o pagamento maior; se oferecia para fazer hora extra no frigorífico e ganhar mais.

Midge Migham sabia de seu problema. Foi até o trailer uma noite, carregando uma capa novinha de colchão que havia comprado em Asda.

– Imagino que seja difícil dormir, hein, com tanta preocupação. Põe isto na cama, cara, talvez você consiga dormir melhor – disse a Lev.

Ficou comovido pela gentileza de pessoas que mal conhecia, pessoas que nunca tinham visto Auror nem nada parecido. Só Vitas foi agressivo.

– Eu lhe disse – falou, mal-humorado. – Contei-lhe sobre a represa em Auror no inverno passado e você não acreditou. E ainda não acredita que GK é um babaca.

Ser ou não ser...

Lev chegou à frase famosa numa noite de chuva, com a nova capa de colchão macia sob o corpo e os Mings suspirando e gemendo num sono agitado. Lembrou-se de Lydia com um sorriso, quando, no ônibus, confundira estas palavras com o termo B & B. Continuou a ler:

Ser ou não ser – eis a questão.
Será mais nobre sofrer na alma pedradas e flechadas do destino feroz, ou pegar-me em armas contra o mar de angústias – e, combatendo-o, dar-lhe fim?

Lev pôs o livro na cama a seu lado. Até ele, com sua compreensão limitada de inglês, era capaz de admirar a forma econômica com que a questão era expressa. Pensou que, se a linguagem pudesse ser assim tão simples, tão doce e clara, talvez a própria vida pudesse ser menos complicada.

Ser ou não ser.

Ele repetiu várias vezes. Tentou traduzir para sua própria língua. Adormeceu dizendo, recordou em sonhos que, quando

Marina morrera, ele sentira vontade de *não ser*. Mas acordou na manhã seguinte com o nascer do sol e sem nenhuma vontade de morrer. Embora estivesse num "mar de angústias", tinha encontrado o modo de "combatê-lo". Era o que ia fazer.

Seu telefone tocou e era Lydia, ligando, muito tarde, de Paris. Ela agradeceu o cheque de 50 libras que ele lhe havia mandado.
— Acabei de saber da represa de Auror, Lev. Pyotor e eu estamos tão chocados. Disse a ele que precisava ligar para você.
— É muita gentileza sua...
A voz dela estava gentil e afetuosa; sem traços de impaciência nem de raiva.
— Estou ligando da sala da nossa suíte no Hotel Crillon – ela anunciou, alegre. – Pyotor está dormindo no quarto. Ele está muito cansado do concerto desta noite. Sibelius: exige muito. Uma partitura muito complexa.
— Sim? Mais complexa do que a de Elgar?
— Acho que sim. Mas é melhor não falarmos de Elgar, Lev. Vamos falar de Baryn. Mas antes de discutirmos isso, posso descrever nosso banheiro para você?
— Sim, descreva o seu banheiro, Lydia.
Ela contou a Lev que o banheiro tinha duas pias e chão de mármore. O boxe do chuveiro e o lado da enorme banheira também eram revestidos de mármore. O espaço era iluminado por treze spots de luz e as torneiras eram douradas. O que mais a agradou foram os roupões, grossos e brancos como bolas de algodão, para seu uso pessoal.
Lev olhou para os móveis quebrados do trailer, para o fogão imundo, os armários tortos, a pia cheia de louça suja, cheirando a feijão cozido. Mas manteve a voz alegre quando disse:
— Foi muito generoso de sua parte, Lydia. Agora posso imaginar o Hotel Crillon. Você está usando um dos roupões?
— Sim, para falar a verdade estou, Lev. Mas você nunca se interessou pelo que eu estava usando nem pelo que havia por baixo, não é? Então, só posso dizer que o roupão é muito confortável. Agora me diga como você está se sentindo.

– Sobre o que você acabou de dizer?
– Não. Sobre a represa de Baryn.
Ele queria um cigarro, procurou no escuro até encontrar um e o acendeu. Atrás da cortina, os Mings roncavam.
Lev tragou profundamente.
– O que posso sentir, Lydia? Minha mãe diz que vai se deixar afogar junto com a aldeia...
– Ora – Lydia deu um muxoxo –, ignore isso. Esse tipo de pessimismo emocional, ou emotividade pessimista, é típico da geração mais velha! Ignore completamente, pelo amor de Deus.
– Bem, acho...
– Ela não vai fazer nada disso, Lev. Você sabe. Ela pode continuar ameaçando porque é bonito e dramático, mas ela não vai até o fim. Você vai ver. Sua mãe vai reconstruir a vida em Baryn e você vai ajudá-la.
Lev ficou calado. Contemplou as mãos, bronzeadas pelo sol da Inglaterra, segurando o cigarro, fumado até a metade.
– Não sei como ajudá-la, Lydia. Não sei mesmo. Não sei o que fazer para ajudar a todos eles – falou.
– Espere um minuto – pediu Lydia. – Vou até o lindo banheiro. Não quero incomodar Pyotor.
Lev ouviu uma porta sendo fechada, imaginou as torneiras do hotel, os espelhos e as pias brilhando na luz.
Quando Lydia voltou ao telefone, disse:
– Você está aí, Lev? Certo. Bem, agora ouça. A primeira coisa a fazer, e a mais importante, é lutar para conseguir as melhores acomodações em Baryn.
– Sim. E depois?
Lydia suspirou.
– Faça uma coisa de cada vez, Lev. Consiga primeiro as acomodações. Você ainda está mandando dinheiro para casa?
– Sim. Quando posso. Mas estou ganhando muito pouco agora.
– Bem, não importa. Diga à sua mãe para ir à repartição encarregada da realocação. Diga-lhe para ir com seu amigo Rudolf.
– Rudi.

— Rudi. OK. Ele sabe se virar, pelo que você me contou. Mande uma bolada de dinheiro para ele. Mande 50 libras e diga-lhe para usá-las. Com certeza, as pessoas encarregadas da realocação têm seu lado podre, e 50 libras devem significar bastante para elas. Alguns dos novos apartamentos vão ser no rio. Mande que ele consiga dois desses, uma para ele e a esposa e o outro para a sua família.
— No rio? Não vai sobrar muito rio, Lydia. Não a jusante da cidade.
— É claro que vai! Achei que você tinha trabalhado com engenheiros. A represa vai criar um reservatório e uma queda-d'água. A queda-d'água vai impulsionar as turbinas elétricas. De onde você acha que vai sair a energia, se não da queda-d'água?
— Eu sei. Claro, mas...
— E para onde vão correr as águas da queda? Para dentro da cidade de Baryn, saindo do outro lado, passando exatamente pela nova "Zona do Contorno". E água é uma coisa bonita de se ver. Ou você quer que o seu apartamento dê para o muro de uma fábrica ou para os fundos de um bordel?
Então, ele teve uma primeira visão do lugar onde teria que passar a vida. Viu-o como um lugar pequeno mas limpo, pintado de branco, com aquecedores elétricos presos nas paredes brancas. Imaginou o rio correndo — ainda agitado da queda-d'água — do lado de fora da janela.
— Lev? Você está prestando atenção? Às vezes, acho que você é muito obtuso. Às vezes, não sei por que me preocupo em ajudá-lo.
— Concordo. Não sei por que você se dá ao trabalho de me ajudar. Mas sou muito grato. E não se preocupe, não me esqueci do resto do empréstimo...
— Não mande mais dinheiro para mim, eu não quero. Este roupão do Crillon que estou usando custa quase duzentas libras e Pyotor o compraria para mim se eu pedisse. Mande dinheiro para Rudi.
— Vou honrar minha dívida, Lydia.
— Claro, mas não agora, não seja burro. Pyotor me dá tanto, você nem imagina. Hoje, no almoço, ele me pagou ostras e lin-

guado. Depois uma linda blusa de seda no Hermès, quase trezentos euros...

Ela não conseguia disfarçar o orgulho em sua voz: orgulho pelo fato do amor – amor pela mulher que um dia foi apelidada maldosamente de "Muesli" – poder ser medido em artigos de luxo.

Lev sorriu e disse:

– Conte-me mais sobre sua nova vida, Lydia. Você está feliz com o seu maestro?

– Bem, sabe, Lev, minha vida é realmente incrível.

– Não foi bem isso que perguntei.

– Não.

Lydia ficou um momento calada. Depois disse, baixinho:

– No momento, Pyotor está com problemas intestinais. O estresse do concerto dificulta a vida dele. Eu poderia matar Sibelius... se ele já não estivesse morto. Mas faço de tudo para confortar meu querido maestro. Mas quero contar o que ele disse sobre Baryn...

– Diga-me que está feliz. Eu gostaria muito de saber.

– Sim. Estou feliz, Lev. Pyotor é um homem sábio e ele viu como pode ser o futuro de uma cidade como Baryn.

– Vocês fazem amor?

– Bem, meu caro, isso não é da sua conta.

– É verdade. Não é.

– Mas fazemos, sim. Quando fica livre da sua dor de barriga, ele é muito ardente. Está satisfeito agora?

Lev se apoiou no cotovelo, fumando. Podia ouvir um pássaro noturno chilreando sozinho no escuro, lá fora.

– OK. Conte-me o que Pyotor diz sobre Baryn.

– Bem, é uma boa notícia, Lev. Você vai prestar atenção quando eu der a boa notícia?

– Sim.

– Ótimo. Bem, Pyotor acha que, depois que a represa for construída, Baryn vai se tornar um lugar muito próspero. Levar energia para uma cidade como aquela, energia confiável, faz com que muitas outras coisas aconteçam. Novas habitações serão construídas. Parques. Lugares de lazer. Cafés e lojas elegantes.

— É difícil imaginar cafés e lojas elegantes em Baryn — disse.
— Eu sei. A cidade é atrasada. Mas isso vai mudar. Por que construir a represa se eles não achassem que podia mudar? Pyotor diz que ela está bem situada: cercada de áreas verdes... pelo menos no sul, onde ainda não cortaram todas as árvores... invernos frios, mas verões longos. Talvez façam um *lido* na nova represa. Não sei, qualquer coisa pode acontecer. Um estádio de futebol, talvez. Um novo rinque de patinação, com lugares para espectadores.
— Um novo rinque de patinação no gelo?
— Sim. Claro. Por que não?
Lev ficou calado por um momento.
— Espero que façam isso. Maya adora patinar. Está aprendendo a fazer giros na ponta dos pés — comentou.

Bem cedo na manhã seguinte, Lev estava no trator com Midge, passando por uma estrada estreita, rebocando um trailer de madeira para apanhar fardos de feno para as frutas do verão. O cachorro Uísque estava entre os dois, com seu fedor de cachorro, mas com o nariz frio e o rabo abanando. Álamos ladeavam a estrada, suas folhas brilhando ao sol. No chão, na base dos álamos, fileiras de flores do campo. E Midge quase derrapou com o trator ao olhar para elas.
— Ver isso compensa a dureza do inverno — ele falou. — Compensa todos os dias sombrios.
Lev olhou para as flores: bordado branco num tapete verde. Deixou os olhos vagarem por sua fragilidade e permanência, e foi naquele momento que teve a Grande Ideia. A Ideia era linda.
Por um momento, ele ficou sem fôlego. Sentiu algo irresistível, chamando por ele. Pareceu tão óbvio, tão elegante, como um teorema, provado sem deixar nenhuma dúvida.
Quase contou a Midge, depois viu que não, que a Ideia tinha brotado em segredo, como as flores rendadas. Ele tinha que guardá-la consigo e jurou fazê-lo. Muito tempo antes, quando era menino, Lev compreendera que os segredos lhe davam uma sensação de poder. Esse poder era ainda mais intenso quando conseguia guardá-lo de Rudi.

A Ideia precisava de três coisas: informação, dinheiro e vontade. Seu coração bateu forte quando pensou como conseguiria obtê-las. Sua mente fervilhou com possibilidades e esperanças audaciosas. Ali mesmo, naquela manhã de maio, começou a fazer listas na cabeça. O cachorro dançava à sua volta, latindo loucamente, como se pudesse sentir o cheiro de um mundo novo.

– O que há com Uísque? – indagou Midge. – Você tem algum biscoito escondido no bolso?

Lev comprou um caderno pautado e começou a escrever. As instruções para si mesmo saíam tão depressa que mais tarde ele as achava quase ilegíveis. À noite, ficava deitado na cama, sonhando. Enxergava tudo e queria aquilo tudo, *queria muito*. Sentia-se como um rapazinho, tomado por uma obsessão. O poder de sedução de sua Ideia era tão forte que quase tinha cheiro. E, como acontece com todas as obsessões, ela o deixava exausto e sem conseguir descansar. Depois de cinco ou seis noites sem conseguir dormir, começou a desejar uma folga.

Na noite do seu quadragésimo terceiro aniversário, Lev foi até Longmire Arms com Vitas, Jacek e os Mings. Resolveu ser magnânimo com seu dinheiro cuidadosamente economizado, comprou cerveja e vodca para todo mundo e esperou que a bebida acalmasse sua mente agitada.

Os Mings, sempre sensíveis a seus humores, ficaram perto dele, examinando-lhe as expressões, como se estivessem intrigados com aquela euforia repentina.

– Rev. Você OK?

– Rev. Você um pouco louco?

– Sim. Acho que sim. É meu aniversário. Eu estou um pouco louco. – Mas queria dizer-lhes: "Não, não estou louco, estou *perdido*. Perdido no Segredo, perdido na Ideia."

Passou-lhes os braços pelos ombros e quis pedir: ajudem-me a ir para outro lugar, vocês e a *vodishka*, ajudem-me a encontrar um momento de paz...

Beberam muito. Jogaram bilhar. Rasgaram o pano da mesa com tacadas erradas. O dono do pub gritou com eles: "Seus imigrantes idiotas!" E a risada contagiante dos Mings. *Hor-ror-ror-ror-ror!* Todos abraçados, seus corpos girando numa dança maluca. Vitas e Jacek foram embora, mas Lev e os Mings ficaram tomando cerveja, tomando vodca, comendo amendoim e biscoitos, rindo até a barriga doer. Rindo do Grande Urso, da porcaria do trailer, das capas amarelas, da Dama Grã-Fina, dos gases que os feijões provocavam na barriga, da catástrofe e da alegria de se estar vivo. O dinheiro foi sumindo, sumindo, e acabou...
– Acabou o dinheiro, Rev?
– Sim.
– Que droga. O que vamos fazer agora?
Hor-ror-ror-ror-ror-ror!
Foram cambaleando até em casa sob uma lua brilhante, ouviram uma raposa uivando. Lev foi meio carregado pelos Mings, um de cada lado, seus irmãos, seus doces protetores.

Eles o puseram na cama deles. Ela tinha o cheiro de seus corpos.
– Rev, nós cuidamos de você? Você quer?
– O quê?
– Nós achamos que você quer. Você é homem solitário. Agora cuidamos de você.

Mãos macias o despiram. Ele sentiu o ar frio no corpo nu. Viu dois rostos olhando para ele, com sorrisos ternos. Então, no seu pau, dedos delicados, cuidadosos, untados com um óleo perfumado, macios e vagarosos como os de uma garota. Uma cascata de risos mais calmos, menos violentos, como uma pedra resvalando na água...

Pensou, então é isso que escuto de noite, a razão dos suspiros e dos gemidos, do sono agitado. Mas sempre delicado, como se não estivesse acontecendo... silencioso como um beijo...

Lágrimas em seu rosto. No dele ou no deles? Gratidão? Ou tristeza por ele recusar o que estavam oferecendo?

Estendeu o braço para afastar a mão, mas seu desejo de sossegar a mente o impediu.

– Rev, nós cuidamos de você. Você não quer?
– Rev, você não quer pequeno Tong Zhi agora?
As vozes tão pesarosas, tão ternas...
– Jimmy, Sonny... Não sei. Estou muito bêbado...
– Ssh, Rev. Não machuca você. A gente cuida de você, só isso.
– No seu aniversário. Depois dorme.

Ele acordou na própria cama, coberto com o lençol e o cobertor, a manhã, uma névoa cor de limão na janela torta.

Sua cabeça doía, mas sua mente estava calma. Olhou para a cortina dos Mings e a viu fechada, dividindo o lado deles no trailer, exatamente como sempre estava. Ouviu-lhes a respiração, regular e tranquila.

Vestiu-se sem fazer barulho, pegou o telefone celular e saiu. Olhou para a plantação de framboesas e viu que as folhas estavam começando a nascer. Pensou: as coisas acontecem sem que a gente perceba; elas ultrapassam as previsões. O remorso nem sempre é conveniente.

Foi para o chuveiro e ficou um longo tempo debaixo da água quente, depois se enxugou, se vestiu e foi sentar-se ao sol, perto do varal. Notou pequenas violetas nascendo no meio da grama nova.

Sabia que era muito cedo para ligar para Christy, mas tinha que saber sobre o quarto em Belisha Road. Ligou para o número e a secretária eletrônica atendeu, em seguida tentou o celular de Christy e ouviu a voz familiar, rouca de sono.

– Christy Slane.
– Christy, é o Lev. Desculpe estar ligando tão cedo.
– Tudo bem, cara. Espere um instante...

Ouviu Christy falando com alguém, depois uma porta sendo fechada.

– Christy, tenho uma pergunta para fazer. Você já alugou o meu quarto?
– Não. A agência ainda não encontrou ninguém. Disseram que eu tenho que substituir o beliche, que as pessoas não gostam

de dormir empilhadas, como numa cela de prisão. Mas aquela era a cama de Frankie. Não consigo me desfazer dela.

– Claro, é a cama de Frankie.

– Você entende por que estou relutante. Fico imaginando que talvez ela tenha permissão para dormir aqui uma noite.

– Entendo. Mas ouça, Christy, preciso voltar para Londres. Posso ficar com o quarto?

– Claro. Excelente. Vou ficar contente em vê-lo. Como você vai indo?

– Bem. Explico quando chegar em casa.

– "Casa". É bom ouvir você usando essa palavra para se referir a Belisha Road. Só não estou com tantas saudades suas porque quase não tenho ficado lá.

– Você tem trabalhado?

– Sim. Mandei fazer uns cartões de visita elegantes. *Christy Slane: todos os seus problemas de encanamento resolvidos. Conte comigo para um preço justo.* O que você acha?

– Bom. Eu gosto.

– Minha energia voltou. Talvez porque eu não esteja bebendo. Jasmina não gosta que eu beba.

– Jasmina? Você está em Palmers Green, Christy?

– Acertou de primeira. Sou um felizardo, não acha? Meu eczema secou. Vou apresentar você a ela quando voltar. Então, quando você chega?

– Que tal esta noite?

– Esta noite? Bem, o apartamento está meio empoeirado. Já faz um tempo que não vou lá. Não sei se não há laranjas podres naquela velha vasilha. Mas você não vai se importar, vai?

– Não.

– Só mais uma coisa: Ângela veio e levou a casa de bonecas. Falei: "Ah, você vai morar nela agora, Angie? Tony Myerson-Hill apontou a porta da rua para você?" Mas ela não achou graça.

* * *

Lev começou a caminhar na direção da casa de Midge. Sabia que gente solitária acordava cedo. O cachorro veio correndo e Lev lhe fez festa no pescoço. A porta dos fundos estava aberta. Lev viu Midge Midgham na cozinha, movimentando-se entre o fogão e a mesa.
– Quer um pouco de mingau? – ofereceu.
Eles se sentaram para comer. Uísque esperou em sua velha cesta de vime, impaciente para começar o dia.
– E então? – quis saber Midge. – Veio me dizer que vai seguir em frente?
– Você adivinhou?
– Dá para ver na sua cara.
Lev olhou para Midge. Grande Urso. "Ele parece tão estúpido quanto um bolo de lama, mas no fundo do bolo existe um ingrediente inesperado", pensou.
– Se quiser que eu fique mais uma semana, eu fico – disse Lev.
– Pode ir quando quiser. Sei que aquela história da represa deixou você nervoso. Preocupado. Você tem coisas para resolver, eu sei.
O mingau estava bom e foi reconfortante. Lembrou-se de GK dizendo um dia: "É o que eu sempre como no café. Dura o dia inteiro, se for preciso."
Midge serviu o chá, tão forte que era quase preto, num bule azul cheio de manchas. Uísque deu voltas em sua cesta e se deitou. Do lado de fora, o sol já estava quente.
– A previsão do tempo é boa – comentou Midge, olhando pela janela. – Acho que vamos ter sorte com o tempo. Vamos poder colher por nove horas ou mais, hoje e amanhã. Esses dias longos são duros para você, mas os rapazes não parecem se incomodar. Vitas e o grupo dele às vezes ficam mal-humorados, mas tenho que ser justo com os Mings: nunca os vi chateados, e você?
– Não – respondeu Lev.
– Isso é um dom, não é? Nunca fui assim. Queria ser. Sempre rindo, brincando. Sempre sorridentes. Queria saber qual é o segredo deles.

– Bem... – falou Lev.
– Sim?
– Acho que, na Inglaterra, eles se sentem mais... livres do que na China. E essa liberdade os deixa felizes.
– Você acha? – Midge pareceu refletir a respeito por um tempo. Então, disse: – Nós nunca pensamos na nossa vida como sendo "livre", não é? Pensamos nela como sendo uma longa jornada de trabalho. Se você me perguntar o que a liberdade significa para mim, eu não saberia o que responder. Mas, talvez, neste país, nós tomemos muita coisa como certa. Não sei. Acho que foi por isso que Donna se cansou de mim: nunca tive muitas respostas para dar. Costumava dizer-lhe: "Não me pergunte, garota. Nem adianta me perguntar, porque eu não sei de nada. Só sei da Dama Grã-Fina. Ela, eu conheço muito bem. Todos os seus humores, do que ela gosta e do que não gosta. É por isso que consigo ganhar a vida. Mas, tirando ela, não entendo de mais nada."

Midge terminou o café e pegou o livro-caixa que guardava na cômoda, que durante a época de Donna talvez fosse enfeitada com objetos de vidro ou porcelana, mas que agora continha uma pilha de catálogos de máquinas, revistas e jornais, sacolas velhas, mapas, canetas quebradas, podadores e rolos de arame. Pôs os óculos e leu o que tinha escrito com seus garranchos.

– Parece que lhe devo 133 libras. Quatro horas extras no frigorífico esta semana. Certo?
– Sim.
– Pena que não possa ficar para colher as frutas, mais adiante. Nós fazemos *Colha As Suas* nos fins de semana.

Colha As Suas. Lev se lembrou vagamente que Lydia tinha visto estas palavras pela janela do ônibus e que confessara que não tinha entendido.

– O que é *Colha As Suas*, Midge? – perguntou.
– Frutas. *Colha As Suas Frutas.* É quando deixamos o povo solto na plantação de morangos. As pessoas vêm em bandos nos dias bonitos. Você nunca sabe quem vai encontrar.

Colha As Suas.

Lev sorriu. Imaginou o silêncio de Longmire Farm quebrado pelo riso de mulheres em vestidos claros de verão.

– Isso é bom, Midge – disse. – Talvez você conheça uma pessoa nova este ano.

– Quem sabe? Mas será que vale a pena? Céus. Tanto aborrecimento. Talvez eu esteja melhor só com o meu cachorro.

Midge saiu e voltou com o dinheiro de Lev num envelope.

– Coloquei cento e trinta e cinco – falou. – Estou sem moedas.

– Quer que lhe dê o troco?

– Não. Pode ficar com ele. Você mereceu. Sinto perder você.

Uma parte de Lev queria ir embora sem se despedir dos Mings: uma mistura de vergonha e ternura. Mas quando eles o viram fazendo a mala, vieram para perto e ficaram olhando-o tristemente.

– Rev, por que você vai embora?

– Rev, você odeia nós agora?

– Nós não machuca você, Rev...

– Você nervoso, Rev. Então, a gente cuida de você. Só isso.

Lev os puxou pelas mãos e os abraçou, como crianças. Disse que estava grato por terem cuidado dele, que sempre se lembraria deles.

Os três ficaram abraçados por um momento. Depois ouviram a buzina do Land Rover de Midge, chamando os Mings para as plantações de aspargos. Eles agarraram a velha bolsa de lona onde guardavam seu almoço, enfiaram as botas e correram para fora. Antes de chegarem ao carro, viraram-se e acenaram.

– Você homem bom, Rev! – gritou Sonny.

E o eco de Jimmy:

– É, você homem bom, Rev!

19
A sala de vidro colorido

Um amigo grego de Christy Slane, Babis Panayiottis – conhecido como "Panno" –, tinha uma taverna popular em Highgate Village. Christy reformara as instalações hidráulicas da cozinha de Panno, instalara um novo boiler de água quente, uma lavadora de louça e pias elegantes, e supervisionara a instalação de uma grelha a gás. Panno tinha lhe dito:
– Bom trabalho, Christy. Exatamente como eu queria. De agora em diante, você será meu convidado de vez em quando.
Havia muita rotatividade de empregados na taverna de Panno. Ele preferia empregar gregos ou cipriotas, porque dizia que os fregueses se sentiam mais seguros, numa cidade de culturas variadas, sabendo que as pessoas eram aquilo que aparentavam ser. Mas admitiu para Christy que estava difícil contratar gregos.
– Muitos gregos se sentem infelizes em Londres – contou. – Não é culpa deles. Não conseguem suportar o clima.
Quando Christy falou com Panno sobre Lev, que ele não tinha medo de trabalho, que tinha passado um período no GK Ashe, Panno perguntou:
– Ele parece grego?

Lev arranjou um emprego de garçom no Panno's. Seis libras por hora, mais gorjetas, só à noite, de seis à meia-noite, seis noites por semana. A taverna ficava a uma distância de vinte minutos a pé de Belisha Road, então Lev economizaria passagens e tempo. Ele gostou de Panno. Um homem curvado, de cinquenta e poucos anos, com um rosto melancólico. As sobrancelhas chamuscadas pela grelha. Um aperto de mão de lutador. Nos olhos, um feroz orgulho patriótico.

Comparado com o cardápio do GK Ashe, o de Panno era simples: peixe, frango, *kebabs* de carneiro, filé, salsichas gregas temperadas, feitos na grelha; *stifado* de carne, *kleftiko* de carneiro, feitos no forno; *moussaka* temperada com sálvia, com molho *bechamel*; camarões e polvo fritos com molho de pimenta; rissoles de abobrinha; cogumelos e tomates recheados, e charutos de folhas de uva; *hummus* e tarama; cozido de feijão-manteiga; patê de berinjela; queijo *halloumi* frito; tigelas de azeitonas verdes; pão pitta torrado e saladas gregas...

– Nunca muda – Panno explicou a Lev. – Meus fregueses regulares conhecem o cardápio de cor. É o que os traz de volta: boa comida, mas simples. Comida mediterrânea. Às vezes, dependendo do que está bom no mercado, uso um peixe diferente ou faço sopa de peixe. Mas se eu mudasse o cardápio, haveria um motim!

Lev foi instruído a usar as próprias roupas.

– Calças pretas ou cinzentas. Camisa branca. Tudo bem limpo.

Amarrado à cintura estava a marca registrada da taverna, um avental azul e branco, listrado como a bandeira grega. Lev gostava da textura grossa do algodão, não se importava de ser uma espécie de uniforme.

O lugar estava quase sempre cheio, e nas noites de sexta e sábado ficava uma loucura. Lev e os outros garçons, Yorgos e Ari, caminhavam uns dez quilômetros em seu turno de seis horas, indo e vindo da cozinha. Mas os músculos de Lev tinham ficado fortes do tempo que passou na plantação de aspargos. Ele estava ágil e rápido. Em pouco tempo, aprendeu a equilibrar três travessas no braço, adquiriu o olhar que enxergava uma mão levantada, uma garrafa de vinho vazia. E não se importava de estar na frente da casa. Depois de trabalhar atrás dos bastidores, na cozinha de alta velocidade do GK Ashe, era interessante estar nessa outra arena, o restaurante, levando comida para as mesas.

Os fregueses se embebedavam com cerveja e vinho gregos, *retsina*, *raki*, mas Lev notou que eles normalmente pareciam estar se divertindo. A comida os deixava relaxados, exuberantes, como se, por algumas horas, estivessem de férias numa ilha grega. Havia muitas gargalhadas, umas poucas brigas, algum choro. E, quase sempre, as gorjetas eram generosas.

– Os ingleses precisam da Grécia – Panno gostava de dizer, sacudindo a cabeça grisalha, quando o último freguês saía cambaleando na noite de verão. – Sempre precisaram. Mesmo antes de Lord Byron. É onde eles sentem seus corações mais livres.

Lev passava pouco tempo na cozinha para observar como eram preparados os pratos no Panno's, mas conservava um caderno assim mesmo. Entendeu como pernas de carneiro baratas se transformavam em um suculento *kleftiko* – prato batizado em homenagem aos *kleftes*, grupos de ladrões que lutaram contra a dominação turca em sua terra nos anos 1800 –, refogadas lentamente com alho, vinho, cebolas e tomates; como o vinagre amaciava o *stifado* de carne, como os camarões tinham que pipocar como fogos de artifício na grelha para adquirir seu formato de "borboleta", como o azeite se derramava sobre tudo como uma bênção...

– Você tem olhos, Lev – Panno lhe disse uma noite, quando estavam terminando o serviço. – Eu percebi. Mas fico surpreso. Poucas pessoas do seu país se interessam pela boa cozinha.

– É verdade – retrucou Lev. – É porque passamos sessenta anos comendo comida comunista. Mas isso agora está mudando.

Depois do trabalho, Lev ia caminhando para casa, no escuro, normalmente descendo a Swains Lane, passando pelo cemitério de Highgate, trancado contra intrusos e profanadores de túmulos de judeus. Christy havia lhe contado que Karl Marx tinha sido enterrado ali depois de sua "longa e insone noite de exílio". Lev pensou em ir até lá um dia e dizer aos ossos que estavam debaixo da terra que, num túmulo em Auror, jazia o corpo de um homem que se apegara às velhas ideias marxistas até o último suspiro. E então teria acrescentado: "Mas dentro de um ano, Karl, os túmulos estarão sob toneladas de água. E quem sabe onde seus ocupantes serão enterrados?"

Às vezes, à uma da manhã, Lev ouvia ruídos no meio dos arbustos e árvores que margeavam o cemitério, via o lixo que havia, pneus, uma bicicleta de criança, quebrada. Uma vez, um gato surgiu na sua frente, saindo de entre as grades, como um fantasma. Outra noite, ele parou, ficou prestando atenção, ouviu um gemido, que podia ser de bicho ou de gente, era difícil dizer.

Do outro lado da rua, onde as raízes dos plátanos haviam rachado o calçamento, estavam estacionados dois trailers velhos, com as cortinas fechadas, ocultando sabe-se lá que cenas de êxtase ou aflição. Os trailers nunca saíam do lugar. As cortinas nunca estavam abertas. Às vezes, sacos de lixo eram deixados ao lado deles, na sarjeta. Frequentemente, Lev via as rodas sujas de vômito, um riacho de mijo entrando e saindo das rachaduras da calçada. Certa noite, um carro da polícia estava estacionado, sua luz azul girando devagar. Mas o carro estava vazio e os trailers estavam tão fechados e silenciosos como sempre.

Lev gostava da caminhada solitária até em casa. As noites agora eram quentes. Elas o faziam lembrar das noites que havia passado quando chegou à Inglaterra, quase um ano antes. Com o corpo cansado da jornada de trabalho no Panno's, ele ia pensando em sua Grande Ideia, que se tornava mais real agora que ele estava de volta a Londres. Ficava contente com o progresso realizado e imaginava até onde ainda conseguiria ir...

Ao chegar a Belisha Road, ele faria um chá, ficaria sentado na janela, sonhando, adiando, até sentir a cabeça pender, o momento de ir para o quarto dormir. Ou, se Christy estivesse lá, ficariam conversando até os dois começarem a roncar em suas cadeiras.

Uma noite, Christy lhe disse:

– Você está com alguma ideia na cabeça, Lev. Posso ver isso na sua cara. Quer me contar o que é?

– Sim – respondeu Lev. – Em breve vou contar, Christy. Quando tudo estiver mais claro para mim.

– É justo – retrucou Christy. – Mas os irlandeses são bons para guardar segredo, sabe. Talvez porque nossas cabeças estejam tão cheias deles. Minha mãe costumava dizer: "Se as paredes pudessem enxergar dentro da nossa mente, a casa desmoronaria."

Na maior parte do tempo, Christy falava de Jasmina: o tom perfeito da pele de Jasmina, seu cabelo brilhante, perfumado com óleo de amêndoas, o modo como o esmalte vermelho sangue de suas unhas do pé o surpreendiam, a elegância sexy de seu sotaque indiano. Lev ainda não a encontrara, mas começou a sentir como se a conhecesse.

– Como você – disse Christy –, ela tem uma predileção especial por comida. Eu como a *raita* de pepino e hortelã que ela faz no café da manhã, despejo em cima do cereal. Às vezes, nós nos deitamos e ela traz samosas e almôndegas pequeninas, e damos de comer um ao outro. Estou engordando barbaramente, mas o que importa? Nós somos mesmo feitos é de carne... Maria, Mãe de Deus, me perdoe. Por que não ter um volume maior de nós mesmos?

Jasmina havia sido casada – um casamento hindu arranjado –, mas o marido, Anand, se divorciou porque ela não conseguia ter filhos. Anand se casou de novo e teve cinco filhas e um filho natimorto. Jasmina estava com quarenta anos. Tinha ficado muito tempo sozinha. Nunca achou que se apaixonaria por um ocidental. Mas então Christy Slane havia consertado o seu boiler e foi o bastante.

– Acho que lhe devolvi um pouco de calor – ele dizia, com um sorriso. – Ela compreendeu todo o frio que estava sentindo.

O comportamento de Christy em relação à Jasmina fazia Lev lembrar de seu com Sophie. Quando Jasmina passava dois dias sem poder se encontrar com Christy, ele ficava nervoso. Telefonava ou mandava mensagens de texto para ela no meio da noite, de manhãzinha, com intervalos de dez minutos... Mencionava o nome dela em qualquer conversa, acariciando-o com a voz: *Jasmeena. Jas-meena*. Dizia até que passara a gostar de Palmers Green. Magnólias cor-de-rosa cresciam nos jardins. Música indiana saía das casas e flutuava pelos pátios. As crianças usavam meias brancas limpas.

– É claro – dizia – que tem muita droga por lá e Jasmina sofreu dois assaltos, mas isso é comum aqui em Londres. Espere até ver a sala de visitas de Jasmina. É qualquer coisa. Sonho com as cores daquela sala.

* * *

Seguindo as instruções de Lydia, Lev havia enviado 50 libras para Rudi, dizendo-lhe para usá-las como suborno no Escritório de Realocação, em Baryn. Mas Lora ligou chorando para dizer que Rudi estava de cama havia treze dias, lendo velhas revistas de automóveis e olhando para a parede.

– Se ele não se levantar, vai morrer, Lev – soluçou Lora. – O que posso fazer, se ele se recusar a sair da cama?

Lev ficou calado. Pensou no quanto confiara em Rudi e que Rudi nunca o havia decepcionado. Sabia que acreditara que esse padrão fosse continuar para sempre...

Lev respirou fundo.

– Estou trabalhando num projeto, Lora. Mas ainda vai levar algum tempo. Envolve dinheiro. Outras coisas também. Você tem que confiar em mim.

– Que "projeto"?

– É um projeto para seguirmos como nossas vidas... depois, em Baryn. Mas alguém tem que conseguir dois apartamentos: um para você e Rudi e um para Ina e Maya. *Você* pode ir ao escritório de imóveis?

– Vou tentar. Mas estou ocupada, Lev. Muita gente está vindo fazer horóscopo. As pessoas querem saber se terão algum futuro. Estou lendo mãos, também.

– Ótimo, Lora.

– Rudi diz que é desonesto tirar dinheiro das pessoas para dizer a elas coisas que não se pode saber.

– Não se isso as consolar, se as ajudar a seguir em frente.

Ele ouviu uma voz no fundo. A de Rudi. Gritando com Lora para ela desligar o telefone: que estava desperdiçando dinheiro.

– É melhor eu ir – ela falou.

– Não – disse Lev. – Ponha Rudi no telefone.

Uma discussão entre eles. Rudi não quer falar com ninguém. Lora implorando:

– Fale com Lev. – No fim, um palavrão quando o telefone cai no chão, depois é apanhado e, em seguida, a voz cansada de Rudi:

– Lev, não tenho nada a dizer, amigo, sinto muito.
– Você recebeu o dinheiro, Rudi?
– Recebi. Mas não posso ir a Baryn. O Tchevi está mais doente do que eu.
– OK. Como nós íamos até Baryn antes de você comprar o Tchevi?
– O quê?
– Como nós íamos até Baryn?
– Você sabe como. Com a porra da bicicleta. No meio da merda do inverno. Ficávamos com o rosto congelado. Não vou mais fazer isso.
– Não estamos no inverno, Rudi.
– Estamos sim. AQUI é inverno! No meu coração é inverno. Acho que você não entendeu, Lev, porque está passeando aí em Londres, com uma inglesa sem-vergonha que faz você de idiota. Mas estamos acabados aqui. Todos nós. Sem trabalho. Sem casa. Sem transporte. Sem dinheiro. Estamos mortos. Entendeu? Estamos MORTOS.

Ele bateu com o telefone. Lev ficou parado no quarto, olhando para os telhados de Tufnell Park e para o céu acima, com suas trilhas de vapor. A *ideia* de que Rudi podia morrer o causava pânico.

Deixou passar alguns minutos, depois tornou a ligar. Lora disse que um cliente estava chegando.

– Não vou demorar – falou. – Vá até Baryn, Lora, e escolha os apartamentos.

– Vou tentar, Lev. Mas a única renda que temos agora é dos horóscopos e da leitura de mãos. Preciso estar aqui.

– Só vai levar uma manhã. Pegue o primeiro ônibus. Por favor, faça isso. Deixe o resto comigo. *Deixe o resto comigo.* Como aquilo soou pomposo! Próprio de alguém arrogante, absurdamente confiante. E ocultava uma mentira: a mentira da certeza implícita. E não havia nenhuma certeza, apenas aquele sonho louco, tudo o que ele chamava de Grande Ideia, baseada na esperança e em mais nada. Lev xingou a si mesmo por tê-la mencionado para

Lora. Já podia imaginar Rudi dizendo: "E o que ele acha que vai fazer? Enfiar o dedo no dique e segurar a água, ou o quê?"

Numa segunda-feira à tarde, Lev foi ao encontro que tinha pedido para ter com GK Ashe.
– Não vou aceitá-lo de volta, Lev – GK havia rosnado ao telefone. – Já substituí você, entendeu?
– Não estou pedindo meu emprego de volta, GK, juro. Estou trabalhando num restaurante em Highgate agora. Juro pela vida da minha filha.
– Tudo bem. Então, o que você quer?
– Uma hora do seu tempo. Preciso de conselho, de informação sobre uma ideia que tive. Uma hora do seu tempo, por favor, chef.
Houve um longo silêncio.
– OK. Uma hora e é só. Para mostrar que tenho bom coração. Venha às três – GK disse, então.

Eles se sentaram à mesa familiar, perto do bar de Damian, o cheiro do lugar trazendo de volta sentimentos de agonia e de felicidade. Waldo lhes trouxe café, sorriu de leve, com pena, para Lev.

Lev pegou o caderno e abriu-o sobre a mesa. Os olhos azuis de GK o observavam. Lev sentiu-se como um peixe num aquário. Suas mãos trêmulas seguraram as capas abertas do caderno. Respirou fundo. Agora, tinha que começar a tornar real a Ideia que, até aquele momento, só existia em sua mente. Quando falou, tentou manter a voz firme.

– É o seguinte – disse. – Minha ideia é: vou abrir meu próprio restaurante.

Lev parou. Engoliu em seco. Esperou pelo olhar de incredulidade ou de desdém de GK, mas ele não veio. Então, conseguiu firmar a voz e prosseguir.

– Meu restaurante vai ser na cidade de Baryn, onde surgirá uma nova usina de energia elétrica. Acho que, depois disso, muitos negócios chegarão à cidade e, portanto, para o meu restaurante. Penso que o tempo vai estar certo.

Tornou a esperar, olhou para GK. É claro que GK ia debochar agora.
– Seu inglês melhorou – foi tudo o que GK disse.
Lev folheou o caderno, tentou tirar de todas as palavras otimistas que tinha escrito um pouco de coragem.
– Meu plano é: começo com um negócio pequeno. Talvez quarenta couverts. Cinquenta no máximo. Vou ser chef e proprietário. Vou dar ao meu povo uma comida que ele nunca teve. Não o que se serve aqui no GK Ashe. Sei que nunca poderia...
– Por que não como aqui?
– O senhor tem anos de treinamento e trabalho, chef. Um grande talento. Eu jamais poderia...
– Por que não mirar alto? Você mesmo disse "comida que ele nunca teve". Se é uma expansão do novo capitalismo, vai estar cheio de restaurantes antes que você possa dizer *beurre noisette*. Então, como é que você vai fazer do seu o melhor?
Lev fez um ar de espanto. Mas o que ele estava gostando – o que fazia o seu coração disparar de alegria – era o fato de GK o estar levando a sério.
– Chef – disse –, é claro que eu quero que o meu seja o melhor. Mas, no meu país, as pessoas ainda são pobres. Não podem pagar pratos chiques.
– OK, então o que é que você vai cozinhar?
– Chef...
– Uma pergunta simples. O que é que você vai cozinhar?
Lev se virou para o seu caderno de receitas, quase todas tiradas do cardápio de GK.
– Ainda não decidi...
– Certo. Me dê um papel. Vamos pôr um pouco de ordem nisso.
Lev arrancou uma folha do caderno, GK puxou-a de sua mão e tirou uma caneta do bolso. O café ficou esquecido sobre a mesa. Ele começou a escrever depressa com sua caligrafia grande e irregular. Após algum tempo, virou o papel para Lev. Foi passando um dedo pelas linhas enquanto falava.

– Número 1 – disse. – *Estilo de cozinha*. Decida a respeito. Não se afaste do que decidiu. Cole seu nome nisso. Mantenha-se autêntico. Certo?
– Sim.
– Se quer meu conselho, fique longe dessa droga de *Fusion cuisine*. Posso dar o nome de dez restaurantes em Londres que fracassaram porque flertaram com vagens de cardamomo. Um pé em Paris, um pé em Bombaim. E essa é a receita do fracasso, porque os clientes não sabem o que devem saborear. Certo? Então, deixe-me perguntar de novo: o que você quer cozinhar?
Lev esfregou os olhos.
– Acho... o que eu imagino é... como aqui – respondeu. – Este tipo de comida. Ingredientes frescos. Carne nunca cozida demais. Bons molhos. Belos legumes...
– OK, mas você precisa *formular* isso. Grande parte dos meus pratos eu aprendi na França. Mas são modernos. Quase minimalistas. Está dando certo em Londres até o momento, mas você tem que decidir o que é certo para a sua cidade.
– Minha cidade, chef, nunca conheceu boa comida.
– OK. Você já disse. Você tem tudo para escolher um estilo. Mas também vai ter que educar as pessoas. Vai ter que convencê-las de que vale a pena gastar dinheiro com alguma coisa que acabará no vaso sanitário em vinte e quatro horas. O que nos leva ao *custo*.
GK voltou a escrever. Depois ergueu os olhos e disse:
– As margens não são grandes em comida, só em bebida. Se puser um preço muito baixo nos pratos, vai estar rumando para o *prejuízo*. Se cobrar muito caro, não vai ter fregueses. Você vai ter que calcular quanto os seus fregueses podem pagar. E vai ter que calcular direito.
– Eu sei... e é difícil.
– Meu conselho é: mantenha o cardápio pequeno. Não ofereça quinze pratos, ofereça quatro ou cinco. Ou três, mais um ou dois especiais, com base no que esteja bom no mercado aquele dia.
– Sim, eu estava pensando nisso, chef. Pelo menos para começar.

– Bom. Cardápio pequeno, o que nos leva ao Número 3, o Grande Número 3: *fornecimento*. E lembre-se, isso vai ditar o seu estilo de cozinha. Se não conseguir um fornecedor de carne de caça, não vai poder oferecer carne de caça. Se ninguém cultivar tomates, você não vai poder cozinhar massa. Do que ouvi dizer de seu país, a única coisa que as pessoas comeram no último século foi carne de cabrito e picles. Então pode escolher o que quiser, mas só se conseguir os ingredientes. Já pensou nisso?
– Já. – Lev procurou rapidamente outra página do caderno. – Fornecimento, foi nisso que me concentrei, chef. Antes de começar, vou comprar um carro, ou uma picape, percorrer as pequenas fazendas. Elas antes faziam parte da produção agrícola nacional, mas agora pertencem a indivíduos e as pessoas trabalham duro nelas. Então, vou falar com as pessoas, estabelecer minhas necessidades semanais: frangos, gansos, patos, porcos e assim por diante. E também vou nos centros de distribuição para encomendar os legumes e as verduras. Quero comprar diretamente dos fornecedores. Nem adianta pensar em kiwi ou abacate.
– Certo. E quanto à carne vermelha?
– A mesma ideia, chef. Comprar no mercado local. Visitar os caçadores, como foi meu pai, que matam coelhos e porcos-do-mato. E peixes. Pode ser difícil no início. Mas vai haver uma nova represa perto de Baryn. Muito, muito grande. Com o tempo, talvez tenha truta e perca, salmão, enguia de água doce.
– Excelente. Ingredientes locais são os melhores. Mas você não pode estar sempre preparando, e cozinhando, *e* recolhendo a caça, e ouvindo as reminiscências dos caçadores, tudo no mesmo dia. Vai ter que delegar.
– Eu sei.
– Então, há um novo fator no seu custo: o que vai pagar às outras pessoas pelas entregas e por tudo o que não puder fazer sozinho. Ninguém vai trabalhar de graça para você.
– Eu sei, chef.
– E os mantimentos? Ainda estão em falta? Farinha, arroz, manteiga, óleo, açúcar?

– Não. Você consegue no mercado de Baryn.
– Regularmente? Sem momentos de escassez? Lembre-se, um restaurante tem que funcionar o ano inteiro, todo dia, senão a clientela vai embora.
– Sim.
– Certo, vamos para o Número 4: *aparência*. Vai ser um restaurante popular moderno? Ou um bistrô abafado? Ou uma nostálgica casa de chá russa? A quem ele se dirige? Em que parte da cidade vai ficar? Que restaurante de esquina ele vai se tornar? Você tem que alinhar *Aparência* com *Estilo*. E tem que saber tudo isso antes de começar. O que nos leva ao Número 5, que realmente devia ser o Número 1: *Definir o custo*. Como você vai financiar isso?
– Chef, foi por isso mesmo que eu vim...
O rosto de GK congelou. Ele largou a caneta.
– Você veio me pedir dinheiro?
– Não. É claro que não – falou Lev. – Só vim perguntar, será que o senhor pode listar *tudo*? Tudo o que preciso comprar antes de abrir. Quer dizer, todo o equipamento. Aí posso começar a calcular o custo.

GK passou a mão pelo cabelo revolto. Olhou para Lev de um modo quase assustado, depois olhou para o papel, pegou a caneta e a enfiou na boca.
– Está certo – disse. – Posso fazer isso para você. Cinquenta couverts, você disse?
– Sim.
– Então, dois na cozinha? Você e um ajudante. Para dividir toda a preparação?
– Sim.
– Dois nas mesas. Um enfermeiro. É isso?
– Sim. E o carro ou picape. De segunda mão.
– Vou ter que pensar. Colocar tudo certo para você. Metade do material que eu tenho aqui você não irá precisar. Tem um nome para o lugar?
– Vou chamá-lo de Marina, em homenagem à minha esposa.
GK sorriu. Largou a caneta.

– Certo – comentou. – Pelo menos isso já está resolvido.
Ele se levantou e foi até o bar. Pegou uma garrafa de conhaque, serviu duas doses e voltou para a mesa. Propôs um brinde ao Marina e eles beberam. O coração de Lev batia tão forte que ele engoliu o conhaque para tentar controlá-lo.
E então ele e GK prosseguiram. Lev fumou e eles conversaram sobre o futuro, sobre a importância, em qualquer vida, de se ter pelo menos uma Grande Ideia, algo em que você pudesse acreditar. Após algum tempo, a conversa se desviou para o pai de GK, que queria que ele fosse advogado, que achava que todos os chefs eram malucos, gay ou pobres, que não conseguia ver como o filho poderia viver daquilo e não se interessou quando ele obteve sucesso.
– Ele nunca vem comer aqui, chef?
– Não. Nunca. Ele veio na inauguração, só isso. Ficou cerca de meia hora. Se eu fosse o chef do Dorchester ou algo assim, talvez ele viesse, mas mesmo assim eu duvido. Então, tenho que viver com isso. Às vezes você tem que dizer, "Fodam-se os pais", e não ligar.
– Sei disso, chef – concordou Lev. – Sei muito bem.
O tempo passou e, na cozinha, Lev ouviu as pessoas chegando e a comida dos empregados sendo preparada. Sabia que tinha que sair logo, antes de Sophie chegar, mas GK não parava de conversar. Ele descreveu a mãe, "uma mulher adorável", que morrera num acidente de carro na M4, e a madrasta que a substituíra, e a certeza que lhe trouxera de que a vida era "uma caricatura miserável dos nossos sonhos". GK serviu outra dose. O conhaque modulou sua voz e suavizou seus olhos azuis. Lev teve a impressão de que GK tinha passado, de repente, de patrão para amigo. Esta amizade tinha um certo brilho que o atraía.
Então, soou uma voz familiar.
– O que está acontecendo, chef?
Sophie estava parada perto do bar, olhando para eles. Ambos se viraram para ela. Lev viu que Sophie estava com o cabelo mais curto e espetado e que seu rosto mais fino. Mesmo daquela distância, conseguiu sentir seu perfume, o perfume que ainda

o embriagava. Desviou os olhos e começou a recolher suas anotações.
– Não está acontecendo nada – respondeu GK. – Lev estava apenas pedindo umas informações. Ele vai abrir seu próprio restaurante.
Sophie abriu a boca de susto. Lev pôde ouvi-la pensando, "Ele não é ninguém, não é nada. Como pode um zero como ele abrir seu próprio restaurante?"
– Seu próprio restaurante?
– É. No seu país.
Lev não a olhou, mas sentiu a tensão diminuir. No país dele. Tudo bem, então. Num país bem longe...
Lev achou que devia se levantar, apertar a mão de GK e ir embora, mas uma certa rebeldia teimosa dentro dele dizia que tinha o direito de ficar onde estava.
– Então – Sophie dirigiu-se a Lev –, você resolveu voltar?
Ele inclinou a cabeça. O pequeno movimento poderia ser tomado por um sim. Mas viu que estavam esperando, Sophie e GK, que ele falasse com ela. Não queria falar com ela. Pensou: qualquer conversa que eu tenha com ela vai ser como tentar raspar os restos, o *refugo*, de um barril vazio – e aí você arranha o próprio barril.
Ambos o fitaram, mas ele não abriu a boca nem deixou seu olhar se voltar para ela. Então, Sophie pareceu entender que ele já tinha dado sua resposta e que não ia dizer mais nada. Enquanto ele agarrava seu caderno com mãos tensas, ela desapareceu na cozinha.
GK esperou um instante, depois falou baixinho:
– Preece a deixa maluca, mas traz um bocado de gente importante ao restaurante, então quem sou eu para reclamar? Acho que é assim que o mundo cão funciona.
Lev concordou.
– O mundo cão é assim, chef.
Tremia. Bebeu um gole do café frio. Estava numa espécie de choque, mas não sabia o que o tinha deixado mais agitado, se o apoio inesperado de GK à sua Ideia, ou a visão inesperada de

Sophie. Ainda a desejava, e essa era a amarga verdade. Só de vê-la, tinha vontade de transar com ela. E sabia que, no futuro, se lembraria dela – da sua voz, do seu cheiro, das suas roupas, do seu riso, das suas covinhas, dos seus seios fartos, da sua tatuagem, da sua bunda, da sua vagina – e ainda a desejaria. Quando a imaginava fazendo amor com Howie Preece, sentia uma profunda tristeza.

Lev demorou um pouco a conhecer Jasmina.
– Ela é muito recatada – Christy explicou. – Ficaria envergonhada de dormir comigo em Belisha Road, com você no quarto de Frankie.
– Sim? Você quer que eu fique longe, Christy?
– Não, de jeito nenhum, cara. Não é só isso. Acho que ela tem medo de Ângela, de encontrar algum *resíduo* de Ângela no apartamento. Você entende? Ou que Ângela apareça e arranque a cama debaixo de nós.

Então, em junho, numa tarde de domingo, quente e seca, Jasmina convidou Lev para ir à sua casa em Palmers Green. Ele e Christy foram até lá na van de Christy, com as ferramentas de encanador batendo na mala atrás, como uma orquestra de crianças tentando tocar junto.

– Ah, cala a boca! – Christy gritou algumas vezes para a orquestra. – Não consigo ouvir a mim mesmo dirigindo.

Mas quando, na North Circular Road, uma chave inglesa voou e bateu na alavanca da mudança, Christy falou:

– Meu Deus, quer dar um jeito nisso? Nunca consegui controlar minhas ferramentas. Nunca.

Finalmente chegaram a uma rua calma de casas geminadas, com sacadas e jardins bem cuidados. Christy foi mais devagar e disse, sem virar a cabeça:

– Veja as cortinas se mexendo. Todo mundo sabe da vida de todo mundo aqui. É pior do que Limerick. Quando comecei a visitar Jasmina, olhavam para mim como se eu fosse um patife. Mas agora vivem atrás de mim para eu consertar suas cozinhas. Tenho mais popularidade nesta rua do que em qualquer outro lugar no mundo.

Assim que saltaram da van, a porta da frente da casa de Jasmina se abriu e ela saiu para o sol da tarde com os braços abertos. Lev viu que ela era uma mulher gorda, cujo sári parecia apertado demais para seu corpo. Seus olhos eram aumentados pelas lentes de seus óculos, mas seu sorriso era bonito. Ao vê-la, Christy ficou vermelho. Ela o abraçou e Lev o viu desaparecer atrás dela quando uma rajada de vento fez as dobras do seu sári se enrolarem em volta dos ombros magros dele.

Ele saiu lá de dentro para apresentar Lev.

– Seja bem-vindo – ela disse a Lev. – Entre. Meu Deus, o tempo está tão bonito, mal posso acreditar. Vamos entrar, vamos...

O caminho era de um material parecido com granito, com pedacinhos de mica que brilhavam à luz suave. Sob a janela curva, havia grandes hortênsias na beirada de um canteiro de flores azuis. A porta da casa era de um branco brilhante com uma maçaneta de bronze no formato de uma cabeça de leão. Do hall acarpetado, Jasmina levou-os para a sala da frente, e Christy virou-se para Lev.

– Já viu algo parecido com isso, Lev? – perguntou.

A pequena sala tinha sido decorada com prateleiras de vidro, que a circundavam até uma altura de uns dois metros. As prateleiras eram iluminadas de cima para baixo com spots de halogênio e sobre elas havia uma vasta coleção de garrafas de vidro coloridas, canecas, jarros, vasos e potes. Com as lâmpadas brilhantes acima e com o sol ainda entrando pela janela envidraçada, o conjunto de objetos parecia tremer, formando um perpétuo arco-íris. Vermelhos rubi lançavam um brilho tremeluzente sobre rosas rebuscados. Mais adiante, roxos, azuis-índigo, azuis-claros, águas-marinhas juntavam-se à dança de cores. Se você virasse para a esquerda, a parede inteira tinha um brilho verde-garrafa, verde chartreuse, prata e cor de limão. Se fosse até a janela virada para oeste, entrava numa colmeia de laranjas e amarelos.

– Meu Deus! – exclamou Lev. – Fantástico...

Jasmina ajeitava o sári. Quando ficou do jeito que queria, ela abriu seu sorriso transformador e virou-se para Lev.

– Eu a chamo de minha "sala da solidão". É o tipo de coisa que as mulheres fazem quando ficam sozinhas por muito tempo:

colecionar objetos de vidro. Comecei com poucas peças, depois fui aumentando a coleção.
— É lindo, Jas — elogiou Christy. — Valeu o esforço de todos esses anos.
— Não, não valeu — Jasmina falou depressa, não mais sorrindo. Mas Christy prefere ignorar.
— Veja, Lev, está tão bem arrumado, não acha? Com as luzes e tudo o mais. E o modo como as prateleiras transparentes refletem tudo. Eu considero uma obra de arte — Christy interrompeu.
— Sim — concordou Lev. — Eu também diria que é uma obra de arte.
— Bem, suponho que seja. Mas tenho que tirar o pó de tudo. E, uma vez por mês, tiro cada peça, lavo, limpo as prateleiras, por cima e por baixo. É uma loucura.
— Eu adoro — declarou Christy. — Sou apaixonado por esta sala. Contei a Lev sobre ela, não foi, cara? Falei da sala de vidro colorido.
— Falou, sim. Nunca vi nada parecido.
— Bem — disse Jasmina —, acho que, no sol, ela fica bem bonita. Agora sentem-se, por favor. Vou trazer uns aperitivos para nós.

Christy e Lev não se sentaram; ficaram parados no meio da sala, ainda contemplando os vidros, mudando de posição de vez em quando, como visitantes numa exposição. Não disseram nada. Lev tentava imaginar todas as aquisições individuais que haviam conduzido a uma coleção daquele tamanho. E teve a impressão de que elas deviam ter levado uma vida inteira. Ficou atônito com a ideia de tanto tempo livre, de tanto dinheiro gasto em garrafas e potes. Lembrou-se de uma jarra de vidro azul que ele tinha comprado para Marina no mercado de Baryn e que ficava — ainda fica — sobre uma mesa no quarto deles. Lembrou-se dos dedos longos de Marina limpando-a com um pano e às vezes colocando-lhe flores. Lembrou-se dela dizendo: "Este jarro azul tem qualquer coisa, Lev, que eu adoro."

Jasmina voltou para a sala e depositou uma bandeja sobre a mesinha. Na bandeja, havia uma coleção de pratinhos brancos, cheios de comida. Entre os pratos, sobre o estanho polido da bandeja, Jasmina tinha espalhado pétalas de rosas brancas. Ela passou carinhosamente as mãos gorduchas sobre a comida, fazendo tinir suas pulseiras.

– *Koftas* de aperitivo – disse. – Castanhas de caju temperadas, camarões fritos, pasta de pepino, *samosas* de espinafre e ricota. Por favor, sirvam-se. Vou buscar a vodca.

Ela tornou a sair, e Christy contemplou os pratos brancos e as pétalas espalhadas.

– Ela comprou vodca para você – cochichou. – Eu disse que você gostava de uma dose.

Jasmina queria servir o jantar nos fundos da casa, no pátio, mas Christy disse que não, que gostaria de comer ali, para ver o sol se pôr sobre todo aquele colorido. Então, sentaram-se em almofadas no chão e Jasmina ia e vinha com mais e mais pratos – comida suficiente para dez pessoas.

Embora só bebesse água, ela serviu cerveja indiana gelada numa jarra alta e Lev sentiu sua mente encher-se de novo com a doçura do presente. Ele nunca tinha provado comida indiana feita em casa antes. Gostou de sentir, enquanto comia, o *perfume* que entrava por suas narinas, o modo como o *inalava* ao engolir, sentindo suas propriedades transformadoras penetrarem em seu sangue. Depois de algumas garfadas, ele imaginou que seu cabelo cheirava a coco, que sua pele irradiava cominho e gengibre.

Os objetos de vidro brilhavam na periferia de sua visão. A voz de Jasmina era melodiosa, suas vogais idiossincraticamente perfeitas, como se ela tivesse aprendido inglês com uma velha duquesa. E Lev podia ver que Christy ficava fascinado com o que ela dizia. Por um tempo, enquanto comiam frango ao limão com *dahl* e couve-flor, ela falou sobre seu trabalho como consultora de empréstimos no Hertford and Ware Building Society, mas a expressão de enlevo no rosto de Christy, a atenção do seu olhar nunca diminuíram.

– Jas faz um trabalho muito importante. Ajudando as pessoas a se tornarem proprietárias. Isto é filantropia, na minha opinião.

Lev viu Jasmine estender a mão e colocá-la delicadamente no pulso de Christy.
– Na verdade, não é – ela objetou. – Eu considerava que era quando comecei, mas agora acho que os empréstimos são nocivos sob vários aspectos, especialmente os muito grandes.
Ela se virou para Lev.
– Temos uma montanha de dívidas pessoais neste país. Um Everest de dívidas. E todo dia o Hertford and Ware aumenta a soma. Sinto-me cada vez menos confortável com isso, e mais simpática em relação aos muçulmanos, cuja lei proíbe que paguem juros sobre empréstimos. Assim eles não entram no caminho tradicional das hipotecas. Vejam, na sexta-feira, recebi um casal branco, tentando fazer um empréstimo que correspondia a *vinte e nove vezes* o salário deles. Onde isso vai parar?
– Isso não vai parar – disse Christy. – As pessoas vão sempre desejar coisas e você as ajuda a realizar seus desejos, só isso.
– Empréstimos para sonhos, é como eu chamo – prosseguiu Jasmina. – Do modo como eu fui criada, você trabalhava a vida inteira para realizar um sonho. Então, finalmente, talvez você conseguisse realizá-lo... como eu com essa coleção de vidro. Na Inglaterra, todo mundo quer as coisas imediatamente: casa nova, carro novo, geladeira nova, cozinha nova...
– É aí que eu entro – Christy interrompeu orgulhosamente, servindo-se de mais cerveja. – Eu podia conseguir um ano de trabalho só com isso, não é, Jas?
Jasmina acariciou a testa de Christy, como se fosse a testa de uma criança febril.
– Claro, mas não se você começar a beber cerveja demais de novo...
– Olha, foi você quem comprou a droga da cerveja, Jas. Só estou sendo um convidado educado, bebendo o que você está oferecendo.
– Odeio quando você prangueja, Christy. Você sabe disso.
Christy pegou a mão de Jasmina, apertou-a contra os lábios e beijou sua palma.

– Desculpe – ele resmungou, entre beijos. – Retiro o que disse. Estamos nos divertindo tanto. E dê só uma olhada no vidro agora, com esse restinho de sol iluminando-o, esse *raio de sol*, hein, Lev?
– Sim, estou vendo. É lindo, Jasmina.
– Só a mente de uma pessoa excepcional como Jasmina poderia ter organizado essas cores.
Lev viu Jasmina relaxar e seu belo sorriso voltou. Ela deixou Christy segurar sua mão junto ao coração e mantê-la lá enquanto tentava levar outra colherada de *dahl* até a boca. Lev notou que, por trás dos óculos, os olhos de Jasmina estavam úmidos.
– Você é um bebê, Christy. Um romântico. Não é, Lev?
– Sim. Um romântico, sim.
– E quem se importa com isso? – indagou Christy. – Alguém se importa? Quer dizer, alguém aqui se importa?
– Eu me importo – respondeu Jasmina. – Não quero que você mude.
– Ouçam só isso – retrucou Christy, com um sorriso beatífico no rosto. – Não é uma doçura dizer uma coisa dessas? Meu Deus! Você quer se casar comigo, Jasmina? Assim que o meu divórcio for homologado, você me dará a honra de se tornar minha esposa?
Houve um súbito silêncio na sala. Do lado de fora, vinha o som de crianças andando de skate na rua: o ruído das rodas gastas, das risadas infantis. Lev olhou de Christy para Jasmina, viu que ela o fitava de boca aberta. Christy ainda segurava a mão dela contra o peito.
– Você só está falando por falar, Christy? – Jasmina perguntou baixinho.
– Não. Estou falando de verdade. Quero que você se case comigo. Quer dizer, se você também quiser...
Ela virou o rosto para a janela, onde os últimos clarões de sol desapareciam no espectro verde e amarelo dos vidros. Então, virou-se de volta para Christy.
– Sim – disse, solenemente. – Eu também quero.
Lev largou o garfo. Ficou imóvel enquanto observava Jasmina e Christy inclinarem-se um para o outro e se abraçarem. A visão

da mão chamuscada de Christy apertando contra o corpo magro e branco o corpo gordo e dourado de Jasmina comoveu Lev mais do que ele seria capaz de expressar, e quando o casal se beijou, ele desviou os olhos. Deixou seu olhar passear, mais uma vez, pela solitária coleção de garrafas coloridas de Jasmina. Na vida de qualquer colecionador, pensou, deve haver um momento em que ele ou ela diz: "Chega. Está completa." E ele sentiu que esse momento provavelmente tinha chegado.

20
Empréstimos para sonhos

Lev voltava do Panno's por volta de uma hora da manhã quando recebeu uma ligação de Lora no celular. Ele estava em frente aos portões do cemitério de Highgate, onde notou que alguém havia depositado um monte de lixo em sacolas de supermercado. À sua frente, estendia-se a escuridão de Swains Lane.

Lora pediu-lhe para mandar mais dinheiro. Sua voz estava longe. Ela disse que estava desesperada com Rudi. A depressão dele parecia ter tomado conta de seu corpo, fazendo seus ossos doerem, seus músculos se contraírem e seus pés suarem. Ela contou que ele chorava durante o sono.

Lev não podia imaginar isso. Quando pensava no amigo, gostava de imaginá-lo rindo, discutindo, bebendo, dando tapas nas costas das pessoas com sua mão enorme.

– Vou mandar mais agora mesmo – afirmou.

– Detesto ter que pedir a você, Lev. Tem sido generoso com todo mundo – falou Lora. – Mas o que estou esperando, no que estou apostando, é que se Rudi conseguir consertar o Tchevi, vai parar de achar que está tudo acabado. Porque é o que ele diz o tempo todo para mim: que nossas vidas estão *kaput*, como o carro.

Ficou parado na rua escura, olhando para a luz fraca que brilhava na janela de um dos trailers. Queria contar a Lora que seu plano de abrir um restaurante em Baryn ia salvar a todos, que Rudi ia ter um papel importante em tudo, mas não ousava dizer ainda, porque sabia que sua Grande Ideia não tinha adquirido maior substância do que quando ele a vira pela primeira vez.

Lora contou-lhe que tinha pedido um orçamento para pneus novos e para consertar o sistema de refrigeração. Se ele pudesse mandar 200 libras, o Tchevi estaria na rua em uma semana.

Duzentas libras. Lev já atrasara uma semana o aluguel, duas semanas o dinheiro de Ina. Começou a descer Swains Lane. Disse a Lora que podia mandar o dinheiro depois de seu próximo pagamento, e ficou imaginando como ia viver depois disso.

Ele agora estava ao lado dos trailers. Viu, com o rabo do olho, duas crianças – uma preta e uma branca – saírem do espaço escuro e pensou: está tarde para eles estarem na rua. Achou que não podiam ter mais que doze anos, e os viu sair correndo pela rua, na calçada do cemitério.

– ... ele se recusa a olhar pela janela – Lora estava dizendo. – Diz que quer que alguém roube o Tchevi, para que não precise vê-lo parado ali fora.

Na mente de Lev, formou-se a imagem do Tchevi andando aos solavancos pelos caminhos de areia que levavam ao lago Essel e Rudi dizendo que ia imobilizar os peixes com seus faróis possantes, e que os peixes tinham ficado azuis – um azul venenoso?

– Lora, ouça – falou Lev. – Faça Rudi ir para o hospital. Ele pode estar doente e não apenas deprimido. Cãibras nos músculos pode ser muito sério. Pode ser contaminação daquela viagem que fizemos ao lago.

Lev ouviu Lora suspirar.

– Ele não quer ver ninguém. Eu queria que você estivesse aqui. Você seria capaz de ajudá-lo, eu sei. Mas no momento só consigo pensar em consertar o carro.

– Obrigue-o a ir ao médico.

– Você, alguma vez na vida, já conseguiu *obrigar* Rudi a fazer alguma coisa?

– OK. OK. Mas lembre a ele sobre os peixes azuis.

– Sabe o que eu fico pensando, Lev? Fico pensando, se ao menos nós tivéssemos um filho. Então, Rudi teria que seguir em frente, não é, por causa da criança, assim como você teve que seguir em frente por causa de Maya.

Lev começou a lembrar a Lora que seu declínio tinha durado muito tempo, então parou ao ver os dois garotos correndo em sua direção, bem rápido. Olhou seus rostos, o branco e o preto realçados pela luz fraca. Continuou falando com Lora, mas ouviu sua voz falsear. Notou que o garoto branco usava óculos, era mais baixo do que o negro, que tinha pernas mais longas e corria mais depressa. Ele entendeu, de repente, quando o garoto negro diminuiu o passo para deixar o outro alcançá-lo, que eles iam atacá-lo, que ele era o alvo, ele e seu telefone...

Só teve tempo para se preparar, mas sentiu uma bofetada do lado esquerdo do rosto e um golpe no ombro direito. Tropeçou, tentou agarrar o garoto negro que o havia esbofeteado, viu que ainda segurava o telefone enquanto os meninos subiam a rua correndo.

Virou-se, viu que eles iam para o portão do cemitério, pôs o telefone de volta no ouvido, ouviu Lora perguntar:

– O que está acontecendo, Lev? O que está acontecendo?

– Garotos – respondeu. – Garotos... – Ouviu sua respiração ofegante, como a de seu pai. – Tentaram roubar meu telefone. Jesus Cristo!

– Você está bem, Lev?

– Sim...

Começou a andar mais depressa, desejou estar mais perto de Belisha Road. Atrás dele, ouviu risadas, tornou a se virar e viu os garotos pegando sacolas de lixo na pilha perto dos portões, viu-os atirando as sacolas para o ar. Soube que não tinha terminado.

Disse a Lora que tinha que desligar, para ela dizer a Rudi que o dinheiro em breve estaria a caminho, para ela comprar os pneus e as peças do sistema de refrigeração...

Bum! Um saco de lixo bateu em suas costas, quase o deixando sem ar. Quis correr, mas sabia que garotos de doze anos o alcançariam. Era melhor manter a calma, continuar andando com passos firmes, guardar o telefone no bolso. Porque talvez fosse só uma brincadeira que garotos gostavam de fazer, tarde da noite, com estranhos que andavam por aquela rua escura. Talvez desprezassem seu celular barato, provavelmente roubavam BlackBerrys e sabe Deus o que o tempo todo, e achassem que não valia a pena machucá-lo por causa daquilo.

Bum! Outro saco. Agora no ombro, o saco arrebentando e derramando lixo em cima dele. Os sacos eram pesados, cheios de latas e garrafas vazias, que se espalharam pela calçada. Não seria mais uma brincadeira se uma delas batesse em sua cabeça.

A raiva tomou conta dele quando ouviu os garotos correndo em sua direção. Que desculpa aqueles garotos tinham para atacar estrangeiros? O que, por exemplo, eles sabiam a respeito de desvantagem e dor? Será que seus pais trabalhavam por um salário de fome, nove horas por dia, numa serraria fedorenta? Suas mães tinham morrido de leucemia aos trinta e seis anos? Suas casas estavam ameaçadas de desaparecer? Tornou a se virar, mas era muito tarde: eles lhe deram um encontrão, Lev perdeu o equilíbrio e caiu, e eles pularam em cima dele, enfiando seu rosto na sarjeta, apalpando suas roupas, arrancando o telefone, rasgando sua camisa...

Tentou chutar-lhes as pernas, seus traseiros magros, seus pés em tênis fedorentos, mas não acertou. Começou a gritar com eles em sua língua, como Rudi teria gritado, sentiu as mãos pararem por um segundo enquanto eles registravam as palavras desconhecidas, depois um monte de xingamentos encheu seus ouvidos.

– Seu estrangeiro filho da puta!
– Imigrante de merda!

Outro tapa na cara – como o tapa de um valentão do colégio, mesquinho, infame, e então tudo foi tirado dele: chaves, carteira, troco, cigarros, tudo.

Ele tornou a chutar e seu pé bateu em alguma coisa, e uma mão segurou sua cabeça e os xingamentos continuaram:

– Seu doido varrido!
– Terrorista!
– Filho da puta!

Então, sentiu gosto de terra na boca, ouviu o barulho das solas de borracha quando os meninos saíram correndo no escuro.

Esperou até os passos desaparecerem, então se levantou. Não estava ferido, mas seu rosto ardia e suas pernas tremiam. Olhou para um lado e para o outro, viu que a rua estava deserta. A luz no trailer tinha sido apagada.

Caminhou até a grade do cemitério e apoiou-se nela. Apalpou os bolsos para ver o que restava, torceu para achar pelo menos o cigarro. Mas não havia nada. *Nada*. Nem a chave de casa – e ele sabia que Christy estava em Palmers Green com Jasmina. Nem dinheiro para tomar um ônibus para algum lugar...

Tentou subir a rua correndo, mas seu coração começou a bater com tanta força que parecia que ia explodir. Caminhou mais devagar, tentando se controlar, acalmar sua raiva. Tentou pensar que aqueles ladrõezinhos ingleses não eram piores do que os criminosos menores de idade de Baryn, que ficavam em volta do mercado, atrás de uns trocados, que roubavam patins do rinque de patinação decadente e os vendiam para uma barraca de bricabraque a fim de comprar drogas com o dinheiro que conseguiam. Eram apenas garotos pobres, só isso. Garotos pobres de lares pobres, vítimas do preconceito e da miséria. Garotos pobres, cujos pais viviam bêbados ou drogados ou cheios de ódio – ou tudo isso. Garotos pobres que já arruinavam o próprio futuro.

Lev conseguiu correr o resto do quarteirão até o Panno's. Viu que ainda havia luz acesa na cozinha e começou a bater à porta. Panno apareceu, seu rosto melancólico tomado de susto.

Panno concordou em adiantar a Lev uma parte do pagamento da semana seguinte. Disse que ele tinha tido sorte, que podiam ter fraturado seu crânio com uma garrafa. E Lev sabia que Panno tinha razão, mas ainda estava nervoso. Sentia como se algo dentro dele tivesse se quebrado.

Lev comprou outro celular. Quando o segurou nas mãos, imaginou como conseguira viver tanto tempo sem um celular. Então, logo depois o telefone tocou e era GK.

– Tenho os custos preliminares para você – disse. – Venha amanhã às duas e meia.

Sobre a mesa de sempre, onde o ar cheirava levemente aos *crostinis* da noite anterior, havia uma folha cheia de números. Desta vez, GK ofereceu limonada a Lev.

– Anotei os números para você poder ver tudo com clareza. Dê uma olhada.

Lev segurou o papel com as mãos trêmulas. Começou a ler:

Fogões profissionais de seis bocas (2) com fornos duplos: mínimo de 2.200 libras cada, novo, ou de segunda mão, 400 libras cada(?)
Salamandras (2): 500 libras cada
Sistema de exaustão: mínimo 1.000 libras
Grelha profissional a gás: 650 libras
Lava-louça e pias: 900 libras
Armários e bancada: mínimo 3.000 libras
Facas e tábuas: 300 libras
Panelas, tesouras, batedores, vasilhas, tábuas etc., etc.: 300 libras
Mesas e cadeiras para 40 couverts: de segunda mão?
   Preço desconhecido
Talheres e louça: 500 libras?
Toalhas...

Lev chegou ao fim da lista e não ousou levantar os olhos. Recomeçou a ler, imaginou um dos belos fogões de seis bocas com suas chamas azuis, e desejou, *desejou*, estar parado na frente de um deles. Mas quando acabou de ler pela segunda vez, parou em *armários e bancadas*. Ele não aguentava ver de novo aquela soma chocante.

Lev sentiu o olhar de simpatia de GK.

– Isso é só o *matériel* – falou GK. – Realmente não sei quanto vai custar para reformar o espaço. Você conhece marceneiros e eletricistas tratáveis? Eles ainda trabalham por pacotes de Marlboro ou carregamentos de meias-calças? Ou vai ser pagamento por hora?

– Pagamento por hora – respondeu Lev. – Mas muito baixo.

– OK. Bem, ainda não posso estimar quanto vai ser. Depende do espaço que você achar e o que ele já tiver.

Lev ficou calado, olhando para a última cifra: 14.000 libras. Agora sabia o que era a sua Grande Ideia: um produto da sua imaginação, uma coisa sem substância. Em criança, ele tinha sido um sonhador. "Concentre-se, concentre-se!", sua mãe e seu pai tinham que gritar constantemente, quando ele tropeçava no caminho para a escola ou descendo a trilha até o rio. "Pare de olhar para as nuvens!" E agora ele sonhara de novo, olhara para as nuvens de novo, só isso. Só que, desta vez, seu futuro e o das pessoas que ele mais amava no mundo dependiam desse sonho. Ficou apavorado.

– Tome uma limonada – ofereceu GK.

Lev bebeu. Adorou seu azedo e doce. Pensou que, quando você era um chef de verdade, podia antecipar e preparar sabores e texturas que as pessoas achariam confortadores, mesmo que só por alguns instantes. Refletiu que, no fim, a vida – e a lembrança da vida que corria de mãos dadas com você – era feita de momentos fugidios.

– Você tem que se lembrar, Lev – ouviu GK dizer –, que eu não faço ideia de quanto essas coisas custam em Baryn. A quantia é o mínimo que você precisa para equipar uma cozinha aqui, assumindo que possa conseguir alguns itens de segunda mão. Mas, no seu país, deve ser bem menos. Se baixar o custo para, digamos, 10 mil libras, para dar conta da diferença, talvez fique certo.

Dez mil libras. O projeto todo era pura fantasia. Mesmo depois do seu próximo pagamento, Lev teria menos de 40 libras no bolso depois de mandar alguma coisa para Ina e 200 libras para Lora consertar o Tchevi. E ele devia 180 libras a Christy...

Teve vontade de rir de si mesmo. *Dez mil libras!* Viu um homem tolo que um dia acreditou que podia proporcionar felicidade a alguém com alguns bicos-de-papagaio, uma figura patética que, voltando para casa com pedaços de madeira roubados, tinha sido derrubado da bicicleta por um feixe de feno e caído na vala como um homem crucificado. Tinha quarenta e três anos e seu plano – sua Grande Ideia – era uma farsa. Dentro de um ano, sua casa estaria submersa. Não haveria nenhum restaurante chamado Marina.

E o que ia acontecer com Ina? Voltando do GK Ashe, essa preocupação começou a atormentar Lev acima de todas as outras. Porque compreendeu finalmente que sua mãe era irremovível.

Auror era mesmo a vida dela. Se Auror ia ser submersa, então ela iria junto para o fundo da represa.

– Mamãe – ele havia implorado pelo telefone –, os apartamentos em Baryn serão bons. Terão aquecimento elétrico. Ouvi dizer que alguns vão dar para o rio e nós vamos conseguir um desses.

– Não me importo com a vista. Eu tenho setenta anos. Pretendo morrer na minha aldeia.

– Mamãe, pense em Maya, no quanto ela precisa de você.

– Não. *Você* pense em Maya. Ela é sua filha. Volte para casa e seja um pai para ela, e mande todo mundo me deixar em paz.

– Mamãe, por favor...

– Estou cansada, Lev. Cansada demais para ouvir você. Me deixe em paz.

Ina o deixava arrasado quando falava assim e ela sabia muito bem disso. Mas ele perguntou a si mesmo: por que ela queria deixá-lo arrasado? Por que estava tão zangada com ele?

Por que ele era um FRACASSO. Esta foi a palavra que Lev usou para responder à pergunta quando entrou no metrô da Northern Line para Tufnell Park. Imaginou-a impressa num cartaz na estação do metrô, rabiscada em algum muro sujo: uma afirmação visível para todo mundo.

Na manhã seguinte, Lev fez o que sempre fazia quando chegava a um impasse: ligou para o celular de Lydia. Ela estava em Nova York, no Ritz Carlton Hotel, e eram cinco da manhã. O maestro Greszler dormia a seu lado.

– Desculpe, Lydia – falou Lev –, não sabia que estava nos Estados Unidos. Achei que estaria em algum lugar onde fosse dia.

Ele a ouviu sair do quarto e entrar em outro daqueles banheiros cheios de luzes que tanto alegravam seu coração. Ela lhe pediu para esperar enquanto vestia o roupão de cortesia por cima do pijama de seda.

Lev queria começar a lhe contar sobre o ataque em Swains Lane e como isso o havia abalado, mas resolveu não falar nada. Sabia

que Lydia diria que não havia nada de especial naquele assalto, que essas coisas acontecem todo dia, em toda cidade do mundo.
— Bem, o que você quer, Lev? Estou muito cansada.
Ele começou a falar sobre o que mais pesava em seu coração: as pistas que a mãe estava dando sobre suicídio. Enquanto falava, ele podia ouvir um ruído, e sentiu que a atenção de Lydia estava se desviando, provavelmente na direção daquele ruído.
— Que barulho é esse, Lydia?
— Nada. Estou só preparando um Alka-Seltzer. Continue.
— Você está doente?
— Não. Mas você sabe, na América eles servem porções muito grandes de comida. Pedi um simples peixe grelhado, meu prato favorito, no jantar, mas era um peixe enorme e eu já havia comido patas de caranguejo com molho de tomate de entrada, e isso foi depois da salada que eles sempre trazem quando você se senta, e pão ciabatta molhado no azeite. E é claro que Pyotor pediu um ótimo Sancerre para acompanhar o peixe e eu bebi bastante. Agora, deixe-me tomar o Alka-Seltzer e aí você pode continuar a falar da sua mãe. Mas sabe, Lev, como já disse, aquela mulher está fazendo chantagem emocional. Você devia resistir.
Ouviu Lydia beber e arrotar.
— OK — ele disse, quando a série de arrotos pareceu ter terminado —, não liguei para falar sobre Ina.
— Então, por que você ligou?
Lev nunca tinha visto Lydia mais cansada ou zangada. Respirou fundo, reprovou a si mesmo por tê-la acordado no meio da noite.
— Liguei para contar que tenho um plano para o futuro.
— É mesmo? Que plano?
— Bem... acho que é um bom plano. Mas só vai funcionar se eu tiver dinheiro.
— Nada funciona sem dinheiro, Lev. Achei que a esta altura você já soubesse.
— Eu sei. É por isso que estou ligando.
— OK. Então, que "plano" é esse? É melhor você me contar.

Ele a ouviu bocejar e isso o silenciou. Viu todo o esquema do restaurante como ela o veria – como um absurdo, uma fantasia. No entanto, prosseguiu, na esperança de tocar-lhe o coração.

– Você se lembra – disse, numa voz calma e séria –, no ônibus, quando você me falou de Elgar e da loja de piano?

– O quê? Do que você está falando, Lev?

– Você não se lembra? Você me contou sobre Elgar...

– Não, não. Você está totalmente enganado. Isso foi depois. Na noite do concerto. Foi quando eu falei sobre Elgar, antes de você me deixar lá plantada. Acho que sua memória está muito ruim.

A noite do concerto. Aquela noite vergonhosa. Mas ela tinha razão. Talvez ele estivesse perdendo a memória assim como estava perdendo todo o resto.

– Eu agora sou como Elgar – continuou. – Estou naquela triste loja de piano.

– Lev, desculpe, mas eu não estou entendendo uma palavra do que você está dizendo. Você está bêbado?

– Não. Só preciso de ajuda. Tenho que seguir em frente com a minha vida, como Elgar fez quando ouviu aqueles sons no rio, ou algo assim. Preciso chegar aonde posso ser útil para todo mundo na minha casa.

– Então, você fez um plano. Mas não me contou que plano é esse. Só desviou o assunto para Elgar, e eu não consigo perceber por quê. Então, acho que vou voltar para a cama. Por que você não me telefona amanhã... no horário dos Estados Unidos... quando estiver sóbrio?

– Não, Lydia! Não estou bêbado. Não desligue. Vou entrar no cerne da questão.

Ele a ouviu suspirar. Ela disse cansadamente:

– E qual é o "cerne da questão", então?

Lev engoliu em seco, respirou fundo.

– O cerne da questão é que eu preciso de 10 mil libras – disse.

– O quê?

– Preciso de 10 mil libras.

Houve um silêncio, durante o qual Lydia soltou outro arroto abafado.

– Dez mil libras? Lev, o que está havendo? Você está sob ameaça da Máfia?

– Não, não existe Máfia aqui até onde eu sei.

– Existe algum tipo de Máfia em toda a parte. Mas não vamos discutir isso. Por favor, diga-me o que está havendo. Porque não estou entendendo nada.

Então, ele fez uma confissão, sem ir diretamente ao ponto, mas dando uma certa volta: a narrativa da sua Grande Ideia. Rememorou-a, disse que podia vê-la, cheirá-la, tocá-la... a ideia do restaurante em Baryn, um lugar que todo mundo ia querer frequentar, o primeiro lugar a servir ótima comida, o *seu* estabelecimento, com o qual sonhara ao trabalhar na cozinha de um chef famoso, ao trabalhar nas plantações de Suffolk, fruto de suas alegrias e sofrimentos na Inglaterra, o Restaurante Marina.

Lydia escutou em silêncio. Pelo telefone, Lev pôde ouvir uma sirene de polícia berrando na noite de Nova York. Então, quando fez uma pausa em sua "confissão" e a sirene desapareceu, houve um momento de silêncio entre eles, como se a ligação tivesse sido cortada. Mas Lev podia ouvir a respiração de Lydia.

– Diga alguma coisa, Lydia.

– Bem. Não sei o que dizer. É uma ideia inteiramente louca.

– Você não acha que meu restaurante vai ter sucesso?

– Não faço ideia. Talvez, se você trabalhar muito. Se aprender a ser um bom chef. Mas realmente, Lev, você não precisava ligar para mim no meio da noite para me contar sobre esta ideia louca. Um restaurante em Baryn! Não sei como você foi inventar isso.

– Já disse, a ideia simplesmente me ocorreu, vi sua lógica.

– Lógica? Bem, devo dizer que não vejo lógica nenhuma nela. Nosso povo não liga para boa comida. Nunca ligou.

– Só porque nunca teve a chance, mas vou dar-lhe esta chance.

– Tudo bem, Lev. Claro. Mas, olhe, está mesmo muito tarde, e temos uma agenda pesada amanhã, com um concerto no Lincoln Center. Estou olhando pela janela do banheiro e estou vendo que

o dia está amanhecendo. Preciso voltar para a cama e tentar dormir um pouco.
– OK. Mas você vai pensar sobre o meu plano e ver se pode falar sobre ele com...
– O *quê?* O que foi que você disse?
– Só pensei que você poderia falar do meu plano com...
– Com Pyotor?
– Sim.
– Meu Deus! É isso que está propondo? Foi por isso que me ligou, para eu pedir a Pyotor que lhe empreste dez mil libras?
– Eu só achei... o que parece muito para você e para mim pode não parecer... importante para ele.
– Lev – Lydia deu com um longo suspiro –, devo admitir que você me decepciona. Mais do que isso. Na realidade, acho simplesmente atroz. Desprezível! Que depois de tudo o que fiz por você, você tenha a audácia de pedir essa quantia absurda.
Lydia tinha razão. Era absurdo. A coisa toda era absurda.
– Eu só imaginei – Lev gaguejou – se o maestro Greszler não se interessaria em financiar o projeto. Então, quando ele fosse a Baryn...
– Ele nunca vai a Baryn. Ele não gosta nem um pouco daquele lugar.
– Não? Mas se ele um dia for lá... e...
– Lev, desculpe, mas preciso desligar.
– Não desligue, Lydia. Não fique zangada.
– *Não?* Você não percebe que fez uma coisa perversa? Sinto muito, sinto mesmo, mas vou desligar agora. E *não* vou mencionar seu pedido para Pyotor. Não quero que ele o desprese. Adeus, Lev.
A ligação foi cortada. Lá embaixo, no jardim, o cachorro latia no calor da manhã. Lev ficou imóvel, contemplando o céu claro. Jasmina tinha razão, pensou. Os sonhos deixam você atrevido, fazem você percorrer caminhos que normalmente não faria.

Mas, fora seu sonho, o que ele tinha para se agarrar?
– Não sei como imaginar o futuro de forma diferente – ele disse a Christy.

– Entendo seu dilema – falou Christy.

Eles estavam limpando o apartamento para Jasmina, que ia dormir lá pela primeira vez. Estavam na cozinha: dois "enfermeiros" polindo tudo antes que Lev começasse a preparar a comida. Mas Christy se distraía abrindo armários e achando coisas que não se lembrava que possuía.

– Dá só uma olhada nisso. – Ele tirou do armário um conjunto de fondue, de cobre, com seis espetos para carne. – Nunca foi usado. Deve ter sido um presente de casamento. Foi isso que o condenou.

Mais tarde, ele achou um porta-torradas de prata, também escurecido pelo tempo.

– Herança! – disse, depositando-o sobre a bancada. – Presente que uma tia de Limerick deu à minha mãe. Direto da loja de penhores.

Christy olhou durante um longo tempo para o porta-torradas e disse que ia se livrar de tudo o que pertencesse ao seu passado, "até o último objeto", para sentir que estava recomeçando a vida.

Trabalharam até a hora de Lev se dirigir ao serviço. Antes de sair, ele contemplou a cozinha limpa, admirando por um momento as superfícies brilhantes, sentindo o cheiro de água sanitária. Depois saiu. Agora, ia por outro caminho, subia a Junction Road até Archway, depois virava à esquerda em Highgate, evitando Swains Lane e o cemitério. O tempo estava quente. Para diminuir a ansiedade em relação ao futuro, ele às vezes pensava no tempo em que colhia aspargos, recordava as violetas crescendo na grama e as risadas de Jimmy e Sonny Ming.

Hor-ror. Ganhamos no bilhar, Lev.

Hor-ror-ror-ror!

Resolveu preparar *kleftiko* para Jasmina. Comprou as pernas de carneiro bem barato no açougueiro grego da esquina de Belisha Road, refogou-as em óleo, depois preparou um molho de tomate e alecrim para cozinhá-las, deixando-as no forno brando por várias horas – exatamente como Panno havia ensinado – até estarem tenras como vitela. Serviria o carneiro com arroz de açafrão e salada grega com azeitonas e queijo feta. De sobremesa, como Christy havia dito que Jasmina adorava doces, faria uma torta de chocolate.

Preparando a massa, mexendo o chocolate derretido com creme, no silêncio da tarde de domingo, Lev sentiu sua mente se acalmar. Tinha certeza de que a torta – uma das receitas de Waldo – ficaria gostosa. Mas ele também sabia que o que tinha escolhido para seu futuro era o certo, o certo para ele. Sabia que o que mais gostava de fazer era cozinhar. Então, disse a si mesmo que quando se gosta tanto de uma coisa, de algum modo você faz essa coisa acontecer...

Na sala ao lado, Christy estava agitado, distribuindo guardanapos de papel vermelhos pela mesa, arrumando e tornando a arrumar cravos brancos num velho jarro de vidro marrom. Toda hora ia até a cozinha.

– Como vai indo, cara? – perguntava.

– Vai indo bem.

– Não é melhor servir uns aperitivos, como os que ela preparou para nós?

– Sim. Não se preocupe, Christy. Vou fazer umas tortinhas de queijo com a sobra da massa.

– Se tudo der certo, a próxima coisa que tenho que fazer depois desta noite é apresentar Jasmina a Frankie – planejou Christy.

Lev derramou mais farinha na massa, afinou-a com o rolo.

– Jasmina vai gostar de Frankie.

– É, mas será que Frankie vai gostar de Jasmina? Isso é o que mais me preocupa. Myerson-Hill pode ser racista. Com aquele seu ar de certeza. Aquele apartamento todo branco. E isso pode ter passado para Frankie.

– Você não sabe...

– Não, eu não sei, mas há coisas que se pode simplesmente *supor*.

– Frankie vai gostar de Jasmina. Ela é uma ótima mulher, Christy.

— Sim, *eu* sei disso. E você também. Mas quero que todo mundo saiba. Quero que o mundo inteiro, inclusive minha filha, venere o chão que ela pisa.

Ela chegou às sete, estacionando seu velho Renault Clio do outro lado da rua. Christy havia vestido uma camisa limpa de linho branco, sobre a qual seu rosto parecia anêmico de preocupação e excitação. O pequeno apartamento cheirava a lustra-móveis e chocolate.

Jasmina usava um sári azul e comprara um novo par de óculos de armação azul. Com sua pele clara, seus olhos grandes e seu penteado impecável, ela parecia a figura perfeita para um anúncio daqueles óculos, Lev pensou. Através deles, ela contemplou os cravos na jarra marrom, os guardanapos de papel vermelhos, agora enfiados nas taças de vinho.

— Muito bonito, Christy – elogiou.

— Está tudo um pouco vazio – ele se desculpou, ansiosamente. – Ângela levou muita coisa.

— Estou achando tudo ótimo.

— Quer ver o restante?

— Se você permitir.

— Mostre a ela, Lev. Vou abrir o vinho.

Lev guiou-a pelo apartamento. Ela não cruzou o batente da porta do quarto de Christy, nem o do banheiro, só espiou da porta e aprovou com um movimento de cabeça. Mas quando chegaram ao quarto de Lev – o quarto de Frankie –, Jasmina entrou na ponta dos pés, quase como se houvesse uma criança dormindo no beliche. Ficou parada na janela, olhando para o céu, depois pegou um dos brinquedos que ainda estavam sobre o parapeito da janela. Era um tigre. Jasmina olhou para o tigre e falou:

— Sabe, eu não sei como ser mãe ou madrasta para uma criança. Mas espero ter a chance de tentar.

— Você terá – disse Lev. – Com certeza.

— Fico feliz por Frankie ser menina. Acho que eu estaria perdida com um menino.

* * *

Tudo foi comido, inclusive quase toda a torta de chocolate. Jasmina encostou-se na cadeira, com as mãos cruzadas sobre o estômago.
– Meu Deus, estou entupida. Você cozinha muito bem, Lev. Vai ter sucesso no seu restaurante, tenho certeza – comentou.
A observação foi seguida de silêncio. As cortinas recém-lavadas moviam-se delicadamente com a brisa da noite. Christy serviu mais vinho branco e tomou um bom gole.
– Se o projeto fosse na Inglaterra – Jasmina continuou, calmamente –, você poderia conseguir um empréstimo para microempresas. O Hertford and Ware talvez até pudesse ajudá-lo. Estamos diversificando nossos empréstimos. Eu poderia ser sua conselheira financeira!
– Isso seria ótimo, Jasmina.
– Sim, seria bem divertido, não é? Mas o H & W não trata de nada fora da Inglaterra. Isso eu sei com certeza. Então, você vai ter que procurar a estrutura que existe aqui para você oficialmente.
Lev ficou perdido. O que ela queria dizer com "a estrutura que existe aqui"?
– Bem... – começou Jasmina. – Estou falando de incentivos financeiros existentes em seu país: basicamente, subsídios para novos investimentos. Os países do bloco oriental estão ansiosos por projetos no estilo ocidental, mesmo projetos em pequena escala, então, provavelmente, querem financiar negócios individuais. Você entende o que estou dizendo?
– Sim.
– OK, o que eu acho é o seguinte. Por que você não procura a sua embaixada e pergunta se existe algum sistema de empréstimo que você possa acessar?
– Ir à embaixada?
– É o lugar mais lógico para começar. Explique seu projeto e o custo provável do investimento inicial. Veja como eles reagem. Veja se sabem de algum esquema que possa ajudá-lo.
– Empréstimos para sonhos – brincou Lev.

— Claro. — Jasmina abriu um daqueles seus sorrisos transformadores. — Mas é um sonho bom, não é, Christy?
— Sem dúvida. Muito bom. Sou totalmente a favor.

Lev olhou para Christy, cuja cabeça descansava confortavelmente nas costas da cadeira. Mas Lev sabia que o pensamento de Christy não estava em empréstimos e subsídios, mas apenas na noite que se aproximava e no corpo de Jasmina ao lado do dele, finalmente, em sua própria cama.

21
Vendo retratos

A embaixada ocupava um prédio alto, perto de Earls Court Road, onde Lev trabalhara para Ahmed. Embora a pintura de fora estivesse nova, o hall de entrada oprimiu Lev com sua escuridão, seu cheiro de abandono. Esta escuridão e este abandono eram tristemente familiares, mas pareciam chocantes numa embaixada.

Lev viu que havia um aviso amarelado na parede instruindo os visitantes a procurar a Recepção, localizada numa sala à esquerda do hall, onde uma moça, atrás de uma mesa de aço em forma de rim, ficava sob o retrato, de tom avermelhado, do presidente Podrorsky. O peso da mesa marcava um velho tapete afegão. As cortinas das janelas altas combinavam com o tom avermelhado do retrato e estavam parcialmente fechadas para diminuir a luz do dia claro de verão.

Do outro lado da sala havia um bar. Lev viu um grupo de homens de ternos escuros debruçados sobre o bar, tomando vodca e fumando. Eram dez e meia da manhã. O barman estendia com os braços como se estivesse medindo um corte de tecido sobre o balcão, a cabeça inclinada sobre uma arena de fumaça. Quando Lev entrou, o barman ergueu os olhos e todos os rostos se viraram para fitá-lo e, imediatamente, voltaram-se para o outro lado. Os homens no bar foram capazes de ver, ao que parecia, que ali estava uma pessoa sem importância.

Lev não havia preparado o que ia dizer. Desejou lembrar-se melhor do que Jasmina lhe dissera sobre sistemas de empréstimo e de capital inicial. Ao se aproximar da mesa e do olhar frio de sua ocupante, ele sentiu o cheiro dos móveis impregnados de fumaça, e pensou que tudo aquilo o fazia lembrar do escritório do secretário Rivas no prédio de Obras Públicas de Baryn, o que fez ressurgir nele o ódio que ainda sentia por Rivas. Uma parte dele teve vontade de dar meia volta e sair.

– Como posso ajudá-lo, senhor? – disse a moça em inglês.

Sua pronúncia ultracorreta fez Lev pensar em Lydia – coisa que ele preferiu não ter feito naquele momento. Ficou parado diante da mesa, mudo. Sentiu um desconforto no estômago. Imaginou se a única coisa que ia fazer era perguntar onde ficava o banheiro.

A mulher o fitava. Seu cabelo estava preso num coque apertado. Sua pele era muito branca e seus lábios estavam pintados de vermelho. Apesar do dia bonito lá fora, estava frio na sala, como se o sol nunca tivesse entrado lá.

Lev limpou a garganta. Enfiou as mãos nos bolsos da jaqueta de couro.

– Vim perguntar... – começou.

A jovem apertou os olhos, como se estivesse sentindo dor.

– Vim perguntar... existe um... *departamento*... nesta embaixada que lide com projetos comerciais?

– Como? – falou a moça.

– É só uma indagação. Fui aconselhado a vir aqui... para ver se a embaixada pode me ajudar.

– Sim. Ajudar com o quê?

– Bem. Com um projeto comercial.

Os olhos não relaxaram. A mulher continuou com dor, sua pele tão pálida que parecia que havia sido pregada no crânio atrás das orelhas.

– Não estou entendendo. Qual é a natureza precisa da ajuda que o senhor quer?

– Eu só quero saber se, de alguma forma, em algum departamento, a embaixada costuma ajudar com... assuntos comerciais.

– Sinto muito – disse a moça. – O senhor vai ter que explicar melhor. O senhor não prefere falar inglês?

Lev deu um leve sorriso.

– Não – respondeu. – Não prefiro falar inglês. Tudo o que eu quero é saber se posso falar com alguém sobre levantar fundos para iniciar um negócio em Baryn.

– Em Baryn?
– Sim.
– Esta é a embaixada de Londres.
– Sei que é a embaixada de Londres.
– Estamos aqui para ajudar nossos cidadãos que estejam com alguma dificuldade pessoal ou diplomática. O senhor está com alguma dificuldade diplomática?
– Bem, parece que estou com uma dificuldade diplomática neste exato momento, nesta sala, já que não estou conseguindo me fazer entender pela senhora. Talvez eu pudesse marcar uma hora com alguém mais graduado, alguém que pudesse responder às minhas perguntas.
– Eu posso responder às suas perguntas. O que o senhor deseja saber?

Lev sentou-se na cadeira de couro – muito parecida com as do escritório de Rivas – e tirou do bolso o maço de cigarros.
– Não, não, sinto muito – disse a mulher, sacudindo o dedo para ele. – O senhor não pode fumar aqui.

Lev fez um sinal na direção dos homens de terno.
– Todo mundo ali está fumando.
– Ali é o bar.
– Fica na mesma sala.
– Não. Aqui é a Recepção e ali é o bar.

Lev conhecia este tipo de falta de lógica, sabia que tinha que resignar-se a ela, que as pessoas em posição de autoridade nunca cediam, então, guardou os cigarros. Olhou para as janelas amortalhadas e para a rua. Neste momento, o telefone da mesa tocou e a moça atendeu:
– Recepção da embaixada, boa-tarde.

Lev ficou quieto. Dez e meia e ela diz "boa-tarde". Tentou não permitir que a impaciência que sentia em relação à moça tomasse conta dele. Ouviu risos na área do bar. Ouviu o barulho de um isqueiro que não queria acender.

A conversa telefônica absorveu a moça. Ela virou a cabeça para o outro lado, falou baixinho, mas com súbita animação:

– ... não reconheci sua voz, Karli. Acho que você disfarça a voz quando liga, só para implicar comigo... Não, eu acho que você faz isso. Você parece um russo... É. Um empresário russo ou algo assim... O quê?... Nunca ouvi isso. Quem diz que os perus deles são grandes? Você inventou isso... Espere um instante.

Ela virou-se de novo para Lev.

– O senhor pode esperar ali, por favor – pediu, indicando um sofá de couro sob a janela. – Preciso atender a este importante telefonema.

Lev olhou-a duro.

– Não – disse. – Eu não posso esperar. Quero marcar uma hora. Com o embaixador.

– Não, não – retrucou a moça, segurando o telefone a poucos centímetros do ouvido e sacudindo violentamente o coque. – Isso é impossível. Não posso marcar hora com o embaixador. O senhor tem que mandar o pedido por escrito, dizendo o que pretende e quais são as suas credenciais... Espere um pouco, Karli. Estou resolvendo um assunto aqui... O quê?... Não, ele não era um estúpido de um russo... Era finlandês... OK, senhor? O senhor tem que mandar seu pedido por escrito, especificando a natureza do assunto, seu nome, seu endereço, sua ocupação, seu endereço na Inglaterra, sua ocupação na Inglaterra e todas as outras informações relevantes para a entrevista que está solicitando. Por favor, lembre-se de que todos os pedidos devem ser feitos *por escrito*, não por e-mail. Não aceitamos pedidos por e-mail de forma alguma.

– Por quê? Vocês não estão conectados à internet? – quis saber Lev.

– Não. É claro que estamos conectados à internet, mas pedidos por e-mail foram considerados inaceitáveis.

– Por quê?

A moça olhou para Lev com franca animosidade.

– É a política da embaixada – ela respondeu. – É só o que posso informar ao senhor.

– Política da embaixada. Entendo – disse Lev. – Mas a senhora está dizendo que posso escrever para o embaixador?

— Informando a natureza do assunto, seu nome, seu endereço, seu endereço na Inglaterra...
— E a hora do dia, eu presumo, para ajudá-la a distinguir a manhã da tarde.
— Perdão, senhor?... Não, não desligue, Karli, preciso falar com você sobre a noite passada... O que foi que o senhor disse?
— Nada. Nada.
Lev se levantou e saiu. A porta da frente era pesada e o som que fez ao se fechar atrás dele proporcionou-lhe um momento de satisfação inesperada. Ficou parado sob o sol, fumando. A bandeira de seu país pendia, sem vida, de um poste branco, sem nenhum vento para movimentá-la.

Lev começou a caminhar. Sabia exatamente para onde estava indo. De repente, quis sentir de novo aquele momento longínquo de sua chegada à cidade, sob o sol quente, vagando com a mala cheia de panfletos de Ahmed. Como se ao recordar *in situ*, experimentar tudo de novo, pudesse garantir-lhe que, se tinha sobrevivido até ali, sem dúvida seria capaz de realizar o grande sonho de seu futuro.

E lá estava Ahmed: dentro da sua loja de *kebab* fortemente iluminada, limpando o espeto de carne, com sua cabeleira farta e lustrosa, seu porte ainda imponente, seus antebraços brilhando.
— Ahmed.
O árabe se virou. Lev sorriu e viu que, em segundos, Ahmed o reconheceu, limpou a mão enorme no avental e a estendeu por cima do balcão.
— Ei! Um de meus entregadores de folhetos, certo?
— Certo. Lev.
— Lev. Claro. Eu me lembro. Como vai indo você? Você está elegante. Conseguiu um bom trabalho, certo?
— Sim. Trabalho em Highgate. Num restaurante grego.
— Grego? *Alá!* Cuidado com os gregos! Você conhece o ditado? Mas é melhor do que trabalhar para Ahmed, hein? Ganha mais?
— Sim. É bom. Mas eu trabalhei para GK Ashe por um tempo e isso foi...

– GK Ashe? Aquele punk ricaço? Está falando sério?
– Sim.
– Por que você saiu? Não me diga. Ele tentou fritar seu fígado?
– Não. Eu tive... o que você chama de... problemas com mulher.

Ahmed ergueu os olhos castanhos para o seu céu sempre vigilante, depois colocou duas xícaras no balcão.

– Então, é melhor tomar um café, para se acalmar – disse. – Problemas com mulher deixam um homem louco.

Lev contemplou a pequena loja, vazia no meio da manhã, mas quente e ofuscante, como no verão anterior. Viu que o chão precisava de limpeza e que a geladeira de bebidas, de onde ele havia bebido água numa lata verde, tinha uma placa pendurada, dizendo: "Desculpe, quebrada. Será consertada em breve. Se Alá quiser."

– Como vão indo as coisas, Ahmed? – perguntou.

Ahmed manipulou sua máquina Gaggia com a habilidade habitual e serviu delicadamente dois expressos. Lev viu então um lampejo de tristeza em seus olhos.

– Posso contar para você, amigo, porque você é como eu, não é deste país. Os negócios andam ruins. E eu sei por quê.

Lev esperou. Ahmed empurrou um açucareiro em sua direção.

– Você usa açúcar ou já é doce o suficiente? GK Ashe faz calda de açúcar com a sua bunda? – Ahmed riu, depois alisou a barba e fez um ar triste novamente. – É, os negócios vão mal porque as pessoas agora têm preconceito contra os árabes. Eles agora se viraram contra nós. Agora, não importa de que país você venha, eles olham para você e pensam, árabe de merda, homem-bomba, patife muçulmano. Não estou brincando, Lev. É assim que estamos agora. Num beco sem saída.

– Sim, já percebi.

– Eu sou do Qatar, certo? Não tenho nada a ver com Osama bin Laden, nem com nenhum daqueles malditos fanáticos. Sou até mais simpático e gentil do que o Blogger de Bagdá. Você sabe disso, porque acho que fui bom para você, não fui? Eu o tratei bem.

– Sim, Ahmed. É verdade.

– Certo. Mas os ingleses, jovens ou velhos, olham para mim como se eu fosse envenená-los. Há noites em que não tenho ne-

nhum freguês. Aquela droga de pizzaria aqui ao lado está cheia de fregueses, e eu não tenho nenhum. O pub fecha, a minha máquina está cheia de carne fresca e eu tenho ótimas saladas no balcão, e ninguém na loja! Vou dizer uma coisa, tenho vontade de chorar.
– Sinto muito, Ahmed.
– É. Chorar. Como você chorou no meu banheiro. E notei uma coisa: não invento mais provérbios. Como se a minha mente estivesse esgotada.

Lev balançou a cabeça, com um ar grave. Os dois homens estavam perto um do outro, debruçados sobre o balcão. Do lado de fora, em Earls Court Road, a multidão passava, piscando os olhos e franzindo a testa por causa do brilho do sol.

– Talvez – Lev disse, após algum tempo –, isso vá passar. O que as pessoas pensam de você. Talvez seja apenas algo momentâneo, que vai passar.

– Claro, talvez você tenha razão. Desde que não haja mais bombas. Mas como é que eu vou me aguentar? Não tenho dinheiro para consertar a geladeira, Lev. Não posso nem imprimir os malditos folhetos! Tenho mulher e filho. Só consigo sobreviver mais um ou dois meses desse jeito. Depois acabou. E esse era o meu sonho. Ter meu próprio negócio. Ter meu nome na vitrine.

Lev tomou seu café, depois disse baixinho:
– É o meu sonho também.
– Como assim, entregador de folhetos?
– Eu tive uma ideia maluca, Ahmed. Voltar para o meu país e abrir um restaurante numa cidade chamada Baryn.

Ahmed arregalou os olhos de susto.
– É mesmo? Você está falando sério?
– Sério, na minha mente, entende? Mas GK levantou alguns custos para mim...
– OK. Não me diga. Tudo no mundo se resume a dinheiro. É por isso que as pessoas estão de novo amando a religião. Estão fartas do som do ábaco.

* * *

Lev desceu os degraus do sótão, viu a porta amarela e o gato cochilando ao lado das hortênsias azuis. Ficou parado, olhando, e o gato não se mexeu. O sol iluminava as hortênsias e os loureiros. Havia uma lata sob a torneira do jardim.

Achava-se no jardim de Kowalski. O lugar estava silencioso e calmo como sempre. Será que Shepard e Kowalski encontravam-se em casa? Lev ia tocar a campainha e anunciar que uma vez tinha passado a noite inteira ali, que havia dormido sob a rua, aliviado a bexiga ao lado da torneira? Alguma coisa nele queria fazer isso, dizer que tinha uma dívida para com eles, porque tinha sido ali que sentira pela primeira vez o perfume de felicidade da cidade... Mas não se mexeu, ficou onde estava, na metade da escada, atento e calmo. O gato continuou dormindo.

Quando seu telefone começou a tocar, Lev se virou e caminhou de volta para a rua. Parou ao lado da grade, com o sol batendo no rosto.

– Lev – disse uma voz de mulher. – Estou falando com Lev?

– Sim.

– Ah, que bom. Espero que não se importe que eu tenha ligado para o seu celular. Consegui o número com Sophie.

– Quem é?

– É a Sra. McNaughton, da casa de repouso Ferndale Heights. Estou ligando para pedir um favor. Você pode falar ou está ocupado?

Lev lembrou-se dela, a diretora de Ferndale Heights, eficiente e severa, mas com um rosto bondoso.

– Não estou ocupado.

– Bem. O nosso dilema é o seguinte, Lev. Você se lembra da Sra. Viggers e da filha dela, Jane, que trabalhavam aqui na cozinha?

– Sim.

– Bem, elas nos deixaram na mão. Foram embora ontem, sem nenhum aviso. Não disseram nada. Nada. Foram embora e pronto. Não entendo como alguém pode se comportar assim, mas foi o que aconteceu. A questão é que estou tendo muita dificuldade

em encontrar quem as substitua. No momento, só estou com uma ajudante. A filha da antiga faxineira do capitão Brotherton está fazendo um ótimo serviço, mas ela é muito jovem e inexperiente, e não posso deixar tudo com ela, não é?
– Não. Acho que não.
– É claro que eu mesma estou ajudando. Por necessidade. Mas no domingo tenho que visitar minha irmã, que está em Kent, com herpes-zoster, então estava pensando... você poderia ajudar com o almoço? Eu me lembro que todo mundo gostou muito da comida que você fez aqui. Sei que está muito em cima da hora, mas...
– Sim – interrompeu Lev. – É claro que sim.
– Ah, você pode *mesmo*? É muita bondade sua. Vamos pagar direito, é claro. Fico realmente muito grata.
– Tudo bem. São quantas pessoas para o almoço, Sra. McNaughton?
– Bem. Deixe-me ver. Dezesseis internos. Perdemos a Sra. Hollander. Tão triste. Ela era... uma estrela-guia. Você se lembra dela, Minty Hollander?
– Sim. A brincadeira de Natal.
– Isso mesmo. Ela sempre gostou de monopolizar as brincadeiras aqui. Mas ninguém se importava com isso. E a perdemos tão subitamente. Sei que todos sentem saudades dela.
– Sim. Acho que sim.
– Bem, mas é a vida. *Embora se retoque com uma camada de um dedo de espessura, algum dia ficará desse jeito.*
– O que foi que a senhora disse? – indagou Lev.
– Ah, só estava citando um trecho do *Hamlet*.
– Hamlet está falando com o coveiro, não é?
– Sim. Isso mesmo. Onde aprendeu isso, Lev?
Lev, parado no sol, sorriu de leve. Não só tinha reconhecido a frase, mas sentiu que, de repente, compreendera por que Lydia lhe tinha dado a peça para ler: ela queria mostrar-lhe que palavras escritas há muito tempo podiam chegar até você e ajudá-lo em momentos em que você não conseguia mais ver a estrada.
– Uma amiga me ensinou – disse.

— Bem. Muito bom. Lev, estou tão aliviada que possa vir no domingo. Pensei imediatamente na querida Sophie, mas, infelizmente, ela está ocupada com uma exposição de arte.
— É?
— É. Eu não sabia que havia inauguração de exposições de arte nos domingos. Antigamente não havia, mas acho que os tempos mudaram.
— Acho que sim.
— Bem, Lev, acho que vai dar tempo se você chegar aqui por volta das nove e meia. Os internos gostam de comer à uma hora. Se puder vir no meio da semana, combinamos o preço. Está bem assim?
— Está muito bem. Mais uma coisa, Sra. McNaughton. O que vou cozinhar?
— Certo. Bem, um assado. É o que sempre temos aos domingos. Cordeiro?
— OK. Cordeiro. Vou levar umas ervas.
— Ervas? Ah, sim. Ótimo. Mas eles gostam de coisas simples. Não se esqueça de que estamos na Inglaterra, Lev.
— Não. Eu nunca esqueço.
Lev guardou o celular, virou-se e olhou mais uma vez para o quintal de Kowalski, guardando-o para sempre em sua memória. Depois foi embora.

A cozinha de Ferndale Heights fedia a gordura queimada, a repolho cozido. Lev abriu todas as janelas, limpou o fogão, pegou uma panela e esfregou-a até seus dedos sangrarem. Depois começou a descascar batatas.
Sua jovem ajudante negra chegou silenciosamente e ficou parada na porta, apertando um avental dobrado contra o corpo. Lev virou-se e viu-a ali parada. Tinha uns dezesseis ou dezessete anos, espinhas no rosto e o cabelo esticado.
— Sou Simone — ela disse.
Ele apertou-lhe a mão, viu que ela estava desconfiada do fato de ele ser estrangeiro, então começou a lhe dar ordens imediata-

mente – como GK teria feito. Disse-lhe para terminar de descascar as batatas, lavar e guardar as cascas e depois passar para as cenouras. Então, diante de seus olhos espantados, ele tirou dos armários todos os pacotes de molho pronto, cubos de caldo e purê instantâneo, e os jogou na lata de lixo.
– Nesta cozinha, fazemos comida de verdade – falou. – De acordo, Simone?
– Tanto faz – disse Simone. – Você é o responsável, cara.
– Hoje, eu sou o chef. Então, aqui está o que vamos fazer para acompanhar o cordeiro assado: um *gratin* de batata e cebola, um belo *jus*, um purê de cenouras...
– Como eu o chamo? De chef?
– Sim – ele não conseguiu resistir. – Você me chama de chef.
O pernil era enorme, sujo de sangue, escorregadio no pacote a vácuo. Lev lavou-o e secou-o. Da sacola que havia trazido, tirou um molho de ruibarbo, uma cabeça de alho e um pouco de alecrim. Viu Simone virar-se para olhá-lo enquanto ele pegava aqueles novos ingredientes.
– Você tem um kit aí? Um kit de chef?
– Sim. Conheço esta cozinha.
– Uma merda, não é?
– É uma merda. Mas hoje vamos melhorá-la.
Lev tirou da sacola o ruibarbo, depois uma noz-moscada, cravos, manteiga e creme. Simone sacudiu a cabeça.
– Ma Vig não entendia nada de cozinha – comentou. – Não sei como ela conseguiu este emprego, porque não merecia.
– Não. É uma sorte que tenha ido embora.
O lugar velho e branco logo ficou perfumado com o cheiro do cabrito e do *gratin*. Lev começou a medir manteiga e farinha para fazer um farelo, enquanto Simone lavava e cortava o ruibarbo. Viu que a garota trabalhava devagar, mas com cuidado. Quando mostrou-lhe como se caramelizava uma cebola, colocando depois o caldo feito com aparas de legumes dentro da panela com a cebola para fazer o *jus*, ela riu, encantada.
– Incrível! Vou mostrar à minha mãe.

Lev fez uma pausa, foi até a porta para fumar e olhou para o gramado de Ferndale. Na mesma hora sentiu saudades de Sophie. Imaginou-a ali sentada, no meio dos pássaros, com os braços ao redor dos joelhos, o sol em seus cabelos, sorrindo para ele. Então, lembrou-se dela cantando no dia de Natal

Somewhere over the rainbow,
Way up high...

e todos os internos de Ferndale embalados por sua voz, mergulhados em sonhos do passado, batendo palmas quando a canção terminou.

Lev apagou o cigarro, voltou para dentro da cozinha e perguntou a Simone:

– Você já trabalhou algum domingo com uma chef chamada Sophie?

– Sim – ela respondeu como se fizesse uma pergunta. – *Sim?* – Então, acrescentou: – Ela era simpática, certo? Mas ela não vem mais aqui. Ela agora tem um namorado famoso, não é?

Lev reconheceu a maioria dos internos de Ferndale: Berkeley Brotherton, Pansy Adeane, Douglas, Joan, o contingente trêmulo que sofria de Parkinson, uma parte da brigada de cadeira de rodas... Havia três ou quatro caras novas. Mas Minty Hollander havia partido. Ela tinha sido a estrela deles, sua duquesa coberta de diamantes, que trabalhara com Leslie Caron, que mandava neles com suas vogais vibrantes e seu charme obstinado. Mas agora ela os havia deixado.

Talvez tivesse sido um alívio para eles quando ela morreu. Estavam, sem dúvida, mais calmos sem ela, menos brigões, na opinião de Lev. Quando ele e Simone passaram a servir o almoço, eles ficaram em silêncio, olhando para os pratos, tirando e pondo os óculos para examinar a comida estranha. Então, começaram a comer e, instantes depois, Pansy Adeane disse, de boca cheia:

– Quem foi que fez essa coisa de batata?

– Foi o chef quem fez, Sra. Adeane – disse Simone.
– Está uma delícia. Diga ao chef, querida. Muito melhor do que aquela gororoba de sempre.

Não havia sinal de Ruby Constad. Seu lugar havia sido colocado à mesa, mas a cadeira estava vazia. Quando Lev perguntou a Berkeley Brotherton onde ela se encontrava, ele respondeu:

– Não faço ideia. Mofando no quarto, imagino. Os filhos não a visitam nunca, aqueles egoístas.

Então, uma das enfermeiras, amarrando um guardanapo no pescoço velho mas orgulhoso de Berkeley, interrompeu-o:

– A Sra. Constad não vai almoçar hoje. O almoço não é obrigatório.

Lev e Simone andavam em volta da mesa, ajudando as duas enfermeiras a partir a comida daqueles que não conseguiam fazê-lo, às vezes erguendo uma mão trêmula até uma boca ou uma língua pendurada para fora, como se fosse receber uma hóstia. Lev sabia que alguns dos internos lembravam-se dele e outros não faziam ideia de quem ele era. Durante a complicada Cerimônia da Refeição de Domingo, ninguém conversava, até que o assunto da Sra. Viggers e Jane veio à baila.

– Se quer saber, Jane Viggers era maluca – comentou Pansy.
– Ela tinha um grito esquisito – acrescentou Douglas. – Como um grito de *Psicose*.
– A Sra. Vig não era melhor – falou uma mulher pálida, murcha, cujo nome era Hermione. – Uma vez ela torceu o meu braço.
– Torceu o seu *braço*? – indagou Berkeley.
– É. Quase o arrancou. Ela era marxista.
– Sádica, você quer dizer – corrigiu Pansy.

Todo mundo riu.

Lev imaginou do que estavam rindo: da ideia da enorme Sra. Viggers torcendo o braço magro de Hermione? Do uso equivocado da palavra "marxista"?

– As Viggers costumavam afanar coisas da cozinha... – Simone falou, servindo torta de ruibarbo pela segunda vez.

– "Afanar"? – quis saber Joan. – O que é isso?

— Você não entende o dialeto das ruas, hein? — falou Douglas.
— Significa surrupiar. *Roubar*.
Um silêncio respeitoso recebeu as palavras deliciosas.
— É mesmo? Ah, Simone, conta, conta.
Simone serviu uma porção de torta. Diversos pratos de sobremesa haviam sido raspados.
— Eu ia, digamos, *mencionar* isso à Sra. McNaughton, mas tive medo de ser decapitada ou algo assim.
— Decapitada! Ah, gosto disso. O que elas roubavam, querida?
— Um monte de coisas. Antigamente, tinha um batedor elétrico e um espremedor na cozinha, mas as Viggers os afanaram. A mesma coisa com a balança. E os objetos pequenos: talheres, potinhos, facas...
— Facas!
— Você as viu fazer isso, Simone?
— Bem, não vi com meus próprios olhos. Mas sei que elas faziam, entende? A Sra. Vig tinha uma bolsa grande que sempre trazia consigo. Sei que enchia aquela bolsa de coisas. Não estou brincando.
— Bem, tudo o que podemos dizer é que elas já foram tarde — disse Berkeley Brotherton. — Na Marinha, elas teriam sido expulsas há muito tempo. Porque não sabiam cozinhar! — Ele deu uma gargalhada que logo se transformou numa tosse. Cuspiu o catarro num lenço.
— A comida vai ficar melhor agora, não é? — perguntou Joan, queixosa, a Lev.
— Chame-o de chef — Simone disse, rindo.
— Ah, chef, sim, perdão, chef. Vai ser melhor agora, como foi hoje?
Lev estava parado na ponta da mesa. Viu muitos rostos se virarem para ele. Silêncio na sala.
— Não sei — falou baixinho.
— Quer dizer que você não vai ficar? — indagou Berkeley.
Lev sacudiu a cabeça.
— Só vim ajudar hoje.
— Que pena — disse Berkeley.

– Vejam só – falou Douglas. – Desta vez, eu concordo com o capitão.

Quando o almoço terminou e as enfermeiras acabaram de ajudar os internos a saírem para o sol ou a voltarem para seus quartos, Lev deixou Simone colocando a louça na máquina e foi até o quarto de Ruby Constad.

A voz que respondeu quando ele bateu na porta era desanimada. Encontrou Ruby sentada na poltrona, com um álbum de retratos no colo. Ela o apertou contra o peito quando Lev entrou, como se ele estivesse ali para tirá-lo dela.

– É o Lev, Sra. Constad – disse. – Eu costumava vir aqui com Sophie.

Ela olhou para ele.

– *Quem?*

Lev chegou mais perto. Viu que seu rosto estava muito magro, quando poucos meses antes estivera cheio. Seus olhos, que um dia foram muito bonitos, pareciam espantados.

– É o Lev – repetiu delicadamente. – Estive aqui no Natal. E uma outra vez. Ajudei a preparar a comida.

Seu olhar tornou-se mais suave. Ela estendeu a mão frágil. Ele a beijou e viu Ruby sorrir.

– Eu me lembro de você. Sempre tão *galante*.

– Vim perguntar se a senhora quer que eu traga o seu almoço. Fiz um ótimo *gratin*... e uma torta de ruibarbo.

– Não, obrigada. Não estou com fome. Vivo de palitos de chocolate agora. Quer um?

Ela pegou uma caixa de palitos de chocolate ao lado da poltrona e ofereceu a Lev. Ele aceitou um.

– Puxe aquele banquinho. Vou mostrar-lhe uns retratos – Ruby disse.

Lev sentou-se a seu lado e ela estendeu o pesado álbum de retratos para ele.

– Índia. – Mostrou. – Pouco antes da guerra. Sou eu. Foi uma festa de boas-vindas que demos no colégio para o vice-rei.

Lev viu uma foto desbotada de garotas usando vestidos até os tornozelos, enfileiradas num palco, com os corpos contorcidos

em posições estranhas. Então, lembrou-se do que ela havia contado a ele e a Sophie:
— Formamos a palavra BEM-VINDO com nossos corpos. Está vendo o O? Sou uma metade dele. A metade da esquerda. Meu cabelo era escuro na época.

Lev olhou a menina no retrato – tão flexível e forte, tão decidida a ser a metade de um belo O – e para Ruby, ali a seu lado, enrugada e emaciada em sua poltrona. Disse que ela estava linda, que o quadro vivo de boas-vindas era muito criativo.

Ela virou a página, apontou para o retrato de uma freira sorridente.

— Irmã Benedita – falou. – Era a minha freira favorita. Ela me ensinou sobre livros. Costumávamos ler poemas de Thomas Hardy e de A. E. Housman em seu quarto. Seu espírito era profundamente delicado.

— A senhora tornou a vê-la?

— Não. Não sei que fim levou. Voltei à Índia no fim dos anos 1970, depois que meu marido morreu, mas a escola tinha fechado. O prédio havia sido transformado numa fábrica de roupas. Entrei, embora não fosse permitido. Nunca vou me esquecer do barulho daquele lugar e da visão de tantas mulheres trabalhando em máquinas de costura. Como se *uma* máquina de costura já não fosse um horror! E Deus sabe quantas horas elas tinham que trabalhar, pobrezinhas. Lembro-me de ter pensado, nunca mais vou comprar uma *roupa*!

Ruby fechou o álbum e perguntou a Lev como ele estava se arranjando sem Sophie. Ele acendeu um cigarro. Não podia contar à velha senhora que ainda tinha sonhos eróticos com Sophie, que ainda tinha uma ereção quando pensava na maciez dos seus braços. Então, escolheu outro caminho. Começou a explicar que a perda de Sophie tinha sido enterrada sob outra perda: o desaparecimento, em breve, de sua aldeia sob as águas da represa de Auror.

— Ah, Lev, nunca ouvi nada mais pavoroso. Afogar as casas das pessoas! Meu Deus, nos faz desejar um vice-rei, ou alguém desse porte, para chegar a esses burocratas sem sentimentos e dizer: "Não. Isso está completamente fora de questão!"

Lev sorriu. E contou-lhe calmamente que a represa o tinha levado à ideia louca de abrir um restaurante: "O primeiro em meu país em que a comida vai ser realmente boa."

– Ah, um restaurante! – Ruby exclamou. – Que ótimo. Você tem que fazer isso. Que tipo de restaurante vai ser?

– Bem, não muito grande. Mais ou menos cinquenta talheres. O que eu imagino é o seguinte: tudo muito limpo e simples. Chão de madeira. Toalhas brancas. Louça bonita e simples. Talvez um pequeno bar. Umas cadeiras de couro na área do bar. Talvez uma lareira acesa no inverno...

– Ah, sim, uma lareira. Porque seus invernos são frios. Boa ideia.

– Nas paredes, uma cor bonita. Talvez um ocre. E velhas fotos, como as do seu álbum, do nosso país no passado.

– Fotografias. Muito bom. Para lembrar o passado. Isso é importante para todos nós. Mas também, Lev, eu acabei de pensar, se um freguês estiver esperando alguém que está atrasado ou algo assim, pode dar uma olhada nas fotografias em vez de ficar sentado, olhando para o vazio e se sentindo tolo.

– Verdade. Não pensei nisso.

– E quanto aos empregados? Você precisa escolher com cuidado. Nenhuma Sra. Viggers!

– Não, não. Quero que todos os meus empregados, especialmente os garçons, sejam muito elegantes. Sabe? Eficientes e educados, não como nos velhos restaurantes comunistas. Todo mundo feliz em trabalhar lá, em fazer parte do sonho...

– Acho uma ideia brilhante, Lev – disse Ruby. – Já posso imaginar. Posso imaginar tudo.

Ela sorria e Lev notou que um pouco de cor havia voltado a seu rosto. Apagou o cigarro.

– Ruby, deixe-me pegar um pouco de comida para você agora. Você precisa comer.

– Eu sei – ela suspirou. – Mas não tenho mais vontade de comer. Sinto muito. Eu comeria se pudesse. Talvez quando estiver melhor... se algum dia melhorar... eu vá até seu país e faça uma refeição em seu restaurante, e veja todas as fotografias nas paredes amarelas enquanto espero a comida chegar.

22
O último acampamento

Um envelope, endereçado com a letra de Ina, chegou sem nenhuma carta ou mensagem de agradecimento pelo dinheiro que Lev sempre mandava. Dentro, só um desenho colorido feito por Maya. Era um desenho de água, colorido de verde azulado, com peixes coloridos nadando e cavalos-marinhos formando uma fila. No alto da página, onde a água acabava e começava um céu branco, havia uma arca igual à de Noé, mas era menor do que os cavalos-marinhos, e seu deque estava vazio. Havia umas palavras rabiscadas num canto do mar verde azulado: *Para papai, de Maya.* Mais nada. Nem amor nem beijos.

Lev mostrou o desenho para Christy e Jasmina.

Olha como ela desenhou bem os peixes – Christy disse.

– Talvez seja o que sua mãe tenha lhe dito... que vocês vão morar numa arca quando a enchente chegar – Jasmina disse.

Lev pôs o desenho em pé no parapeito da janela. Olhou-o, tentou imaginar o que estava na mente da filha. Recordou como ela conversava com as galinhas e as cabras, e com os pardais que se banhavam na terra e pensou, desolado, com quem ou com o que ela conversaria num apartamento em Baryn?

Então, foi ver a Sra. McNaughton para receber o dinheiro que ela lhe devia, mas em vez de sair quando ela lhe entregou o cheque, disse que estava disposto a trabalhar em tempo integral em Ferndale Heights, se ela ainda não tivesse achado uma substituta para as Viggers. A Sra. McNaughton juntou as mãos.

– Puxa, Lev. Que maravilha. Era exatamente o que eu ia pedir a você que fizesse!

Ele tinha pensando muito no assunto. Chegariaa a Ferndale às nove da manhã e ficaria até as três ou quatro horas, depois de servir um almoço quente e de preparar ceias frias. E entraria no

Panno's às cinco. Trabalharia até meia-noite ou uma hora. Estaria em casa, na cama, às duas. Acordaria às sete. Estaria de novo em Ferndale às nove. Seriam muitas horas de trabalho, é verdade, mas seria só isso: horas. Ele podia aguentar. Disse a si mesmo que nenhuma delas seria tão árdua quanto uma única hora de trabalho na serraria de Baryn durante o inverno. E ele havia sobrevivido a elas por quase vinte anos...

A Sra. McNaughton disse que Ferndale lhe pagaria 17 libras a hora. Com o coração batendo forte, ele recusou a oferta. Falou que era um trabalho de chef principal e pediu 20 libras. Viu-a hesitar, depois relaxar e concordar. Com seu sorriso confiante, ela comentou que Ferndale tinha sorte em contratá-lo.

Ele tinha feito os cálculos. Se trabalhasse seis horas por dia em Ferndale Heights, sete dias por semana, a 20 libras por hora, poderia ganhar 840 libras: 650 depois de descontados os impostos. O que ele ganhava no Panno's – cerca de 216 libras por semana, em dinheiro – daria, se ele fosse cuidadoso, para viver e pagar o aluguel a Christy. Ganhando 20 libras por hora em Ferndale, ele poderia economizar cerca de 2.500 libras por mês. Só precisaria trabalhar quatro ou cinco meses para economizar a soma impensável de 10 mil libras.

A excitação que sentiu ao perceber que não precisaria da ajuda do governo, nem de um empréstimo caro, nem de um financiador, mas que poderia ganhar ele mesmo o dinheiro, mantendo dois empregos em vez de um, deixou-o sem fôlego.

Seu primeiro e único impulso consumista foi um uniforme branco de chef. Vestiu-o e olhou-se no espelho. Pôs o chapéu. Não se importou com o fato de o chapéu ser, em si mesmo, ridículo, de ter um dia ouvido GK Ashe debochar dele, chamando-o de "chapéu de bobo". Desfilou diante de Christy e Jasmina e os pegou sorrindo.

– Não estamos rindo – falou Jasmina.

– De jeito nenhum – disse Christy. – Não faríamos isso. Só estamos ofuscados por tanto branco.

Lev tentou explicar que ele achava que os internos idosos de Ferndale iam gostar de ver seu chef vestido daquele jeito tradicional, elegante, que o mundo deles era estreito, limitado, mas que, com sua roupa branca, ele lhes lembraria que estavam sendo bem cuidados.
– Entendo. Acho que isso é importantíssimo, não acha, Jas?
– Sim – respondeu Jasmina –, eles vão achar que estão no Ritz. Uma pena que a Srta. Minto, ou seja lá que nome for, não esteja lá para admirá-lo.

A dor nas costas às vezes o fazia lembrar de quando tinha sido derrubado na vala pela carroça de feno. Ele a sentia no fim da noite quando, servindo as mesas do Panno's, sofria de calor e sono. Mas aquilo não era nada. Só uma parte inevitável da decisão a que chegara. Ele tomava analgésicos e continuava.

Aos poucos, a cozinha de Ferndale Heights estava se transformando. Lev e Simone haviam limpado todos os armários e as gavetas, removido todos os detritos e manchas da longa permanência das Viggers.
– Sabe de uma coisa, elas eram imundas, não eram? – Simone comentou, enquanto punha de molho panelas, tirava a gordura das prateleiras, ensacava pacotes velhos de molhos e sopas. – Elas poderiam ter *infectado* tudo aqui.

Estava tudo infectado. Era o que Lev sentia. Infectado de negligência, de indiferença. O lugar o fazia lembrar dos restaurantes acanhados que ele e Marina haviam frequentado, na vã esperança de uma boa refeição, mas só tinham encontrado aquele resíduo de coisas velhas, aquele mesmo abandono.

– O que eu gostaria – Lev falou a Simone, duas semanas mais tarde – era de introduzir *opções* no cardápio do almoço. Dois pratos principais. Duas sobremesas. Cada um poderia escolher. Você não acha?

– Acho – Simone respondeu. – Mas vá dizer isso a Ma McNaughton, ela vai ter um ataque.

– Por quê?

– Custos, chef. Entende o que eu digo? Opção é muito caro... é esbanjar muito.
– Não. Não se prepararmos os cardápios. Se distribuirmos os cardápios um ou dois dias antes. Todo mundo escolhe. Informa o que escolheu. Aí saberemos quanto de frango, quanto de peixe e assim por diante para comprar. Não tem desperdício.
– É?
– É. Por que não?
– É? Não sei por que não. Mas ela vai dizer que não.

A Sra. McNaughton não disse que não. Disse que ia fazer "uma experiência limitada durante um mês". E avisou a Lev para equilibrar ingredientes mais caros com outros mais baratos todo dia.

Quando ele contou a Simone, ela comentou:
– Bem, é melhor eu escrever os pratos, cara. Você escreve tudo errado.
– Sim – concordou Lev. – Você escreve. Entrega à Sra. McNaughton para passar para o computador. Para fazer uma coisa bonita.

Simone levou a tarefa para casa, voltou com um modelo que criara junto com a mãe e que escrevera com letra caprichada. Mostrou orgulhosamente a Lev.

SEU CARDÁPIO PARA QUARTA-FEIRA

Maravilhoso peito de frango recheado de cogumelos, cebolas e ervas, servido com um molho espetacular
Ou
Fantástico peixe gratinado à moda do chef, sem espinha nem droga de empanado, e brócolis não congelados ou vagens ou as duas coisas, se você quiser
Creme brulée feito pelo chef com receita afanada do GK Ashe
Ou
Sorvete de melancia sem caroços nem outras porcarias

Lev não mudou nada antes de levar o cardápio para a Sra. McNaughton. Ela pôs os óculos. Lev viu um sorriso se espalhar por seu rosto.

– Bem, vou deixar passar. Vamos explicar a todos que foi Simone quem escreveu. Alguns vão resmungar, mas acho que, em geral, todos vão achar divertido. E tudo que possa diverti-los eu vejo como momentos de luz em sua escuridão.

Então, aquilo se tornou um dos pontos altos do dia para os internos: ler em voz alta os cardápios do almoço. Quanto mais extravagante a linguagem, mais os velhos moradores de Ferndale Heights gostavam. Era como se a linguagem já desse sabor aos pratos. À medida que as semanas foram passando (e os custos permaneceram estáveis, o período de "experiência" de um mês foi convenientemente esquecido), os termos foram ficando mais extravagantes. Na hora do almoço, Lev podia ouvir Berkeley Brotherton anunciar:

– Vou querer as "incrivelmente deliciosas salsichas vegetarianas com o purê que não é de pacote".

Ou Pansy Adeane dizer docemente:

– Meu Deus, não consigo me lembrar do que eu ia comer, Lev querido. Acho que era o "ensopado irlandês marinado em cerveja sem nenhuma enganação", ou isso foi na quinta-feira?

A hora do almoço era mais barulhenta agora. As pessoas comiam mais, conversavam mais, ficavam mais tempo na mesa.

– Se me perguntar, foi um milagre – Lev ouviu Douglas observar uma tarde. – Comemos melhor agora do que antes, no pub.

– É mesmo – concordou Joan –, mas pode apostar que não vai durar muito.

– Por que não vai durar?

– Nada dura. Nada de bom dura.

– Bem – disse Douglas –, o suficiente para o dia. O purê que não é da merda do pacote pode sobreviver a nós.

Só Ruby Constad não tomava parte em nada disso. Correu um boato em Ferndale Heights que ela tinha câncer de estômago e que em breve teria que ser removida.

– Removida para onde? – Lev perguntou.

– Para um... qualquer que seja o nome desses malditos lugares – disse Berkeley Brotherton. – O último acampamento.

* * *

Ruby ficava deitada na cama, olhando para a mobília. Às vezes, ouvia um velho teipe de cântico gregoriano. Sua mão frágil estendia a caixa de palitos de chocolate para Lev, mas ele percebia que nem isso ela conseguia mais comer.

Um dia, ele encontrou duas pessoas de meia-idade sentadas silenciosamente ao lado dela.

– São meus filhos – Ruby apresentou, baixinho. – Este é Noel e esta é Alexandra.

Eles não se mexeram nas cadeiras nem estenderam a mão para Lev, apenas fizeram um cumprimento de cabeça. Estava quente no quarto, mas Lev notou que o filho, Noel, ainda vestia seu sobretudo. A filha, Alexandra, tinha uma cascata de cabelo grisalho e usava uma longa saia de sarja azul, e sandálias. A pele de suas pernas era branca e seca.

– Você trabalha aqui? – ela perguntou a Lev.

– Lev é nosso chef – Ruby disse, orgulhosamente.

– Ah, certo – falou Alexandra.

– Mamãe não consegue mais comer direito, não é, mamãe? – disse Noel.

– Não – concordou Ruby. – Não consigo. Mas sei que as refeições se tornaram maravilhosas depois que Lev assumiu. Conte-lhes sobre os cardápios, Lev. Isso vai divertir meus convidados.

Meus convidados. Foi assim que ela se referiu ao filho e à filha. Lev ficou parado na porta, notou um buquê de cravos ordinários, ainda embrulhados, sobre uma das mesas indianas.

– Bem, é uma bobagem, na verdade. Em nossos cardápios, tentamos descrever como tudo é fresco...

– Sim, mas você não está contando direito – interrompeu Ruby. – Simone, a moça que ajuda Lev na cozinha, escreve os cardápios e usa, de propósito, uma linguagem extravagante, por exemplo, "torta feita em casa, sem porcarias" ou "receita de sorvete afanada de um famoso chef", e coisas engraçadas do tipo.

Os "convidados" deram um sorriso sem graça. O rosto de Ruby no travesseiro estava cor de sebo.

– Vocês não acham engraçado? – perguntou aos filhos.
– Não muito – respondeu Noel. – Não se você não pode comer nada disso.
– Isso não importa – disse Ruby. – A novidade animou todo mundo. Isso é o que importa.

Ruby descansou a cabeça no travesseiro. Ela havia dito a Lev que falar a deixava cansada, mas que gostava de ficar ali deitada, sonhando com o passado, sentindo que não estava em um lugar sólido ou real – com certeza não em Ferndale Heights –, mas numa terra imaginária, onde o céu podia ter a cor que ela quisesse.

– Vejo coisas maravilhosas – dissera. – Vejo roupas brancas balançando com o vento num varal; vejo elefantes sendo molhados por seus tratadores; vejo falcões empoleirados em rochedos enormes...

Lev sabia que os "convidados" estavam esperando que ele saísse. Ofereceu-se para buscar um vaso para pôr os cravos, mas Ruby disse:

– Não, não, eu tenho muitos vasos. Alex vai fazer isso. Não é, querida?

– Claro – falou a filha Alexandra.

Mas não se mexeu da cadeira. Era como se ficar de pé, em suas pernas pálidas, fosse um ato particular, pensou Lev, algo que ela se recusava a permitir que um estranho visse.

Agora, Lev e Marina estavam numa sala grande e o sol caía em retângulos no chão perfumado, coberto de serragem. Juntos, eles varriam a areia e revelavam blocos de tacos por baixo.

– Este é o espaço – Marina ficava repetindo. – Este é o espaço.

Então, ela lhe dizia que a sala ensolarada tinha sido uma loja de pianos. Até recentemente, estivera cheia de instrumentos musicais e caixotes de partituras.

– Elgar morava aqui antes de ser famoso – ela comentou.

O sonho era agradável, não tinha nenhuma ponta de tristeza. Aos poucos, a serragem foi varrida para um canto e a madeira embaixo começou a brilhar. Marina continuava a louvar as virtudes da loja de pianos.

— É muito clara e tem uma lareira. Veja, Lev. Acho que você consegue colocar quinze ou dezesseis mesas aqui e ainda sobra espaço para o seu bar.

Lev queria perguntar onde ia ser a cozinha. Ele sabia que havia outro aposento, atrás da loja de pianos, onde Elgar tinha uma cama e ouvia música em sua mente, mas Lev tinha medo de achar o quarto escuro e abafado, com o caixão do compositor lá dentro. Então, deixou que a porta do quarto permanecesse fechada e não mencionou a cozinha. Mas eles continuaram a varrer o belo cômodo e o barulho da vassoura era um som suave...

Lev despertou do sonho sentindo-se calmo e feliz. Mas enquanto fazia chá na cozinha, começou a perceber que o sonho tinha vindo para lembrar que, em Auror, nada havia avançado. Embora o Tchevi estivesse funcionando novamente, graças ao dinheiro que conseguira mandar, Rudi ainda permanecia calado e zangado. Tinha dito a Lev que seus dias de motorista estavam contados, que não se achava preparado para lidar com a "porra da Máfia de táxi em Baryn e suas drogas de carros". Dissera que isso feria a dignidade do Tchevi, que ele preferia morrer.

E havia a questão angustiante dos apartamentos em Baryn. Lora conseguira uma hora com um funcionário do Escritório de Realocação, que não havia hesitado em aceitar o suborno de 50 libras, mas dissera que não podia prometer nada com vista para o rio e sugeriu que ela voltasse em um mês. Quando ela estava saindo, ele fez um gesto com a mão, esfregando o polegar e o indicador.

— Então, ele é corrupto?

— Acho que sim.

— Vou mandar mais cinquenta — prometeu Lev.

Lora contou-lhe que havia ido até o local da obra e que nada tinha começado ainda, não havia sinal de construção no lugar onde ficariam os prédios. Disse que a terra estava sendo usada como depósito de lixo, com gaivotas e raposas fuçando por lá.

— Talvez isso signifique que eles adiaram a construção da represa de Auror.

— Não, Lev. De jeito nenhum. Os engenheiros e supervisores estão sempre por aqui. Fomos informados de que vão começar a obra no inverno. Vamos ficar sem ter onde morar e ninguém se importa.

 Teve vontade de dizer-lhe que já tinha tudo planejado, que, se pudesse continuar trabalhando até janeiro ou fevereiro, teria o dinheiro necessário para iniciar seu negócio, mas não conseguia, por algum motivo, expor seu plano. Não tinha coragem, tinha medo de que não o vissem do mesmo modo que ele – como uma salvação. O que mais temia era que Rudi risse do plano. "Um restaurante chique em Baryn! Bem, é uma ideia de jerico, companheiro. Quem serão seus fregueses? Você acha que os cidadãos daquela droga de cidade podem pagar para comer comida capitalista?"

 Lev disse a si mesmo que, quando estivesse de volta, frente a frente com Rudi, quando tivesse o dinheiro, quando tivesse achado um lugar do seu agrado, então aquilo se tornaria real para todo o mundo. Aí ninguém ia rir. Mas seu sonho sobre a loja de pianos mostrava que tudo o que havia imaginado – o ardor, o sucesso *automático* do empreendimento – ainda era apenas fantasia. A beleza do sol, a sala perfumada com seu chão de madeira, a presença de Marina no sonho – tudo isso o consolou, mas o que aquilo expressava a não ser o desejo de recuperar a vida que havia perdido?

Uma noite, bem tarde, Lev chegou em casa se arrastando, com dores nas costas, quase curvado depois de passar o dia em Ferndale e a noite no Pannos's, quando o telefone tocou e era Rudi.

 – OK. Lora disse que você tem um "esquema". E qual é essa porra de esquema? Por que você não *fala*?

 Rudi tinha bebido. Sua voz estava fanhosa, pontuada de cuspe. Lev sentou-se na cama, tirou os sapatos, levantou as pernas e recostou-se nas almofadas de girafa.

 – Não estou contando – falou, o mais calmamente possível – porque o esquema depende de uma quantia de dinheiro que eu ainda não tenho.

 – Então, por que mencionar a Lora? Seu babaca! Por que dar-lhe esperanças?

— Por que você está me chamando de babaca? Porque conseguiu um pouco de vodca para esterilização?

Esperou que a velha piada melhorasse o humor de Rudi, mas não melhorou.

— Eu bebo porque minha vida é uma merda e porque você está piorando tudo, nos aborrecendo com esse seu "esquema".

— Bem, talvez eu não devesse ter falado nele. Só queria tranquilizar Lora...

— Não, você não devia ter falado mesmo. Mas não pensou, não é? Está tão envolvido com sua vida em Londres que não se lembra mais como são as coisas por aqui, não é?

Lev suspirou. Ele queria não estar tão cansado.

— Eu me lembro como são as coisas aí – retrucou. – É por isso que estou tentando fazer algo para mudá-las.

— Fazer *o quê*? Por que tanto mistério? Você está planejando construir um Palácio de Buckingham na praça municipal de Baryn? Ou o quê?

— Rudi, preste atenção. Só estou dizendo que vocês precisam ter fé.

— Sabe de uma coisa? Isso é exatamente o que eu não tenho. *Não* tenho mais fé em você. Nenhuma! De fato, estava dizendo a Lora, agora eu concordo com Ina, que acho que você nunca mais vai voltar. É claro, vai mandar dinheiro de vez em quando... umas migalhas para os pobres trouxas que deixou para trás. Mas você não está ligando para nenhum de nós, nem para mim, nem para Lora e nem mesmo para Maya.

— Retire o que disse, Rudi!

— Por quê? É o que eu acho. Você é como todo mundo que vai para o Ocidente: tornou-se um egoísta. Você era um homem bom, um bom amigo...

— Eu *ainda* sou um bom amigo. Quem foi que o ajudou a consertar o Tchevi?

— Claro. Eu me inclino diante de você, beijo sua bunda. Mas isso é só dinheiro, companheiro. E é fácil para você agora. Mandar dinheiro, mandar dinheiro, mandar dinheiro! É tão fácil quanto peidar. De fato, você deve estar com dinheiro saindo por todos os

orifícios agora. Mas o dia de prestar contas vai chegar... ou você não sabe disso?
— Que "dia de prestar contas"? Por que está fazendo isso, Rudi?
— Fazendo o quê?
— Sendo tão agressivo comigo.
— Porque você demorou demais! *Demais!* Não acredito mais no futuro. Nem sua mãe, caso você ainda não tenha notado. Então, guarde seu precioso esquema. Fique aí e tenha uma boa vida na Inglaterra. Trepe com mais algumas moças inglesas, que tal? Esqueça-se de nós porque, estou lhe dizendo, nós todos *nos esquecemos de você.*

Rudi desligou. Lev ficou ali, segurando o telefone. Tornou a dizer a si mesmo que Rudi estava bêbado, que nada do que ele dissera valia muito. No entanto, não pôde deixar de sentir aquele pavor dentro do peito – o medo de ser *esquecido.* Estendeu o braço, querendo segurar em alguma coisa, apertar alguma coisa contra o corpo exausto, mas não havia nada na cama, só seu próprio corpo, ali deitado, com os pés enfiados em meias velhas e gastas.

Agora ele sentia tudo aquilo à sua volta, o esquecimento. Todo mundo tinha se virado contra ele. Até Lydia. Ele havia mandado outro cheque para o endereço dos pais dela, em Yarbl, mas o cheque nunca fora descontado. Ligara umas cinco ou seis vezes para o celular dela, mas ela nunca tinha atendido. Ele agora achava que, quando ela via seu nome no visor, simplesmente desligava o telefone. Ele deixara mensagens desculpando-se por ter pedido dinheiro na noite em que fora assaltado, dissera que não estava em seu juízo perfeito depois do que havia ocorrido em Swains Lane, implorou que lhe ligasse. Mas ela nunca ligou.

Ele tentou mais uma vez, num domingo de manhã. Ouviu o toque de chamada. Imaginou um quarto de hotel espaçoso em Bruxelas ou em Amsterdã. Desejou ouvi-la contar animadamente sobre mais um fantástico banheiro de mármore, mais um roupão macio como veludo.

Mas quem atendeu foi o correio de voz:

* * *

Você ligou para Lydia, assistente particular do maestro Pyotor Greszler. No momento não posso atender. Por favor, ligue mais tarde ou deixe recado.

Lev suspirou. Depois falou baixinho ao telefone.
– Lydia, é o Lev. Já deixei um monte de recados. Não quero aborrecê-la. Sei que tem uma agenda apertada, mas quero saber se você me perdoou. Fez uma pausa. Em seguida, continuou: – Gostaria muito de falar com você. Gostaria de saber como vai... Só isso, acho. Só que sinto... Não sei como explicar. Sinto como se todo mundo do meu país simplesmente... tivesse me abandonado. E isso é... bem, é intolerável.

Já ia desligar, mas então acrescentou:
– Ah, sim, tenho uma pergunta para você. Você chegou a terminar aquele *jumper* que estava tricotando no ônibus? Porque nunca vi você com ele. Adoraria saber se chegou a fazer as mangas.

Ele esperou. Uma parte dele tinha esperança de que ela ligasse em seguida, nem que fosse para contar sobre o suéter. Ficou sentado com o celular no colo, fumando e contemplando Belisha Road, onde caía uma chuva fina misturada à neve.
– Ligue – implorou, baixinho. Mas o tempo foi passando e ninguém ligou.

Ele se levantou e fez um chá. Sabia que não devia ficar surpreso com o fato de Lydia não estar mais ligada a ele. Mas *estava* surpreso. Sempre achou que Lydia e Pyotor Greszler teriam algum papel em seu futuro, mas, talvez, afinal, isso não fosse acontecer. Talvez, de agora em diante, houvesse apenas seu silêncio acusador.

Ficou tentado a ligar de novo para ela, mas teve medo, de repente, de que se estivesse em outro fuso horário e ele fosse acordá-la.

Uma manhã, quando Lev chegou em Ferndale Heights, a Sra. McNaughton chamou-o ao seu escritório.

– A Sra. Constad foi removida para o St. John's ontem à noite – contou. – Prometi que pediria a você para ir visitá-la.
– St. John's?
– Hospital St. John. Não é longe daqui. Vá hoje. Eu ajudo Simone a preparar a ceia para você poder ir logo depois do almoço.

Lev ficou sentado em silêncio na cadeira dura que lhe tinha sido oferecida.

– St. John's é um bom lugar. Dirigido por freiras católicas. A Sra. Constad foi educada na religião católica, num convento na Índia, então, acho que ela vai se sentir em casa. Mas, é claro, para você vai ser desagradável – a Sra. McNaughton disse.

Lev assentiu. Pensou nos filhos antipáticos, sentados, imóveis, ao lado da cama e esperou que não estivessem lá.

– A senhora sabia – Lev disse – que a Sra. Constad tomou parte numa apresentação de boas-vindas que o convento preparou para o vice-rei?

– Não. Eu não sabia.

– Sim. Ela foi a metade do O em "Boas-Vindas".

O Hospital St. John estava escuro, com as cortinas cerradas. Cheirava a incenso e a alguma outra coisa: o cheiro velho, familiar, do setor de câncer.

Lev deu seu nome a uma freira que usava um avental de plástico por cima do hábito. Ela o mandou esperar numa cadeira, no pequeno saguão de entrada. Um senhor idoso também estava esperando, segurando um buquê de lilases embrulhado em jornal, o que fez Lev pensar que não tinha nenhum presente para Ruby Constad. Então, lembrou-se das coisas que costumava levar para Marina quando ela estava morrendo: às vezes, flores do campo, mas quase sempre objetos aos quais ela era apegada e dos quais sentia falta, fotos de família, os primeiros desenhos de Maya, um relógio do Mickey Mouse, uma lente de aumento verde, um pássaro de madeira...

– Venha comigo, senhor. Pode ver a Sra. Constad agora. Mas como não é da família, fique apenas alguns minutos. Estamos tentando mantê-la bem calma.

Lev seguiu a freira por um corredor escuro, com apenas algumas luzes bem suaves. Era tão silencioso que seus passos soavam alto, os passos de alguém que não devia estar ali. Sentiu falta de ar, um pouco de enjoo. Pensou, com saudade, no vento fresco da rua.

O quarto de Ruby era muito pequeno – uma cela. A cama era alta e barras de ferro impediam que o paciente caísse. Havia uma luzinha acesa e, ao lado da cama, uma mesinha de cabeceira e uma cadeira. Na parede, sobre a cama, estava pendurada uma cruz de madeira.

Ruby estava deitada de costas, com o nariz apontado para o ar. Suas mãos estavam cruzadas sobre o peito, como se tivessem sido arrumadas por uma das freiras. Mal se percebia, sob suas mãos, o ritmo lento de sua respiração.

Lev olhou para ela. O fato de estar morrendo nunca parecera causar a Ruby Constad a agonia sofrida por Marina – pelo menos na presença de Lev. Era como se ela ficasse tranquilamente sentada, tendo a morte por companhia, recusando a comida, virando as páginas do seu álbum de retratos, e quando a última página foi virada, ela veio para cá, para o St. John's, para a semiescuridão que precedia a escuridão final e absoluta.

Lev chamou seu nome e as mãos se mexeram, mas a cabeça não.

– Quem está aí? – A voz era aguda, quase esganiçada, como a de uma criança.

– É o Lev.

Ruby virou a cabeça e fitou-o. Lev imaginou se ela o estaria vendo sob aquela luz fraca. Sentou-se na cadeira e aproximou o rosto do dela.

– Ah, sim... – ela disse, finalmente. – Eu falei às irmãs: ele é o que tem um lindo cabelo grisalho.

Havia um sorriso em seus lábios. Seu hálito era azedo.

– Agora... Agora...

Suas mãos agarraram as grades e ela tentou erguer-se na cama, mas na mesma hora tornou-se ofegante e começou a ter ânsias de vômito. Sobre a mesinha de cabeceira havia uma vasilha que Lev segurou sob seu queixo, e ela cuspiu uma gosma fedorenta, caindo de volta sobre os travesseiros.

— *A velhice não é para covardes* — citou. — Quem foi que disse isso? Não consigo me lembrar. Mas quem disse tinha razão.

Lev enxugou-lhe a boca e pôs a vasilha em cima da mesa. Desejou ter comprado um grande buquê de lilases para poder enterrar o rosto em seu perfume.

Esperou. Com as costas da mão, afagou delicadamente a têmpora de Ruby. Passado algum tempo, ela disse:

— Naquela mesinha... ao lado do copo d'água... tem um envelope, Lev. É para você. Está vendo?

Ele sentia que a carícia na testa a confortava, então relutou em retirar a mão, mas viu o envelope e o apanhou. Estava escrito numa letra pequena "Para Lev".

— Achei — disse.

— Bem, é para você. É um cheque. Pequeno. É para ajudá-lo a abrir seu restaurante em... qualquer que seja o nome daquela cidade...

— Baryn.

— Baryn. É isso. Não abra o envelope agora. Senão você vai começar a brigar comigo e eu estou fraca demais para brigar. O que você tem que fazer é o seguinte. Está prestando atenção?

— Estou.

— Leve-o imediatamente para o banco. Você tem conta em banco, não tem?

— Tenho. No Clerkenwell.

— Certo. Vá agora e deposite o cheque. Quando eu morrer, minha conta bancária vai ficar bloqueada, então você precisa depositar o cheque antes disso. Está entendendo, Lev?

Lev olhou para o envelope. Não pesava quase nada, mas parecia pesado em sua mão. Não conseguia pensar no que teria feito – se é que tinha feito algo – para merecer aquele presente. Ia dizer que não podia aceitá-lo, que não era correto Ruby dar cheques para gente que mal conhecia, quando a porta da cela se abriu e a freira com o avental de plástico entrou. A luz vacilante, perfumada, do corredor entrou timidamente no quarto e Lev sentiu um certo alívio ao vê-la, como se nas velas amarelas ardesse a própria essência da vida.

– Desculpe – disse a irmã –, mas você precisa sair agora. A Sra. Constad tem que descansar.

Lev assentiu. Estava engasgado, não conseguia falar. Levantou-se devagar, tomou a mão de Ruby e beijou-a, sentiu suas lágrimas caírem e molharem a mão frágil.

– Obrigado – gaguejou.

– Lev querido – ela disse, e ele viu a sombra de um sorriso tocar seu rosto. – Sempre tão *galante*. Espero que o restaurante seja um grande sucesso.

Lev chegou cedo ao Panno's para o turno da noite e encontrou o *patron* limpando a churrasqueira para tornar a abastecê-la de carvão.

– Ei! – falou Panno ao vê-lo. – Chegou na hora certa. Tenho uma proposta para você. Uma boa proposta, amigo. Vai abrir uma vaga na cozinha a partir da semana que vem. Você quer?

Lev ficou olhando estupidamente para Panno. Ontem mesmo ele teria agarrado a oferta com unhas e dentes, mas agora hesitou. Vou conseguir? Treze ou catorze horas por dia, seis dias por semana, no fogão. Será que vou conseguir sobreviver?, pensou.

– O que foi? – perguntou Panno, ao vê-lo hesitar. – Você é um chef, não é? Com uma bela referência de GK Ashe! Está sendo desperdiçado como garçom. Venha aprender a fazer comida grega na minha cozinha.

Lev assentiu, gaguejou um obrigado e disse que aceitava.

– Ótimo. Dezessete libras a hora, OK? Assim você vai conseguir fazer noventa ou cem libras por noite. E eu continuo a pagar em dinheiro, então nada dessa besteira de Previdência ou de imposto, certo? É uma chance de você se aprumar.

– Obrigado, Panno.

– Não, é bom para mim também. Que tal um aperto de mão?

Os dois homens apertaram as mãos, a de Lev fria por causa da caminhada, a de Panno quente e suja de carvão. Então, Lev foi até a pia, encheu um copo de água e bebeu. Sua mente já estava fazendo contas. Estaria ganhando cerca de 1.400 libras por semana.

Com os dois empregos, já tinha conseguido economizar até agora quase 2 mil libras. E hoje depositara o cheque de 3 mil libras de Ruby Constad. Já tinha metade da quantia necessária para alcançar seu objetivo.

Colocou o avental azul e branco e começou a arrumar as mesas. Pensou que devia estar andando nas nuvens, mas suas pernas pesavam e seu cérebro estava febril de ansiedade. Sabia que não era só cansaço ou tristeza com a morte de Ruby. Era porque seu sonho, seu maior desejo, sua Grande Ideia estava prestes a se concretizar, mas havia um grande problema, um problema insuperável: lá longe, em Baryn, onde ele seria concretizado, ninguém esperava por ele. Em seu próprio país, para onde sonhava voltar, aquilo não era nem mesmo a loja de pianos vazia de seus devaneios; não era nada. Não era nada porque ninguém confiava mais nele.

23
Comida comunista

Lev tomou o avião de volta para casa no meio do inverno, moderado e úmido em Londres, mas gelado em Auror. Não tinha dito a ninguém que estava indo, preferindo chegar assim, um estranho num mundo agora estranho para ele, seguindo devagar, de ônibus, do aeroporto de Glic para Baryn e em seguida para sua aldeia.

No primeiro dos ônibus velhos, bem conhecidos, que emanava calor de alguma parte enegrecida do motor, Lev escolheu um lugar na janela e ficou limpando o vidro embaçado para poder contemplar seu país – as fazendas abandonadas e as fábricas silenciosas, os depósitos de carvão e de madeira vazios, os novos prédios altos e as luzes brilhantes das franquias americanas, um mundo que despencava num precipício entre o rochedo escuro do comunismo e o vazio sedutor do mercado liberal.

Lev ficou contente com a camada de neve que disfarçava a feiura dos subúrbios da cidade, que fazia com que as casas baixas das aldeias parecessem pitorescas, que dava beleza a uma parelha de mulas que, na tarde roxa, carregava fardos de cana sobre as costas magras. Até desejou que, depois de Baryn, a estrada estivesse intransponível para que ele pudesse adiar sua chegada a Auror.

Estava escuro quando o ônibus entrou na estação de Baryn, e a escuridão deu a Lev a desculpa que precisava para não seguir adiante naquela noite. Afinal, ninguém o esperava. Nenhuma refeição havia sido preparada, nenhum lampião ou lareira tinha sido aceso. Seria melhor, disse a si mesmo, chegar a Auror de manhã, com a luz do sol fazendo a neve parecer limpa, quando Maya estivesse na escola, Ina trabalhando em seu barracão, e Rudi estivesse rodando em seu táxi. Melhor chegar com céu azul.

Conseguiu um quarto no Hotel Kreis, de duas estrelas, com uma cama de casal e uma velha TV sobre um console de plástico que se curvava sob o peso do aparelho. No restaurante do hotel, serviram a Lev sopa de lata e um ensopado impossível de identificar. Ele percebeu que a toalha da mesa estava manchada e que os dentes dos garfos estavam escuros. Tomou uma garrafa de vinho tinto e adormeceu com os bondes rangendo do lado de fora da janela do quarto, e com o barulho do encanamento do hotel acima e abaixo dele, como se um mar desconhecido enchesse lentamente as cavidades das paredes. Dormiu um sono exausto, sem sonhos.

A manhã trouxe o sol e o início de um degelo. Lev saltou do ônibus na periferia de Auror e olhou na direção de sua aldeia, depois para as colinas atrás dela. Ficou parado, em silêncio, na estrada vazia. Prestou atenção àquele enorme silêncio. Pensou que, todos os anos em que vivera ali, nunca tinha visto claramente o quanto Auror era isolada, o quanto era distante do progresso. Nada se mexia na paisagem de neve, só as gotinhas brilhantes que caíam silenciosamente no meio dos arbustos.

Lev então ouviu um ronco, como o som de um gerador. Não podia ver o rio dali, mas olhou para onde ele ficava, viu o topo de um guindaste erguendo-se acima das árvores. Agora, além do ronco, veio o som abafado de um bate-estacas. Lev compreendeu que havia começado a obra do Projeto de Utilidade Pública, conhecido como Dam nº 917, junto à aldeia de Auror.

Lev pegou a mala. Sentia o coração batendo alto, como se acompanhasse o ritmo da máquina que enfiava estacas no leito do rio. Quando as primeiras casas apareceram, ele parou. Por que era tão doloroso o momento do retorno? Por tanto tempo o tinha imaginado de um modo diferente, com todos os rostos familiares sorrindo para ele no saguão do aeroporto, Maya correndo para abraçá-lo... Mas agora estava ali, entrando silenciosamente em sua aldeia, como um fantasma, como se ele ou a aldeia – ou ambos – fossem culpados de algum crime terrível.

Quem está aí?
Não responda. Levante-se e apareça!

Lev lembrou-se de repente que era sábado. Isso piorava tudo. Porque agora não sabia onde todos estariam; e não sabia como imaginar todo mundo. Ina estaria trabalhando no barracão? Maya estaria brincando com seus amigos na neve? Ou ia entrar em casa e encontrar as duas ali ao lado do fogão a lenha, olhando para ele com uma expressão de pavor?

Desejou, irracionalmente, que Christy Slane estivesse ali com ele, um companheiro, um estranho de verdade com o qual ninguém era obrigado a ser educado nem hospitaleiro, um escudo atrás do qual sentimentos poderiam ser ocultos. Porque sozinho daquele jeito, naquela paisagem branca e vazia, Lev sentia uma espécie de nudez sórdida, como se sua família jamais o tivesse visto como ele realmente era, e agora fosse ver, e quando visse o que ele era, se afastaria, enojada.

Continuou. Estava no alto de uma ladeira familiar, a qualquer momento avistaria sua casa. O barulho do bate-estaca era mais alto, mais próximo... Então, ouviu o som de um veículo e viu, ao chegar ao topo da colina, a figura azul e branca, inconfundível, do Tchevi, vindo lentamente em sua direção. Lev ficou olhando para o carro. Lá vinha ele, imponente como sempre, seu cromado ainda brilhando sob o sol da manhã, e no volante... bem, só podia ser uma pessoa. Nenhum passageiro a seu lado. Rudi sozinho, provavelmente ia fazer uma corrida até Baryn.

Lev pôs a mala no chão. O Tchevi não diminuiu a marcha, veio subindo a colina, seu velho motor americano roncando como o de um barco. Lev podia ver que Rudi usava óculos escuros por causa do reflexo da neve. Lev já ia erguer o braço numa saudação, mas o braço pesou e ele ficou ali, esperando pelo momento em que Rudi o reconhecesse.

O carro desacelerou um pouco, mas foi apenas uma redução mínima de velocidade, uma cortesia para com o estranho na estrada. Ele não parou, seguiu em frente. Lev pôde ouvir o rádio tocando.

Ump-ump-ump... Ump-ump-ump... O bate-estaca, o ritmo da música no carro, o coração de Lev batendo: tudo combinado para isolá-lo dentro de uma caverna fria de tristeza. Seu amigo o vira e seguira em frente, tinha ido embora!

Lev se virou na direção do Tchevi, ergueu os dois braços num gesto de desespero, viu as luzes do freio se acenderem, viu o carro parar na descida.

Esperou. À sua volta, a neve derretia e tremulava. Abandonando a mala, ele começou a caminhar na direção do Tchevi, viu a porta do motorista abrir com a força habitual e Rudi sair do carro. Ele usava o casaco canadense que havia trocado por dois pneus no mercado de Baryn. Seu cabelo estava grisalho e despenteado.

– Ei! Lev! Mas o que... – começou.

Rudi ficou parado ao lado do carro, apoiado na porta. E Lev pensou, o que há com ele? Está doente, aleijado ou o quê? Por que não se mexe?

Mas, então, quando Lev começou a se aproximar, Rudi caminhou em sua direção, depois começou a correr com aquele seu jeito típico, meio torto, que tinha desde os tempos de juventude.

– Ei! – gritou. – Ei, companheiro!

Então, os dois homens se abraçaram como dois boxeadores pesos pesados no final de um round. Lev tentou dizer o nome de Rudi, mas não conseguiu falar.

Lev estava sentado na cozinha de Rudi. Lora a seu lado, agarrada a seu braço, e Rudi postara-se na frente deles, olhando para o amigo com um ar extasiado.

– Sinto-me como um velho apóstolo alquebrado que foi visitar seu túmulo, e aí você sai de dentro dele com buracos nos pés – falou.

Eles tomavam café, comendo bolos de canela. A casinha cheirava a fumaça de cigarro e lenha queimada. Lev notou que o teto acima do fogão estava preto de fuligem. A mão de Lora em seu braço lhe dava uma sensação de conforto.

– Então, e agora? – Rudi perguntou após alguns instantes. – O que vai acontecer?

Lev pegou outro bolo, bebeu mais um gole de café. Sentiu o peso do momento.

O que vai acontecer agora?

– Bem. O que vai acontecer é o seguinte. Juntei dinheiro. Um bocado de dinheiro. Mais do que eu e você jamais ganhamos nos nossos anos de trabalho na serraria. E o que vamos fazer com ele é o seguinte...

Sentia-se estranhamente calmo enquanto falava. Expôs sua ideia do restaurante em Baryn como um homem descrevendo uma lembrança que não havia se apagado com o tempo, mas que adquirira cor e claridade com os passar dos meses. Falou sobre a loja de pianos, e a lareira, e o chão de madeira, e as toalhas brancas, e o bar. Disse que começaria a procurar o local em Baryn assim que pudesse. Disse a Rudi e Lora o quanto aprendera sobre cozinha e como acreditava que, em qualquer existência humana, uma boa comida podia fazer uma diferença crucial para que alguém seguisse em frente e não se entregasse ao desespero. Descreveu as mudanças que havia promovido em Ferndale Heights e como os internos tinham se animado, mesmo em seus últimos meses de vida. Disse, orgulhoso, que tentaria melhorar a vida de cada cidadão de Baryn.

Algum tempo mais tarde, depois que o relógio de cuco do hall anunciou a hora e o telefone tocou umas duas vezes, e foi ignorado, Rudi começou a fazer perguntas.

– E como é que nós entramos nisso, amigo?

– Certo. Minha ideia é que cada pessoa faça aquilo que sabe fazer melhor.

– E o que sei fazer de melhor? – quis saber Rudi. – Tomar um porre. Dirigir um carro de vinte e cinco anos atrás. Mijar em radiadores. Que utilidade vou ter?

– *Maître* – Lev anunciou, estalando os dedos para dar ênfase ao que estava dizendo. – Gerente do restaurante. Você se responsabiliza pelo salão.

– Você está brincando.

– Não. Por quê? Você anota os pedidos de bebida. Faz com que as pessoas se sintam bem-vindas. Você é fantástico nisso. Mantém os garçons na linha. Conta piadas. Você é a cara do lugar.

Lora começou a rir.

– Maravilhoso! – exclamou. – A cara do lugar! Nunca imaginei nada tão perfeito para Rudi.

– Por que é perfeito para mim? – indagou Rudi. – Minha cara não é mais tão bonita. E minhas piadas, hoje em dia, são patéticas. Não há mais motivo para rir.

– Agora vai haver – falou Lora. – Imagine só, Rudi, seu próprio bar, uma adega cheia de vinho.

– Disso eu gosto. Mas não vou servir, amigo. Vou beber demais. Vou ser grosseiro com algum freguês, sem querer. Vou ser desajeitado.

– Talvez. Eu era desajeitado quando comecei no GK Ashe. Mas você vai aprender – disse Lev.

Rudi esfregou os olhos e foi como se os estivesse polindo, porque quando fitou Lev, seu olhar brilhava.

– Jesus! Que droga, Lev! Por que manteve isso em segredo por tanto tempo?

– Porque eu não podia contar enquanto não tivesse o dinheiro. E eu queria estar aqui, para apresentar meu plano pessoalmente.

– Bem, agora você apresentou, meu caro, pessoalmente, para a cara da porra do lugar.

Eles riram, perturbando o silêncio da manhã.

– O que Lora vai fazer? – Rudi perguntou, quando pararam de rir. – Como ela vai colaborar? Não vou ficar dando ordens à minha mulher se ela for trabalhar de garçonete.

– Eu sei – falou Lev.

– Tudo bem, eu posso continuar com meus horóscopos.

– Aquelas drogas de horóscopos! – disse Rudi. – Se eu tornar a ouvir a palavra "Júpiter" mais uma vez, vou começar a dar tiros nas estrelas.

– Bem, imaginei se Lora não gostaria de trabalhar comigo na cozinha...

– Eu não sou chef, Lev.

– Ei, espere um instante, você cozinha muito bem, amor – retrucou Rudi. – Isso é um começo. Não é? E às vezes ela tem que se virar com pão velho e salsichas, e Deus sabe que tipo de verdura amarga.

– Exatamente – falou Lev. – Posso conseguir bons ingredientes, Lora, e ensinar a você tudo o que GK Ashe e Panno, o grego, me ensinaram.

Lora inclinou-se e deu um beijo no rosto de Lev.

– Sentimos saudades suas – disse. – Não foi, Rudi?

– Sentimos mesmo. Especialmente quando achamos que você nunca voltaria. Ah, que merda, sei que são onze horas da manhã, mas vamos tomar um drinque para comemorar. Vodca para esterilização!

Rudi se levantou para pegar os copos e a *vodishka*. Lev contemplou o ambiente familiar e pensou que podia ficar ali sentado com seus amigos para sempre: o tempo podia passar e ele jamais ia querer sair de perto deles. Estendeu a mão para a vodca.

Na manhã seguinte, Lev acordou no sofá de Rudi. O mundo estava coberto de gelo. As gotas de água haviam congelado em um milhão de pedacinhos de vidro. Quando o sol nasceu, o brilho daquele mundo de vidro foi uma visão de tirar o fôlego.

Lev ficou sentado na mesa da cozinha com Rudi e Lora, curtindo a ressaca, bebendo Fanta, mastigando bolos de arroz. Do outro lado da janela, as árvores cobertas de gelo tilintavam com o vento, como uma floresta de castiçais.

Era tentador ficar ali, ao lado do fogão a lenha, por mais um dia, cochilando, conversando com Rudi e Lora. Mas Lev estava louco para ver a filha.

Era o dia em que finalmente chegaria em casa.

– Ouça, deixe-me ir na frente para preparar Ina. Senão ela vai cair dura quando vir você – sugeriu Rudi.

– Não. Sei onde mamãe estará numa manhã de domingo: na igreja. Vou esperar por ela do lado de fora. Mamãe estará cheia de santidade e, se eu tiver sorte, não vai gritar comigo.

– Sim, mas seu coração corre o risco de parar.
Lev suspirou.
– Então será uma morte boa. Ela vai morrer em frente à igreja, sabendo que o filho pródigo voltou para casa.

Lev tomou banho, tornou a fazer a mala e saiu. Caminhou devagar pela aldeia. De trás das janelas fechadas com cortinas de renda, viu uma ou duas pessoas o observando, uma figura que reconheceram vagamente, caminhando sozinho na manhã vazia.
    Parou em frente à sua casa e ficou olhando para ela. Nada se mexia ali: não havia nenhum som. Até as máquinas no rio achavam-se silenciosas. As tábuas de madeira da varanda estavam cinzentas, desbotadas com o passar do tempo. Uma pequena bicicleta roxa estava encostada na parede ao lado da porta da frente.
    Lev tremia. Não estava mais acostumado com o frio de Auror. Imaginou como conseguira sobreviver àqueles invernos no depósito de madeira. Aquele trabalho tinha agora, em sua mente, algo de desumano, como se tivesse sido uma espécie de castigo – castigo pelo crime de ter nascido numa época tão complicada.
    Subiu os degraus da varanda. Atrás dele, imaginou a água subindo, engolindo tudo o que estivesse no chão – ferramentas quebradas, sacos de batata podre, baldes de plástico, ossos de galinha deixados pelos cachorros –, depois começando a subir pelas paredes da casa, ficando mais profunda, mais verde e mais escura... E, enquanto permanecia ali parado, tremendo de frio, pensou que não tinha importância, que Auror ficava num lugar tão isolado, tão abandonado no tempo, que era melhor inundá-la, obrigar seus habitantes a deixarem para trás suas estradas de terra, seus fantasmas, e entrarem no século vinte e um.
    Em vez de ir até a igreja, Lev entrou em casa e se agachou diante do fogão a lenha para se aquecer. A sala cheirava a lã molhada. Numa arara, algumas roupinhas de Maya secavam. A boneca a que ela dera o nome de Lili estava sentada numa cadeira com os olhos fechados. Lev tirou da mala os presentes que trouxera para sua mãe e sua filha, e arrumou-os na mesa, ao lado das

flores de plástico que Ina havia enfiado num vaso de vidro. Ele acendeu um cigarro e esperou.

Depois de um tempo que lhe pareceu muito longo, ele ouviu suas vozes. A de Maya, suave como a de um duende no ar gelado; a de Ina, um resmungo baixo e ansioso. Foi até a porta, abriu-a e viu as duas se aproximando. Ina deu um grito e pôs a mão no peito, coberto pelo xale preto. Maya parou e ficou olhando para ele. Lev apenas sorriu e estendeu os braços. Então, Maya começou a gritar, louca de alegria:

– Papai! Papai! PAPAI! PAPAI! – Ela veio correndo e ele a ergueu nos braços, girando com ela, beijando seu rosto, sua cabeça sob o gorrinho de lã, depois a abraçou com força contra o peito e disse que tinha voltado para casa, para sempre, e que tudo ia ficar bem agora.

Ina olhou-o de longe, apertando o xale em volta do corpo, os braços presos, para ficar longe dele, mantendo sua raiva intacta. Lev viu que o rosto dela estava mais velho e que seus olhos pareciam menores. Viu também que ela tremia.

– Você engordou – ela disse.

Rudi e Lev foram para Baryn e se hospedaram no Hotel Kreis. Lev planejara uma visita de três dias.

– De dia, procuramos um local. À noite e na hora do almoço, percorremos os restaurantes e cafés para ver como é a comida.

Na estrada para Baryn, Rudi dirigiu como um homem que ia a um encontro havia muito desejado. Ligou o rádio bem alto, falou sem parar, disse a Lev que além de ser "a cara do lugar" ele poderia "pôr os fornecedores na linha", encher a mala do Tchevi com caixotes de aves e alface.

– Eles vão temer a visão deste carro! – falou. – Se não estiverem com as drogas dos tomates, ou seja lá o que for, pronto, vão preferir ter morrido numa mina de sal.

Lev sugeriu que comprassem uma picape de segunda mão, para carregar os artigos mais pesados, mas Rudi retrucou:

– Não vou dirigir uma droga de picape. Não enquanto o Tchevi estiver vivo.

– OK. Eu dirijo o caminhão.
– Você não sabe dirigir – lembrou Rudi.
– Vou aprender – disse Lev. – Do mesmo modo como você aprendeu.

Na primeira noite, resolveram jantar no Café Boris, um restaurante familiar na Praça do Mercado. Quando chegaram, viram que o Café Boris havia trocado de nome, agora era Brasserie Baryn.
– Humm... Não estou gostando disso, Lev. Será que algum chef espertinho já tomou conta da cidade? – Rudi comentou.
Entraram. O interior havia sido repintado de azul. Um aviso em néon azul anunciava uma cerveja alemã. Nos quatro cantos da sala quadrada havia vasos de plantas. Mas Lev reconheceu imediatamente o cheiro que vinha da cozinha, de sopa de beterraba, de um ensopado irreconhecível, de ravióli de frutos do mar.
– Acho que estamos bem – disse a Rudi. – Estou sentindo cheiro de comida comunista. Já sei qual é o cardápio.
O lugar estava quase vazio. Pediram duas cervejas a um *maître* de meia-idade tão cansado do trabalho, e ao que parecia, tão cansado do mundo, que se arrastava pela sala apoiando-se nas costas das cadeiras, como se o prédio estivesse balançando como um trem. A parte de trás de suas calças parecia envernizada, seus sapatos tinham uma camada de poeira.
– Fantástico! – exclamou. – Que publicidade negativa! Que cara do lugar!
Eles começaram a rir como garotos. Não conseguiam parar. E foi assim, morrendo de rir, que Eva os encontrou. Ela andava como uma bailarina, carregando as cervejas numa bandeja de madeira. Usava um vestido preto e um avental branco, com um crachá com seu nome escrito. Seu cabelo escuro estava amarrado para trás com uma fita de veludo. Suas mãos eram brancas e finas.
Lev e Rudi olharam-na e ela sorriu, vendo-os tentar controlar as gargalhadas. Ambos pensaram a mesma coisa: ela se parecia com Marina.
Eva afastou-se e voltou com os cardápios encapados num plástico engordurado. Sua presença na mesa foi impactante. Rudi e Lev

aceitaram os cardápios em silêncio. Ela tirou um pedaço de papel do bolso do avental e perguntou:
— Querem saber quais são os pratos especiais esta noite?
— Sim – respondeu Lev.
— Bem, sinto muito, mas só temos dois pratos especiais hoje: coelho assado com junípero ou carne de cervo com ovo cozido. Ovo duro, eu devia dizer.
— Obrigado – falou Lev. E acrescentou depressa: – Você podia trazer a carta de vinhos enquanto decidimos o que vamos comer?
— Sim, senhor.
— Ah, e diga-nos o que você recomendaria, por favor. O coelho, talvez?
Ela ficou vermelha, sentindo os olhos dos dois homens em seu rosto e depois descendo, por um instante, para o seu corpo esbelto no uniforme de garçonete.
— Acho que o coelho está bom – ela disse.
Eva afastou-se, e Lev e Rudi começaram a beber a cerveja alemã. Ficaram em silêncio por alguns instantes. Não estavam mais com vontade de rir. Estudaram os cardápios plastificados e olharam em volta, para a sala vazia e para um punhado de fregueses, e o *maître* parado ao lado do bar. A luz do anúncio de néon acendia e apagava sobre seu rosto com um clarão fantasmagórico.
— Você se lembra do lago Essel? – Rudi indagou.
— Sim. É claro que me lembro. Nós devemos estar morrendo aos poucos.
— Estávamos morrendo aos poucos esse tempo todo – falou Rudi. – É o que eu sinto. Mas agora vamos ficar bons.
Eva voltou com a carta de vinhos e Lev a examinou. Viu que metade dos vinhos listados tinha sido riscada.
— O que aconteceu com todos estes? – perguntou.
Mais uma vez, ela enrubesceu.
— Não sei exatamente – respondeu. – Acho que talvez os vinhos franceses tenham secado. Desculpe, não estou querendo dizer que eles literalmente secaram, só que não chegaram até aqui.
Lev assentiu. Com o canto do olho, viu que Rudi sorria. De repente, virou-se e perguntou a Eva:

— Você já ouviu falar da represa de Auror?
— A represa de Auror? Sim. Todo mundo sabe da represa. Acho que vocês não são daqui. Dizem que a represa de Auror vai mudar nossas vidas.
— Você acha que vai?
— Espero que sim. — Ela olhou em volta, para o restaurante vazio. — Espero que traga mais gente, mais prosperidade. Com o tempo...
Eva estava parada bem perto de Lev, seus quadris no mesmo nível que o ombro dele. Ela tinha um cheiro bom — um perfume cítrico e sedutor.

Eles haviam planejado passar o jantar discutindo o itinerário para o dia seguinte. Tinham três lugares para visitar — todos eram lojas que haviam fechado. Tinham trazido um mapa da cidade para que Rudi pudesse traçar a rota. Mas caíra um silêncio sobre eles. Nenhum dos dois conseguia falar o nome de Marina, dizer que Eva se parecia com ela, mas estava implícito que algo de perturbador havia acontecido, como uma velha canção que toca de repente num lugar onde nunca se tinha ouvido música antes. Só mais tarde, deitado na cama de casal dura, ouvindo os bondes na rua, foi que Rudi disse:
— Ela era uma boa garçonete, Lev. Talvez haja algo que possamos fazer enquanto estamos aqui: pegar os telefones de contato das pessoas que poderemos contratar mais tarde.

De manhã, com a neve caindo de leve, eles percorreram as ruas estreitas de Baryn, estacionando o Tchevi sempre que conseguiam um lugar onde ele coubesse, normalmente com duas rodas na calçada.
— Odeio vê-lo assim — comentou Rudi. — Parece uma rameira erguendo as saias, ou um cachorro mijando na calçada. É uma humilhação para ele. Escuta aqui, companheiro, não adianta arrumar um lugar sem um estacionamento decente.
As três lojas que lhes foram mostradas, vazias desde o verão ou desde o ano anterior, eram úmidas e escuras. Nenhuma delas

se parecia com a loja de pianos dos sonhos de Lev. A única coisa animadora era o aluguel baixo. Ele estava começando a achar que seu dinheiro – quase 12 mil libras – ia durar muito naquela cidade.

Estavam voltando para o Hotel Kreis no fim da tarde quando Lev falou:

– Acabei de lembrar de uma coisa. Lydia me falou de uma loja de pianos, perto da Praça do Mercado. Vamos tentar encontrá-la.

– Lev, pensei que você tivesse dito que não era mais um sonhador.

– Não. Eu nunca disse isso. Os sonhos é que me fizeram sobreviver.

Estacionaram na praça, em frente à Brasserie Baryn, e perguntaram a um homem, parecido com o antigo dono do Tchevi, o professor de matemática, se ele conhecia alguma loja de música naquela parte da cidade.

– Sim. Bem ali na esquina.

Eles entraram por uma porta pesada, cujo movimento fez tocar um sino. O lugar era pequeno, velho e entulhado, cheio de prateleiras, do chão até o teto. Elas estavam cheias de partituras, de velhos discos de 33 rotações e do que pareciam ser livros religiosos. Numa mesa no centro, dois violinos e um saxofone eram expostos sobre uma toalha de veludo. O idoso proprietário da loja estava sentado, em silêncio, numa cadeira.

Lev olhou em volta, depois fitou o proprietário, que não movera um só músculo. Se Pyotr Greszler aparecesse na loja, o homem levantaria da cadeira para recebê-lo, espantado e envaidecido, tomado de súbita e ardente emoção, pensou.

– Lev, lugar errado, hein? Vamos embora – Rudi cochichou.

– É – respondeu Lev. Mas então, envergonhado, virou-se para o proprietário e disse: – Desculpe, parece que cometemos um erro. Ouvimos dizer que a loja estava para alugar.

O velho pegou um cigarro feito em casa e estendeu a mão para a caixa de fósforos. Sua mão tremia.

– Voltem no ano que vem – disse, com voz rouca por causa do fumo. – Eu já estarei morto.

Lev ficou boquiaberto.

– Mas perguntem aqui ao lado. Número 43. A oficina vai fechar. Eles vendiam carros fabricados na Alemanha Oriental. Mas ninguém mais quer comprar aquelas porcarias.

Lev agradeceu ao proprietário da loja de piano, e eles tornaram a sair para o vento da rua.

– Merda! Não é melhor pararmos de fumar? Não quero ficar como ele – comentou Rudi.

Pararam em frente ao número 43 da Rua Podrorsky – assim chamada em homenagem ao presidente enquanto ele estava vivo. Entraram e viram dois mecânicos trabalhando sob uma rampa, consertando um velho Citroën Déesse. O cheiro de óleo de motor despertou Rudi de seu torpor de fim de tarde e ele começou a olhar em volta, animado.

– Ei, tem um bocado de espaço aqui, Lev. E nenhum problema de acesso nem de estacionamento... – disse, após alguns instantes.

O prédio era velho. Já devia ter sido dezenas de coisas diferentes, assim como a rua devia ter tido dezenas de nomes distintos. Partes dele – metade do primeiro andar – tinham sido arrancadas para acomodar a garagem, mas o prédio havia conservado uma espécie de nobreza decadente. Vigas de ferro sustentavam o teto alto.

Na parede da esquerda, havia uma estrutura de tijolos e Lev se dirigiu até ela. Era, como havia pensado, uma chaminé e ele começou a acariciar os tijolos. Os dois mecânicos o ignoraram. Mas, ao ver Lev dedicado a seu caso amoroso com uma lareira imaginária, Rudi se aproximou dos homens. Lev ouviu-o perguntar se a oficina podia conseguir peças para Tchevi.

– Não, desculpe, companheiro – um dos homens falou. – Vamos fechar no mês que vem. E o que é um Chevrolet Phoenix?

– Tchevi. Um carro americano bem grande. Você nunca viu um deles?

– Não – respondeu o homem. – Como foi que ele chegou aqui? Voando?

* * *

Resolveram voltar para a Brasserie Baryn para jantar. Eva sorriu timidamente. Eles pediram cerveja e quando ela trouxe as bebidas, tornou a dizer:

– Querem saber quais são os pratos especiais de hoje?

– Deixe-me adivinhar: Coelho assado com junípero e carne fria de cervo – falou Lev.

– Bem, o coelho foi assado com sementes de mostarda esta noite.

– Certo. Então, o que você recomenda? – Lev quis saber.

– Bem...

– Nós comemos o coelho ontem. Ele estava um pouco... duro.

– Não sei. O ravióli de frutos do mar está bom.

– Sim.

– Embora o da minha mãe seja melhor.

Rudi ergueu sua caneca de cerveja.

– Um brinde à sua mãe!

– Certo. – Lev ergueu a caneca. – À sua mãe!

Eva riu e olhou de viés para ver se o *maître* a estava observando.

– Você também gosta de cozinhar, Eva? – Lev perguntou.

– Sim. Mas sou preguiçosa. Moro com a minha mãe, então deixo que ela cozinhe para mim, ou como aqui mesmo.

– Há quanto tempo você trabalha aqui?

– Há um ano.

– Você gosta deste emprego?

– Ele é bom. Mas estou ansiosa por Nova Baryn, quando vai ter mais trabalho para todo o mundo.

– Nova Baryn?

– Sim. Quando a represa ficar pronta, vão mudar o nome da cidade. Ela vai se chamar oficialmente "Nova Baryn".

Depois que terminaram a refeição, composta de sopa de beterraba e ravióli de frutos do mar, e eram os únicos fregueses que ainda estavam no restaurante, convidaram Eva para tomar um drinque com eles. Ela se sentou e tomou um gole do vinho branco que eles haviam pedido. Lev achou difícil tirar os olhos dela e desejou pedir-lhe para desamarrar a fita de veludo que segurava seus cabelos.

Após alguns minutos de conversa, Rudi começou a contar a Eva que eles eram de Auror. Ela os olhou, sem graça.

– Sinto muito – disse. – Puxa, sinto muito. Não devia ter dito o que disse sobre a represa...

Lev aproveitou a oportunidade para tocar de leve em seu braço.

– Está tudo bem. Temos planos. Grandes planos. Vamos fazer parte da Nova Baryn.

– É mesmo?

– É. Não vamos, Rudi?

– Nós vamos *ser* a Nova Baryn! Vamos personificar seu novo espírito.

– Sim? Como?

Lev ainda estava com a mão pousada no braço de Eva. Ele a deixou lá e Eva não tirou o braço. O *maître*, em seu posto iluminado de azul, olhou fixamente para ela.

– Nossos planos são secretos no momento. Mas você não gostaria de vir dar uma volta conosco no meu grande carro americano, para podermos cochichá-los em seu ouvido? – Rudi convidou.

Ela ficou vermelha. Puxou o braço.

– Não posso. Se demorar a chegar em casa, minha mãe fica preocupada. Mas quem sabe vocês voltam aqui e... experimentam a carne de cervo fria?

– Sim. Amanhã à noite? – disse Lev.

Era tarde quando Lev e Rudi saíram do restaurante, mas, num impulso, Rudi foi até a Zona Perimetral, na margem norte do rio.

Estacionaram o Tchevi e saltaram sob a neve fria que caía. Viram que o depósito de lixo tinha sido removido e que havia cinco prédios sendo construídos.

Fitaram a construção e a água do rio, iluminada pelo luar. E ambos tiveram o mesmo pensamento: que, apesar de seu entusiasmo pelo plano de abrir o restaurante, era difícil acreditar que viveriam suas vidas aqui, nos arredores decrépitos da cidade, num

lugar que ainda fedia a lixo. Lev olhou em volta, para os montes de terra e escombros, para as poças de lama, para os guindastes enferrujados e para as pilhas frágeis de blocos feitos de concreto e pó de carvão.
– É difícil imaginar isso aqui como um lar – falou.
– É – Rudi concordou.
Ficaram ali em silêncio, deixando a neve cair sobre eles. Lev sentiu o coração se encher de tristeza por Auror, por sua velha aldeia arruinada e destruída.

24
Rua Podrorsky, número 43

No dia em que partiram para sempre de Auror, Ina, usando suas roupas negras de viúva, saiu de casa, passou por Lev e Rudi, que colocavam o resto da mobília na picape de segunda mão de Lev, e se deitou na estrada de terra. Os dois homem olharam para ela mas não se mexeram.

– Ela está rezando ou algo assim? – indagou Rudi.
– Não sei. Nunca sei o que ela está pensando ou fazendo.

Continuaram a carregar a picape. Viram as mãos de Ina cavucando a terra, erguendo o pó e depois o deixando cair sobre seus ombros e sua cabeça. Então, ela começou a chorar.

Lev ficou parado, encostado à picape. Ele já previa aquilo; no fundo sabia, apesar das palavras de Lydia, que sua mãe ia estragar o futuro. Bateu com os punhos no teto do caminhão e o som ecoou em sua cabeça como uma explosão. Foi tomado de raiva, uma raiva tão amarga que ele podia sentir seu gosto na boca. Naquele momento, teve vontade de pisar sobre o corpo estendido no chão até ouvir seu pescoço quebrar. Quando Rudi perguntou: "Quer que eu vá ajudá-la a se levantar?", ele respondeu: "Não. Deixe-a lá."

Maya saiu de casa, segurando a boneca Lili. Quando viu a avó deitada na estrada, de nervoso, começou a fazer uma estranha dança giratória. Lev segurou-a.

– Está tudo bem. Vai ficar tudo bem – disse.

Mas Maya continuou rígida, pálida como um cadáver. Como podia estar tudo bem se Ina estava caída no chão?

– Ei, vamos pôr a Lili no caminhão? Vamos abrir um espaço bem confortável para ela? – Lev perguntou à filha.

Mas Maya enfiou o rosto na barriga de Lev, sem conseguir olhar para nada, sem conseguir falar. Ele acariciou-lhe o cabelo, que ela usava puxado para trás num nozinho engraçado, preso com um elástico verde. O nó incomodava Lev. Deixava o rosto de Maya largo demais, vulnerável e desprotegido. O que ele fez então foi tirar o elástico verde e deixar o cabelo escuro de Maya cair sobre suas orelhas. Ele logo ficou molhado com suas lágrimas.

Lev sentiu-se exausto. Ele vinha trabalhando quinze, dezesseis horas por dia, tentando montar o restaurante. Assim, ou dormia na Rua Podrorsky, 43, num colchão em meio ao entulho da obra, ou voltava de madrugada para Auror, fazendo listas de cabeça, listas e mais listas de tudo o que ainda precisava ser feito, de tudo o que ainda não tinha sido comprado. E todo o tempo preocupado por estar deixando de lado o mais importante: a cozinha. Quando, finalmente, o restaurante estivesse pronto para abrir – se seu dinheiro não acabasse, se não fosse comido pelos *ratos* a que era obrigado a recorrer – sua mente estaria vazia. Não conseguia se lembrar de uma só receita. A parte dele que havia desejado tornar-se chef parecia morta.

Conseguiu continuar falando calmamente com Maya, lembrando-lhe que no dia seguinte eles iam patinar e que Ina estaria lá na lateral do rinque, vendo-a dar saltos e rodopios.

– Ela já estará contente de novo – disse, sem convicção. – Ela estará sorrindo satisfeita.

Quando tornou a olhar para Ina deitada na estrada, Rudi estava ajoelhado a seu lado. Suspirou.

– Sim, ajude-me, companheiro. Salve o show para mim agora – disse baixinho.

Rudi finalmente conseguiu fazer com que Ina entrasse no caminhão de Lev. Maya sentou-se em seu colo e agarrou-se a ela, e eles partiram. Na caçamba da picape, coberta por uma lona desbotada, a mobília balançava de um lado para outro.

Ninguém olhou para trás, para Auror. Lev manteve os olhos fixos na estrada íngreme. Maya enfiou o dedo na boca e dormiu com a cabeça encostada no peito de Ina. O cabelo de Ina estava sujo de terra, mas ela não parecia ter notado, não parecia notar

nada. Sentava-se imóvel, sem piscar, no banco velho e gasto do caminhão.
– Escute, mamãe – Lev começou quando saíram da aldeia. – Vou dizer apenas uma vez, não vou ficar repetindo. Sinto muito por tudo o que aconteceu. Sei que partiu seu coração. Mas a culpa não é minha. O mundo mudou. Tudo o que fiz foi tentar me adaptar. Porque alguém tinha que fazer isso. Certo?
Olhou de viés para ela. Foi como se ela não tivesse ouvido. Sua boca era um fio de linha.

O silêncio perdurou. Ina não respondeu a ninguém, exceto a Maya. Não fez nenhum comentário sobre o novo apartamento – nem mesmo em relação à eletricidade que nunca faltava. Quando Lev desempacotou as ferramentas que ela usava para fazer suas bijuterias e as arrumou na estante do pequeno quarto branco que ela dividiria com Maya, Ina juntou-as em silêncio, uma a uma, e jogou-as dentro de um velho guarda-roupa que insistira em trazer de Auror.
Lev não sabia o que fazer. Apenas rezava para que ela dissesse alguma coisa quando ele lhe mostrasse o trabalho que estava sendo feito no número 43 da Rua Podrorsky.
– Está ficando lindo – falou a Rudi. – Lugares bonitos não fazem as pessoas terem vontade de dizer alguma coisa?
– Sim, normalmente sim. Mas acho que isso não é normal.

Um mês depois, Rudi e Lev levaram Ina até o restaurante em obras, passando pelas pesadas portas de vidro que haviam substituído os basculantes enferrujados da velha garagem. Lev viu a mãe examinar as paredes amarelas, o chão de madeira clara, a lareira de tijolos e os spots de luz; depois ela ergueu os olhos para os operários que pintavam o teto, como se fossem eles e não o lugar que ela estava sendo convidada a admirar.
Começou a andar devagar, ansiosamente, na direção dos homens. Eles se viraram para fitá-la – tão magra, tão pálida em sua roupa preta – e um deles cumprimentou-a educadamente com um "boa-tarde", de cima da escada de alumínio. Mas Ina não

respondeu. Ela deu as costas para os homens, virou-se para a luz que vinha da rua e protegeu os olhos.
— O que você acha, mamãe? — indagou Lev. — Gosta da cor da parede? Você notou a lareira?
Mas ela simplesmente ignorou-o, como fazia sempre. Foi até uma cadeira e sentou-se com os braços apoiados numa das mesas novas. Lev viu suas mãos examinarem o tampo da mesa. Em seguida, ela verificou a palma da mão, como se procurasse farpas ou poeira.
— Qualidade inferior — disse, baixinho.
Lev olhou para Rudi que, para seu espanto, já usava o terno novo que Lev havia comprado para seu futuro papel de "cara do lugar".
— Ela fez um comentário — Rudi falou. — Não fez?
Lev assentiu.
Rudi aproximou-se imediatamente de Ina.
— Ei, Ina, não ligue para as mesas. O que achou do meu terno? Armani, hein? Você conhece Giorgio Armani? É o primeiro terno bom que tenho. Este, com certeza, não é de "qualidade inferior". Quer sentir a textura?
Ele ofereceu o punho do terno a Ina, e a mão nodosa, de veias salientes, ergueu-se lentamente da mesa para sentir o tecido macio, azul-escuro que cobria os braços cabeludos de Rudi.
— E então? Lindo, não? Está vendo o forro de seda? Agora deixe-me lembrar-lhe que foi seu filho quem comprou o terno para mim. Com o dinheiro que ele ganhou na Inglaterra. Este lugar, este terno, tudo, só foi possível por causa dele. E eu espero, Ina, que isso entre na sua cabeça.
Ina tirou a mão da manga do terno Armani de Rudi. Então, virou lentamente a cabeça na direção de Lev.
— Estou morta de fome. — Sua voz estava trêmula. — Se isso é um restaurante, traga-me comida.
Lev ficou boquiaberto. Ainda faltavam muitas semanas para poder usar a cozinha. Os fornos e fogões encomendados em Glic ainda não tinham chegado. Seu contrato de fornecimento de gás

ainda precisava ser confirmado porque estavam exigindo dinheiro por fora.

– Mamãe, sinto muito. Mas ainda não posso...

– Não, não, espere! – Rudi o interrompeu. – Comida não é problema. Vou comprar alguma coisa para você, Ina. Espere aqui. Desembrulhe alguma louça, Lev, e ponha a mesa.

Rudi saiu rapidamente pela porta. Mas Lev não foi pegar louças e talheres: ele sentou-se defronte a Ina. Sabia para onde Rudi tinha ido: para o Fat Sam', American Burger Bar, aberto recentemente na Praça do Mercado. Nas noites de sexta-feira e de sábado, filas se formavam no quarteirão, de gente aguardando uma mesa ou esperando para comprar comida e levar para casa. Lev tentava não pensar no lugar que os habitantes de Nova Baryn pareciam apreciar tanto, mas sabia que Rudi e Lora eram fregueses habituais, que a barriga de Rudi estava crescendo por causa da carne gordurosa, dos molhos e dos pães que ele gostava de comer lá. Se continuasse, ia ficar gordo demais para seu terno Armani.

Lev olhou para a mãe. Seus dedos examinavam novamente o tampo da mesa. Ela passava a mão de um lado para outro, como se estivesse num jogo imaginário de cartas.

– Você tem razão, mamãe – falou Lev, o mais delicadamente possível. – As mesas são bem ordinárias, mas vou cobri-las com toalhas brancas. Vão ficar bem bonitas.

Ela olhou para o outro lado – como se quisesse ver se a comida estava chegando. Ela se comportava como se Lev falasse um idioma estrangeiro que ela não era capaz de entender.

Rudi voltou com cinco caixas de hambúrgueres – um para cada um deles, incluindo os operários.

Lev não estava com fome. Seu hambúrguer ficou na caixa, mas ele pôs um prato de porcelana diante de Ina para que ela pudesse colocar seu sanduíche. Ela inclinou a cabeça e fitou-o. Rudi abriu o pacotinho de ketchup, abriu o pão e espremeu o molho sobre a carne.

– Coma – falou. – Assim.

Pegou seu próprio sanduíche e deu uma enorme dentada. O cheiro de cebola encheu o ar e lembrou Lev do metrô de Londres. Teve vontade de afastar-se de Rudi e de Ina. O cansaço e a frustração o deixavam trêmulo, mas estranhamente alerta. Queria estar deitado com uma mulher num quarto escuro. Viu Ina pegar o hambúrguer, abrir a boca e morder um pedacinho do sanduíche.

– Bom, hein? – comentou Rudi. – Suculento, não?

Ela continuou a comer, mordiscando como uma ovelha. A gordura começou a escorrer por seu queixo e Lev teve vontade de limpar, mas não o fez. Ficou sentado, imóvel, e em sua mente cansada surgiram imagens de Sophie que ele tentou, sem sucesso, apagar.

Rudi terminou seu hambúrguer, depois comeu o de Lev. Desistindo de puxar conversa com Ina, ele virou-se para Lev.

– Acabei de notar uma coisa quando saí: revelaram o que será o lugar novo aqui ao lado.

O coração de Lev deu um salto. Tudo o que acontecia em Nova Baryn o afetava. Sabia que seu empreendimento teria sucesso ou fracassaria não apenas na medida em que ele se mostrasse um bom chef, mas também pelo que ocorresse em volta dele na cidade. Sabia que estava no início de outra estrada complexa e árdua.

– Nem sinal de hinários e velhos oboés – Rudi continuou. – Acho que foi tudo para baixo da terra junto com o antigo proprietário que fumava como uma chaminé. Mas você não vai adivinhar o que o lugar é agora.

– Não me diga – Lev falou com voz desanimada. – Outro restaurante?

– Não – disse Rudi. – Espere só. É uma galeria de arte.

Ao ouvir essas palavras pouco familiares, Ina ergueu os olhos e arrotou baixinho.

Lev foi para a cama de Eva. Ela agora morava sozinha, num quarto alugado perto da Rua Podrorsky. O quarto ficava no topo de um velho edifício de tijolos. Pombos, passeando nas telhas, vigiando e namorando, tornavam o lugar barulhento – como se houvesse ratos correndo lá em cima – e Lev dormia mal.

Na primeira luz do dia, ele olhou para Eva. Um nariz arrebitado. Cabelo escuro espalhado pelo travesseiro. Seios pequenos, brancos, macios. Lembrou a si mesmo que, sim, Eva era linda, sim, ele tinha sorte por ela o ter querido. Entretanto, toda vez que ia para junto dela, sentia-se culpado. Às vezes ficava impotente, ali mesmo em seus braços.

– Por quê? – indagou Rudi. – Não entendo. Ela tem trinta e um anos. Tem um sorriso igual ao da Mona Lisa. E adora você. Qual é o seu problema?

– Não sei. Mas é assim.

– Assim como? Me explica, cara. Porque nada disso faz sentido para mim.

Fazia sentido para Lev, mas o deixava um pouco envergonhado, então ele não conseguia falar a respeito – nem mesmo com Rudi. A princípio, quando conheceu Eva, achou que talvez pudesse amá-la. Imaginou se poderiam ter um futuro juntos. Uma noite, com a lua cheia brilhando do lado de fora do quartinho, Eva sussurrou-lhe que gostaria de ter um filho dele.

– Lev, você não gostaria de ser pai outra vez?

Ele ficou deitado a seu lado, fumando um cigarro. As palavras que Lev sabia que tinha que encontrar pesavam dentro dele, amargas, como pão de centeio. Disse a Eva que ser pai de Maya já era bem difícil: ele não conseguia imaginar ter que começar tudo de novo. Disse que agora só queria ser pai de seu restaurante, que isso era a única coisa que dava sentido à sua vida. Depois que admitiu isso, sentiu-se leve e foi tomado por uma súbita alegria, porque tinha dito a verdade.

Eva começou a chorar. Lev a viu sair da cama, vestir o roupão e aproximar-se da janela. Seu corpo banhado pelo luar parecia uma aparição, e Lev pensou: "Sim, isso é parte do problema; fazer amor com ela é como fazer amor com um fantasma."

Mas havia outro fator. Entre perder Marina e encontrar Eva, tinha havido Sophie. O que aconteceu, aconteceu. Sophie o tinha curado e o tinha ferido de novo. E a verdade, na cabeça de Lev e em seus sonhos, era que ela ainda estava lá, rindo, gritando, batendo

nele com os punhos. Ainda podia sentir o gosto de sua boca na dele, sentir a pressão de seu crânio contra o seu, osso com osso.
— Desculpe, Eva — ele disse. — Desculpe...
— Então, o que devo fazer? Deixar Baryn?
— Você deve fazer o que quiser, o que achar que é certo para você — falou Lev.

Ela não foi embora. Disse a Rudi que achava que Lev ainda estava de luto por Marina, mas que viria a amá-la... com o tempo.
— Mas ela tem razão? — Rudi perguntou-lhe, uma manhã, quando foram para a Rua Podrorsky inspecionar a placa do restaurante, que estava sendo colocada.
— Não — respondeu Lev.
— No entanto, não acabou, não é, amigo? Porque sei que você ainda passa algumas noites na cama dela.
— Sim, passo. Mas isso tem que acabar. Não irei mais lá.
— Você lembra quando a conhecemos? — indagou Rudi. — Aquela noite no velho Café Boris. Lembra?
— Isso é só o que eu sou, Rudi, memória — disse Lev. — Não preciso ser lembrado de nada.
Estavam olhando para a placa: *Marina*. As letras eram prateadas contra um fundo azul-escuro. Dois operários a prendiam na parede.
— Está bonito — elogiou Rudi.
Lev olhou para a placa. E pensou que, dia após dia, ano após ano, essa palavra, esse nome fantasmagórico, *Marina*, ficaria vivo no ar da cidade, e que, para ele, era melancólico demais para suportar.
— Tirem a placa — ordenou aos operários. — Mudei de ideia.
Rudi arrastou-o para um novo café italiano na praça, onde, naquele dia fresco de outono, as pessoas ainda se sentavam em cadeiras de metal, do lado de fora, tomando *latte* e *cappuccino*. Quando Lev se sentava ali, não lhe era difícil acreditar que ainda estava em Londres.

– Então, o que está havendo? – Rudi quis saber quando se sentaram com seus cafés.

Lev esfregou os olhos.

– Rudi, seja apenas meu amigo, OK? Só isso.

– Como assim? Eu sou seu amigo, porra!

– Não seja mais tão... inquisidor. Mantenha apenas a amizade.

– Você está duvidando da minha amizade, depois de tanto tempo? Depois de tudo o que passamos juntos?

– Não.

– Então, o quê? O quê?

– Você sabe o *quê*. Tenho que andar para a frente e não para trás.

Rudi foi bebendo a espuma do *cappuccino* com a colher até terminar. Seus olhos estavam cheios de... o quê? Fúria? Incompreensão? Ele engoliu o resto do café, jogou o dinheiro sobre a mesa e se levantou.

– Não entendo você – disse. – O nome ia ser Marina desde o começo. Você falou que a primeira coisa que lhe veio à cabeça foi o nome. E agora está traindo o nome.

– Não. Estou tentando não trair meu futuro – argumentou Lev.

– Você fala por enigmas – retrucou Rudi. – Você se acha um gênio da filosofia ou algo assim?

Rudi saiu caminhando pela praça e Lev foi atrás dele, mais devagar. Alcançou-o na Rua Podrorsky, onde o viu parado na frente da galeria de arte que substituíra a velha loja de música. Ele olhava a vitrine, onde uma escultura iluminada, parecendo um torso humano partido ao meio, girava lentamente sobre uma plataforma redonda, motorizada.

– Veja só essa merda! – falou Rudi. – Veja esse lixo. Você reconhece do que ela é feita?

– De metal.

– De peças de automóvel! – Rudi exclamou. – Veja a região da barriga: são mangueiras de radiador. Que droga! Aquelas "artérias" são cabos de bateria. Aquele "coração" é a porra de um distribuidor. Que babacas!

Lev olhou e viu o dono da galeria, com um terno elegante, aproximar-se da vitrine e ficar ali, sorrindo, como se Lev e Rudi fossem dois compradores em potencial para a instalação da vitrine.

Rudi também o viu.

– Pode sumir da minha vista! Passei metade da vida atrás de peças de automóvel. Fico acordado à noite morto de preocupação. E aí um babaca de um escultor simplesmente desperdiça as peças... como se elas não tivessem nenhum valor. Como se nada tivesse mais nenhum valor – disse.

Lev ficou imóvel. Viu o dono da galeria desaparecer dentro da loja.

– Como é que alguém pode calcular o valor de alguma coisa? – ponderou. – Apenas pelo preço que as pessoas estão dispostas a pagar.

Lev abriu o restaurante em pleno inverno. Não tinha placa nem nome. As pessoas passaram a conhecê-lo como o Número 43 da Rua Podrorsky.

Às vezes, enquanto inspecionava a arrumação das mesas, examinando a louça para ver se estava limpa e brilhando, Lev via gente olhando para dentro no meio da tarde, quando começava a escurecer. Lora os chamava de "os bisbilhoteiros". Mas, com o tempo, os bisbilhoteiros se tornaram fregueses. Ainda era uma cidade pequena, apesar dos novos prédios que estavam sendo construídos, apesar dos novos empreendimentos que ocupavam o lugar dos antigos. E as notícias sobre a boa comida que se podia comer no Número 43 da Rua Podrorsky, por preços razoáveis, foram se espalhando pela Nova Baryn como uma série de previsões de tempo favoráveis. No fim do inverno, já era preciso reservar lugar no restaurante com duas ou três semanas de antecedência.

Rudi – que, como um mágico, toda noite andava pelo salão, pelo bar e pela cozinha com um ar de sedutora autoridade, e cuja interpretação do seu papel de "cara do lugar" o levava a frequentes impulsos de generosidade, distribuindo drinques grátis – logo disse que o lugar devia ter sido maior. Mas Lev falou que não, que era como ele tinha desejado: o número de mesas, o cardápio, a fidelidade a produtos frescos, a sensação de intimidade e leveza...

Na cozinha de Lev – seu adorado domínio – as chamas de gás ardiam num azul obediente, saltando para o amarelo a um comando súbito e triunfante; as salamandras brilhavam num vulcão vermelho e violento. E a visão daquele arco-íris de calor despertava em Lev um sentimento de alegria que ele nunca experimentara antes. Porque ele o *dominara*. Finalmente, em sua vida, estas coisas maravilhosas, violentas, incomensuráveis, haviam se tornado obedientes à sua vontade.

Ele só dormia poucas horas por noite, acordava cedo e saía para o mercado. Lembrava-se de GK dizendo: "Você tem que *delegar*, Lev. Você não vai poder preparar, e cozinhar, *e* apanhar as carnes, e ouvir as reminiscências dos caçadores, tudo no mesmo dia." Mas nem sempre era possível delegar. Rudi, que bebia e comia um bocado toda noite, gostava de dormir até tarde. E nem mesmo ele – tão feliz em seu papel de *maître* – sentia o mesmo entusiasmo de Lev pela empresa. Ninguém mais tinha. Então, quase sempre era o próprio Lev quem subia as montanhas de carro para apanhar a caça em fazendas isoladas, ou fazia viagens longas e árduas até Jor para comprar vinho. Sim, ele não se importava. Ainda sentia um enorme entusiasmo por sua Grande Ideia. Ainda sentia no coração o mesmo calor e a mesma excitação.

Na estrada, ele às vezes passava por ônibus indo para o sul, na direção de Glic e da fronteira. Ao sentir o cheiro da fumaça do cano de descarga, ele recordava sua viagem através da Europa, olhando para uma nota inglesa de vinte libras sob a luz fraca, tomando vodca do frasco que tinha levado, comendo ovos e chocolate com Lydia a seu lado.

Lydia.

Ele havia escrito uma carta para a casa dos pais dela, contando sobre o restaurante, enviando um cardápio, oferecendo a ela e a Pyotor Greszler um jantar de graça quando eles quisessem. Em seus sonhos, ela aparecia na porta do Número 43 da Rua Podrorsky. Entrava de braço dado com o maestro. A clientela se levantava e aplaudia enquanto Rudi levava Greszler e Lydia até uma mesa. Então, Lev saía da cozinha para cumprimentá-los, abraçava Lydia e ela murmurava algumas palavras em seu ouvido, sempre as mesmas palavras. *Eu perdoo você, Lev. Eu perdoo você.*

Mas, de fato, eles nunca apareceram. E quando Lev contou a Rudi toda a saga de sua amizade com Lydia, Rudi comentou:

– O que me espanta, companheiro, é que você ainda espere que ela apareça.

– Sei. Quando pedi as 10 mil libras, acho que foi a gota d'água.

– É, isso deve tê-la deixado muito irritada. Mas não é por isso que ela não vem. Ela não vem porque tem medo do que ainda sente por você. Então, tem que aceitar que ela não vem e esquecer.

Lev pensou no assunto. Tentara cobrir com um manto de escuridão muita coisa de seu passado. Mas as pessoas e os lugares debaixo desse manto teimavam em chamá-lo. Tinham cores vibrantes, o tempo ainda lançava sua luz sobre eles.

Um dos que apareceu foi Christy Slane. Ele tinha se casado com Jasmina num cartório em Camden Road. Jasmina usara um sári branco e dourado e Frankie fora sua dama de honra, vestindo também um pequeno sári que ela enrolou e desenrolou o dia inteiro.

Christy escreveu dizendo que seu casamento com Jasmina tinha sido "o dia mais feliz da minha vida", que estava replantando o jardim de Palmers Green e tendo aulas de ioga. O apartamento de Belisha Road foi alugado. Christy não queria mais saber do norte de Londres: ele agora era um homem suburbano, especializado em instalação de cozinhas. E estava ficando gordo com o *korma* de frango de Jasmina.

Então, no início do verão do ano em que o Número 43 da Rua Podrorsky foi inaugurado, Christy ligou para avisar que ele e Jasmina haviam resolvido passar as férias na Europa Oriental e que queriam incluir Baryn em seu itinerário. No telefone, Christy disse:

– Jasmina sabe que uma das poucas pessoas de quem tenho saudade é você, Lev.

* * *

Eles chegaram em Baryn na manhã de uma sexta-feira de agosto, dirigindo um carro alugado. Quando Christy entrou no Número 43 da Rua Podrorsky, comentou:
– Puta merda! Você fez algo especial aqui, cara.
Os dois homens se abraçaram. O velho cheiro de nicotina de Christy tinha desaparecido e não havia nenhum traço de eczema em seu rosto rosado.
Jasmina atirou os braços em volta do pescoço de Lev.
– Não vai me dar os parabéns? – Ela riu. – Sou a nova Sra. Slane.
– Seja bem-vinda, Sra. Slane – retrucou. – Seja bem-vinda à minha loja de sonhos.
Depois que eles visitaram o restaurante, admirando os vasos de centáureas em cada mesa, os talheres brilhando, as cadeiras de couro perto da lareira e o bar bem abastecido, Lev levou-os para uma mesa no fundo e Rudi abriu champanhe.
– É difícil para mim acreditar que você existe. Na minha mente você é um mito – Christy falou para Rudi.
Lev serviu o almoço. Uma terrina de coelho em leito de folhas com maionese de ervas; peitos de pato com molho de junípero e *gratin* de batatas; uma torta de chocolate, quase idêntica à que ele tinha feito em Belisha Road quando Jasmina fora jantar lá pela primeira vez, muito tempo atrás. Mas a massa era tão perfeita, tão fina, que se desmanchava na língua, quase como uma calda.
– Jesus! – exclamou Christy, depois de engolir o último pedaço. – Você fez progressos na cozinha, cara. Posso dizer com toda a segurança.
Ina e Maya foram convidadas para o almoço. Enquanto os adultos tomavam café, Maya subiu no colo de Jasmina, que sorriu e deixou a menina examinar seus brincos e acariciar seu cabelo lustroso.
Quanto a Ina, foi a primeira vez que fez um comentário sobre a comida de Lev. De repente, ela elogiou a torta de chocolate:
– Gostei do sabor disso. Me fez lembrar de sono.

* * *

Christy e Jasmina planejavam ficar três dias em Baryn.

— O que queremos mesmo ver enquanto estamos aqui é o lugar onde ficava Auror. Queremos ver as colinas que você descreveu e a nova represa. Queremos levar essa visão conosco quando voltarmos para a Inglaterra — Christy falou para Lev.

Lev hesitou. Ele raramente ia até lá. Raramente tinha tempo ou vontade de ir. A vastidão da represa, o rugido da queda-d'água e das turbinas hidroelétricas lhe davam uma sensação de deslumbramento. Mas a subida até onde a água se espalhava pelo vale de colinas acima da aldeia submersa o deixava melancólico. O que mais detestava — mais do que a perda das velhas casas — era que os corpos enterrados no cemitério calmo, rural, inclusive o corpo de Stefan, tiveram que ser desenterrados e enterrados de novo no cemitério municipal de Baryn, onde havia agora um tráfego intenso. Frequentemente, ele sonhava com as margaridas que costumavam crescer perto do túmulo de Stefan. Na sua imaginação, aquele era o perfume da primavera e agora este perfume tinha desaparecido.

Mas atendeu ao pedido de Christy. Pediu a Rudi para levá-los no Tchevi, de modo que, se fosse dominado por algum sentimento, seu amigo estaria lá para entendê-lo.

Fizeram a viagem no domingo de manhã, que nasceu bonito e quente. Rudi e Lev se sentaram na frente, no estofado recentemente encerado, com Christy e Jasmina atrás. O enorme motor do Tchevi levou-os sem esforço pela velha estrada de Auror. Passaram pelo depósito de madeira deserto e pelas colinas cinzentas, ainda sem árvores. Bem antes de chegar à represa, já podiam ouvir seu rugido.

Ficaram calados quando o som cresceu de intensidade. Lev viu Christy olhando ansiosamente pela janela, como se o som pudesse ser o primeiro ronco de um terremoto ou de outra catástrofe da qual não havia como fugir.

Na beira da represa, eles desceram do carro para admirá-la. Jasmina tirou retratos com uma câmera descartável. O sol de agosto espalhava sua luz pelo cenário extraordinário. A água que subia da catarata molhava os cabelos deles, como se fosse chuva.

– Meu Deus! – exclamou Christy. – As coisas que os homens inventam! São assustadoras.

Eles seguiram em frente. Mais acima no rio, onde a represa formava um lago de muitos metros de profundidade, o barulho era quase inaudível, e eles ouviram de novo o som dos pássaros e dos insetos. Rudi estacionou o Tchevi na sombra de alguns pinheiros e os quatro foram andando até a beirada da água. Ondinhas quebravam a seus pés.

– Tem um bocado de peixes agora – falou Rudi. – Hein, Lev?

Sim, pensou Lev, concentre-se nisto, nos peixes do lago, na forma como o sol batendo na água ofusca os olhos. Não pense em Auror lá embaixo na escuridão. Não pense no passado.

Ele ficou parado, imóvel. Acendeu um cigarro, depois enjoou do gosto e o atirou fora. Após alguns instantes, viu que Christy tinha posto a mão em seu braço.

– Não vamos ficar muito tempo aqui – Christy disse baixinho – porque eu posso imaginar o que você está sentindo. Posso mesmo, sabe por quê? Aqui tem algo que me lembra a Irlanda. Algo extremo. Hein, cara? Sabe o que estou dizendo? Algo selvagem e belo, e repleto de tristeza.

Agradecimentos

Sou muito grata a Jack Rosenthal por me mostrar como colher aspargos, e por me ter apresentado a seus trabalhadores poloneses, que me contaram histórias verdadeiras e inestimáveis sobre a Europa Oriental. Agradeço também a Alan Judd, cujo grande conhecimento sobre carros e o funcionamento de seus motores permitiu que eu contasse a "saga" do Tchevi. Meus agradecimentos a Susan Hill por me apresentar a seus amáveis e úteis contatos na polícia. Também a David Lightbody, Vivien Green, Caroline Michel e Alison Samuel por suas valiosas intervenções. Meu amor eterno e minha gratidão a Richard Holmes, a El e Johnny Lightbody e àqueles a quem dedico este livro, Brenda e David Reid. Finalmente, e como sempre, meu amor e meus agradecimentos à minha editora, Penelope Hoare, com quem minha dívida de gratidão tem, agora, proporções históricas.

R.T.

Este livro foi impresso na Editora JPA Ltda.,
Av. Brasil, 10.600 – Rio de Janeiro – RJ,
para a Editora Rocco Ltda.